NOTE DE L'ÉDITEUR

Parce que l'œuvre de Charlaine Harris est plus que jamais à l'honneur; parce que nous avons à cœur de satisfaire les fans de Sookie, Bill et Eric, les mordus des vampires, des loups-garous ou des ménades, les amoureux de Bon Temps, du *Merlotte* et de La Nouvelle-Orléans, nous avons décidé de revoir la traduction de ce septième tome de *La communauté du Sud*, ainsi que des autres tomes parus.

La narration a été strictement respectée, et chaque nom a été restitué fidèlement au texte original – *Fangtasia*, le fameux bar à vampires, a ainsi retrouvé son nom.

Nos lecteurs auront donc le plaisir de découvrir ou de redécouvrir les aventures de Sookie Stackhouse dans un style au plus près de celui de Charlaine Harris et de la série télévisée.

Nous vous remercions d'être aussi fidèles et vous souhaitons une bonne lecture.

DANS LE TOME PRÉCÉDENT...

Les choses s'annonçaient plutôt bien : Quinn se montrait plus qu'intéressé par Sookie... et plutôt intéressant aussi. Mais la fausse-couche de Crystal, la disparition du fils d'une collègue et une attaque sournoise de lycanthropes n'ont guère laissé de répit à Sookie. D'ailleurs, elle a carrément dû partir à La Nouvelle-Orléans pour vider l'appartement de sa cousine assassinée. Là, les vrais ennuis ont commencé : la propriétaire était une sorcière – plutôt sympathique, certes – et il y avait un cadavre dans le placard, qui s'est réveillé affamé puisqu'on l'avait vampirisé. Puis, il a fallu voler au secours de la reine de Louisiane qui avait eu la mauvaise idée d'épouser un autre roi décidé à l'éliminer. Finalement, Sookie et Quinn ont été enlevés par les parents de Debbie Pelt. Heureusement, l'action rapproche et les voilà de plus en plus intimes.

Du même auteur

Série Sookie Stackhouse
LA COMMUNAUTÉ DU SUD

LA CONSPIRATION

Catalogage avant publication de Bibliothèque et Archives nationales
du Québec et Bibliothèque et Archives Canada

Harris, Charlaine
    La conspiration
    Nouv. éd.
    (La communauté du Sud ; 7)
    Traduction de: All together dead.
    « Série Sookie Stackhouse ».
    ISBN 978-2-89077-404-9
    I. Le Boucher, Frédérique. II. Muller, Anne. III. Titre.
    IV. Collection: Harris, Charlaine. Communauté du Sud ; 7.
PS3558.A77D6414 2011   813'.54   C2010-942672-X

COUVERTURE
Photo: © Maude Chauvin, 2009
Conception graphique: Annick Désormeaux

INTÉRIEUR
Composition: Chesteroc

Titre original: ALL TOGETHER DEAD
Ace Book, New York, publié par The Berkley Publishing Group,
une filiale de Penguin Group (USA) Inc.
© Charlaine Harris, 2007
Traduction en langue française: © Éditions J'ai lu, 2007 ; nouvelle édition, 2011
Édition canadienne: © Flammarion Québec, 2011

Tous droits réservés
ISBN 978-2-89077-404-9
Dépôt légal BAnQ: 1er trimestre 2011

Imprimé au Canada
www.flammarion.qc.ca

CHARLAINE HARRIS

SÉRIE SOOKIE STACKHOUSE
LA COMMUNAUTÉ DU SUD - 7

LA CONSPIRATION

Traduit de l'anglais (États-Unis)
par Frédérique Le Boucher

Revu par Anne Muller

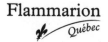

Flammarion
Québec

Je dédie ce livre à quelques-unes des femmes que je suis fière d'appeler mes amies : Jodi Dabson Bollendorf, Kate Buker, Toni Kelner, Dana Cameron, Joan Hess, Eve Sandstrom, Paula Woldan et Betty Epley.

Chacune de vous a joué un rôle différent mais important dans ma vie. J'ai vraiment de la chance de vous connaître.

Remerciements

Il est quelques personnes que j'ai déjà remerciées mais qui ont, une fois de plus, droit à ma reconnaissance : l'ancien policier devenu écrivain Robin Burcell, et l'agent du FBI George Fong, qui m'ont merveilleusement éclairée sur la sécurité et le déminage. J'ai également apprécié l'apport de l'écrivain Sam Saucedo, ancien présentateur d'actualités, qui m'a initiée aux subtilités des manœuvres politiques et de la stratégie des alliances.

Je dois aussi remercier S. J. Rozan, qui a volontiers répondu à mes questions concernant l'architecture, quoique la partie vampirique lui ait fait un choc. Il se peut que j'aie fait mauvais usage des informations fournies, mais c'était pour la bonne cause. Comme toujours, je dois une fière chandelle à mon amie Toni L. P. Kelner, qui a lu mon premier jet sans me rire au nez. Et ma nouvelle scripte, Debi Murray, a droit à un grand coup de chapeau. Dorénavant, si je commets des erreurs, je saurai à qui m'en prendre. Je dois beaucoup aux nombreux lecteurs qui visitent mon site (www.charlaineharris.com). Merci de me manifester votre intérêt et de me laisser des messages d'encouragement. Vous êtes formidables. Merci aussi à Beverly Batillo, la présidente de mon fan-club, qui m'a plus d'une fois remonté le moral quand j'avais le cafard.

1

Le *Fangtasia* n'allait pas ouvrir de bonne heure. J'étais en retard et au lieu de me diriger vers l'arrière du bâtiment, j'avais roulé vers l'entrée principale, côté rue, et je m'étais retrouvée nez à nez avec une grosse pancarte en carton blanc rédigée en belles lettres gothiques rouge sang : « Nous vous attendrons, toutes canines dehors, dès 20 heures, et nous vous prions de nous excuser pour cette ouverture tardive. » C'était signé : « L'équipe du *Fangtasia*. »

On entamait la troisième semaine de septembre, il faisait pratiquement nuit noire et la flamboyante enseigne au néon du bar à vampires de Shreveport était déjà allumée. J'ai pris le temps de goûter la douceur du soir, avec cette discrète odeur de vampire qui flottait toujours dans l'air autour du club, puis j'ai fait le tour et je me suis garée à côté des autres véhicules en stationnement, devant l'entrée de service. Je n'avais que cinq minutes de retard, mais tout le monde semblait m'avoir devancée. J'ai frappé à la porte et j'ai attendu.

Je m'apprêtais déjà à recommencer quand Pam m'a ouvert. Bras droit d'Eric, Pam travaillait principalement au bar, tout en gérant bien d'autres attributions au sein des différentes affaires de son patron.

11

Les vampires avaient beau avoir fait leur *coming out* et se montrer depuis sous leur meilleur jour, ils n'en demeuraient pas moins extrêmement discrets sur la provenance de leurs fonds. J'en venais parfois à me demander dans quelle mesure une bonne partie du territoire américain n'était pas déjà tombée entre leurs mains. Pour ce qui était de cultiver le mystère, le propriétaire du *Fangtasia* n'avait rien à envier à ses pairs. Cela n'était pas étonnant : c'était une question de survie, quand on avait, derrière soi, une aussi longue existence que lui.

— Mais entrez donc, chère amie télépathe, m'a lancé Pam avec un grand geste théâtral.

Elle portait son uniforme, ce long fourreau noir vaporeux balayant le plancher auquel tous les touristes semblaient condamner les vampires de sexe féminin (quand Pam avait le choix, elle faisait plutôt dans le twin-set pastel). Pam avait les cheveux blonds les plus raides et les plus clairs que l'on puisse imaginer : la beauté éthérée dans toute sa splendeur... avec un petit côté femme fatale, tout de même. C'était justement ce côté-là qu'il valait mieux ne pas oublier avec elle.

— Comment ça va ?

J'avais décidé de me montrer polie.

— Exceptionnellement bien. Eric nage dans le bonheur.

C'était Eric Northman, shérif de la Cinquième Zone, qui avait fait de Pam un vampire. Elle était donc son obligée et était tenue d'obéir à ses ordres. C'était le prix à payer pour revenir d'entre les morts : un vampire restait éternellement sous l'emprise de son créateur. Mais Pam m'avait répété plus d'une fois qu'Eric était un patron en or et qu'il la laissait partir lorsqu'elle le souhaitait. En fait, elle vivait dans le Minnesota avant qu'Eric n'achète le *Fangtasia* et ne l'appelle à la rescousse pour gérer l'établissement avec lui.

La Cinquième Zone englobait pratiquement tout le nord-ouest de la Louisiane, autant dire la moitié la plus économiquement défavorisée de l'État. Avant Katrina, du moins, car, avec le passage du cyclone, un mois auparavant, la balance avait tragiquement basculé, et l'équilibre des pouvoirs s'en était trouvé changé, surtout chez les vampires.

— Comment va ce garçon délicieux qui te tient lieu de frère, Sookie ? Et le métamorphe qui te sert de patron ?

— Le bruit court dans Bon Temps que mon frère délicieux va se marier.

— Tu sembles un peu déprimée, a-t-elle alors remarqué, en penchant la tête sur le côté, tel un gentil petit moineau examinant le ver de terre dont il fera son dîner.

— Eh bien... peut-être un peu sur les bords.

— Il faut que tu t'occupes. Plus on est occupé, moins on a le temps de ruminer.

Pam adore « Chère Abby ». Un tas de vampires épluchent quotidiennement les conseils qu'elle donne dans sa chronique, la plus reprise par les médias de tout le continent nord-américain. Les solutions qu'ils proposent à certains problèmes exposés s'avèrent pour le moins déroutantes. Pam m'avait déjà obligeamment indiqué qu'on ne pouvait me marcher sur les pieds que si je me laissais faire et m'avait invitée à me montrer plus sélective dans le choix de mes amis. J'avais droit à des séances de psychothérapie gratuites. De la part d'une vampire.

— Mais je le suis. Occupée, je veux dire. Déjà, je bosse. Ensuite, j'ai toujours ma colocataire de La Nouvelle-Orléans à la maison et, en plus, je dois me rendre à une *bridal shower*, demain. Pas pour le mariage de Jason et Crystal. C'est celui d'un autre couple.

Pam s'était figée, la main sur la poignée.

— Une *bridal shower*? Qu'est-ce que c'est? Ça me dit quelque chose, mais... non. J'ai pourtant déjà entendu cette expression... Ah, oui! Une femme se plaignait auprès d'Abby parce qu'elle n'avait même pas eu droit à un petit mot de remerciement, en dépit de sa généreuse contribution. On... on offre des présents?

— Gagné! En fait, c'est une fête qu'on organise pour quelqu'un qui va se marier. Parfois pour le couple, et dans ce cas tous deux sont présents. Mais généralement seulement pour la future mariée. N'y sont alors invitées que des femmes. Chacune apporte un cadeau. Le but étant de permettre au couple de démarrer dans la vie avec tout ce qui lui faut. Et la même chose existe à l'occasion de la naissance d'un bébé.

— La même chose pour un bébé, a répété Pam, avec un petit sourire à vous glacer le sang. Tous autour du berceau, comme dans les contes? C'est tout à fait fascinant.

Elle a frappé à la porte du bureau avant d'entrer.

— Eric, peut-être qu'un jour une de nos serveuses va se marier. Nous pourrons alors lui organiser une *bridal shower*. En soirée.

— C'est... passionnant, Pam.

Plongé dans la paperasse qui jonchait son bureau, Eric a relevé la tête. En me voyant, il m'a jeté un regard noir, avant de m'ignorer ostensiblement. Nous étions en froid.

La nombreuse assistance déjà présente avait beau attendre manifestement qu'il daigne lui accorder son attention, cela ne l'a pas empêché de poser calmement son stylo et de se lever pour étirer toute la longueur de son corps d'apollon – à mon intention? Comme d'habitude, il portait un jean moulant et un tee-shirt arborant, sur fond noir, le logo du bar : une paire de longues canines blanches stylisées avec *Fangtasia* écrit en travers des pointes acérées, en lettres sanguinolentes, comme sur l'enseigne extérieure. Je savais que dans son dos on lisait : « Le Bar qui a du Mordant » – Pam m'avait donné un de ces tee-shirts quand Eric s'était lancé dans les produits dérivés.

Le moins qu'on puisse dire, c'est qu'il mettait sa marchandise en valeur. Et je ne me souvenais que trop de ce qu'il y avait en dessous...

Je me suis arrachée à ce troublant spectacle pour jeter un regard circulaire. Des vampires, uniquement des vampires. Et tous serrés comme des sardines dans l'espace exigu. Pourtant, ils étaient si silencieux et d'une immobilité si parfaite que, du couloir, on n'aurait jamais pu soupçonner leur présence. Clancy, le chef barman, s'était attribué une des deux chaises réservées aux visiteurs devant le bureau. Si Clancy avait réchappé de justesse de la Guerre des Sorcières, l'année précédente, il n'en était pas sorti indemne pour autant. Les sorciers l'avaient pratiquement saigné à blanc. Quand, suivant sa trace au flair, Eric l'avait découvert dans un cimetière de Shreveport, le vampire aux cheveux roux était à deux doigts d'une mort définitive. Sa longue convalescence l'avait rendu hargneux et amer. Cependant, pour l'heure, il me souriait, découvrant des crocs d'une longueur tout à fait respectable.

— Tu peux t'asseoir sur mes genoux, Sookie, m'a-t-il proposé en se tapotant les cuisses.

Je lui ai rendu son sourire sans grande conviction.

— Non, merci, Clancy.

Clancy avait toujours été un peu rasoir sur les bords, quand il draguait. Mais maintenant, le rasoir s'était quelque peu affûté, et ces bords-là tranchaient. En clair, Clancy faisait partie de ces vampires avec lesquels je préférais ne pas me retrouver seule. Il gérait très bien le bar et n'avait jamais posé la main sur moi. Mais dès qu'il m'approchait, toutes mes sirènes d'alarme se déclenchaient. Je ne peux pas lire dans les pensées des vampires – c'est bien pour cela que je trouve leur compagnie tellement reposante, d'ailleurs –, mais quand cette alerte-là retentissait, je me prenais à souhaiter de pouvoir faire un petit tour sous le crâne de Clancy pour savoir ce qui lui trottait dans la tête.

Felicia, la dernière arrivée des barmaids, était assise sur le canapé, à côté d'Indira et de Maxwell Lee : une vraie réunion du comité de soutien à SOS Racisme, version vampire. Felicia était le fruit d'un heureux mariage entre Afrique et Occident, et comme elle faisait plus d'un mètre quatre-vingts, on pouvait dire, au sens propre comme au sens figuré, qu'elle était d'une très grande beauté. Maxwell Lee était l'homme le plus noir que j'aie jamais vu, et la petite Indira était fille d'immigrés indiens.

Il y avait encore quatre autres personnes dans la pièce – si tant est qu'on prenne «personnes» au sens large –, et chacune d'elles me mettait mal à l'aise, quoiqu'à des degrés divers.

L'une d'entre elles n'a même pas eu droit à un salut de ma part. Reprenant à mon compte une des règles de conduite des loups-garous, je traitais cet individu comme un renégat de ma meute personnelle : je l'avais répudié. Je ne prononçais jamais son nom, je ne lui adressais plus la parole, j'ignorais jusqu'à son existence (je veux évidemment parler de mon ex, Bill Compton, qui boudait dans son coin même si je ne le voyais absolument pas).

Adossée au mur, à côté de lui, se tenait Thalia. Aussi menue qu'Indira et dotée de longs cheveux noirs crantés, elle était peut-être encore plus vieille qu'Eric, et d'une grossièreté sans nom. À mon grand

16

étonnement, certains humains trouvaient ça très excitant. Thalia avait même sa cour de fidèles dévoués qui semblaient aux anges quand elle leur disait, dans son plus bel anglais guindé, d'aller se faire pendre ailleurs (et je suis polie). J'avais d'ailleurs découvert qu'elle avait un site web, créé et alimenté par ses fans. Allez comprendre. Laisser Thalia s'installer à Shreveport, c'était comme «enfermer un pitbull dans son jardin», m'avait dit Pam. Certes, Eric avait accepté, mais elle désapprouvait cette décision.

Tous ces braves citoyens d'outre-tombe habitaient la Cinquième Zone. Afin de vivre et travailler sous la protection d'Eric, ils lui avaient prêté allégeance. Ils étaient donc tenus de lui consacrer une partie de leur temps, même s'ils n'étaient pas employés au bar. Conséquence de Katrina, il y avait quelques vampires en plus, à Shreveport, en ce moment. Comme nombre d'humains, ils avaient bien été obligés d'aller quelque part. Eric n'avait pas encore décidé ce qu'il allait faire de tous ces réfugiés. Ils n'avaient pas été conviés à la réunion, en tout cas.

Il y avait cependant deux invités au *Fangtasia*, ce soir-là, dont un que la hiérarchie vampirique plaçait au-dessus d'Eric : André, garde du corps personnel de Sophie-Anne Leclerq, reine de Louisiane – laquelle reine n'était plus, à présent, qu'une réfugiée parmi tant d'autres, à Baton Rouge. Avec sa tête de môme à l'épaisse tignasse blonde, il semblait n'avoir que seize ans. Il avait pourtant vécu un très respectable nombre d'années – entièrement vouées au service de sa souveraine, celle qui l'avait vampirisé et arraché à son triste sort. N'étant pas de faction, il ne portait pas son sabre, pour une fois. Mais j'étais sûre qu'il était armé, d'un poignard ou d'une arme à feu quelconque. De toute façon, André était déjà une arme létale en soi, avec ou sans accessoires.

Juste au moment où il s'apprêtait à m'adresser la parole, une voix de basse s'est élevée derrière lui.

— Hé, Sookie!

C'était le second invité: Jake Purifoy. Je me suis efforcée de rester stoïque, alors même que tout en moi me hurlait de prendre mes jambes à mon cou. C'était idiot de paniquer ainsi. Si je ne m'étais pas enfuie en hurlant dès que j'avais aperçu André, pourquoi m'inquiéter de Jake Purifoy? Je me suis obligée à saluer mon interlocuteur, qui avait encore tout d'un charmant jeune homme dans la fleur de l'âge. Mais je savais que je ne devais pas avoir l'air naturel: Jake me remplissait de pitié autant que d'effroi.

Loup-garou de naissance, il avait été attaqué par un vampire et saigné à blanc. L'ayant découvert à l'article de la mort, ma cousine Hadley, vampire elle aussi, l'avait fait passer de l'autre côté, dans un geste de compassion probablement malvenu. On aurait pu considérer qu'il s'agissait d'une bonne action. Mais personne n'avait apprécié cette généreuse initiative, pas même le principal intéressé. Nul n'avait jamais entendu parler d'un loup-garou vampirisé: les loups-garous se méfiaient des vampires et les détestaient cordialement – et réciproquement. Les choses n'étaient donc pas très faciles pour Jake, seul habitant d'un *no man's land* inexploré. Personne d'autre n'ayant voulu se dévouer, la reine s'était résignée à l'engager.

À son réveil, pris de frénésie et assoiffé de sang, Jake s'en était pris à moi. La belle cicatrice que j'avais encore au bras le prouvait.

Cette soirée s'annonçait décidément charmante.

— Mademoiselle Stackhouse, m'a dit André, en se levant pour s'incliner devant moi.

Il me rendait ainsi publiquement hommage, ce qui m'a un peu remonté le moral.

Je me suis empressée de l'imiter.

— Monsieur André.

D'un signe de la main, il m'a alors galamment offert son siège. Comme, justement, je ne savais pas où m'asseoir, j'ai accepté sans hésiter, ce qui a manifestement contrarié Clancy. D'un rang inférieur à son voisin, il aurait dû me céder sa place. Par son geste, André avait rendu criant son manque flagrant de courtoisie. J'ai eu du mal à cacher mon sourire.

— Comment va Sa Majesté?

J'essayais simplement de faire preuve d'autant d'affabilité qu'André. Je n'éprouvais pas vraiment de sympathie pour Sophie-Anne mais je la respectais, assurément.

— C'est précisément la raison de ma présence ici, m'a répondu ce dernier. Pouvons-nous commencer, maintenant, Eric?

Élégante façon de dire à son hôte qu'il lui avait déjà fait perdre assez de temps.

— Oui, puisque, désormais, nous sommes au complet. Allez-y, André. Vous avez la parole, lui a répondu Eric en s'installant confortablement dans son fauteuil, les pieds posés sur son bureau. Il semblait très satisfait de s'exprimer de façon aussi moderne.

Pam s'est accroupie au pied de ma chaise.

— La reine est actuellement en résidence chez le shérif de la Quatrième Zone, à Baton Rouge, nous a annoncé André. Gervaise a eu l'amabilité de lui offrir l'hospitalité.

Pam a haussé les sourcils et m'a jeté un regard entendu. S'il s'y était refusé, Gervaise aurait très littéralement perdu la tête…

— Mais vivre chez Gervaise ne peut être, pour elle, qu'une solution provisoire, poursuivait André. Nous sommes retournés plusieurs fois à La Nouvelle-Orléans depuis la catastrophe, et voici le rapport que nous avons établi sur place.

Bien qu'aucun des vampires n'ait bougé, j'ai senti un regain d'attention dans la salle.

— Le quartier général de la reine a perdu la majeure partie de sa toiture. Il en est résulté d'importants dégâts des eaux au premier et dans les combles. Sans compter que le toit d'un autre bâtiment a atterri à l'intérieur de l'édifice royal, provoquant, entre autres, d'énormes trous dans les murs et un amoncellement de gravats. L'intérieur est en cours d'assèchement, mais le toit est toujours couvert de bâches en plastique. C'est en partie ce qui m'amène ici : il faut trouver un entrepreneur qui s'occupe de refaire la toiture immédiatement. Jusqu'à présent, je n'en ai trouvé aucun. J'ai besoin de votre aide. Si vous pouvez user de votre influence auprès d'un humain spécialisé dans ce domaine... Le rez-de-chaussée a également souffert de nombreux dommages, quoique superficiels, sans parler des pillages.

— Peut-être que la reine devrait rester à Baton Rouge, alors, a suggéré Clancy avec un certain sens de l'humour. Je suis sûr que Gervaise serait fou de joie de la voir s'installer chez lui à demeure.

Clancy était un crétin suicidaire.

André a préféré l'ignorer.

— Une délégation de personnalités de La Nouvelle-Orléans s'est rendue à Baton Rouge auprès de la reine, a-t-il enchaîné. Les notables humains pensent que le retour des vampires à La Nouvelle-Orléans pourrait relancer le tourisme. En attendant, la reine a pris contact avec les quatre autres shérifs pour s'entretenir avec eux du coût de la restauration.

André fixait à présent son regard froid sur Eric. Celui-ci lui a adressé un imperceptible hochement de tête. Impossible de dire comment il prenait ce prélèvement obligatoire pour réparations royales.

Depuis que la réalité avait dépassé la fiction, donnant ainsi raison à Anne Rice, tous les vampires dignes de ce nom – ou tout fan de ces derniers qui se respectait – se devaient d'aller à La Nouvelle-Orléans. Cette ville était devenue un vrai Disneyland version vampire. Mais Katrina avait balayé tout cela – et tant d'autres choses. Même notre petite ville perdue se ressentait encore des effets du cyclone : Bon Temps était toujours envahi par les sinistrés qui avaient fui au nord de l'État.

— Et qu'en est-il de sa résidence secondaire ? s'est enquis Eric.

La reine avait fait l'acquisition d'un ancien monastère, aux abords du Garden District, où elle donnait de grandes réceptions, réservées aux vampires ou non. Bien qu'entourée d'un haut mur d'enceinte, cette propriété n'était pas jugée suffisamment sûre pour héberger Sa Majesté. Classés monuments historiques, les bâtiments ne pouvaient subir la moindre altération, et il était impossible de calfeutrer et de sécuriser les fenêtres. C'était un peu la salle des fêtes personnelle de Sophie-Anne Leclerq.

— Elle n'a pas été trop endommagée. Mais là aussi, il y a eu des pillards. Nous avons immédiatement repéré leurs empreintes olfactives, naturellement.

Les loups-garous exceptés, il n'y a pas plus fins limiers que les vampires.

— L'un d'entre eux a tué le lion, a cru bon de préciser André.

Ça m'a fait de la peine. Je l'aimais bien, moi, ce lion. Enfin, de loin.

— Avez-vous besoin de renforts pour les appréhender ? lui a proposé son hôte.

André a haussé un sourcil hautain.

— Je posais juste la question à cause de votre réduction d'effectifs, a aussitôt ajouté Eric.

— Non, le problème est déjà réglé.

J'ai préféré ne pas imaginer comment, surtout en voyant le petit sourire qu'esquissait André.

— En dehors des pillages, dans quel état sont les bâtiments ? a insisté Eric, histoire de remettre la conversation sur les rails.

— La reine peut y séjourner, le temps de faire le tour de ses autres propriétés, mais guère plus d'une nuit ou deux.

Discrets acquiescements à la ronde.

— Quant aux pertes d'effectifs que nous avons effectivement essuyées... a repris André, qui suivait manifestement son ordre du jour à la lettre.

À ces mots, une légère tension a envahi la pièce. Même Jake, le petit nouveau, m'a semblé crispé.

— Comme vous le savez, nos premières estimations étaient modestes. Nous nous attendions à voir nombre de disparus se manifester, une fois le gros de la tempête passé. Mais seuls dix ont refait surface : cinq ici, trois à Baton Rouge et deux à Monroe. Il semble que nous ayons perdu trente des nôtres, rien qu'en Louisiane. Le Mississippi déplore au moins dix disparus.

La nouvelle a provoqué une perceptible, bien qu'infime, agitation dans l'assistance. Le nombre de vampires en résidence ou de passage à La Nouvelle-Orléans était élevé. Si Katrina avait frappé une autre ville avec la même violence, les pertes auraient été bien moindres.

J'ai levé la main.

— Et Bubba ? ai-je demandé, après avoir reçu l'accord d'André.

Je n'avais pas revu Bubba, ni eu d'échos de lui depuis Katrina. N'importe qui le reconnaîtrait au premier coup d'œil. On l'a retrouvé mort sur le carrelage de sa salle de bains, à Memphis, en 1977. Enfin, presque mort. Le problème, c'est que son cerveau était très endommagé lorsqu'il a été vampirisé. Il ne fait pas un vampire très présentable.

— Bubba est toujours en vie. Il s'est caché dans une crypte et a survécu en buvant le sang de petits mammifères. Cependant, il ne va pas très bien, mentalement, et la reine a préféré l'envoyer dans le Tennessee se reposer quelque temps dans la communauté de Nashville.

— André m'a apporté la liste des disparus, est intervenu Eric. Je l'afficherai à la fin de la réunion.

J'avais aussi fait la connaissance de certains des gardes de la reine et j'aurais bien aimé savoir ce qu'ils étaient devenus. Mais ce n'est pas pour ça que j'ai de nouveau levé la main.

Le coup d'œil que m'a jeté André me l'a fait regretter, mais j'ai tenu bon.

— Oui, Sookie?

— Il y a une question qui me turlupine. Je me demande si un des rois ou reines qui assisteront à ce congrès... euh... sommet, enfin, ce que vous voudrez, bref, s'il n'aurait pas un prévisionniste météo, ou quelqu'un comme ça, à son service.

Les regards fixés sur moi sont demeurés sans expression. André a pourtant semblé intéressé. Je ne me suis donc pas démontée et j'ai enchaîné :

— Parce que, au départ, le sommet, ou je ne sais quoi, était bien programmé au printemps, non? Et puis, on repousse, on repousse, on repousse, et patatras! Katrina. Si le sommet avait commencé à la date prévue, la reine aurait pu jouer les grands manitous : elle aurait eu un beau trésor de guerre dans ses caisses et un sacré paquet de guerriers derrière elle. Peut-être qu'on n'aurait pas été si pressé de la poursuivre en justice pour la mort du roi de l'Arkansas. Elle aurait sans doute eu tout ce qu'elle voulait, à ce moment-là. Alors que maintenant, elle y va en...

J'ai failli dire « en faisant la manche », mais je me suis reprise à temps.

— Enfin, elle n'y va pas en position de force.

J'avais imaginé qu'ils me riraient tous au nez, mais le silence qui a suivi mon intervention m'a vite détrompée.

— Cela fait justement partie des choses que vous devrez découvrir au sommet, m'a répondu André. Et, maintenant que vous m'y faites penser, cela ne me paraît pas impossible qu'un des souverains ait engagé un expert météo. Eric ?

— Oui, je crois que l'idée est à creuser, a approuvé Eric en me dévisageant d'un air songeur. On peut toujours compter sur Sookie pour offrir un point de vue novateur.

Pam m'a adressé un sourire rayonnant.

— Et la plainte déposée par Jennifer Cater, qu'est-ce que ça donne ? a lancé Clancy.

Il paraissait de moins en moins à l'aise sur la chaise qu'il croyait avoir si habilement accaparée. On aurait pu entendre une mouche voler. Je ne savais pas de quoi le vampire roux voulait parler, mais il était clair que ça n'aurait pas été une très bonne idée de poser la question. Je n'allais sans doute pas tarder à le découvrir, de toute façon.

— Elle est toujours en cours.

— Jennifer Cater était en passe de devenir le bras droit de Peter Threadgill, m'a discrètement murmuré Pam. Elle gérait ses affaires dans l'Arkansas quand les violents événements que tu sais ont éclaté.

J'ai hoché la tête pour remercier Pam de m'avoir mise au courant. Bien qu'ils n'aient essuyé aucun cyclone, les vampires de l'Arkansas avaient connu une sérieuse réduction de leurs effectifs, eux aussi. Et grâce à leurs petits copains de Louisiane.

— La reine a invoqué la légitime défense, a poursuivi André. Elle n'en a pas moins proposé de

participer au fonds commun, en guise de dédom-
magement.

— Pourquoi ne pas indemniser directement
l'Arkansas ? ai-je chuchoté à l'intention de Pam.

— Parce que, Peter étant mort, la reine considère
qu'en vertu du contrat de mariage, l'Arkansas lui
revient. Elle ne peut pas se dédommager elle-même.
Si Jennifer Cater gagne son procès, non seulement
la reine perdra l'Arkansas, mais elle devra lui payer
une amende colossale. Sans compter les autres compensations demandées...

Aussi silencieux qu'un fantôme, André s'était mis
à déambuler dans la pièce, seule manifestation tan-
gible de son mécontentement.

— Est-ce qu'on a seulement de quoi payer, après
Katrina ?

Décidément, Clancy les collectionnait !

— La reine espère que la plainte sera retirée, a
poursuivi André, ignorant une fois de plus le gaffeur.

Son visage d'éternel adolescent demeurait de
marbre.

— Mais apparemment, la cour est prête à instruire
le procès. Jennifer accuse la reine d'avoir délibérément attiré Threadgill à La Nouvelle-Orléans, hors
de son territoire. Elle prétend qu'elle avait prévu de
lui déclarer la guerre et prémédité son assassinat
depuis le début.

J'entendais André derrière moi, à présent.

— Mais c'est complètement faux ! ai-je protesté.

Et Sophie-Anne n'avait pas tué le roi. J'étais bien
placée pour le savoir : j'étais là quand il était mort.
Le vrai coupable se tenait juste dans mon dos. Et,
sur le moment, j'avais estimé qu'il était dans son
droit.

C'est alors que j'ai senti les doigts glacés d'André
dans mon cou. Comment ai-je su que c'était André ?
Impossible à expliquer. Mais cet effleurement, cette

fraction de seconde où il m'a touchée m'ont brusquement fait prendre conscience d'une terrible évidence : à l'exception de la reine et d'André, j'étais le seul et unique témoin du décès.

Je n'y avais jamais songé et, sur le coup, je vous jure que mon cœur s'est arrêté. Et, à cet instant précis où il cessait de battre, je suis devenue le point de mire d'au moins la moitié des vampires présents. Eric m'a regardée, et j'ai vu ses yeux s'écarquiller. Puis mon cœur s'est remis à cogner dans ma poitrine. L'instant fatidique était passé. Mais je savais qu'Eric n'oublierait pas cette fraction de seconde et qu'il voudrait savoir de quoi il retournait.

— Vous croyez donc que le procès aura lieu ? a-t-il demandé à André, relançant une fois de plus la conversation.

— Si la reine avait assisté au sommet en tant que souveraine de Louisiane – la Louisiane d'avant Katrina, j'entends –, le tribunal aurait sans doute cherché à obtenir un accord à l'amiable entre elle et Jennifer Cater, quelque chose comme une promotion à un poste à haute responsabilité pour Jennifer, sans compter une prime substantielle. Mais les choses étant ce qu'elles sont...

Un silence éloquent s'est fait dans la salle tandis que nous terminions la phrase en silence : la Louisiane et La Nouvelle-Orléans n'étaient plus ce qu'elles avaient été et ne le redeviendraient peut-être jamais. Quant à Sophie-Anne, elle n'était plus qu'un canard boiteux, désormais.

— ... et l'acharnement de Jennifer aidant, je pense que le tribunal va instruire le procès, a conclu André.

— Nous savons tous que les allégations de cette femme sont sans fondement, a alors proclamé une voix glaciale qui s'élevait du coin de la pièce.

J'avais tout fait pour ignorer la présence de mon ex et, jusqu'alors, je m'en étais plutôt bien tirée. Non sans mal.

— Eric était là, poursuivait le vampire, ou plutôt Monsieur Personne. J'étais là. Sookie était là.

C'était vrai. L'accusation de Jennifer Cater, qui prétendait que la reine avait attiré Threadgill, le roi de l'Arkansas, à sa soirée pour le tuer, ne tenait pas debout, pour la bonne et simple raison que le bain de sang avait été provoqué par la décapitation d'un des hommes de la reine de la main de l'un des fidèles serviteurs de Peter Threadgill, justement.

J'ai vu Eric sourire au souvenir de cette mémorable bataille.

— J'ai tué celui qui avait lancé les hostilités, a-t-il précisé. Le roi avait tout fait pour prendre la reine au piège, mais, grâce à notre Sookie, il n'y est pas parvenu. Voyant que son plan avait échoué, il a tout simplement attaqué à découvert. Je n'ai pas revu Jennifer depuis plus de vingt ans, a-t-il ajouté. Elle semble avoir gravi les échelons à une vitesse phénoménale. Elle doit avoir un tempérament impitoyable.

André s'était déplacé sur ma droite et avait réapparu dans mon champ de vision. À mon grand soulagement. Il a hoché la tête. Une fois de plus, tous les vampires présents ont réagi avec un léger mouvement, à l'unisson – enfin, pas tout à fait, mais presque. C'était d'un effet légèrement dérangeant. Je m'étais rarement sentie aussi différente des autres : le seul être au sang chaud dans une pièce remplie de créatures mortes animées.

— Oui, a approuvé André. En temps ordinaire, la reine aurait exigé le soutien de son armée au grand complet. Mais l'économie de moyens à laquelle nous sommes contraints nous oblige à limiter les effectifs à un contingent très restreint.

Une fois encore, André s'est approché de moi jusqu'à me frôler. Il m'a juste effleuré la joue.

Tout à coup, j'ai eu un déclic. C'était donc cela que ressentaient les gens normaux : je n'avais pas la moindre idée des véritables intentions de mes petits camarades ni des objectifs qu'ils poursuivaient. Et c'était ainsi que les vraies gens vivaient leur vie de tous les jours. C'était à la fois effrayant et excitant, comme s'il fallait marcher, les yeux bandés, dans une pièce bondée. Comment les autres faisaient-ils pour supporter ce suspense quotidien ?

— Quoi qu'il en soit, étant donné que d'autres humains seront présents au sommet, la reine veut cette femme à ses côtés pendant les assemblées, a enchaîné André.

« Cette femme », c'était moi, mais il s'adressait exclusivement à Eric.

— Elle veut savoir ce qu'ils pensent. Stan vient d'ailleurs avec son propre télépathe. Vous le connaissez ?

— Hé ! Je suis là, ai-je marmonné dans mon coin.

Non que quiconque ait fait attention à moi – sauf Pam qui m'a, une fois de plus, adressé un sourire éclatant. Et puis, brusquement, tous ces regards glacés se sont rivés sur moi, et je me suis rendu compte qu'ils attendaient ma réponse, qu'André me posait directement la question, en fait. Je m'étais tellement habituée à ce que les vampires fassent comme si je n'étais pas là que je m'étais laissé surprendre.

— Je n'ai rencontré qu'un seul autre télépathe dans ma vie, et il vivait à Dallas, ai-je répondu. J'en déduis que c'est probablement le même : Barry. Il travaillait comme groom au bar à vampires de Dallas quand j'ai détecté son... euh... don.

— Que savez-vous de lui ?

28

— Il est plus jeune et moins expérimenté que moi. Il l'était à l'époque, du moins. Il n'avait toujours pas appris à s'accepter, contrairement à moi.

J'ai haussé les épaules. C'était tout ce que je pouvais dire sur le sujet.

— Sookie accompagnera la reine, a affirmé Eric. Elle est la meilleure dans sa partie.

C'était flatteur… sauf que je me rappelais vaguement avoir entendu Eric dire qu'il n'avait rencontré qu'un seul autre télépathe dans toute son – interminable – existence. C'était rageant aussi, parce qu'il semblait prendre tout le crédit de mon « talent » à son compte.

J'avais beau être impatiente de voir autre chose, de sortir de mon trou perdu, je me suis prise à souhaiter de pouvoir annuler ce fameux voyage à Rhodes. Mais, plusieurs mois auparavant, j'avais accepté d'assister au sommet des vampires en tant qu'employée rémunérée de Sa Majesté. Et je cumulais les heures supplémentaires au *Merlotte* depuis un mois pour que les autres serveuses ne rechignent pas à me remplacer pendant ma semaine de congé. Mon patron m'avait même aidée à les comptabiliser sur un petit graphique.

— Clancy restera ici pour tenir le bar, a annoncé Eric.

— Je vais devoir rester alors que l'humaine va y aller ? a protesté le vampire roux. Je vais tout rater ?

— C'est exactement ça, oui, lui a aimablement confirmé Eric.

Si Clancy avait eu l'intention de se rebeller davantage, un seul coup d'œil à l'expression d'Eric a suffi à l'en dissuader.

— Felicia restera pour t'aider. Bill, tu ne viendras pas non plus, a poursuivi le shérif.

— Si, lui a posément rétorqué la voix glaciale du coin de la pièce. La reine a besoin de moi. J'ai travaillé d'arrache-pied sur cette base de données, et elle m'a demandé de la commercialiser pour se renflouer.

Pendant une minute, Eric a paru changé en statue. Puis la statue s'est animée : un léger haussement de sourcils.

— Ah, oui ! J'avais oublié tes compétences en informatique, a-t-il concédé d'un air totalement détaché, montrant que le fait n'avait qu'une importance négligeable à ses yeux.

— J'imagine que tu vas devoir venir avec nous, en effet, a-t-il conclu. Maxwell ?

— Si tel est ton désir, je resterai, a répondu l'intéressé, manifestement décidé à montrer qu'il savait ce qu'être un sous-fifre signifiait.

Il a d'ailleurs enfoncé le clou en jetant un regard circulaire qui se voulait édifiant. Eric a hoché la tête. Maxwell allait sans doute avoir un joli jouet pour Noël, alors que Bill – oups ! Personne – n'aurait que ses yeux pour pleurer.

— Tu resteras donc ici. Et toi aussi, Thalia. Mais tu dois me promettre de bien te tenir au bar.

Quand Thalia accomplissait son temps de présence obligatoire au *Fangtasia* – ce qui se limitait pour elle à rester assise et à jouer les vampires mystérieuses et énigmatiques un ou deux soirs par semaine –, il y avait parfois des... incidents de parcours.

Aussi maussade et renfrognée qu'à l'accoutumée, Thalia a acquiescé d'un signe de tête.

— Je n'ai aucune envie d'y aller, de toute façon, a-t-elle marmonné.

Ses yeux ronds et noirs n'exprimaient que mépris pour le reste du monde. Elle en avait décidément trop vu, au cours de sa vie, et j'avais l'impression qu'elle n'avait trouvé aucun plaisir à vivre depuis des siècles. J'essayais d'éviter Thalia au maximum. J'étais

30

même étonnée qu'elle condescende à fréquenter ses semblables : elle avait le profil type du renégat, d'après moi.

— Elle n'a aucune ambition, m'a soufflé Pam à l'oreille. Elle veut juste qu'on lui fiche la paix. Elle a été expulsée de l'Illinois parce qu'elle se montrait un peu trop agressive après la Grande Révélation.

La Grande Révélation. C'était ainsi que les vampires appelaient cette fameuse nuit où ils étaient apparus sur tous les écrans de la planète pour nous annoncer, non seulement qu'ils existaient réellement, mais aussi qu'ils avaient décidé de sortir de l'ombre et entendaient bien s'intégrer, à tous les niveaux, à notre société.

— Eric laisse Thalia faire ce qui lui chante tant qu'elle respecte les règles du jeu et qu'elle effectue ses heures au bar, poursuivait Pam d'une voix à peine audible. Elle sait parfaitement ce qui l'attend si elle franchit la limite. Elle semble parfois l'oublier, pourtant. Elle devrait lire Abby. Ça lui donnerait des idées, de quoi s'occuper.

Voyons, quand on commence à voir la vie en noir, il faut... Ah, oui ! Se rendre utile, aider son prochain, se trouver un nouveau passe-temps ou quelque chose dans le genre. C'est bien la recette habituelle, dans ces cas-là, non ? J'ai soudain imaginé Thalia se portant volontaire pour assurer le service de nuit dans un hospice, et j'ai été prise de frissons. L'idée de Thalia se mettant au tricot, deux longues aiguilles pointues entre les mains, m'a fait frémir de plus belle. Ce n'était pas moi qui allais la pousser à suivre les conseils d'Abby !

— Donc, les seuls qui assisteront au sommet seront André, notre vénérée reine, Sookie, moi, Bill et Pam, a récapitulé Eric. Sans compter Cataliades, l'avocat royal ; sa nièce, qui lui sert de coursier ; Rasul, qui viendra en tant que chauffeur, et Sigebert, bien sûr. Ah, oui! J'oubliais Gervaise, de la Quatrième Zone, et son humaine – faveur accordée d'autant plus facilement que Gervaise a si aimablement accepté d'héberger Sa Majesté. Voilà notre délégation au complet. Je sais que certains d'entre vous sont déçus. Espérons simplement que l'année prochaine sera plus favorable à la Louisiane – et à l'Arkansas, que nous pouvons désormais considérer comme faisant partie de notre territoire.

— Je crois que nous avons fait le tour de la question, en ce qui vous concerne, a conclu André.

Quant aux autres questions qu'il comptait aborder avec Eric, elles seraient discutées en privé.

André ne m'avait plus touchée, ce dont je m'accommodais fort bien : sous ses dehors de gentil blondinet, il me faisait peur, jusqu'au bout de mes ongles vernis. Cela dit, j'aurais dû ressentir la même chose avec tous ceux qui m'entouraient. Si j'avais eu deux sous de jugeote, j'aurais déménagé dans le Wyoming, l'État qui avait le taux de déterrés le plus bas de tout le pays : deux. Il y avait eu un article sur eux dans *American Vampire*. Certains jours, ce n'était pas l'envie qui me manquait d'aller m'exiler là-bas.

J'ai sorti un petit bloc-notes de mon sac tandis qu'Eric nous annonçait nos dates de départ et de retour, l'heure à laquelle notre charter d'Anubis Air arriverait à Shreveport et la liste des tenues dont nous aurions besoin pour le sommet. Je me disais avec dépit que j'allais encore devoir emprunter ce qui me fallait à mes amies quand Eric a ajouté :

— Sookie, ces vêtements entrant dans la catégorie des frais professionnels, j'ai pris la liberté d'appeler ton amie Tara. Tu as donc un crédit dans sa boutique. Fais-en bon usage.

Je me suis sentie rougir. Sookie, la cousine pauvre de la famille, était de retour. Mais Eric a précisé :

— Il y a bien un compte ouvert pour le personnel dans deux ou trois magasins de Shreveport, mais ce ne serait pas très pratique pour toi.

J'ai senti la tension dans mes épaules se dénouer. J'espérais qu'il disait vrai. En tout cas, personne n'a cillé.

— Ce n'est pas parce que nous avons été victimes d'une catastrophe que nous devons passer pour des déshérités, a insisté Eric en veillant à ne pas m'adresser un regard trop appuyé.

« Ne pas avoir l'air minable », me suis-je empressée de noter sur mon petit carnet.

— C'est compris ? Notre but, en assistant à ce congrès, est de soutenir notre reine alors qu'elle se voit obligée de se laver de ces ridicules accusations, mais aussi de rappeler à tous que nous venons d'un État prestigieux. Aucun des vampires de l'Arkansas qui étaient venus en Louisiane avec leur roi n'est plus là pour raconter ce qui s'est passé, de toute façon, a conclu Eric avec un sourire qui n'avait rien d'avenant.

Tiens donc.

Comme c'était pratique.

2

— Puisque tu épouses un policier, Halleigh, tu vas peut-être pouvoir me dire... s'il a une grosse matraque.

Personne parmi cette assemblée de dames on ne peut plus B.C.B.G. n'a semblé autrement surpris d'entendre Elma Claire Vaudry, honorable institutrice d'une quarantaine d'années et collègue de Halleigh, poser cette question pour le moins scabreuse.

J'étais, quant à moi, assise à côté de la future mariée, Halleigh Robinson, puisqu'on m'avait assigné la tâche – ô combien importante – de faire la liste des cadeaux et de leurs donatrices, à mesure que la reine de la fête ouvrait les paquets dans un déluge de papier argenté et de bolduc frisotté.

— Comment le saurais-je ? a répondu Halleigh, avec un air naïf de parfaite petite fille sage, déclenchant un véritable concert de gloussements et autres ricanements incrédules.

— Eh bien, et les menottes, alors ? a insisté Elma Claire. Vous les avez déjà essayées ?

Un aimable brouhaha de voix féminines, à l'accent du Sud prononcé, s'est élevé dans le salon de Marcia Albanese, laquelle avait accepté de prêter sa maison pour abriter la fête d'Halleigh. Les autres organisatrices s'étaient contentées de pourvoir au buffet.

— Vous exagérez, Elma Claire, a protesté Marcia, sans quitter son poste à la table des rafraîchissements.

Mais elle souriait. Elma Claire s'était attribué le rôle de la délurée de service, et les autres n'avaient été que trop contentes de le lui laisser.

Elma Claire ne se serait jamais permis une telle vulgarité en présence de Caroline Bellefleur. Socialement parlant, Miss Caroline était la gardienne du temple, à Bon Temps. En dépit de son âge canonique, Miss Caroline se tenait aussi droite qu'un général à la parade. Seul quelque chose d'exceptionnel l'aurait empêchée d'assister à un événement familial important. Or, ce quelque chose était effectivement arrivé : à la stupeur générale, Caroline Bellefleur avait eu une crise cardiaque.

Ses proches, eux, n'avaient pas été surpris. En fait, le grand double mariage des Bellefleur (celui de Halleigh et d'Andy, et celui de Portia avec son comptable), initialement prévu au printemps précédent, avait été organisé en toute hâte parce que l'état de santé de Caroline Bellefleur s'était brusquement détérioré. Et voilà que, devançant même la date de ces mariages précipités, Miss Caroline avait été fauchée par cette crise cardiaque. Puis, comme si ça ne suffisait pas, elle s'était fracturé la hanche.

En accord avec sa sœur et son futur beau-frère, Andy avait donc décidé de repousser la cérémonie fin octobre. Mais j'avais entendu dire que Miss Caroline ne se remettait pas aussi bien que ses petits-enfants l'avaient espéré. On disait même que plus jamais elle ne serait ce qu'elle avait été.

Les joues tout empourprées, Halleigh se débattait avec le ruban d'une grosse boîte. Je lui ai tendu les ciseaux. La tradition voulait qu'on ne coupe pas le ruban – une histoire de prédiction du nombre d'enfants à venir –, mais j'étais prête à parier que Halleigh ne serait pas contre une petite entorse au règlement. Elle a quand même coupé le ruban face à elle, pour que personne ne remarque ce manquement délibéré à la coutume, et m'a remerciée du regard. Nous étions toutes sur notre trente et un, bien sûr, et Halleigh était ravissante dans son tailleur-pantalon bleu ciel avec des roses roses sur la veste. Elle arborait aussi un petit bouquet à la boutonnière.

J'avais l'impression d'observer une tribu exotique dans un quelconque pays lointain. Une tribu qui, comme par hasard, parlait justement ma langue. Je suis serveuse, donc plusieurs échelons en dessous de Halleigh sur l'échelle sociale, et il se trouve que je suis aussi télépathe, quoique les gens aient tendance à l'oublier – d'abord parce que c'est plutôt difficile à croire, et ensuite parce que j'ai l'air normale, en apparence. Comme je figurais néanmoins sur la liste des invitées, j'avais fait un effort vestimentaire pour ne pas détonner. Je pensais avoir assez bien réussi. Je portais un petit haut blanc cintré sans manches, un pantalon jaune et des sandales orange et jaune. J'avais détaché mes cheveux, qui tombaient sous mes épaules en un beau carré long bien lisse. De petites boucles d'oreilles jaunes et une chaîne en or parachevaient le tableau. On avait beau être fin septembre, il faisait encore une chaleur d'enfer, et toutes ces dames avaient mis leurs plus belles robes d'été, à l'exception de quelques-unes, qui avaient courageusement revêtu les teintes automnales.

Je connaissais tout le monde, forcément. Bon Temps n'est pas Chicago. Et puis, cela fait pratiquement deux siècles que des générations de Stackhouse s'y succèdent. Mais connaître les gens ne veut pas nécessairement dire se sentir à l'aise avec eux.

Et j'étais bien contente que Marcia Albanese m'ait attribué ce rôle de gratte-papier. Elle était plus futée que je ne l'aurais pensé.

En tout cas, j'en apprenais, des choses ! Je faisais pourtant de mon mieux pour ne pas prêter attention aux pensées de ces dames, et ma tâche était suffisamment prenante pour m'y aider, mais j'étais littéralement bombardée.

Halleigh était sur un petit nuage : on la couvrait de cadeaux, et elle allait épouser un garçon formidable. Je me disais qu'elle ne devait pas connaître son fiancé si bien que ça. Je ne doutais pas qu'Andy ait de très bons côtés... même si je ne les avais encore jamais remarqués. Une chose était sûre, néanmoins : il avait plus d'imagination que le citoyen moyen de Bon Temps. Mais je savais aussi qu'il cachait en lui des peurs et des désirs profondément enfouis.

La mère de Halleigh était venue de Mandeville pour assister à la petite fête, naturellement, et elle arborait son plus beau sourire pour faire honneur à sa fille. J'étais sans doute la seule à savoir qu'elle détestait la foule, même une foule aussi réduite que celle-ci. Chaque minute passée dans le salon de Marcia était un vrai calvaire pour Linette Robinson. À l'instant, alors même qu'elle riait de la dernière boutade d'Elma Claire, elle aurait donné n'importe quoi pour être chez elle, avec un bon bouquin et un verre de thé glacé bien frais.

Je m'apprêtais déjà à lui dire que ce serait fini dans... – j'ai jeté un coup d'œil à ma montre – une heure, une heure et quart au plus tard, mais je me suis rappelé juste à temps que je ne ferais que l'affoler davantage. J'ai griffonné : « Selah Pumphrey : torchons » et j'ai attendu posément la suite des événements. Selah s'était attendue que je fasse un esclandre en la voyant arriver, simplement parce qu'elle sortait depuis des semaines avec le vampire que j'avais répudié. Selah s'imaginait toujours que j'allais lui sauter à la gorge. Elle avait une mauvaise opinion de moi, alors qu'elle ne me connaissait pas du tout. En tout cas, elle ne se rendait manifestement pas compte que le vampire en question avait tout bonnement disparu de mon écran radar depuis un moment. Elle avait dû être invitée parce qu'elle avait aidé Andy et Halleigh à trouver la petite maison qu'ils avaient achetée récemment. Elle était agent immobilier.

« Tara Thornton : body en dentelle », ai-je écrit, avant de sourire à ma copine Tara, qui avait choisi le cadeau de Halleigh dans le stock de sa boutique. Elma Claire avait, bien évidemment, des tas de choses à dire sur la guêpière, pour le plus grand plaisir de toutes – en apparence, du moins. Certaines, en réalité, ne goûtaient pas son humour débridé, d'autres pensaient que son pauvre mari avait bien du mérite, et d'autres encore souhaitaient juste qu'elle se taise. Parmi ces dernières se trouvaient Linette Robinson, sa fille et moi.

La directrice de l'école où Halleigh enseignait lui avait offert de ravissants sets de table, et la sous-directrice les serviettes assorties. J'ai noté ça avec application et jeté le papier cadeau dans le sac-poubelle, à mes pieds.

— Merci, Sookie, m'a murmuré Halleigh, pendant qu'Elma Claire se lançait dans une énième plaisanterie, laquelle évoquait très explicitement le déroulement de la nuit de noces. Je vous suis vraiment reconnaissante de votre aide.

— De rien…

J'étais un peu surprise quand même.

— Andy m'a dit qu'il vous avait demandé de cacher ma bague de fiançailles, quand il m'a demandé ma main, a-t-elle poursuivi en souriant. Et vous m'avez aussi aidée en d'autres circonstances.

Andy lui avait donc tout raconté à mon sujet?

— C'est bien naturel, ai-je bredouillé, un peu embarrassée.

Elle a jeté un coup d'œil en direction de Selah Pumphrey, assise à deux chaises de distance.

— Fréquentez-vous toujours ce très bel homme que j'avais aperçu chez vous? m'a-t-elle alors demandé en haussant le ton. Ce beau brun ténébreux?

Halleigh avait vu Claude quand celui-ci m'avait déposée devant la petite maison que Sam m'avait provisoirement louée en ville. Claude, le frère de Claudine, ma bonne fée – oui, oui, littéralement –, était effectivement à tomber, et il pouvait se montrer vraiment charmant (avec les femmes) pendant au moins une minute trente-cinq sans interruption. Il avait fait un effort, lors de cette rencontre avec Halleigh, et je ne pouvais que l'en remercier, maintenant que je voyais la tête que tirait Selah Pumphrey, qui avait immédiatement dressé les oreilles comme un vrai chien d'arrêt.

— Je l'ai revu il y a environ trois semaines, mais nous ne sortons plus ensemble, ai-je avoué.

Nous n'étions jamais sortis ensemble, d'ailleurs, vu que, pour plaire à Claude, il aurait fallu que j'aie une barbe de trois jours et certains attributs dont je serai toujours dépourvue. Mais tout le monde n'avait pas besoin de le savoir, n'est-ce pas?

— Je sors avec quelqu'un d'autre, en ce moment, ai-je cru bon d'ajouter avec la plus parfaite modestie.

— Ah, oui?

L'air non moins innocent, Halleigh affichait à présent la plus vive curiosité. Décidément, cette fille m'était de plus en plus sympathique.

— Oui, un consultant de Memphis.

— Il faudra nous l'amener au mariage, alors. N'est-ce pas, Portia?

Oups. Portia Bellefleur, la sœur d'Andy et deuxième future mariée du double mariage, m'avait demandé d'assister à la réception, mais pour servir les boissons avec mon boss, Sam Merlotte. Maintenant, elle était coincée. Jamais elle ne m'aurait conviée à ses noces en tant qu'invitée (je n'avais pas reçu de carton pour sa fête, en tout cas). Je me suis tournée vers l'intéressée avec un sourire radieux.

— Mais bien sûr, a répondu Portia avec un naturel confondant – après tout, en tant qu'avocate, elle avait des années de plaidoiries derrière elle. Nous serions ravis que vous veniez avec votre ami, Sookie.

J'ai eu une réjouissante vision de Quinn se transformant en tigre en pleine réception, et mon sourire s'est encore élargi.

— Je vais voir s'il peut se libérer.

— Et maintenant, votre attention, s'il vous plaît, a alors demandé Elma Claire. Mon petit doigt m'a dit de noter tous les commentaires de la future mariée quand elle a déballé ses cadeaux, parce que, vous savez, ce sont ceux qu'elle fera au cours de sa nuit de noces.

Elle agitait un petit carnet. Tout le monde s'est aussitôt tu: signe d'une impatience – ou d'une appréhension – manifeste.

— Voici la première chose qu'elle a dite: « Oh ! Le joli paquet ! »

Concert de petits rires polis.

— Ensuite, elle a dit... voyons... « C'est exactement la bonne taille. J'ai hâte d'essayer ! »

Gloussements.

— Et puis encore: « Oh ! Voilà qui me sera bien utile ! »

Hilarité générale.

40

Puis nous sommes passées aux gâteaux, au punch, aux cacahuètes et au *cheese ball*. Tenant assiettes et verres en équilibre périlleux, nous regagnions toutes nos places quand Maxine Fortenberry a lancé:

— Comment va ta nouvelle copine, Sookie? Cette fille de La Nouvelle-Orléans?

Maxine avait beau se trouver à l'autre bout de la pièce, sa voix portait sans aucune difficulté. La cinquantaine finissante, solide et pleine d'entrain, Maxine avait toujours été une vraie mère pour Jason, qui était aussi le meilleur ami de son fils, Hoyt.

— Amelia va bien.

Consciente d'être devenue le point de mire de l'assemblée, j'avais affiché mon grand sourire nerveux habituel.

— C'est vrai qu'elle a perdu sa maison dans les inondations? a poursuivi Maxine.

— Son locataire lui a dit qu'il y avait eu de gros dégâts, oui. Alors, Amelia attend des nouvelles de l'assurance pour décider ce qu'elle doit faire.

— Heureusement qu'elle était chez toi quand le cyclone est arrivé!

La pauvre Amelia devait avoir entendu ça des milliers de fois, depuis le mois d'août, et elle devait aussi en avoir plus qu'assez d'essayer de jouer celle qui avait eu de la chance.

— Oh, oui! ai-je reconnu, conciliante.

L'arrivée d'Amelia Broadway avait délié les langues, à Bon Temps. C'était compréhensible.

— Donc, pour l'instant, Amelia va rester chez vous? Halleigh venait à mon secours.

— Le temps qu'il faudra, oui.

— C'est drôlement gentil à vous, a approuvé Marcia.

— Oh, vous savez, Marcia, j'ai tout un étage dont je ne me sers pas. Amelia l'a aménagé, en plus. Elle a fait mettre l'air conditionné et c'est beaucoup mieux qu'avant. Ça ne me dérange pas du tout.

— N'empêche, il y a plein de gens qui ne voudraient pas de quelqu'un chez eux aussi longtemps. Je me dis bien que je devrais accueillir un de ces malheureux qu'on a logés au *Days Inn*, mais je n'arrive pas à me faire à l'idée de laisser un inconnu vivre chez moi.

— Moi, j'aime bien. Ça me fait de la compagnie.

Et c'était vrai, la plupart du temps.

— Amelia est-elle retournée voir sa maison?

— Une fois seulement.

Amelia s'était contentée d'un bref passage à La Nouvelle-Orléans, de peur de se faire repérer par ses consœurs. Elle n'était pas en odeur de sainteté auprès des sorcières de sa communauté.

— En tout cas, elle adore son chat, est alors intervenue Elma Claire. Elle était avec son gros matou, l'autre jour, chez le vétérinaire, quand j'y ai amené Houppette.

Houppette, le persan blanc d'Elma Claire, devait bien avoir quelques millions d'années au compteur.

— Je lui ai demandé pourquoi elle ne le faisait pas castrer, a poursuivi la bavarde impénitente, et vous savez quoi? Elle lui a aussitôt couvert les oreilles, comme s'il pouvait m'entendre. Et elle m'a suppliée de ne pas parler de ça devant lui. À l'entendre, on aurait cru qu'elle parlait d'un être humain!

— Elle lui est très attachée, lui ai-je répondu, sans trop savoir si j'avais plus envie de rire ou de vomir à l'idée de Bob se faisant castrer par le vétérinaire.

— Comment l'as-tu connue, cette Amelia, au fait? Maxine ne désarmait pas.

— Vous vous souvenez de ma cousine Hadley?

Hochements de tête unanimes, à l'exception des nouvelles : Halleigh et sa mère.

— Eh bien, quand Hadley vivait à La Nouvelle-Orléans, elle louait à Amelia l'étage au-dessus de chez elle. Et lorsque Hadley est décédée – nouveaux hochements de tête à la ronde, plus solennels, cette fois –, je suis allée à La Nouvelle-Orléans pour mettre de l'ordre dans ses affaires. C'est comme ça que j'ai rencontré Amelia. On est devenues amies, et elle a décidé de venir me rendre visite à Bon Temps.

Toutes ces dames me regardaient, impatientes de connaître la suite. Parce qu'il fallait bien qu'il y ait une explication rationnelle à cette visite, n'est-ce pas ?

Il y avait effectivement une explication, mais à mon avis, elles n'étaient pas prêtes à l'entendre – Amelia, après une nuit d'amour échevelée, avait accidentellement changé Bob en chat en voulant expérimenter de nouveaux jeux érotiques. Je n'avais jamais demandé à Amelia de me décrire les circonstances exactes de l'accident en question. Je n'avais pas vraiment envie d'avoir une vision de la scène. Cependant, tout le monde attendait toujours une explication. N'importe laquelle, mais une explication.

— Amelia a eu une rupture difficile avec son petit ami, ai-je donc expliqué, sur le ton de la confidence.

Expressions de curiosité et de compassion mêlées, dans l'assistance.

— C'était un mormon.

Eh bien... Bob ressemblait assurément à un mormon, avec son pantalon noir et sa chemisette blanche. Il était même arrivé chez Amelia à vélo. En fait, Bob était un sorcier et faisait partie du clan d'Amelia.

— Il a frappé à sa porte et il est immédiatement tombé... amoureux.

« Tombé dans son lit » plutôt. Mais, en l'occurrence, ça ne changeait pas grand-chose à l'histoire.

— Ses parents étaient-ils au courant ?

— Ses frères mormons l'ont-ils découvert ?

— Est-ce qu'ils n'ont pas le droit d'avoir plusieurs femmes ?

Les questions pleuvaient, tout à coup. J'ai attendu que les mitraillettes soient à court de munitions. Je n'étais pas habituée à échafauder des scénarios et je commençais à manquer d'éléments plausibles sur lesquels asseoir le reste de mon histoire.

— Je n'y connais pas grand-chose en matière de mormons, ai-je répondu à la dernière question (rien n'était plus vrai.) Mais je ne crois pas que les mormons modernes aient plus d'une femme. En tout cas, ce qui s'est passé, c'est que les parents de Bob ont découvert le pot aux roses. Ils sont devenus fous de rage parce qu'ils estimaient qu'Amelia n'était pas assez bien pour lui. Alors, ils sont venus le chercher pour le ramener de force chez lui. D'où le départ d'Amelia. Elle voulait quitter La Nouvelle-Orléans pour se changer les idées, oublier le passé, vous comprenez...

Toutes ont hoché la tête avec un bel ensemble, fascinées par la tragédie de cette malheureuse Amelia. Je me suis sentie un peu coupable. Pendant une ou deux minutes, tout le monde a donné son avis sur le drame. Finalement, Maxine Fortenberry a résumé la situation.

— La pauvre ! s'est-elle exclamée. Il aurait dû leur tenir tête.

J'ai alors tendu à Halleigh un nouveau paquet à ouvrir.

— En tout cas, vous êtes sûre que ça ne risque pas de vous arriver, Halleigh, ai-je enchaîné pour changer de sujet. Andy est fou de vous. Ça crève les yeux.

Elle a rougi.

— Nous aimons tous Andy, a affirmé sa mère.

Nous en revenions enfin à nos moutons.

La conversation a ensuite dérivé sur le menu du mariage, puis sur les repas que chacune des différentes confessions organisait à tour de rôle pour les réfugiés. Le lendemain, c'était celui des catholiques, et Maxine a paru soulagée lorsqu'elle a annoncé que le nombre de convives était tombé à vingt-cinq.

En rentrant, j'étais épuisée. Je n'étais pas habituée à tant de mondanités. Et il me restait encore à mettre Amelia au courant de son tout nouveau passé. Puis j'ai aperçu un pick-up garé dans ma cour, et toutes ces pensées se sont subitement envolées.

Quinn était là. Quinn, le tigre-garou qui gagnait sa vie en organisant des événements pour le monde de l'étrange. Mon Quinn adoré. J'ai pratiquement sauté de la voiture – après m'être garée derrière la maison et avoir jeté un coup d'œil anxieux dans le rétroviseur pour m'assurer que mon maquillage n'avait pas coulé.

Quinn s'est rué au-dehors par la porte de derrière, au moment où je montais les marches de la véranda quatre à quatre. Je lui ai sauté au cou. Il m'a soulevée de terre et m'a fait tourner comme une toupie. Quand il m'a reposée, il m'a embrassée en tenant mon visage entre ses grandes mains de géant.

— Tu es magnifique, a-t-il dit dans un souffle. Et tu sens drôlement bon, a-t-il ajouté, toujours pantelant.

Et il a recommencé à m'embrasser.

Hélas, tout a une fin.

— Oh! Ça fait tellement longtemps! me suis-je écriée, rayonnante. Je suis si contente de te trouver ici!

Je n'avais pas vu Quinn depuis des semaines. La dernière fois, il avait fait un petit crochet par Shreveport, alors qu'il se rendait en Floride avec un chargement de matériel pour la cérémonie d'initiation de la fille d'un chef de meute.

— Tu m'as manqué, bébé, m'a-t-il répondu avec un sourire, découvrant ses superbes dents blanches.

Son crâne rasé scintillait aussi dans la lumière du soleil, rasante à cette heure tardive.

— Ta coloc a eu le temps de me raconter les dernières nouvelles, pendant que tu étais à ta petite fête. Comment c'était?

— Comme toutes les fêtes de ce genre: cadeaux et bavardages à tous les étages. C'est le deuxième auquel j'assiste pour cette fille. Et je ne me suis pas moquée d'elle: je lui ai offert une assiette de son service comme cadeau de mariage.

— On peut aller à plusieurs fêtes de ce genre pour la même personne?

— Dans une petite ville comme ici, oui. Et Halleigh est rentrée à Mandeville, cet été, pour en faire une autre, avec un dîner en prime. J'en déduis qu'elle et Andy ne manqueront vraiment de rien.

— Je croyais qu'ils devaient se marier en avril dernier.

Je lui ai raconté la crise cardiaque et la fracture de Caroline Bellefleur.

— Et chaque fois, les médecins pensaient qu'elle ne s'en remettrait pas. Mais elle est toujours là! Donc, le mois prochain, Andy et Halleigh et Portia et Glen vont avoir le mariage mondain le plus attendu de l'année et le plus couru de Bon Temps. Et tu es invité, ai-je conclu.

— Ah, oui?

Nous avions déjà pris le chemin de la cuisine. J'avais hâte de me déchausser et de voir ce que ma colocataire fabriquait. Je me creusais la tête pour trouver quelque course à lui confier qui l'éloignerait un petit moment. J'avais trop rarement l'occasion de voir Quinn, qui était, comme qui dirait, mon petit copain, si je pouvais encore utiliser cette expression, vu mon grand âge (vingt-quatre ans). Enfin, je me disais qu'il pourrait devenir mon petit copain, s'il ralentissait assez pour avoir le temps de s'attacher – à moi, de préférence.

Mais ses obligations professionnelles – il travaillait pour Special Events, une filiale de E(E)E, Extreme (ly Elegant) Events – couvraient un vaste territoire, au sens propre comme au figuré. Depuis notre enlèvement par des loups-garous à La Nouvelle-Orléans, je n'avais revu Quinn que trois fois. La première quand il s'était arrêté à Shreveport, un week-end, pour aller je ne sais où – il m'avait invitée à dîner dans un restaurant cajun à la mode, *Ralph and Kacoo's*, et nous avions passé une merveilleuse soirée, mais il m'avait ramenée à la maison et était rentré se coucher seul parce qu'il devait se lever tôt le lendemain. La deuxième fois, il était venu au *Merlotte* pendant que je travaillais. Comme c'était une soirée calme, j'avais pu m'asseoir à sa table et discuter avec lui une petite heure. La troisième fois, je lui avais tenu compagnie pendant qu'il chargeait son camion. C'était en plein été : nous ruisselions de sueur, sans parler de la poussière, des entrepôts, des camions qui passaient... Pas très romantique, comme ambiance.

Et même si Amelia descendait à présent obligeamment l'escalier avec son sac en bandoulière, dans la manifeste intention d'aller faire un tour en ville pour nous laisser un peu d'intimité, ça n'avait franchement rien d'exaltant d'imaginer qu'on allait devoir saisir cette brève occasion pour concrétiser notre relation.

— Au revoir! nous a lancé Amelia, avec un sourire jusqu'aux oreilles.

Comme elle avait les dents les plus blanches du monde, on aurait dit le chat d'*Alice au pays des merveilles*. Amelia avait des cheveux courts en pétard (elle prétendait que personne n'était fichu de les lui couper correctement à Bon Temps), et son visage hâlé ne portait pas la moindre trace de maquillage. Elle avait tout de la jeune maman de province avec un siège auto à l'arrière de son monospace, le genre de maman qui fait régulièrement son petit footing, sa petite séance à la piscine et sa petite partie de tennis. En fait, Amelia courait vraiment trois fois par semaine et pratiquait le tai-chi dans ma cour. Mais elle avait horreur de l'eau et estimait que le tennis était «pour les crétins finis». Pour ma part, j'ai toujours eu de l'admiration pour les tennismen. Mais quand Amelia avait quelque chose dans le crâne, elle n'en démordait pas.

— Je vais au centre commercial de Monroe, nous a-t-elle précisé. Des courses à faire.

Et, tout en agitant la main avec un petit air du genre «je suis une coloc trop sympa», elle a sauté dans sa Mustang et elle a disparu… nous laissant, Quinn et moi, nous regarder en chiens de faïence.

— Sacrée Amelia! ai-je commenté, follement inspirée.

— Il n'y en a pas deux comme elle, a renchéri Quinn, guère à l'aise.

— Le truc, c'est que… ai-je commencé, au moment même où il disait: Écoute, je crois qu'on devrait…

Nous nous sommes tous les deux arrêtés net. Il a fait un geste du style «les dames d'abord».

— Tu es là pour combien de temps? lui ai-je alors demandé.

— Je dois repartir demain. Évidemment, je pourrais coucher à Monroe ou à Shreveport, mais…

Nouvelle tournée de regards attentifs. Je ne lis pas
dans les pensées des métamorphes comme dans
celles des humains ordinaires, mais je peux quand
même avoir une petite idée de ce qu'ils ont en tête.
Et je discernais nettement les intentions de Quinn,
des intentions… intenses.

— Donc, si tu es d'accord… a-t-il enchaîné, avant
de mettre un genou à terre.

Je n'ai pas pu m'empêcher de sourire. Mais j'ai
détourné les yeux.

— Le truc, c'est que… ai-je répété, en me disant que
ce genre de conversation serait bien plus facile pour
Amelia, qui était d'une franchise à toute épreuve.
Enfin, comme tu le sais, entre nous, le… euh…

J'ai fait un geste de la main qui nous unissait l'un
à l'autre.

— Courant ? a-t-il suggéré.

— C'est ça. Le courant passe très, très bien. Mais
si on ne doit pas se voir plus souvent qu'au cours de
ces derniers mois, je ne suis pas très sûre de vouloir
sauter le pas.

Cela m'écorchait la bouche d'avoir à le dire, mais
je ne pouvais pas faire autrement. Inutile de me
mettre toute seule dans une situation qui risquait
de me faire plus de mal que de bien.

— J'éprouve pour toi… du désir, lui ai-je avoué.
Un désir très fort. Mais je ne suis pas une fille d'un
soir.

— Après le sommet, je prends des vacances, m'a-
t-il alors annoncé – avec une sincérité absolue que
je pouvais détecter. Un mois de vacances. Je suis
venu te demander si je pouvais les passer avec toi.

— Vraiment ?

C'était plus fort que moi. J'avais tellement de mal
à le croire que j'ai répété :

— Vraiment?

Il m'a souri. Quinn a le teint mat, un nez arrogant, un sourire qui dessine de petites fossettes aux coins de sa bouche et des yeux violets comme une pensée au printemps. Il est aussi baraqué qu'un catcheur professionnel et tout aussi impressionnant. Il a soudain levé sa main puissante, comme s'il prêtait serment.

— Je le jure sur une tonne de bibles.

— Bon... lui ai-je répondu, après avoir pris le temps de faire l'inventaire des réserves que je pouvais avoir pour m'assurer qu'elles étaient insignifiantes.

Et puis, je ne suis peut-être pas équipée d'un détecteur de mensonges, mais je l'aurais senti s'il s'était dit : « Qu'est-ce que je ne ferais pas pour la mettre dans mon lit ! » Les pensées des hybrides sont difficiles à décrypter pour moi – elles sont comme noyées dans une purée de pois –, mais ce genre de chose ne m'aurait pas échappé.

— ... alors, d'accord.

— Waouh.

Son sourire a illuminé tout le salon. Mais dans la seconde qui a suivi, ses yeux ont pris ce regard fixe qu'ont les hommes quand ils n'ont plus qu'une idée en tête: le sexe. Puis il s'est levé, et je me suis retrouvée collée contre lui, ligotée par ses bras qui m'enserraient comme des cordes.

Sa bouche a fondu sur la mienne, et nous avons repris là où nous en étions restés. Sa langue était chaude et agile, et ses mains, qui ne l'étaient pas moins, n'ont pas tardé à explorer ma topographie avec soin: descente de la vallée dorsale pour épouser la courbe des hanches, remontée vers les épaules pour venir cueillir mon visage et redescente le long du cou avec effleurements stratégiques du bout des doigts. Puis ces mêmes mains ont trouvé mes seins et, après avoir sorti mon corsage de mon pantalon, se sont aventurées sur un territoire qu'elles n'avaient fait que survoler précédemment. Quinn a semblé aimer ce qu'il découvrait – si tant est que « mmm » soit un commentaire éloquent. Pour moi, ça en disait plus long que bien des discours.

— Je veux te voir, a-t-il alors murmuré. Je veux tout voir.

Je n'avais encore jamais fait l'amour en plein jour. Est-ce que ce n'était pas franchement scandaleux (et très excitant) de se débattre avec des boutons de pantalon alors que le soleil n'était même pas encore couché ? Encore une chance que j'aie mis cette si jolie lingerie en dentelle blanche avec son mini-slip sexy. Quand je m'habille, je n'aime pas faire les choses à moitié : ça va du manteau jusqu'aux sous-vêtements.

— Oh ! s'est exclamé Quinn en découvrant mon soutien-gorge, qui faisait avantageusement ressortir mon bronzage. Nom de Dieu.

Tout en lui reflétait l'admiration la plus profonde. J'avais déjà enlevé mes chaussures et, heureuse initiative, le matin même, j'avais renoncé aux mi-bas – pratiques mais pas vraiment glamour –, leur préférant le hâle naturel de mes jambes nues. Quinn a passé un bon moment à me mordiller le cou tout en se frayant un chemin à coups de baisers vers le soutien-gorge en question, pendant que je me battais avec sa ceinture. Mais comme il se penchait pendant que j'essayais d'ouvrir la boucle récalcitrante, ça ne fonctionnait pas très bien.

— Défais ta chemise.

Ma voix était presque aussi rauque que la sienne.

— Tu m'as enlevé mon haut, tu dois enlever le tien, ai-je argué – pressée, mais logique.

— Pas de problème.

Aussitôt dit, aussitôt fait. La chemise a atterri sur le canapé. On aurait pu s'attendre à un torse velu. Eh bien, non. En revanche, Quinn était fabuleusement musclé. Il était aussi très bronzé, ce qui n'avait rien de surprenant, vu la saison. Il avait la pointe des seins étonnamment foncée et (moins étonnant) toute dure. Et juste au niveau de mes yeux... Il a commencé à s'occuper de sa maudite ceinture, tandis que je me penchais sur ces tentations ambulantes, embrassant l'une tout en caressant l'autre. Tout son corps s'est alors brusquement raidi, et il a cessé de faire ce qu'il faisait pour plonger ses doigts dans mes cheveux et me plaquer la tête contre lui. Il a poussé un profond soupir, qui tenait plutôt du grondement : une vibration sourde qui montait de l'intérieur. De ma main libre, j'ai tiré sur son pantalon, et il a recommencé à défaire sa ceinture, mais avec un manque évident de conviction. Distraitement, je dirais.

— Allons dans la chambre.

Ce n'était pas une suggestion calme et mesurée de ma part, plutôt une exigence impérieuse et haletante.

Il m'a soulevée de terre, et j'ai noué mes bras autour de son cou pour embrasser cette si belle bouche dont je ne me lassais pas.

— Pas juste, a-t-il marmonné. J'ai les mains prises.

— Le lit.

C'est tout ce que j'ai trouvé à lui répondre. Après m'avoir délicatement déposée à l'endroit indiqué, il est retombé sur moi.

— Les fringues, lui ai-je rappelé.

Mais il avait la bouche pleine – de dentelle blanche, entre autres –, et il n'a pas réagi.

— Oh.

Il se peut que j'aie répété cela encore plusieurs fois, et quelques « oui » aussi. Puis, tout à coup, une

52

idée m'a traversé l'esprit, me ramenant brutalement à la réalité.

— Quinn, est-ce que tu as... tu sais...

Étant donné que les vampires ne peuvent pas mettre une fille enceinte, ni lui transmettre une maladie, je n'avais encore jamais eu besoin de ce genre de chose.

— Pourquoi crois-tu que j'aie encore mon pantalon ? a-t-il rétorqué en sortant un petit carré argenté de sa poche arrière.

Son sourire s'était fait, cette fois, nettement plus carnassier.

— Génial !

Et j'étais on ne peut plus sincère. Je crois que je me serais jetée par la fenêtre si nous avions dû nous arrêter.

— Tu pourrais peut-être enlever ton pantalon, maintenant...

J'avais déjà vu Quinn dans le plus simple appareil, mais dans des circonstances un peu stressantes : en plein bayou, sous une pluie battante, alors que nous étions pourchassés par des loups-garous.

Debout à côté du lit, Quinn a ôté ses chaussures et ses chaussettes, puis son pantalon et enfin le reste, sans se presser, pour me laisser le temps d'admirer le paysage. Sous son boxer – quelque peu déformé – il avait la fesse ferme et haut perchée. La ligne de ses hanches me mettait l'eau à la bouche. Il avait aussi une myriade de petites cicatrices, de fins traits blancs un peu partout, mais elles semblaient tellement faire partie de lui qu'elles ne déparaient en rien le magnifique corps d'athlète que je contemplais, à genoux sur le lit.

— À toi, maintenant, m'a-t-il ordonné.

J'ai dégrafé mon soutien-gorge et j'ai fait glisser les bretelles le long de mes bras.

—Oh! mon Dieu. Je suis le plus heureux des hommes.

Il a marqué une pause, puis il a ajouté:

—Le reste.

Je me suis levée et j'ai fait glisser la petite chose en dentelle sur le tapis.

—C'est comme quand on se retrouve devant un buffet, a-t-il murmuré. On ne sait pas par où commencer.

J'ai désigné mes seins.

—L'entrée, lui ai-je suggéré.

Quinn avait une langue un peu plus râpeuse que le commun des mortels. Je haletais déjà en émettant des sons inarticulés quand il est passé du sein droit au sein gauche, comme s'il essayait de savoir lequel il préférait. Il a eu du mal à se décider, ce qui m'allait très bien. Quand il s'est finalement fixé sur le droit, j'en étais déjà à me plaquer contre lui et, bien qu'inarticulés, les sons que j'émettais ne pouvaient être qualifiés que de désespérés.

—Je crois que je vais sauter le plat de résistance et passer directement au dessert, a-t-il soufflé d'une profonde voix de basse, avec un débit quelque peu haché. Tu es prête, bébé? À t'entendre, tu en as l'air. Et d'après ce que je sens, aussi.

—Je suis plus que prête, lui ai-je confirmé, en refermant la main sur lui.

Il a tressailli de tout son corps et s'est empressé de mettre le préservatif.

—Maintenant, a-t-il grondé. Maintenant!

Je l'ai guidé en moi et je me suis cambrée pour venir à sa rencontre.

—Oh! Depuis le temps que j'en rêve... a-t-il soupiré en s'enfonçant en moi de toute sa longueur.

Après ça, nous n'avons plus été capables de dire quoi que ce soit, ni lui ni moi.

Quinn avait un appétit à la mesure de ses étonnantes proportions.

Il a tellement apprécié le dessert qu'il en a redemandé...

3

Nous étions dans la cuisine quand Amelia est rentrée. Pour la remercier de s'être éclipsée, j'avais donné à manger à son chat. Enfin, à Bob. Mais celui-ci ignorait souverainement sa pâtée, préférant regarder Quinn frire du bacon, tandis que je coupais des tomates. J'avais sorti le fromage et la mayonnaise, la moutarde et les pickles : tout ce dont, dans mon esprit, un homme pouvait avoir envie pour agrémenter son sandwich au bacon. J'avais mis un short en jean élimé et un tee-shirt, et Quinn, après être allé chercher son sac dans son pick-up, avait enfilé sa propre tenue d'intérieur – débardeur et vieux short en coton molletonné.

Amelia a reluqué Quinn de haut en bas pendant qu'il avait le dos tourné. Puis elle m'a regardée, un sourire jusqu'aux oreilles.

— Alors, on a bien fêté les retrouvailles ? a-t-elle demandé, tout en balançant ses sacs de shopping sur la table.

Je l'ai arrêtée tout de suite.

— Non, non, non. Dans ta chambre, s'il te plaît.

Sinon, elle allait vouloir nous détailler le moindre truc qu'elle avait acheté. Elle a fait la moue, mais elle a récupéré ses sacs et les a montés au premier.

Tout en mettant la table, j'ai savouré secrètement l'agréable sensation qui se concentrait au-dessous de mon nombril et la formidable et suprême détente qui m'envahissait. J'ai sorti des verres du placard, puis je me suis dirigée vers le réfrigérateur et j'ai oublié ce que je venais y faire parce que Quinn a reculé au même moment pour me donner un petit baiser. Il avait les lèvres si chaudes, si fermes… Ça m'a rappelé autre chose qui était chaud et ferme. J'ai eu un flash : ce moment de stupeur quand Quinn était entré en moi, la première fois. Une vraie révélation ! Mes précédents partenaires ayant été des vampires, qui plongeaient résolument dans les minima, question température corporelle, imaginez le choc que ça m'avait fait de me retrouver avec un amant pourvu de poumons fonctionnant à plein régime, d'un cœur qui battait et d'un sexe à 37 °C au bas mot. En fait, les hybrides sont un peu plus chauds que les humains normaux. Et même avec le préservatif, je l'avais senti.

— Qu'est-ce qu'il y a ? Pourquoi tu me regardes comme ça ?

Quinn me souriait, l'air intrigué. Je lui ai rendu son sourire.

— Je pensais juste à ta température.

Son sourire s'est fait franchement canaille.

— Tu savais que j'étais chaud, non ? Et mes pensées, ça ne t'a pas posé de problème, de les entendre ? a-t-il ajouté, sérieux tout à coup.

Le fait qu'il se soit simplement posé la question m'a profondément touchée.

— Rien à redire, de ce côté-là, lui ai-je répondu, hilare – c'était plus fort que moi. Tout ce que j'ai pu distinguer, c'est : « Oh, oui, oui, oui. Encore, encore, encore. » Je ne pense pas qu'on puisse considérer ça comme une pensée.

— Pas de problème, alors ? en a-t-il conclu, pas embarrassé pour deux sous.

— Aucun problème. Tant que tu te sens bien et que tu es heureux, moi je suis heureuse.

— Alors c'est génial ! s'est-il exclamé en se retournant vers la cuisinière. Vraiment super.

Je trouvais aussi.

En moins d'une minute, Amelia était de retour et demandait à Quinn s'il y avait assez de bacon pour elle.

— Bien sûr, lui a répondu l'intéressé, en rajoutant obligeamment quelques tranches dans la poêle.

Ça me plaît qu'un mec sache cuisiner.

Amelia a mangé son sandwich avec appétit, puis elle a pris Bob sur ses genoux pour lui donner les petits morceaux de bacon qu'elle avait gardés pour lui. Le gros chat noir et blanc s'est mis à ronronner.

— Alors, comme ça, c'est le type que vous avez malencontreusement changé en chat ? a soudain lancé Quinn, son sandwich également englouti.

— Ouais, a reconnu Amelia en grattant Bob derrière les oreilles. C'est lui.

Assise en tailleur sur sa chaise – posture absolument impossible pour moi –, Amelia semblait complètement captivée par son chat.

— Hein, mon joli minou ? s'est-elle mise à roucouler. Hein, mon gros matou d'amour ?

Quinn a eu l'air très légèrement dégoûté. Mais je dois bien avouer que j'étais tout aussi gâteuse quand j'étais en tête à tête avec Bob. Sous sa forme humaine, Bob le sorcier était un type petit et un peu bizarre, au charme d'ado attardé, avec une tête de premier de la classe. Amelia m'avait dit qu'il était coiffeur. Mais à voir son look un peu désuet, j'en avais conclu que ce devait être pour les pompes funèbres.

— Et alors, comment allez-vous faire ? lui a demandé Quinn.

— Pour l'instant, j'étudie. J'essaie de trouver mon erreur pour la corriger. Évidemment, ce serait plus simple si je pouvais…

Elle a laissé sa phrase en suspens, l'air coupable.

— Contacter ton mentor ? ai-je suggéré, compatissante.

— Ouais. Si je pouvais consulter ma conseillère.

— Et pourquoi vous ne le faites pas ? s'est enquis Quinn.

— D'abord, parce que je n'étais pas censée faire usage de sorts de métamorphose. Et ensuite, parce que je l'ai cherchée sur le Net depuis Katrina – j'ai consulté tous les forums et les sites de messagerie utilisés par les sorcières – et que je n'ai pas retrouvé sa trace. Elle s'est peut-être réfugiée quelque part, chez ses enfants ou chez des amis. Peut-être aussi qu'elle a péri dans les inondations…

— Et pour l'argent ? Vous tirez vos ressources essentiellement de la location de votre immeuble, non ? Comment allez-vous faire, à présent ? Dans quel état est le bâtiment ?

Quinn a pris mon assiette et la sienne pour les mettre dans l'évier. Le moins qu'on puisse dire, c'est qu'il ne faisait pas dans la dentelle ce soir. Je n'en attendais pas moins la réponse d'Amelia avec curiosité. Je brûlais de savoir ce genre de chose depuis le début, mais il y a des questions indélicates qu'on ne pose pas – du style : « De quoi peux-tu bien vivre, alors, maintenant ? » Quoiqu'elle ait travaillé à mi-temps chez mon amie, Tara Thornton, dans sa boutique Tara's Togs, pour remplacer son assistante en arrêt maladie, je ne voyais pas d'où Amelia tirait son argent. Soit elle disposait de comptes en banque déjà bien remplis, soit elle avait une autre source de revenus. À La Nouvelle-Orléans, elle tirait les cartes et pouvait compter sur le loyer de l'appartement qu'elle possédait, mais c'était terminé, maintenant.

Sa mère lui avait laissé de l'argent, m'avait-elle dit. Beaucoup d'argent apparemment.

— Je suis retournée une fois à La Nouvelle-Orléans, depuis le cyclone. Vous connaissez Everett, mon locataire ?

Quinn a hoché la tête.

— Dès qu'il a eu accès à un téléphone, il m'a fait part de l'état de l'immeuble. Il y avait des arbres abattus, des branches à terre et, bien sûr, l'électricité et l'eau ont été coupées pendant une semaine ou deux. Mais, Dieu merci, le quartier n'a pas été trop touché, par rapport à d'autres. Et quand l'électricité a été rétablie, je suis allée jeter un œil.

Elle a respiré un bon coup. Je pouvais capter son appréhension : elle n'avait pas vraiment envie de s'aventurer sur ce terrain-là.

— J'ai... hum... Je suis allée voir mon père pour lui parler des réparations de la toiture. Pour l'instant, on est condamnés au toit bleu, comme la moitié de la ville.

Le plastique bleu qui recouvrait les toits endommagés était devenu la norme, à La Nouvelle-Orléans.

Il était rare qu'Amelia évoque sa famille devant moi. J'avais plus appris, à ce sujet, en faisant un petit tour dans sa tête que d'après ce qu'elle avait bien voulu m'en dire – je devais d'ailleurs prendre soin de ne pas mélanger les deux sources, au cours de nos conversations. Je pouvais voir que son père était présent dans son esprit. Dans les pensées qui le concernaient, amour et rancune étaient intimement liés pour former un amalgame confus.

— Votre père a pris en charge les réparations ? lui a distraitement demandé Quinn.

Il semblait moins intéressé par sa réponse que par le contenu du Tupperware dans lequel je stocke tous les petits gâteaux qui franchissent ma porte, ce qui n'arrive pas très souvent, car j'ai tendance à prendre du poids dès qu'il y a des sucreries à la maison. Amelia, qui ne connaissait pas ce problème, avait rempli ladite boîte avec deux ou trois sortes de cookies et invité Quinn à se servir.

Elle a acquiescé, apparemment plus fascinée que jamais par la fourrure de Bob.

— Ouais, il a fait venir des ouvriers.

Première nouvelle.

— Et c'est qui, votre père ? lui a alors demandé Quinn.

Difficile de faire plus direct. Jusqu'alors, cela lui avait plutôt bien réussi. Amelia s'est trémoussée sur sa chaise, tant et si bien que Bob lui a jeté un coup d'œil réprobateur.

— Copley Carmichael, a-t-elle marmonné.

Nous sommes tous les deux restés sans voix. Au bout d'une minute de silence, elle a fini par relever les yeux vers nous.

— Eh bien quoi ? nous a-t-elle lancé d'un ton de défi. D'accord, il est connu. D'accord, il est riche. Et alors ?

— Pourquoi est-ce que vous ne portez pas le même nom de famille ? me suis-je étonnée.

— J'ai pris celui de ma mère. J'en avais marre de voir les gens changer de comportement dès qu'ils découvraient qui j'étais, a-t-elle expliqué avec un regard appuyé.

Nous nous sommes regardés, Quinn et moi. Copley Carmichael n'était pas n'importe qui, en Louisiane. Il trempait dans tout un tas d'affaires plus ou moins louches, et il avait le bras long. Mais c'était juste un homme d'affaires un peu véreux à l'ancienne : il sentait peut-être l'argent sale, mais ne dégageait pas la moindre odeur de surnaturel. Un humain de base, en somme.

— Est-ce qu'il sait que tu es une sorcière ?

— Il n'y croit pas deux secondes, a répondu Amelia d'un ton plein de rancœur et de regret. Il pense que je suis une petite velléitaire paumée qui traîne avec des gens bizarres et se contente de petits jobs miteux rien que pour le faire enrager. Il ne croirait même pas à l'existence des vampires, s'il n'en avait pas vu de ses propres yeux.

— Et votre mère ? a demandé Quinn.

Je me suis servi une tasse de thé. Je connaissais la réponse à cette question.

— Morte. Il y a trois ans. C'est à ce moment-là que j'ai quitté la maison pour m'installer au rez-de-chaussée de l'immeuble de Chloe Street. Mon père m'en avait fait cadeau pour mon bac, pour que j'aie mon indépendance financière. Mais il m'en a confié la gestion parce qu'il a estimé que ce serait une bonne expérience pour moi.

J'ai trouvé qu'il s'agissait d'un bon compromis.

— C'était plutôt bien, non ? On apprend mieux par soi-même, ai-je ajouté d'un ton hésitant.

— Ouais, a-t-elle reconnu. Mais quand je suis partie, il a voulu me verser de l'argent de poche. À mon âge ! Moi, je savais qu'il fallait que je me débrouille toute seule. Et avec le loyer, l'argent que je touchais en tirant les tarots et les petits jobs que je décrochais dans le domaine de la magie, je m'en sortais bien.

Elle avait relevé la tête, apparemment toute fière d'elle.

Elle ne semblait pas se rendre compte que le loyer en question provenait d'une propriété que lui avait donnée son père et non d'un vrai travail. Amelia était vraiment très contente d'elle parce qu'elle estimait ne rien devoir à personne. Ma nouvelle amie, que j'avais rencontrée presque par hasard, était un paradoxe ambulant. Comme elle faisait partie de ce que j'appelle les « puissants émetteurs », je recevais ses pensées cinq sur cinq. Habituellement, quand j'étais

62

seule avec Amelia, j'étais obligée de me barricader derrière des barrières mentales en béton armé. Mais comme j'étais avec Quinn, je m'étais un peu laissée aller. Je n'aurais pas dû. C'était « tempête sous un crâne », chez Amelia.

— Et votre père ne pourrait pas vous aider à retrouver votre mentor ? a suggéré Quinn.

Le visage d'Amelia est demeuré sans expression, comme si elle réfléchissait.

— Je ne vois pas comment, a-t-elle finalement répondu. Ce n'est pas n'importe qui, c'est vrai, mais il a autant de problèmes que les autres, depuis Katrina.

Sauf qu'il avait beaucoup plus d'argent et que, contrairement à la grande majorité des habitants de La Nouvelle-Orléans, il pouvait prendre de petites vacances ailleurs et revenir quand ça lui chantait. J'ai décidé de garder cette réflexion pour moi et j'ai changé de sujet.

— Au fait, Amelia, tu ne crois pas qu'il y a des gens qui cherchent Bob ?

Elle a eu l'air un peu effrayée, ce qui ne lui res-semblait pas.

— C'est bien ce qui m'inquiète. Je ne connaissais pas très bien Bob, avant qu'on... enfin, tu vois. On se parlait, mais c'était tout. Je sais qu'il avait – qu'il a – de très bons amis dans le monde de la magie. Je ne pense pas qu'aucun soit au courant de notre relation. Cette nuit-là, la veille du bal où ça a explosé entre les vamp's de l'Arkansas et les nôtres, Bob et moi, on est rentrés chez moi, après avoir laissé Terry et Patsy à la pizzeria. Nous avions, disons, fêté notre succès avec enthousiasme et Bob s'est fait porter pâle, le lendemain. Il a passé la journée avec moi.

— Mais sa famille doit être à sa recherche depuis des mois et se demander s'il est mort ou vif !

— Hé, du calme ! Je ne suis pas grave à ce point-là. Bob a été élevé par sa tante. Mais ils ne s'entendent pas du tout. Ça fait des années qu'il n'a plus aucun contact avec elle, ou presque. Je me doute bien qu'il a des amis qui se font de la bile pour lui et j'en suis vraiment, vraiment désolée. Mais même s'ils savaient ce qui s'est passé, ce n'est pas ça qui aiderait Bob, si ? De toute façon, depuis Katrina, tout le monde croule sous les problèmes, à La Nouvelle-Orléans.

C'est à ce moment de la discussion que le téléphone a sonné. Quand j'ai décroché, la voix de mon frère semblait crépiter d'excitation.

— Sookie, il faut que tu te ramènes à Hotshot dans une heure.

— Pourquoi ?

— Crystal et moi, on se marie. Surprise, surprise !

Quoique ce ne soit pas vraiment un choc pour moi (Jason sortait avec Crystal Norris depuis plusieurs mois), cette cérémonie précipitée m'a alarmée.

— Crystal est de nouveau enceinte ? lui ai-je demandé, prise de soupçons.

Crystal avait fait une fausse couche quelques mois auparavant.

— Oui ! s'est exclamé mon frère, comme si c'était la meilleure nouvelle de l'année. Et cette fois, on sera mariés quand le bébé arrivera.

Comme il avait de plus en plus tendance à le faire, Jason ne voulait pas regarder la réalité en face. En fait, Crystal avait déjà été enceinte au moins une fois, avant de connaître Jason, et elle avait aussi perdu l'enfant. La communauté de Hotshot payait le prix de générations d'unions consanguines.

— D'accord. J'y serai. Est-ce qu'Amelia et Quinn peuvent venir aussi ?

— Bien sûr. Crystal et moi, on sera fiers de les avoir à nos noces.

— Il faut que j'apporte quelque chose ?

— Non. Calvin et les autres préparent le repas. On va faire ça dehors. On a déjà suspendu les lampions. Je crois qu'il y aura une grande marmite de *jambalaya*[1], du riz et du *coleslaw*. Moi et mes potes, on se charge de la boisson. Fais-toi belle et ne traîne pas, surtout ! On se voit à Hotshot dans une heure.

Je suis restée un moment immobile, le téléphone à la main. C'était tout Jason, ça – « Viens dans une heure à une cérémonie organisée au dernier moment, pour la pire des occasions imaginables, et ne sois pas en retard, hein ! ». Il ne m'avait pas demandé d'apporter la pièce montée. C'était déjà ça.

— Ça va, Sookie ? s'est inquiété Quinn.

— Mon frère se marie ce soir, ai-je répondu en m'efforçant de garder mon calme. On est invités à la noce. Et on doit y être dans une heure.

Je m'étais bien doutée que Jason épouserait une femme dont je ne raffolerais pas : il avait toujours fait preuve d'un penchant pour les garces. Les sales garces, de préférence. Et ça, c'était du Crystal tout craché. Crystal également une panthère-garou et donc membre d'une communauté jalouse de ses secrets. En fait, s'étant fait mordre plusieurs fois par un rival qui lui disputait les attentions de Crystal, mon frère était lui-même récemment devenu un homme-panthère.

Mais Jason était plus vieux que moi, et Dieu sait que, question femmes, il avait eu sa part. On pouvait donc en déduire qu'il devait savoir celle qui lui convenait.

Quand je me suis arrachée à ces mornes pensées, Amelia me regardait. Elle avait l'air à la fois stupé-

---

1. Le *jambalaya* est un mélange exotique de jambon coupé en cubes, de chorizo, de crevettes, légumes et épices, servi avec du riz (*N.d.T.*).

faite et ravie. Elle adorait sortir et faire la fête. Or, les occasions de s'amuser étaient plutôt rares, à Bon Temps. Quinn, qui avait déjà rencontré Jason un jour qu'il passait chez moi, haussait un sourcil sceptique.

— Oui, oui, je sais, ai-je maugréé. C'est n'importe quoi. Mais Crystal est de nouveau enceinte, et il ne veut rien entendre. Vous voulez m'accompagner, tous les deux ? Vous n'êtes pas obligés, vous savez. Mais moi, je dois commencer à me préparer dès maintenant.

— Oh, super ! Je vais pouvoir mettre ma nouvelle robe ! s'est exclamée Amelia, avant de se précipiter au premier pour arracher les étiquettes.

— Tu veux que je vienne, bébé ? m'a demandé Quinn.

— Oui, s'il te plaît.

Il est venu me prendre dans ses bras, me blottissant contre lui. Cela m'a réconfortée, même si j'y voyais assez clair dans son esprit pour savoir qu'il pensait que Jason était un imbécile.

J'étais assez d'accord avec lui.

4

Les nuits étaient encore chaudes en cette fin septembre, mais tout de même moins étouffantes. Je portais une robe blanche à fleurs rouges sans manches que je n'avais mise qu'une fois, pour un rendez-vous avec Bill (auquel je ne pensais plus du tout). Pure vanité de ma part, j'avais enfilé mes sandales rouges à hauts talons – pas très indiquées pour un mariage en pleine campagne, je sais. Je me suis maquillée pendant que Quinn prenait sa douche. Je n'étais pas mécontente du résultat. Rien de tel qu'une « sexualité épanouie » pour « exalter la beauté de la femme », comme disent les magazines. J'ai jeté un coup d'œil à la pendule du couloir en sortant de la chambre. Il ne fallait pas qu'on tarde.

Amelia était déjà prête. Pour l'occasion, elle avait revêtu une robe à manches courtes beige à petits motifs bleu marine. Amelia adorait s'acheter des vêtements et se prenait pour une bête de mode, mais curieusement, ses goûts se cantonnaient strictement à ceux d'une petite bourgeoise de banlieue. Elle avait des sandales plates bleu marine aux pieds, avec des petites fleurs sur les lanières : nettement plus approprié que mes échasses.

Juste au moment où je commençais à m'inquiéter, Quinn est sorti de ma chambre, habillé d'une chemise en soie couleur tabac et d'un pantalon de toile.

— Cravate ? m'a-t-il demandé. J'en ai une dans mon sac.

J'ai songé au cadre, à la marmite de *jambalaya* et à la simplicité des gens de Hotshot.

— Je ne crois pas que ce soit nécessaire.

Il a paru soulagé.

Nous sommes tous montés dans ma voiture et nous avons filé vers l'ouest, avant de bifurquer vers le sud. J'ai profité du trajet pour faire un rapide topo à mes compagnons, tous deux nouveaux dans la région, sur la petite communauté de panthères-garous et leurs petites maisons nichées au fin fond du Comté de Renard. J'avais pris le volant parce que c'était le plus simple. Passées les anciennes voies ferrées, les maisons se sont faites de plus en plus rares. Encore trois ou quatre kilomètres, et nous nous sommes retrouvés dans le noir complet. Puis, aux abords d'un croisement, nous avons aperçu des voitures, des lumières : nous étions arrivés.

Hotshot est un coin perdu au milieu de nulle part, un modeste hameau terré au creux d'une vaste cuvette perdue dans un paysage vallonné aux reliefs trop plats pour mériter le nom de collines. Quand on approche de ces maisonnettes agglutinées autour de leur carrefour isolé, on commence à ressentir d'étranges vibrations : il y a de la magie dans l'air. Une magie puissante, ancienne. Amelia l'a immédiatement perçue : plus la distance s'amenuisait, plus son expression se faisait attentive, alerte. Même Quinn s'était mis à respirer à pleins poumons, comme pour humer cette atmosphère chargée de mystère. Quant à moi, quoique je puisse parfaitement la détecter, elle ne m'affectait en rien.

Je me suis garée sur le bord de la route, derrière le camion de Hoyt Fortenberry. Hoyt était le meilleur ami de Jason et le suivait comme son ombre depuis toujours. Je l'ai aperçu qui marchait à pas lourds juste devant nous. J'avais donné une lampe de poche à Quinn et à Amelia et j'en avais gardé une pour moi.

— Hoyt!

J'ai accéléré le pas pour le rattraper – autant que mes hauts talons me le permettaient, du moins.

— Hé! Ça va? lui ai-je demandé en voyant sa mine sombre.

Hoyt n'était ni beau ni très intelligent, mais il était fidèle, droit et capable de voir au-delà du moment présent, assez en tout cas pour se faire une vague idée des conséquences de ses actes, ce dont mon frère s'était toujours montré incapable.

— Je n'arrive pas à croire qu'il soit sur le point de se faire passer la corde au cou, Sook. Dans ma tête, moi et Jason, on était célibataires à vie, j'imagine, s'est-il lamenté, en essayant malgré tout d'en sourire.

Je lui ai donné une petite tape compatissante. Tout aurait été pour le mieux dans le meilleur des mondes si j'étais tombée amoureuse de Hoyt, créant ainsi un lien quasi indestructible entre mon frère et lui. Mais je n'avais jamais éprouvé la moindre attirance pour Hoyt, et réciproquement.

Il émanait de lui une détresse sourde. Il était sûr qu'à compter de ce jour, son existence allait être chamboulée. Il s'attendait à voir Jason se ranger et rester bien sagement auprès de sa petite femme, en gentil mari accompli, au point d'en oublier tout le reste.

J'espérais de tout cœur qu'il avait raison.

En rejoignant le gros des invités, Hoyt est tombé sur Catfish Hennessey, le patron de mon frère, et ils ont commencé à plaisanter bruyamment sur Jason qui avait fini par se faire avoir. Je comptais un peu sur cette bonne vieille complicité virile pour aider Hoyt à passer le cap de la cérémonie. J'ignorais si Crystal aimait sincèrement mon frère, mais je n'avais aucun doute sur les sentiments de Hoyt à l'égard de Jason.

Quinn m'a pris la main et, entraînant Amelia dans notre sillage, nous nous sommes frayé un chemin à travers la petite foule des invités jusqu'aux stars de la soirée.

Jason était magnifique dans un costume flambant neuf, d'un bleu à peine plus sombre que celui de ses yeux. Crystal portait, quant à elle, une robe panthère, aussi décolletée qu'une robe peut l'être sans devenir inexistante. Cet imprimé était-il la preuve d'un certain sens de l'humour de sa part ou l'expression de ses goûts en matière de mode ? Je n'aurais pas osé me prononcer, mais je craignais fort que ce ne soit la deuxième solution.

L'heureux couple trônait au centre d'un espace dégagé, en compagnie de Calvin Norris, chef de la petite communauté. L'assistance se tenait à distance respectueuse, décrivant autour d'eux un cercle irrégulier.

Calvin m'a souri. Son bouc était bien taillé et il avait sorti son beau complet du dimanche, mais il était le seul, avec Jason, à avoir mis une cravate. Ce détail vestimentaire n'a pas échappé à mon cavalier, qui, tout à coup, s'est senti plus léger.

Jason m'a aperçue deux secondes après Calvin et m'a fait signe d'approcher. Je me suis avancée, prenant soudain conscience que j'allais manifestement avoir un rôle à jouer dans la cérémonie. J'ai serré mon frère dans mes bras et senti son parfum musqué. Pas d'odeur d'alcool, en revanche. J'avais craint que Jason n'ait voulu se donner du courage avec un ou deux verres. Dieu merci, il était resté sobre. Ma tension s'est un peu relâchée.

Je me suis retournée pour voir où étaient passés mes compagnons. J'ai donc tout de suite perçu le moment où les panthères-garous se sont rendu compte de la présence de Quinn, ce qui s'est traduit par un silence religieux, suivi d'un murmure : j'ai entendu son nom courir dans leurs rangs, telle une vague poussée par le vent.

— Vous avez amené *Quinn* ? m'a chuchoté Calvin à l'oreille, du ton qu'il aurait pris pour parler du Père Noël ou de quelque autre créature mythique du même genre.

— Ça pose un problème ?

Je me demandais bien pourquoi son arrivée faisait à ce point sensation.

— Oh, non ! m'a-t-il aussitôt répondu. C'est lui, votre homme, maintenant ?

Calvin avait une telle expression sur le visage – un mélange de stupeur et de révérence, comme si l'opinion qu'il avait de moi venait d'être brusquement réévaluée à la hausse et qu'il essayait d'en tirer des conclusions à mon sujet – que j'ai commencé à m'interroger sur mon nouvel « homme ».

— Eh bien... euh... si on veut, ai-je répondu, sur la défensive.

— Nous sommes très honorés de l'accueillir, m'a alors assuré Calvin.

— Quinn ! a lâché Crystal dans un souffle.

Elle avait les pupilles dilatées, et j'ai senti ses pensées se focaliser sur mon cavalier avec une espèce d'adoration, façon groupie. J'avais envie de lui taper dessus. *Hé ! Tu es là pour épouser mon frère, tu te rappelles ?*

Jason semblait tout aussi perplexe que moi. Il n'était panthère que depuis quelques mois, et il lui restait encore beaucoup à apprendre sur sa nouvelle communauté.

À moi aussi.

Crystal a fait un effort visible pour se ressaisir. Elle savourait le fait de se trouver au centre de l'attention, mais elle a quand même pris deux secondes pour revoir le jugement qu'elle portait sur sa future belle-sœur. L'estime qu'elle avait pour moi, pratiquement inexistante jusqu'à présent, venait de passer le mur du son.

— Comment procède-t-on ? ai-je alors demandé d'un ton un peu brusque, pour tenter de ramener tout ce joli petit monde sur terre.

Calvin a aussitôt recouvré son pragmatisme habituel.

— Puisqu'on a des invités humains, on a un peu adapté la cérémonie, m'a-t-il expliqué à mi-voix. Voilà comment ça va se passer : vous vous portez garante pour Jason, puisque vous êtes sa seule et unique parente et qu'il n'a personne de plus âgé que lui. Et comme je suis le parent le plus âgé de Crystal, c'est moi qui me porte garant pour elle. Nous nous engageons à payer pour eux si jamais ils fautent.

Oh-oh. Je n'aimais pas ça, mais alors pas du tout. J'ai jeté un coup d'œil en coin à mon frère, qui ne semblait pas douter une seconde que je sois prête à me porter caution pour lui. Typique.

— Puis le pasteur s'avance, et l'office se déroule comme pour n'importe quel autre mariage, poursuivait Calvin. S'il n'y avait pas d'étrangers ici, ce soir, ce serait bien différent.

Non que je ne sois pas curieuse d'en savoir davantage sur le sujet, mais ce n'était pas vraiment le moment de poser des questions. Certaines exigeaient pourtant une réponse.

— Quel genre de prix est-ce que je m'engage à payer ? Et qu'est-ce que vous entendez exactement par « fauter » ?

Jason a poussé un soupir exaspéré. Le regard doré de Calvin a rencontré le mien. Il était plein de compréhension.

— Voilà en quoi consiste votre vœu, m'a-t-il dit, d'un ton parfaitement calme mais empreint de gravité, en nous faisant signe de nous rapprocher. Jason, écoute-moi bien. On en a déjà parlé, mais je ne crois pas que tu y aies vraiment prêté toute l'attention qu'il fallait.

Jason était attentif, à présent. Mais je sentais qu'il perdait patience.

— Se marier ici, a repris Calvin en désignant d'un geste la petite communauté de Hotshot, ça veut dire jurer fidélité à son mâle ou sa femelle, à moins que l'un des membres du couple ne se voie obligé de s'accoupler pour assurer la survie du groupe. Comme on ne peut plus vraiment considérer Crystal dans la course à ce niveau-là, Jason, ça sous-entend qu'elle doit t'être fidèle, et réciproquement, puisque tu n'es pas soumis aux obligations de reproduction des panthères pur sang.

En se voyant rappeler qu'il était d'un statut inférieur – il n'était pas génétiquement un hybride, il ne l'était devenu que parce qu'il avait été mordu –, Jason a baissé les yeux. Le rouge lui est monté au front.

— Donc, a enchaîné Calvin, si Crystal te trompe et qu'un membre de la communauté le prouve, et si, pour une raison ou pour une autre, elle ne peut pas subir le châtiment encouru – parce qu'elle est enceinte, malade ou qu'elle a un enfant à charge –, je devrai payer à sa place. Et que les choses soient claires : je ne parle pas d'argent, tu comprends ?

— Vous parlez d'un truc physique, d'un châtiment corporel, a confirmé Jason.

— Oui. Quant à toi, tu dois non seulement promettre de lui être fidèle, mais aussi de garder notre secret.

Mon frère a acquiescé.

— Et d'aider les autres membres de la communauté en cas de besoin.

Jason a froncé les sourcils.

— Par exemple ? ai-je demandé.

— Si Maryelizabeth a besoin de refaire sa toiture, on pourrait tous avoir à mettre la main à la poche pour acheter le matériel et à sacrifier un peu de nos loisirs pour faire le travail. Si un gosse a besoin d'un endroit où aller, ta maison devient sa maison. On s'entr'aide.

— Je vois, a affirmé Jason. Et je suis d'accord.

Il serait obligé de prendre un peu sur le temps qu'il consacrait aux copains. J'ai plaint Hoyt. Je dois avouer que j'étais un peu triste pour moi aussi : je ne gagnais pas une sœur, je perdais mon frère – enfin, d'une certaine façon.

— Ne dis pas ça à la légère, Jason. Sois sincère ou laisse tomber tout de suite, lui ai-je soufflé. Tu m'impliques là-dedans aussi. C'est ma vie que tu mets en jeu, mon vieux. Es-tu sûr de pouvoir tenir les promesses que tu fais à cette fille et aux siens, oui ou non ?

Jason a dévisagé Crystal un long moment, et comme, en dépit de l'envie que j'en avais, je ne me reconnaissais pas le droit d'aller y regarder de plus près, j'ai orienté mes sens ailleurs, attrapant au vol quelques pensées, ici ou là. Je n'ai rien découvert de bien surprenant : un mélange d'excitation à l'idée d'assister à un mariage, de satisfaction de voir le célibataire le plus endurci du coin se lier pour la vie à une sacrée délurée et de curiosité pour les rites de Hotshot, ce bled bizarre perdu au milieu de nulle part. Si bizarre même que les deux mots étaient presque devenus synonymes, par ici : j'avais toujours entendu dire « louche comme un gars de Hotshot ». Et les gamins de Hotshot, qui allaient à l'école à Bon

Temps, n'étaient pas à la fête. Jusqu'à ce qu'éclatent les premières bagarres dans la cour de récréation...

— Je tiendrai parole, a assuré Jason d'une voix enrouée.

— Moi aussi, a dit Crystal.

La différence, c'était que, même si je doutais qu'il soit de taille à honorer ses promesses, Jason était sincère. Alors que, pour Crystal, c'était plutôt le contraire.

— Tu n'en penses pas un mot, lui ai-je craché.

— Mais de quoi tu te mêles ? a-t-elle rétorqué, l'injure au bord des lèvres.

— Je ne me mêle pas de la vie des autres, en général, ai-je repris, en faisant un effort pour ne pas hausser le ton. Mais l'affaire est trop sérieuse pour que je me taise, en l'occurrence. Je peux voir ce que tu as dans la tête, Crystal. Ne l'oublie jamais.

— Je n'oublie jamais rien, a-t-elle martelé pour que chaque mot porte bien. Et ce soir, je vais épouser Jason Stackhouse.

J'ai regardé Calvin. Il paraissait troublé, mais il a fini par hausser les épaules.

— On ne peut plus rien y faire, maintenant, a-t-il soupiré.

Pendant deux secondes, j'ai été tenté de me rebeller contre cet accès de fatalisme caractérisé. Je me disais : « Et pourquoi pas ? Si je passais un bon savon à cette garce, devant tout le monde, si je lui collais une gifle, peut-être que ça suffirait à tout arrêter. » Puis je me suis ravisée. Après tout, le mariage est un contrat passé entre deux adultes consentants. Et si c'était vraiment ce que Jason et Crystal voulaient, je ne pourrais pas les en empêcher. Ils se marieraient ailleurs et un autre jour. Alors, j'ai baissé la tête et fait taire mes craintes.

— C'est vrai. Et si on passait à la suite ? ai-je suggéré, avec ce sourire radieux que j'affiche toujours si je me sens angoissée.

J'ai aperçu Quinn dans l'assistance. Il me regardait, manifestement alarmé par toutes ces messes basses. Quant à Amelia, elle bavardait joyeusement avec Catfish, qu'elle avait rencontré au bar. Hoyt était dans son coin, juste sous un des lampions qu'on avait suspendus pour l'occasion. Il avait les mains enfoncées dans les poches. Je ne l'avais jamais vu aussi sérieux. Il y avait quelque chose d'étrange dans ce spectacle. Au bout d'un moment, j'ai fini par comprendre quoi : c'était l'une des premières fois que je voyais Hoyt seul.

J'ai pris le bras de mon frère, et Calvin celui de sa nièce. Le pasteur s'est avancé au milieu du cercle, et la cérémonie a commencé. J'ai eu beau m'efforcer de faire bonne figure, j'ai eu du mal à retenir mes larmes tandis que mon frère devenait le mari d'une fille insoumise, sauvage et dangereuse.

Après, il y a eu le bal, un gâteau de mariage, et de l'alcool à gogo. Le buffet était gargantuesque, et les énormes containers à ordures débordaient d'assiettes en plastique, de canettes et de serviettes en papier. Certains avaient apporté des caisses de bière et des bouteilles de vin, d'autres des alcools forts. Personne ne pourrait dire, après ça, que Hotshot ne savait pas recevoir.

Les gens dansaient dans la rue sur les morceaux d'un groupe de zarico venu de Monroe : de la musique cajun pur jus. Les chansons résonnaient bizarrement, à travers la ténébreuse immensité des champs. J'ai eu des frissons en me demandant quelles créatures pouvaient bien nous regarder, là-bas, tapies dans le noir.

— Ils sont bons, hein ? m'a demandé Jason. Les musicos ?

— Oui.

Il rayonnait, empourpré de bonheur. Crystal dansait avec un de ses cousins.

— C'est pour ça qu'on a précipité le mariage, m'a-t-il expliqué. Quand elle a découvert qu'elle était enceinte, on s'est dit qu'on allait le faire. Et son groupe préféré était libre ce soir. On a décidé ça comme ça, a-t-il fanfaronné en claquant des doigts. Carrément.

J'ai hoché la tête, atterrée par l'impulsivité de mon aîné. Puis je me suis rappelé que je ferais peut-être mieux de ne pas manifester trop ouvertement ma désapprobation : la belle-famille risquait de ne pas apprécier.

Quinn dansait bien, mais j'ai quand même dû lui montrer quelques pas cajuns. Comme toutes les belles du village voulaient l'avoir pour cavalier, j'ai aussi fait un tour de piste avec Calvin, Hoyt et Catfish. Quinn s'amusait vraiment, je le sentais, et dans un certain sens, moi aussi. Mais, vers 2 h 30, nous nous sommes consultés du regard. Quinn devait partir le lendemain, et je voulais passer un peu de temps avec lui. Et puis, j'en avais assez de distribuer des sourires à la ronde.

Pendant que Quinn remerciait Calvin pour « cette merveilleuse soirée », j'ai regardé Jason et Crystal danser. Ils avaient l'air ravis. Je savais, pour le lire dans ses pensées, que Jason était mordu : il craquait pour cette fille, pour cette culture propre au milieu d'où elle venait et pour la grisante nouveauté qui faisait de lui une créature surnaturelle, un SurNat. Je savais, par les mêmes moyens, que Crystal exultait. Elle s'était bien juré de ne jamais épouser un type de Hotshot. Non, elle se marierait avec quelqu'un de l'extérieur, un mec qui saurait la faire grimper aux rideaux et serait capable de lui tenir tête, à elle, mais aussi à tous les siens. Et voilà, elle avait réussi ! Elle le tenait, son homme !

Je me suis frayé un chemin jusqu'aux jeunes mariés pour les embrasser. Après tout, Crystal faisait désormais partie de la famille. Il faudrait bien que je l'accepte et que je laisse ces deux-là faire leur vie, tout seuls, comme des grands. J'ai aussi dit au revoir à Calvin. Il m'a retenue un instant dans ses bras, avant de me donner une petite tape dans le dos pour me rassurer. Catfish m'a fait virevolter comme une toupie, et Hoyt était tellement imbibé qu'il a repris la conversation là où on l'avait laissée, quatre heures avant, sans ciller. J'ai eu du mal à les convaincre que je voulais vraiment m'en aller, mais j'ai finalement réussi à me dégager pour regagner la voiture.

Comme je déambulais avec Quinn entre les invités, j'ai aperçu Amelia qui dansait avec un des beaux gosses du cru. Ils étaient tous les deux très gais, et l'alcool y était indubitablement pour quelque chose. Je l'ai appelée pour lui dire qu'on partait.

— Je me ferai raccompagner plus tard, m'a-t-elle lancé.

J'étais contente qu'elle s'amuse, bien sûr, mais je me faisais quand même du souci pour elle. Décidément, c'était la soirée. Enfin, s'il y avait quelqu'un qui savait se débrouiller seul, c'était bien Amelia.

Quand nous sommes rentrés, nous tournions tous deux un peu au ralenti. Je n'ai pas vérifié l'esprit de Quinn mais, pour ma part, j'avais le cerveau légèrement embrumé. La musique, le bruit, le brouhaha de ces dizaines de pensées autour de moi et toutes ces émotions fortes m'avaient un peu sonnée. La journée avait été longue. Et, pour une certaine partie, excellente, d'ailleurs. Tout en m'en remémorant les meilleurs passages, je me suis prise à sourire à Bob. Le gros chat se frottait langoureusement contre mes chevilles et miaulait, d'une façon... interrogative.

Oh, mince !

Je me suis sentie obligée de lui expliquer pourquoi Amelia n'était pas là. Je me suis accroupie et, tout en lui grattant la tête – et avec un sens aigu du ridicule de la situation –, je me suis lancée.

— Écoute, Bob, Amelia va vraiment revenir très tard, ce soir. Elle est encore au mariage, en train de danser. Mais ne t'inquiète pas : elle va rentrer.

Le chat m'a tourné le dos et s'est éloigné d'un pas hautain. Je ne savais pas trop quelle part d'humanité son petit cerveau de félidé avait conservée. J'espérais qu'il allait oublier notre conversation étrange et simplement s'endormir.

À cet instant, Quinn m'a appelée dans la chambre, et j'ai bien vite oublié Bob et les questions que je me posais à son sujet. Après tout, c'était notre dernière nuit avant peut-être plusieurs semaines.

Pendant que je me lavais les dents et que je me démaquillais, j'ai été prise d'un brusque regain d'inquiétude pour mon frère. *Comme on fait son lit...* J'espérais que Jason pourrait se coucher confortablement dans le sien. Un certain temps, du moins. « Il est majeur et vacciné ! » n'ai-je cessé de me répéter, avant d'entrer dans la chambre, vêtue de ma plus belle nuisette.

— Ne t'inquiète pas, bébé, m'a dit Quinn en m'attirant contre lui. Ne t'inquiète pas...

Épousant de la main la courbe de son crâne rasé, j'ai banni l'image de mon frère de mon esprit. Puis j'ai fait glisser ma paume dans sa nuque et j'ai laissé descendre lentement mes doigts dans son dos.

Il a frissonné. Mon cœur a chaviré.

5

Je marchais comme une somnambule. Encore une chance que je connaisse le *Merlotte* comme ma poche, sinon j'aurais joué aux autos tamponneuses avec toutes les tables du bar. En prenant la commande de Selah Pumphrey, je bâillais à m'en décrocher la mâchoire. Selah, comme je l'ai déjà dit, m'énervait prodigieusement. Elle sortait avec Personne, mon ex, et même si je ne voyais plus Ex, elle ne risquait pas de faire partie de mes clients favoris.

— On manque de sommeil, mademoiselle Stackhouse ? a-t-elle fait, cassante.

— Oh, pardon ! Je suis allée au mariage de mon frère, hier. Quelle sauce sur cette salade, déjà ?

— Ranch.

Elle me dévisageait avec ses grands yeux noirs, comme si elle voulait ma photo. Elle brûlait de tout savoir sur le mariage de Jason, mais elle ne se serait pas abaissée à m'interroger. On ne recule pas devant l'ennemie. Quelle bécasse.

Mais, à bien y réfléchir, qu'est-ce que Selah faisait là ? Elle n'était encore jamais venue sans Bill. Et puis, elle habitait Clarice. Non que ce soit si loin – une vingtaine de minutes, en voiture –, mais qu'est-ce qu'un agent immobilier de Clarice venait… Ah. Elle devait avoir une maison à vendre dans le coin, voilà tout. Mon cerveau tournait effectivement au ralenti.

— OK. Ça arrive tout de suite.

Je me tournais déjà vers les cuisines quand elle m'a retenue par le bras.

— Écoutez, permettez-moi d'être franche avec vous.

Oh-oh. D'après mon expérience, cela voulait dire : « Permettez-moi d'être immonde avec vous. »

J'ai pivoté sur mes talons, en m'efforçant de ne rien montrer de mon exaspération. Ce n'était vraiment pas le jour. J'avais des soucis par-dessus la tête. Amelia, entre autres. Elle n'était pas rentrée de la nuit, et quand j'étais montée voir ce que devenait Bob, j'avais découvert qu'il avait vomi sur le lit de sa maîtresse. Or, le lit en question était recouvert par la courtepointe de mon arrière-grand-mère. J'avais donc dû procéder à la corvée de nettoyage et mettre le dessus-de-lit à tremper. Sans parler du départ matinal de Quinn, qui m'avait profondément attristée. En outre, j'étais toujours préoccupée par le mariage de Jason. Une vraie bombe à retardement.

J'aurais encore pu rallonger la liste (jusqu'au robinet qui gouttait dans la cuisine). Ce n'était pas une bonne journée.

— Je ne suis pas là pour papoter avec vous, Selah : je travaille.

Aucun effet.

— Je sais que vous partez en voyage avec Bill, m'a-t-elle lancé. Vous essayez de me le reprendre. Depuis combien de temps préparez-vous votre coup, petite garce ?

Je devais ouvrir la bouche comme un four : je ne l'avais vraiment pas vue venir, celle-là. Quand j'étais fatiguée, ma télépathie faiblissait, de même que mon temps de réaction et mes capacités de réflexion. Et puis, évidemment, au travail, je dressais les barrières mentales les plus lourdes qui soient. J'avais donc été complètement prise au dépourvu. Mon sang n'a fait qu'un tour. Je l'aurais giflée si une poigne de fer n'avait retenu ma main : Sam était derrière moi. Je ne l'avais même pas entendu arriver. Décidément, tout me dépassait, aujourd'hui.

— Vous allez devoir déjeuner ailleurs, mademoiselle Pumphrey, lui a-t-il annoncé posément.

Évidemment, tout le monde nous regardait. Je percevais tous ces esprits en alerte. Ils ne perdaient pas une miette de la scène, engrangeant les moindres détails : de quoi alimenter les potins locaux pour la semaine. J'ai senti le rouge me monter aux joues.

— J'ai parfaitement le droit de déjeuner ici, si je le veux, a répliqué Selah en élevant la voix avec arrogance.

Erreur monumentale. En une seconde, tous les spectateurs avaient pris mon parti. J'ai eu l'impression qu'une énorme vague de sympathie me submergeait. J'ai pris un air de chien battu, avec de grands yeux de poulbot – je n'ai pas eu à me forcer beaucoup. Sam a passé un bras autour de mes épaules, jetant à Selah un regard où se lisait la plus profonde déception. Il semblait écœuré par son attitude.

— Et moi, j'ai le droit de vous dire de partir, lui a-t-il rétorqué. Je ne peux pas vous laisser insulter mon personnel.

Selah ne risquait pas d'insulter Arlene, Holly ou Danielle. C'était à peine si elle avait remarqué leur existence : Selah n'était pas le genre de femme à s'intéresser à une simple serveuse. Elle n'avait toujours pas réussi à digérer le fait que Bill m'ait fréquentée avant de la rencontrer. « Fréquenter » étant un euphémisme poli pour « avoir des relations sexuelles enthousiastes et répétées avec », pour Selah.

Elle a jeté sa serviette d'un geste rageur et s'est levée si brusquement que, sans l'intervention de

82

Dawson – un loup-garou solide comme un roc qui tenait un atelier de réparation de motos –, elle aurait renversé sa chaise. Elle a attrapé son sac sur la table et est sortie quasiment au pas de l'oie, évitant de justesse mon amie Tara, qui arrivait au même moment – spectacle qui a semblé amuser Dawson au plus haut point.

— Tout ça pour un vamp', a-t-il soupiré. Ça doit drôlement leur faire de l'effet, la viande froide, à ces petites dames, pour qu'elles se mettent dans un état pareil!

— Quel état? ai-je répliqué en me redressant, tout sourire, pour bien montrer à Sam que la scène m'avait laissée indifférente.

Je doute qu'il s'y soit laissé prendre – il me connaît trop bien pour ça –, mais il a parfaitement compris où je voulais en venir et il est retourné derrière son comptoir comme si de rien n'était. Tandis que le brouhaha des conversations provoquées par cette scène croustillante s'élevait dans la salle, je me suis dirigée vers la table où Tara s'installait, JB du Rone pendu à ses basques.

— Hé! Tu es beau comme un astre, JB! me suis-je joyeusement exclamée, en leur tendant un menu à chacun.

Mes mains tremblaient, mais je ne crois pas qu'ils s'en soient rendu compte. JB m'a souri et m'a remerciée de sa voix de baryton. JB est beau, tout simplement beau. Mais franchement limité. Cela dit, ça lui donne un certain charme. Celui de la simplicité, justement. Nous avions veillé sur lui à l'école, Tara et moi, parce que, une fois remarquée par les autres garçons, nettement moins séduisants que lui, cette charmante simplicité avait valu à JB quelques déboires. Il avait passé plus d'un sale quart d'heure, surtout au collège. Comme Tara et moi n'étions pas mieux logées, question cote de popularité, nous avions toujours essayé de le protéger du mieux possible. En échange, JB avait bien voulu me servir de cavalier à une ou deux fêtes auxquelles je tenais absolument à aller, et sa famille avait hébergé Tara une ou deux fois, quand je ne pouvais pas.

Tara avait couché avec JB en cours de route. Moi pas. Mais ça n'avait rien changé à nos relations.

— J'ai aidé JB à décrocher un nouveau job, m'a fièrement annoncé Tara, rayonnante.

C'était donc pour cela qu'elle était venue. Notre amitié battait un peu de l'aile, ces derniers mois. Mais elle savait que je serais la première à partager sa satisfaction d'avoir fait une bonne action pour JB.

C'était une très bonne nouvelle. Et un excellent moyen de ne plus penser à Selah Pumphrey et au fardeau de colère qu'elle traînait avec elle.

— Où ça ? ai-je demandé à JB, qui examinait le menu comme s'il ne l'avait encore jamais vu.

— Au club de gym de Clarice, m'a-t-il répondu en levant les yeux vers moi, radieux. Deux jours par semaine, je suis assis derrière le bureau et je porte ça.

Il désignait du doigt le polo à rayures marron et prune qui lui moulait le torse et son pantalon au pli impeccable.

— Je m'occupe de pointer les membres et de préparer des boissons super vitaminées. Je nettoie le matériel, aussi, et je fournis les serviettes de toilette. Le reste de la semaine, je suis en salle, en tenue de sport, et je peux faire de l'œil à toutes ces dames.

— Ça a l'air génial, ai-je commenté, frappée par la parfaite adéquation du poste avec les qualifications limitées de JB.

Avec sa musculature irréprochable, sa belle gueule, et son sourire éblouissant, JB était une véritable pub ambulante pour la culture physique. Sans compter

84

qu'il était doté d'un heureux caractère et très soigneux de nature.

Tara me regardait, attendant les félicitations du jury. Je l'ai dûment applaudie.

— Tu as fait du beau boulot ! Tope là !

— Maintenant, Sookie, a dit JB, il ne manque plus qu'une chose à mon bonheur : que tu m'appelles un soir.

Personne ne pouvait émettre un désir pur et dur comme JB.

— Merci beaucoup, JB, mais j'ai quelqu'un, en ce moment.

Je n'avais pas baissé le ton. Après la scène provoquée par Selah Pumphrey, j'avais besoin de me vanter un peu.

Tara a haussé les sourcils.

— Oh, oh ! Le fameux Quinn ?

J'avais dû lui en parler, une fois ou deux. J'ai hoché la tête, et nous nous sommes tapé dans la main de nouveau.

— Il est en ville ? m'a-t-elle demandé à mi-voix.

Je lui ai répondu avec la même discrétion :

— Il est parti ce matin.

— Je veux un cheeseburger mexicain, a claironné JB.

— Eh bien, c'est ce que je vais t'apporter, lui ai-je assuré.

Et, après avoir pris la commande de Tara, je me suis dirigée vers les cuisines. Non seulement j'étais ravie pour JB, mais j'étais contente d'avoir retrouvé un peu de mon ancienne complicité avec Tara. Moi qui avais besoin qu'on me remonte le moral, je pouvais les remercier, elle et JB : ils venaient justement de me donner le petit coup de pouce qu'il me fallait.

Quand je suis rentrée à la maison, un sac de courses pendu à chaque bras, ma cuisine étincelait comme un sou neuf: Amelia était rentrée. Quand l'ennui ou le stress menaçait, Amelia briquait – un vrai don du Ciel, chez une colocataire, surtout quand on n'a pas l'habitude d'en avoir une. Moi aussi, j'aime bien avoir une maison propre, et il m'arrive d'être prise de crises de ménage, mais, comparée à Amelia, je me faisais l'effet d'une souillon.

J'ai jeté un regard appuyé à mes vitres immaculées.

— On se sent coupable? lui ai-je lancé.

Assise à la table de la cuisine, une grande tasse d'infusion fumante devant elle – encore une de ses décoctions étranges –, Amelia s'est brusquement voûtée, comme si toute la misère du monde lui tombait sur les épaules.

— Ouais, a-t-elle grommelé, maussade. J'ai vu que le dessus-de-lit était sale. J'ai frotté la tache. Il est étendu dehors.

Comme je l'avais vu en arrivant, je me suis contentée de hocher la tête.

— Bob s'est vengé, ai-je expliqué.

— Ouais.

J'ai failli lui demander avec qui elle avait passé la nuit, puis je me suis dit que ça ne me regardait pas. De toute façon, Amelia était une émettrice hors pair, et trois secondes plus tard, je savais qu'elle avait couché avec le cousin de Calvin, Derrick, que, sexuellement parlant, ça n'avait pas vraiment été très inspiré, que les draps de Derrick étaient franchement sales et que ça l'avait rendue folle. Sans compter que, quand il s'était réveillé, Derrick l'avait informée que, dans sa vision des choses, une nuit passée ensemble faisait d'eux un couple. Elle avait eu toutes les peines du monde à le convaincre de la raccompagner. Il voulait à tout prix la garder à Hotshot.

J'ai rigolé doucement.

— Tu as eu peur? ai-je dit en mettant la viande que j'avais achetée au réfrigérateur.

C'était mon tour de cuisiner cette semaine, et j'allais nous faire de la viande hâchée assaisonnée et cuisinée en sauce avec des oignons, des pommes de terre au four et des haricots verts.

Elle a hoché la tête, avant d'avaler une gorgée de son mystérieux breuvage, un remède anti-gueule de bois maison qu'elle expérimentait pour la première fois et qui la faisait frissonner d'horreur.

— Ouais. Ils sont un peu bizarres, ces types de Hotshot.

— Certains, oui.

Amelia s'était vite habituée à ma télépathie. Je n'avais encore jamais rencontré personne qui s'y soit aussi bien adapté. Étant franche et extravertie de nature – beaucoup trop, parfois –, elle devait estimer qu'elle n'avait rien à cacher.

— Qu'est-ce que tu comptes faire? lui ai-je demandé, en m'asseyant en face d'elle.

— Eh bien, ce n'est pas comme si je sortais avec Bob depuis des lustres, tu vois, m'a-t-elle répondu, allant droit au but, sans s'embarrasser de préambules – elle savait que je suivrais. On a passé une seule nuit ensemble, et crois-moi, ça a été génial. J'étais vraiment accro. C'est pour ça qu'on a commencé à... euh... à varier les plaisirs...

J'ai essayé de me montrer compréhensive. Mais, dans mon esprit, «varier les plaisirs», c'était... eh bien, disons, découvrir une nouvelle zone érogène ou essayer une position qui vous donne des crampes à la cuisse. Ça ne vous amenait pas à changer votre partenaire en chat – ou en n'importe quoi d'autre, d'ailleurs. Je n'avais encore jamais eu le cran de demander à Amelia à quoi Bob et elle avaient voulu jouer exactement. C'était une des rares informations que son esprit ne révélait pas.

— Il faut croire que tu as un faible pour les félins, ai-je conclu, suivant le fil de mes pensées. Enfin, Bob est un chat, je veux dire, et de tous les mecs qui auraient adoré passer la nuit avec toi, il a fallu que tu choisisses Derrick, qui est une panthère-garou.

— Ah, bon? s'est étonnée Amelia. Parce qu'il y en avait d'autres à qui je plaisais?

Si, en tant que sorcière, Amelia avait une nette tendance à se surestimer, en tant que femme, c'était plutôt le contraire.

— Un ou deux, oui, ai-je précisé en réprimant un fou rire.

C'est à ce moment-là que Bob est venu s'entortiller autour de mes jambes en ronronnant. Dans la mesure où il évitait Amelia comme il aurait contourné une crotte de chien, la manœuvre ne pouvait être plus éloquente.

Amelia a poussé un gros soupir.

— Écoute, Bob, il faut me pardonner, a-t-elle plaidé. Je me suis laissé entraîner. Le mariage, quelques bières, le bal au clair de lune, un cavalier exotique... Je suis désolée. Vraiment, sincèrement désolée. Et si je te promettais de rester chaste jusqu'à ce que j'aie trouvé le moyen de rompre le sort que je t'ai jeté?

Quiconque pouvait lire dans les pensées d'Amelia un jour ou deux savait que, pour elle, c'était un énorme sacrifice. Amelia était une fille saine et une femme plutôt directe. Sans compter qu'elle avait des goûts très variés...

— Enfin... euh... a-t-elle corrigé, après coup. Et si je promettais de ne plus sortir avec aucun homme, plutôt?

Bob s'est assis et a enroulé sa queue autour de ses pattes. Tel qu'il était là, levant vers Amelia ses grands yeux lumineux, il était franchement adorable. Il a eu l'air de réfléchir à la question et a fini par émettre une sorte de « mrroww » guttural qui a illuminé le visage d'Amelia.

— Tu prends ça pour un « oui » ? me suis-je étonnée, incrédule. Dans ce cas, je dois te rappeler que je ne sors qu'avec des garçons, OK ? Alors, ne t'avise pas d'avoir des vues sur moi.

— Oh, ça ne risque pas !

Est-ce que j'ai déjà mentionné le manque de tact d'Amelia ?

— Et pourquoi donc ? ai-je rétorqué, vexée.

— Je n'ai pas choisi Bob par hasard, m'a-t-elle expliqué, en s'efforçant d'avoir l'air embarrassée – pas évident, pour elle. Mes partenaires, je les aime bruns et plutôt secs.

— Bon. Je vais devoir me faire une raison, ai-je répondu en feignant la plus cruelle déception.

Elle m'a lancé à la tête une boule à thé, que j'ai rattrapée au vol.

— Sacrés réflexes, s'est-elle extasiée, surprise.

J'ai haussé les épaules. Cela faisait des lustres que je n'avais pas pris de sang de vampire, mais mon organisme devait en avoir conservé le souvenir : j'avais toujours eu une santé de fer, mais maintenant, je ne savais même plus ce qu'était un mal de tête. Et j'étais plus rapide que la plupart des gens. Je n'étais pas la seule à bénéficier de ces effets secondaires, d'ailleurs. Désormais notoires, ils avaient fait passer les vampires du statut de prédateurs à celui de proies. Recueillir ce sang aux vertus singulières et le vendre au marché noir était à présent une activité très lucrative – et extrêmement périlleuse. Ce matin encore, j'avais entendu à la radio qu'un dealer en liberté conditionnelle avait disparu de son appartement. La patience des vampires est infinie, et leur temps éternel : il vaut mieux ne pas se les mettre à dos.

— C'est peut-être à cause du sang de faé? s'est interrogée à haute voix Amelia, en me considérant d'un air songeur.

De nouveau, j'ai haussé les épaules, plutôt agacée, cette fois. J'avais récemment appris qu'une faé avait dû batifoler avec l'un de mes ancêtres, et ça ne me réjouissait pas plus que ça. J'ignorais de quel côté me venait ce charmant héritage et, à plus forte raison, à qui je le devais. Tout ce que je savais, c'était qu'à un moment quelconque, dans un passé plus ou moins lointain, un membre de ma famille avait eu des accointances plutôt intimes avec un ou une faé. J'avais passé des heures à étudier les arbres généalogiques jaunissants et l'histoire familiale que ma grand-mère s'était donné tant de mal à reconstituer, mais je n'avais pas trouvé le moindre indice.

Comme si cette seule pensée l'avait invoquée, Claudine a frappé à ma porte à cet instant précis. Elle n'avait pas agité ses ailes diaphanes pour venir jusqu'à moi : elle avait pris sa voiture. Non qu'une faé pur souche comme elle n'ait pas d'autres moyens de se déplacer dans l'espace, mais elle ne les employait qu'en cas d'extrême urgence. Grande brune aux yeux noirs, elle cachait, sous ses longs cheveux qui cascadaient jusqu'aux fesses, des oreilles pointues d'elfe de légende. Contrairement à son frère jumeau Claude, elle n'avait pas eu recours à la chirurgie esthétique pour les faire arrondir.

Claudine m'a serrée dans ses bras avec chaleur, mais n'a adressé qu'un vague signe de main à ma colocataire. Amelia et elle ne s'apprécient pas particulièrement. Amelia a acquis ses caractéristiques magiques, alors que, chez Claudine, elles sont innées. D'où leur méfiance réciproque.

En temps ordinaire, Claudine est la personne la plus enjouée que je connaisse. Adorable, généreuse, elle est toujours prête à rendre service. D'une part

90

parce que c'est dans sa nature, et d'autre part parce qu'elle essaie de gravir les échelons pour devenir un ange. Mais, ce soir-là, son visage semblait singulièrement grave. Oh, non… Pitié, pas de mauvaises nouvelles – je voulais aller me coucher, je voulais pleurer le départ de Quinn en paix et je voulais me remettre de la crise de nerfs que j'avais failli piquer au *Merlotte*.

Claudine s'est assise en face de moi et m'a pris les mains. Elle n'a daigné accorder un regard à ma colocataire que pour lui balancer :

— Va voir ailleurs, la sorcière !

Je ne m'y attendais pas.

— L'autre chienne avec ses oreilles de chat, a marmonné Amelia en se levant, sa tasse à la main.

— Espèce de mante religieuse, lui a rétorqué Claudine.

— Il n'est pas mort ! a protesté Amelia. Il est juste… différent.

— Humpf !

Je n'aurais pas pu mieux dire. De toute façon, j'étais trop fatiguée pour faire la morale à Claudine et lui reprocher son impolitesse sans précédent. En outre, elle me serrait les mains un peu trop fort pour ma tranquillité d'esprit.

— Alors ? lui ai-je demandé.

Amelia est sortie de la cuisine en tapant des pieds. Je l'ai entendue marteler les marches jusqu'au grenier.

— Pas de vampire dans les environs ?

Claudine avait parlé d'une voix anxieuse. Et pour cause. Vous voyez ce que ressent un accro au chocolat devant une coupe de glace au caramel, noyée dans un coulis de chocolat ? Eh bien, c'est ce qu'éprouvent les vampires en présence d'une faé.

— Non. En dehors d'Amelia, de Bob et de moi, la maison est vide.

Je n'allais pas contester le fait que Bob était une personne à part entière, même si, parfois, j'avais du mal à m'en souvenir. En particulier quand il fallait changer sa litière.

— Tu vas à ce sommet?

— Oui.

— Pourquoi?

Bonne question.

— Parce que la reine me paie pour ça.

— Tu as tellement besoin de cet argent?

J'ai d'abord été tentée de ne pas la prendre au sérieux. Puis j'ai réfléchi. Claudine avait fait beaucoup pour moi. La moindre des choses, c'était que je prête un minimum d'attention à ce qu'elle avait à me dire.

— Je pourrais faire sans.

Après tout, il me restait encore un peu de ce qu'Eric m'avait versé pour l'avoir caché chez moi, quand il avait une bande de sorcières à ses trousses. Mais une bonne partie avait déjà disparu – c'est fou ce que l'argent file entre les doigts. L'assurance n'avait pas couvert tous les dommages occasionnés par l'incendie qui avait détruit ma cuisine, l'hiver précédent, j'avais modernisé mes appareils ménagers et j'avais aussi fait un don important aux pompiers volontaires – ils étaient venus si vite et ils s'étaient tellement battus pour tenter de sauver ma cuisine et ma voiture. Ensuite, Jason avait eu besoin d'un petit coup de pouce pour payer le médecin, quand Crystal avait fait sa fausse couche.

Depuis, il me manquait cette marge de sécurité, celle qui fait toute la différence entre être solvable et être fauché. Je voulais la regonfler, la bétonner. J'avais toujours mené ma barque tant bien que mal, financièrement parlant, et je voulais avoir de quoi me renflouer, au cas où.

— Je pourrais faire sans, ai-je répété d'une voix plus assurée. Mais je préfère faire avec.

Claudine a soupiré. Elle avait l'air atterrée.

— Je ne peux pas t'accompagner. Tu sais comment sont les vampires avec nous. Je ne pourrai même pas y faire un saut.

— Je comprends, lui ai-je répondu, un peu surprise tout de même.

L'idée qu'elle vienne ne m'avait même pas traversé l'esprit.

— Et je crois qu'il va y avoir des problèmes là-bas, a-t-elle ajouté.

— Quel genre de problèmes?

La dernière fois que j'avais assisté à une soirée vampire mondaine, il y avait assurément eu des problèmes. De monstrueux problèmes. De sales problèmes. Très sales et très sanglants.

— Je ne sais pas. Mais je le sens, et je pense que tu devrais rester chez toi. Claude est du même avis.

Claude se moquait royalement de ce qui pouvait m'arriver, mais Claudine était trop généreuse pour ne pas inclure son jumeau dans son universelle bonté. À mon avis, le seul intérêt que présentait Claude, en ce bas monde, c'était son aspect décoratif. C'était un fieffé égoïste, un rustre, un mufle et... la beauté faite homme.

— Je suis navrée, Claudine, et tu me manqueras quand je serai à Rhodes. Mais je me suis engagée à y aller.

— Tu vas faire partie de la cour d'une reine vampire, a-t-elle ajouté d'un air sombre. Autant dire que tu seras définitivement cataloguée comme l'une des leurs. Plus jamais tu ne seras considérée comme une simple sympathisante. Trop de créatures sauront, après cela, qui tu es et où te trouver.

Ce n'était pas tant ce qu'elle disait que le ton sur lequel elle le disait qui me donnait la chair de poule.

Elle avait raison, aussi n'ai-je rien répliqué – quoique, d'après moi, je sois déjà trop impliquée dans le monde des vampires pour pouvoir faire marche arrière.

Assise là, dans ma cuisine, avec le soleil tardif qui dardait ses derniers rayons par la fenêtre, j'ai alors eu une illumination. De celles qui changent votre vie à jamais. Amelia s'était faite discrète au premier. Bob était revenu s'asseoir devant sa gamelle et fixait Claudine. Elle scintillait dans la lumière qui la frappait de plein fouet, une lumière oblique qui aurait accentué le moindre défaut d'une personne ordinaire, mais qui ne faisait que la magnifier. Claudine : la perfection incarnée.

Je n'étais pas certaine de comprendre un jour Claudine et sa conception du monde, et je savais encore bien peu de choses de sa vie. Mais j'étais absolument convaincue qu'elle s'était vouée, Dieu sait pourquoi, à mon bonheur et qu'elle avait vraiment peur pour moi. Et pourtant, je savais que j'irais à Rhodes avec la reine, Eric, Celui que j'avais répudié et le reste de la délégation des vampires de Louisiane.

Pourquoi ? Par curiosité, tout simplement, parce que j'avais envie de savoir comment se déroulait un sommet de vampires ? Parce que je voulais attirer encore plus l'attention des morts-vivants ? Avais-je envie qu'on me reconnaisse en tant que fangbanger, ces humains qui vouent une adoration aux morts-vivants ? Ou bien est-ce qu'au fond de moi je brûlais de me retrouver auprès de Bill sans avoir besoin d'aller le chercher, parce que je m'entêtais à vouloir trouver une explication acceptable à sa trahison ? À moins que ce ne soit d'Eric qu'il s'agissait ? À mon insu, étais-je amoureuse du fougueux Viking, si beau, si bon amant et si redoutable tacticien, tout à la fois ?

Il y avait assurément là assez d'intrigues pour alimenter une série télé une saison durant.

— La suite au prochain épisode…

Comme Claudine m'adressait un regard interrogateur, j'ai pris mon courage à deux mains.

— Claudine, j'ai le regret de te dire que je vais faire quelque chose qui n'a vraiment aucun sens, à bien des égards, mais je veux cet argent et je l'aurai. Je reviendrai. Ne t'inquiète pas, je t'en prie.

C'est à ce moment-là qu'Amelia est revenue dans la cuisine se faire une nouvelle infusion. Elle allait finir par se liquéfier.

Claudine l'a délibérément ignorée.

— Mais je vais m'inquiéter, m'a-t-elle affirmé. L'orage gronde, ma tendre amie, et il va éclater juste au-dessus de ta tête.

— Mais tu ne sais ni quand ni comment?

— Non. Je sais seulement qu'il va éclater.

— Regarde-moi dans les yeux, a marmonné Amelia. Je vois un grand homme brun…

Je lui ai cloué le bec.

— La ferme, Amelia.

Elle nous a tourné le dos et s'est affairée à retirer les feuilles mortes de ses plantes.

Claudine est partie peu après. À aucun moment elle n'avait recouvré sa gaieté habituelle. Elle n'a plus dit un mot à propos de mon départ.

6

Le surlendemain du mariage de Jason, je me sentais déjà beaucoup mieux. Avoir une mission à remplir, ça aide. Or il fallait que je sois chez Tara's Togs dès l'ouverture, à 10 heures. Je devais choisir les vêtements dont, au dire d'Eric, j'avais besoin pour le sommet. On ne m'attendait pas au *Merlotte* avant 17 h 30. J'avais donc pratiquement toute la journée devant moi : le bonheur !

— Hé, ma belle !

Tara a traversé la boutique pour venir me dire bonjour. Son assistante à temps partiel, McKenna, m'a jeté un coup d'œil en biais, avant de reprendre son rangement. Je suppose qu'elle remettait en place les articles que les clientes avaient déplacés. Les vendeuses semblent passer leur temps à faire ça, dans les magasins de fringues. McKenna ne m'a pas adressé la parole. Il m'a semblé qu'elle m'évitait, ce qui m'a fait de la peine : j'étais allée la voir à l'hôpital, quinze jours avant, quand elle s'était fait opérer de l'appendicite. De plus, je lui avais apporté un petit cadeau.

— Le secrétaire de M. Northman, Bobby Burnham, m'a appelée pour m'informer que tu aurais besoin de quelques tenues pour un prochain voyage, m'a annoncé Tara d'un ton soupçonneux.

J'ai hoché la tête, en essayant d'avoir l'air le plus naturel possible.

— Style décontracté, ou il te faut plutôt des tailleurs, genre femme d'affaires?

Elle m'a gratifiée d'un grand sourire parfaitement faux. Je savais qu'elle m'en voulait parce qu'elle se faisait du souci pour moi.

— McKenna, vous pouvez aller poster le courrier, a-t-elle lancé à son assistante, d'une voix qui m'a paru un peu cassante.

McKenna s'est précipitée vers la porte de l'arrière-boutique, le courrier sous le bras.

— Écoute, Tara, ce n'est pas ce que tu crois.

— Écoute, Sookie, ça ne me regarde pas, a-t-elle répliqué du tac au tac, en affichant un air détaché.

— Je pense que si. Tu es mon amie, et je ne veux pas que tu t'imagines que je pars faire un petit tour avec une bande de vampires histoire de m'amuser un peu.

— Pourquoi, sinon?

— Je vais être payée pour accompagner une poignée de vampires de Louisiane à un très important congrès. Je suis chargée d'être leur… compteur Geiger sur pattes. De les avertir si on essaie de les gruger, si tu préfères. Je pourrai leur rapporter ce que les humains au service des autres vampires ont en tête. C'est juste pour cette fois, Tara.

Je ne pouvais pas être plus explicite. Tara s'était retrouvée immergée dans le monde des vampires plus profondément qu'elle ne l'aurait aimé, et elle avait bien failli y rester. Depuis, elle ne voulait plus en entendre parler. Comment l'en blâmer? Cela ne lui donnait pas pour autant le droit de me dire ce que j'avais à faire. J'avais procédé à ma petite introspection là-dessus, avant même que Claudine ne vienne me mettre en garde, et je n'avais pas l'intention de laisser qui que ce soit me faire la leçon, maintenant que j'avais pris ma décision. Me faire habiller aux frais de la princesse ne me posait pas de problème, travailler pour les vampires non plus… tant que je ne leur livrais pas d'autres humains pour qu'ils les trucident.

D'une voix calme et posée, Tara a alors repris :

— Sookie, ça fait des lustres qu'on est copines, toi et moi. On a tout partagé, les bons comme les mauvais moments. Je t'adore, Sookie. Je t'aimerai toujours. Mais ça, c'est vraiment un mauvais moment.

La vie n'avait pas été tendre, avec Tara, et elle en avait vu de dures. Elle ne voulait tout simplement pas s'en prendre plus qu'elle ne pouvait en encaisser. Elle préférait me lâcher. Elle se disait qu'elle allait passer un petit coup de fil à JB, ce soir, histoire de renouer leurs relations charnelles. Et ce serait presque en souvenir de moi.

Étrange épitaphe que ma grande amie s'apprêtait à m'écrire là. Un peu prématurée, peut-être ?

— J'ai besoin d'une robe du soir, d'une robe de cocktail et de quelques tenues plutôt élégantes pour la journée, lui ai-je lancé, quittant le registre personnel pour passer sans transition à l'échange purement commercial.

Je n'allais pas perdre mon temps avec elle. Je ne la laisserais pas me gâcher mon plaisir. Elle finirait par changer d'attitude.

J'allais profiter de l'occasion de m'acheter des vêtements sans regarder à la dépense. J'ai commencé par les tenues habillées, puis j'ai pris deux tailleurs, genre femme d'affaires mais pas trop (je me voyais mal en marine strict), et deux ensembles pantalons. Et aussi des collants et des mi-bas. Et une ou deux chemises de nuit. Et de la lingerie.

Je balançais entre culpabilité et pure et simple délectation. Mes dépenses dépassaient assurément le budget strictement nécessaire à mes frais de repré-

98

sentation. Et si Eric demandait à voir ce que j'avais acheté ? Je me sentirais plutôt mal, non ? Mais c'était comme si j'avais été prise d'un accès de fièvre acheteuse. Je dévalisais les rayons, grisée par le plaisir que ça me procurait, mais aussi parce que j'étais en colère contre Tara, et pour étouffer la peur que j'éprouvais à la perspective d'accompagner une bande de vampires dans une ville inconnue.

Finalement, avec un soupir de regret, j'ai reposé la lingerie et les chemises de nuit sur leurs étagères. Pas vraiment indispensables... Ça me chagrinait d'y renoncer, mais, l'un dans l'autre, je me sentais plutôt mieux de ne pas abuser. Acheter des vêtements parce que les circonstances l'exigeaient, c'était une chose – un peu comme s'acheter à manger. Mais se payer des dessous, c'en était une autre – un peu comme craquer pour une pâtisserie ou des friandises : bon sur le coup, mais très mauvais pour vous.

Le prêtre local, qui, depuis quelque temps, assistait aux réunions de la Confrérie du Soleil, m'avait dit que se lier d'amitié avec des vampires, ou même travailler pour eux, c'était « une façon d'exprimer une pulsion de mort ». Il m'avait lancé ça entre deux bouchées de hamburger, la semaine précédente. Plantée devant la caisse, pendant que Tara faisait joyeusement crépiter les codes-barres de mes coûteux achats – achats qui seraient, justement, payés avec l'argent des vampires –, j'ai médité cette réflexion. Est-ce que j'avais envie de mourir ? J'ai secoué la tête. Absolument pas. Et je pensais que la Confrérie du Soleil, le mouvement d'extrême droite anti-vampires dont l'influence ne cessait de croître de façon alarmante aux États-Unis, était une vaste fumisterie. Sa condamnation systématique de tout humain qui avait le moindre contact avec les vampires, voire qui avait le malheur de mettre les pieds dans un commerce qui leur appartenait, frisait le ridicule.

Mais pourquoi me sentais-je si attirée par le monde des vampires ?

La vérité, c'était que je n'avais jamais pu profiter du même style de vie que mes camarades de classe. Le genre de vie que j'avais été élevée à considérer comme idéal n'avait jamais été à ma portée. Alors n'importe quelle autre vie me semblait intéressante, si c'était moi qui la construisais. Si je ne pouvais pas avoir un mari et des enfants, m'inquiéter de ce que j'allais emporter à la kermesse ou du fait que notre maison avait besoin d'une nouvelle couche de peinture, j'allais me concentrer sur la façon dont mes talons vertigineux, associés à trois kilos de paillettes, affecteraient mon sens de l'équilibre.

Pendant que McKenna, qui était revenue de la poste entre-temps, portait mes sacs dans ma voiture, Tara a réglé la question de ma note avec le secrétaire d'Eric, Bobby Burnham. Elle avait l'air contente quand elle a raccroché.

— Est-ce que j'ai explosé le budget ?

J'étais curieuse de savoir combien Eric était prêt à investir dans ma petite personne.

— Même pas écorné. Tu veux allonger l'addition ?

Mais la fièvre était tombée.

— Non. J'ai ce qu'il me faut.

J'ai été prise d'une furieuse envie de lui dire de tout remballer. Mais il aurait été trop mesquin de lui jouer un tour pareil.

— Merci de tes conseils, Tara.

— Tout le plaisir était pour moi.

Son sourire était un peu plus chaleureux, plus sincère aussi. Tara avait toujours été une femme d'argent, et elle n'avait jamais réussi à rester fâchée avec moi très longtemps.

— Il faut que tu ailles au Monde de la Chaussure, à Clarice, pour trouver des sandales assorties à ta robe du soir. Ils font des soldes, en ce moment.

J'ai pris mon courage à deux mains. Maintenant que j'étais lancée, je n'allais pas m'arrêter en si bon chemin. Prochain arrêt : le Monde de la Chaussure.

Il ne restait plus qu'une semaine avant mon départ. Je n'ai pas vu la soirée passer, tellement j'étais excitée à cette idée. Et la pression ne faisait que monter. Je n'étais jamais allée aussi loin – Rhodes se trouvait tout là-haut, à côté de Chicago. À vrai dire, je n'avais même jamais franchi la ligne Mason-Dixon, la fameuse ligne de démarcation entre le Nord et le Sud. Et je n'avais pris l'avion qu'une fois. Et encore, pour un saut de puce de Shreveport à Dallas. J'allais avoir besoin d'une valise, le modèle à roulettes. En fait, j'allais avoir besoin de... tout un tas de choses. Je faisais déjà une liste mentalement. Il y avait des sèche-cheveux, dans certains hôtels. Est-ce que ce serait le cas, au *Pyramid of Gizeh* ? Le *Pyramid* était l'un des établissements les plus réputés, parmi ceux qui privilégiaient la clientèle des vampires, établissements qui avaient poussé comme des champignons dans toutes les grandes villes d'Amérique, ces derniers temps.

J'avais déjà réglé avec mon patron le problème de ma semaine de congé. Il ne me restait donc plus qu'à lui annoncer la date de mon départ. Sam était assis derrière son bureau quand j'ai frappé à sa porte – enfin, au chambranle, puisqu'il la laisse toujours ouverte. Il a levé les yeux de sa pile de factures, ravi d'être interrompu. Lorsqu'il fait les comptes, Sam a tendance à s'arracher les cheveux, au sens propre comme au figuré. Résultat : quand je suis arrivée, avec sa crinière d'un blond cuivré en pétard, il avait tout l'air du type qui vient de mettre deux doigts dans la prise. Sam aurait largement préféré s'occuper du bar plutôt que de la comptabilité. Mais il s'était fait remplacer pour la soirée afin de mettre les comptes à jour, justement.

— Entre, Sookie. Comment ça se passe, de l'autre côté ?

— On ne chôme pas. Je n'ai pas plus de deux secondes, mais je voulais te dire que je pars jeudi prochain.

Sam a ébauché un sourire, qui a vite tourné à la grimace.

— Tu es vraiment obligée d'y aller ?

— Hé ! On a déjà discuté de ça.

C'était une mise en garde très claire.

Il s'est aussitôt rattrapé.

— Eh bien, tu vas me manquer. Et puis, je vais un peu m'inquiéter aussi. Toi et tous ces vampires…

— Mais il y aura d'autres humains là-bas, comme moi.

— Non, Sookie, pas comme toi. Il y aura des fang-bangers, des fanatiques complètement accros aux vampires et à tout ce qui touche à leur univers, ou des chercheurs d'os, de ceux qui espèrent s'en mettre plein les poches sur le dos des déterrés. Ces gens-là ne sont pas très sains, et aucun n'a une très longue espérance de vie devant lui.

— Sam, il y a encore deux ans, je n'avais pas la moindre idée de ce à quoi ressemblait véritablement le monde autour de moi. Je ne savais pas ce que tu étais vraiment. Je ne savais pas que les vampires étaient aussi différents les uns des autres que les humains. Je ne savais pas que les faé existaient. Je n'aurais même jamais pu imaginer tout cela, ai-je soupiré en secouant la tête. Dans quel monde vit-on, Sam ! Un monde merveilleux et terrifiant. Chaque jour apporte son lot de surprises. Jamais je n'aurais cru réussir un jour à me construire une vie, toute seule comme une grande. Et pourtant, maintenant, c'est bel et bien ce que je fais.

— Ce n'est pas moi qui vais te reprocher de vouloir te faire ta place au soleil, Sookie.

Sam souriait, mais l'ambiguïté de sa formule ne m'a pas échappé.

Pam est venue à Bon Temps, ce soir-là. Air blasé, allure décontractée, elle portait un ensemble pantalon en jersey vert Nil gansé de marine et... des mocassins à pompon bleu marine. Je ne plaisante pas. Je ne savais même pas que ça se vendait encore. Le cuir brillait comme un sou neuf. Elle a attiré tous les regards en entrant – admiratifs, pour la plupart. Elle s'est assise du bout des fesses dans mon rang et a patiemment attendu, les mains croisées sur la table. Comme elle s'était mise « en veille » – un état un peu particulier qui a de quoi déstabiliser, quand on n'est pas prévenu, je le reconnais : yeux ouverts mais regard éteint, corps parfaitement immobile, visage inexpressif –, j'ai pris le temps de servir quelques clients avant de m'occuper d'elle. Je me doutais de la raison pour laquelle elle était venue, et je n'étais pas pressée de voir mes soupçons confirmés.

— Qu'est-ce que je te sers, Pam ?

— Que se passe-t-il avec le tigre, exactement ?

Aussi directe qu'un égorgeur : droit à la jugulaire.

— Je sors avec Quinn maintenant, lui ai-je répondu avec la même franchise. On ne passe pas beaucoup de temps ensemble à cause de son job, mais on compte bien se voir à Rhodes.

Quinn avait été engagé pour organiser la plupart des événements et des cérémonies rituelles du sommet. Il serait sans doute très occupé, mais je pourrais toujours le croiser entre deux portes. Je m'en faisais déjà une fête.

— On doit passer un mois ensemble après le sommet, ai-je cru bon d'ajouter.

Oh-oh. Peut-être que j'aurais dû garder pour moi cette information. Le sourire de Pam s'est effacé.

— Sookie, je ne sais pas à quoi vous jouez, Eric et toi, mais ce n'est pas bon pour nous.

— Mais je ne joue à rien ! Rien du tout !

— Toi, peut-être pas. Mais lui, si. Il n'est plus le même depuis qu'il a séjourné chez toi.

— Je ne vois pas ce que je peux y changer.

— Moi non plus. Mais j'espère qu'il va réussir à régler le problème, parce que ça commence à bien faire. Eric n'aime pas les dilemmes, et il n'aime pas se sentir lié. Je me demande bien où est passé le vampire insouciant qu'il était.

J'ai haussé les épaules.

— Pam, on ne peut pas être plus clair que je l'ai été avec lui. Peut-être qu'il y a autre chose qui le préoccupe. Tu exagères l'importance que je peux avoir pour lui. S'il éprouve un amour éternel pour moi, il n'en montre rien. Je ne le vois jamais. Et il est au courant, pour Quinn.

— Il a forcé Bill à avouer, non ?

— Eh bien... Il était là, oui, ai-je reconnu d'un ton incertain.

— Penses-tu vraiment que Bill t'aurait fait une telle confession, si Eric ne l'y avait pas obligé ?

J'avais tout fait pour oublier cette maudite nuit. Mais, au fond de moi, je m'étais bien dit que Bill n'avait pas choisi ce moment pour passer aux aveux par hasard. Je n'avais tout simplement pas voulu y réfléchir.

— Pourquoi Eric s'intéresserait-il aux ordres que Bill avait reçus et plus encore aux conséquences que cela pouvait avoir pour une vulgaire humaine – au point même de le contraindre à les révéler à l'humaine en question –, à moins d'éprouver pour cette dernière des sentiments tout à fait incompréhensibles et pour le moins indécents ?

Le fait est que je n'avais jamais vu les choses sous cet angle. La révélation de Bill m'avait tellement blessée – la reine l'avait envoyé à Bon Temps pour me séduire (si besoin était) afin de gagner ma confiance – qu'à aucun moment je n'avais réfléchi aux motivations d'Eric. Effectivement, pourquoi avoir poussé Bill à me dévoiler le piège dans lequel j'étais si naïvement tombée ?

— Je ne sais pas, Pam. Écoute, je suis là pour bosser et tu es censée consommer. J'ai d'autres clients qui m'attendent.

— O négatif, alors. TrueBlood.

Je me suis empressée de sortir une bouteille du réfrigérateur et je l'ai mise au micro-ondes, puis je l'ai bien secouée pour homogénéiser la température. Le liquide enrobait la paroi en produisant un effet désagréable, mais il avait toute l'apparence et le goût du sang. J'en avais versé quelques gouttes dans un verre, un jour, chez Bill, histoire de me faire une idée. Pour autant que je puisse en juger, il n'y avait aucune différence entre le sang de synthèse et le vrai. Bill l'avait toujours apprécié, en tout cas. Quoiqu'il m'ait fait remarquer, plus d'une fois, que ce n'était pas tant la saveur qui comptait que ce qu'on éprouvait en enfonçant ses crocs dans la chair, en sentant la vie palpiter sous la peau... Voilà ce qui faisait le bonheur d'un vampire, et descendre une bouteille de TrueBlood n'avait rien de comparable.

J'ai posé la bouteille et un verre ballon sur la table de Pam, avec une petite serviette en papier, naturellement.

— Sookie ?

Tiens ! Amelia était de sortie. Ma colocataire venait souvent au bar, mais j'ai été surprise de l'y voir, ce soir-là.

— Quoi de neuf ?

— Euh… salut ! a lancé Amelia en se tournant vers la vampire.

J'ai détaillé sa tenue – pantalon à pinces, polo blanc et tennis assorties –, puis j'ai regardé Pam. Je ne l'avais jamais vue ouvrir des yeux pareils.

— C'est ma colocataire, Pam, Amelia Broadway. Amelia, je te présente Pam. Pam la vampire.

— Enchantée, a soufflé Pam.

— Hé ! Joli, l'ensemble ! l'a complimentée ma colocataire.

— Vous n'êtes pas mal non plus, lui a répondu Pam, manifestement flattée.

— Vous faites partie des vamp's du coin ?

Difficile de faire plus direct qu'Amelia.

— Je suis le bras droit d'Eric. Vous connaissez Eric Northman ?

— Bien sûr. Le beau blond torride de Shreveport ?

Pam a souri. Ses crocs pointaient… Un seul coup d'œil de l'une à l'autre m'a suffi. Ça alors !

— Vous aimeriez peut-être venir voir le bar, un soir ? lui a proposé Pam.

— Pourquoi pas ?

Polie, mais sans plus. Amelia avait décidé de faire la difficile. Elle tiendrait bien dix minutes, telle que je la connaissais. Je les ai abandonnées pour aller servir un client qui me faisait signe à une autre table. Du coin de l'œil, j'ai vu Amelia s'asseoir avec Pam et papoter quelques minutes, avant d'aller m'attendre au comptoir.

— Qu'est-ce que tu viens faire ici exactement ? lui ai-je lancé, un peu trop brutalement peut-être.

Cela m'a valu un froncement de sourcils réprobateur. Je ne me suis pas excusée pour autant.

— Je voulais juste t'avertir que tu avais eu un coup de fil.

— De ?

— De Quinn.

J'ai senti un grand sourire illuminer mon visage – un vrai sourire, celui-là, pas mon sourire commercial que j'affiche au travail.

— Qu'est-ce qu'il a dit?

— Qu'il te verrait à Rhodes. Que tu lui manquais déjà.

— Merci, Amelia. Mais tu aurais pu me téléphoner pour me prévenir, ou attendre que je sois rentrée.

— Je m'ennuyais un peu.

Tôt ou tard, ça devait arriver. Amelia avait besoin d'un travail, et d'un travail à temps plein. Sa ville et ses amis lui manquaient, naturellement. Même si elle avait quitté La Nouvelle-Orléans avant Katrina, depuis que le cyclone avait dévasté la ville, elle ne cessait d'y penser. Et puis, la sorcellerie aussi lui manquait. J'avais espéré qu'elle se lierait avec Holly – une autre serveuse du *Merlotte* et une wiccan convaincue. Je les avais présentées l'une à l'autre, mais après trois ou quatre discussions avec elle, Amelia m'avait dit d'un air morne que Holly et elle n'étaient pas du tout le même genre de sorcière. Elle était, quant à elle, « une vraie sorcière », alors que Holly n'était « qu'une wiccan ». Amelia éprouvait un mépris à peine voilé pour les wiccans et leurs croyances. À une ou deux reprises, elle avait participé à une réunion du groupe auquel appartenait Holly, en partie pour ne pas perdre la main, et en partie parce qu'elle avait désespérément besoin de fréquenter d'autres praticiennes.

Mais, dans le même temps, ma chère colocataire était terrorisée à l'idée que les sorcières de La Nouvelle-Orléans puissent la retrouver et, donc, lui faire payer le prix fort pour avoir changé Bob en chat. Et pour ajouter encore une couche à ce mille-feuille émotionnel, depuis Katrina, Amelia craignait pour la vie de ses anciennes consœurs. Mais elle ne pouvait enquêter sur leur compte sans risquer d'être découverte à son tour.

Malgré tout, je savais bien qu'un jour viendrait (plutôt une nuit, en l'occurrence) où elle ne supporterait plus de rester enfermée chez moi avec son chat.

J'ai essayé de ne pas trop faire la grimace en la voyant rejoindre Pam. Après tout, Amelia était assez grande pour savoir ce qu'elle avait à faire. Enfin, sûrement. Mais je m'étais moins inquiétée pour elle la nuit précédente, à Hotshot.

Tout en me remettant à travailler, j'ai repensé au coup de fil de Quinn. J'ai regretté de ne pas avoir mon nouveau téléphone portable sur moi (grâce au petit loyer que me versait Amelia, j'avais enfin pu m'en offrir un). Mais je trouvais que ce n'était pas correct de l'emporter au travail. Quinn devait se douter que je ne l'avais pas pris et que, de toute façon, à moins d'être disponible pour lui répondre, je l'aurais coupé. J'aurais tellement aimé qu'il m'attende à la maison quand je rentrerais !

J'aurais bien voulu me laisser griser, m'abandonner à cette excitation propre à toute nouvelle relation. Mais je me suis dit qu'il était temps de revenir sur terre et de me mesurer à la dure réalité. Je me suis donc concentrée sur mon service, souriant et bavardant aimablement, comme j'étais censée le faire. J'ai renouvelé la commande de Pam une ou deux fois, mais, en dehors de ça, je l'ai laissée à son tête-à-tête avec Amelia.

Enfin, l'heure de la fermeture est arrivée, et le bar s'est vidé. J'ai exécuté mes corvées habituelles, comme les autres serveuses. Après m'être assurée que salières, poivrières et distributeurs de serviettes en papier étaient pleins et prêts pour le lendemain, j'ai emprunté le petit couloir qui menait à la réserve pour aller mettre mon tablier dans le grand panier à linge sale. Après nous avoir entendues nous plaindre pendant des années de l'absence de miroir pour le personnel, Sam avait fini par craquer. J'ai surpris mon reflet, comme pétrifié, dans la glace. Je me suis secouée et j'ai dénoué mon tablier. Arlene était en train de faire bouffer sa chevelure flamboyante. Arlene et moi n'étions plus très amies, ces derniers temps. Elle s'était laissé embrigader par la Confrérie du Soleil. Bien que se présentant comme une organisation à but purement informatif censée dévoiler « la vérité sur les vampires », la Confrérie comptait, dans ses rangs, une foule de gens pour lesquels les vampires étaient le mal incarné et devaient être éliminés par tous les moyens – violents, de préférence. Les plus radicaux du lot passaient leur colère et leur peur sur les humains qui fréquentaient les vampires.

Les humains comme moi.

Arlene a essayé de croiser mon regard dans la glace. Sans résultat.

— Cette vampire qui était au bar, c'est une de tes… copines ?

Je n'ai pas aimé le ton qu'elle a pris pour dire ça.

— Oui.

Pam aurait-elle été ma pire ennemie que j'aurais encore prétendu le contraire. La Confrérie du Soleil – et tout ce qui s'y rapportait – me faisait dresser les cheveux sur la tête.

— Tu devrais éviter les morts et t'investir davantage auprès des vivants, m'a-t-elle alors assené.

Sa bouche n'était plus qu'un trait, et ses yeux lourdement fardés deux fentes brûlantes. Arlene n'avait jamais été portée sur la réflexion. J'étais cependant à la fois stupéfaite et atterrée de voir à quelle vitesse elle s'était laissé contaminer par la propagande de la Confrérie.

— Je suis avec des vivants quatre-vingt-quinze pour cent du temps, Arlene.

— Tu devrais arrondir à cent pour cent.

— Mais Arlene, en quoi ça te regarde ?

Ma patience avait largement atteint ses limites.

— Tu te coltines toutes ces heures sup' parce que tu vas avec une bande de vamp's à un genre de congrès, c'est ça, hein ?

— Je te le répète : en quoi ça te regarde ?

— On a été amies un bail, Sookie, avant que ce Bill Compton mette les pieds au bar. Maintenant, tu es tout le temps fourrée avec des vamp's et il y a des gens bizarres chez toi.

— Je n'ai pas de comptes à te rendre.

C'est là que la corde a cassé. Je pouvais lire dans son esprit la satisfaction et la condescendance qu'elle éprouvait, l'arrogance de qui est persuadé de détenir la vérité. Ça m'a fait mal. Ça m'a écœurée. J'avais gardé ses enfants ; je l'avais consolée à chaque fois qu'un pauvre type l'avait abandonnée ; j'avais rangé sa caravane, essayé de l'inciter à fréquenter des hommes bien, à ne pas se laisser marcher sur les pieds par des crétins. Et voilà qu'elle me regardait avec de grands yeux, surprise, oui, oui, surprise de me voir prendre le mors aux dents.

— Il faut vraiment que ta vie soit sacrément vide pour que tu aies besoin de la remplir avec les foutaises de la Confrérie, lui ai-je craché. Il n'y a qu'à voir les super jules que tu te dégotes pour te faire épouser.

Sur ces bonnes paroles, fort peu charitables, il est vrai, j'ai tourné les talons. Par chance, j'avais déjà récupéré mon sac dans le bureau de Sam : j'aurais raté ma sortie si j'avais dû revenir sur mes pas au moment de claquer la porte.

Et, tout à coup, Pam est apparue. Elle avait franchi la distance qui nous séparait à une telle vitesse que je ne l'avais même pas vue arriver. J'ai jeté un coup d'œil par-dessus mon épaule. Défigurée par la colère et le chagrin, Arlene était restée collée au mur. Ma pique avait porté. Il faut dire qu'un des petits copains d'Arlene avait filé en emportant l'argenterie. Quant à ses maris… je ne saurais même pas par où commencer!

Nous étions déjà dehors que je n'avais pas encore eu le temps de réagir à l'apparition de Pam à mes côtés.

— Je n'aurais pas dû dire ça, ai-je murmuré, tendue comme un arc, encore sous le choc de l'attaque d'Arlene et de ce que je lui avais rétorqué. OK, un de ses maris était un assassin. Mais ce n'était pas une raison pour être odieuse avec elle.

Seigneur! Je croyais entendre ma grand-mère! Ça m'a fait rire… jaune. Pam, qui est un peu plus petite que moi, a levé la tête pour me regarder d'un air perplexe, pendant que j'essayais de recouvrer mon sang-froid.

— C'est une catin, celle-là, a-t-elle soudain lâché.

J'ai sorti un Kleenex de mon sac pour me tamponner les yeux. Je pleure souvent quand je suis en colère. Je déteste ça. Les larmes sont toujours un signe de faiblesse, quel que soit le facteur déclencheur.

Pam m'a pris la main et a essuyé mes joues. Bon, le geste affectueux a été un peu gâché quand elle a léché son pouce. Mais c'est l'intention qui compte.

— Je ne dirais pas ça d'elle, mais c'est vrai qu'elle devrait faire plus attention aux mecs avec qui elle sort, ai-je admis.

— Pourquoi la défends-tu?

— Par habitude. On est amies depuis des lustres.

— Qu'a-t-elle fait pour toi? Comment t'a-t-elle prouvé son amitié?

— Elle…

J'ai quand même été obligée de réfléchir.

— J'imagine que j'étais déjà contente de pouvoir dire que j'avais une amie. J'aime bien ses gosses, et je me suis un peu occupée d'eux. Quand elle ne pouvait pas venir bosser, je faisais ses heures, et lorsqu'elle travaillait à ma place, je rangeais sa caravane en échange. Elle est venue me voir quand j'étais malade, et elle m'a apporté à manger. Et, surtout, elle ne m'a jamais reproché ma différence.

— Elle s'est servie de toi, et tu lui en es reconnaissante ?

Avec son visage impassible de vampire, je ne pouvais rien déceler de ce que Pam ressentait.

— Écoute, Pam, ce n'était pas comme ça.

— Alors c'était comment, Sookie ?

— Son affection pour moi était sincère, ai-je insisté. On a vraiment partagé de bons moments ensemble.

— Elle est paresseuse. Et cela s'étend à tous les domaines, y compris l'amitié. Si la relation est simple, elle sera facilement ton amie. Mais si le vent tourne, elle tournera avec lui. Et je pense que pour toi, le vent souffle dans la mauvaise direction. Elle a trouvé une nouvelle manière de faire son intéressante : en haïssant les autres.

— Pam !

— Ce n'est pas vrai, peut-être ? J'ai eu des années pour observer les humains : je les connais.

— Toutes les vérités ne sont pas bonnes à dire.

— Avoue plutôt qu'il est certaines vérités que tu préférerais que je ne dise pas.

— Eh bien… oui, c'est vrai.

— Bon, alors, je vais te laisser là et rentrer à Shreveport.

Et elle m'a tourné le dos pour se diriger vers sa voiture.

— Pam ?

Elle s'est retournée.

112

— Oui ?

— Pourquoi tu es venue ce soir ?

Bizarrement, elle a souri.

— Tu veux dire, à part pour te questionner sur tes relations avec mon créateur et pour avoir le plaisir de rencontrer ta délicieuse colocataire ?

— Ah. Euh… oui, oui. À part ça.

— Je suis venue te parler de Bill. De Bill, et d'Eric.

7

— Je n'ai rien à dire là-dessus.

J'ai ouvert la portière de ma voiture, lancé mon sac à l'intérieur, puis j'ai pivoté vers Pam – ce n'était pourtant pas l'envie de filer directement chez moi qui me manquait.

— Nous n'étions pas au courant, a-t-elle affirmé en s'avançant vers moi lentement – pour que j'aie le temps de la voir arriver, cette fois.

Sam avait laissé deux chaises pliantes devant sa caravane, qui faisait un angle droit avec le bar, côté entrée du personnel. Je les ai tirées jusqu'à ma voiture. Pam a accepté l'invitation tacite, se juchant sur l'une pendant que je m'installais sur l'autre.

J'ai pris une profonde inspiration. La question me travaillait depuis mon retour de La Nouvelle-Orléans : tous les vampires de Shreveport connaissaient-ils la véritable raison pour laquelle Bill était sorti avec moi ?

— Je ne te l'aurais pas dit, m'a avoué Pam sans détour. Même si j'avais su que Bill était en service commandé, je ne te l'aurais pas dit. Parce que... eh bien, les vampires d'abord.

Et elle a accompagné cette évidence d'un haussement d'épaules désinvolte.

114

— Mais je te jure que je ne le savais pas, a-t-elle néanmoins insisté.

J'ai senti quelque chose se détendre en moi. Comme je ne trouvais rien à répondre, je me suis contentée de hocher la tête.

— Je dois dire, Sookie, que tu as semé une sacrée zizanie dans notre zone.

Cela ne semblait pas la perturber. C'était juste une constatation. De toute façon, je n'allais certainement pas présenter mes excuses.

— Ces temps-ci, Bill n'est plus que haine, a-t-elle repris, et il ne sait pas sur qui passer sa colère. Il se sent coupable, ce qui n'est agréable pour personne. Quant à Eric, il ne supporte pas de ne pas se rappeler ce qui s'est passé quand il a séjourné chez toi. D'autant qu'il a conscience d'avoir une dette envers toi, sans toutefois savoir précisément de quoi il s'agit. En outre, il est furieux que la reine t'ait annexée pour parvenir à ses propres fins, et en se servant de Bill, de surcroît. Il estime qu'elle a marché sur ses plates-bandes. Sans même parler de Felicia, qui te prend pour le Grand Méchant Loup, avec tous les barmen du *Fangtasia* qui ont disparu en ta présence : Long Shadow, Chow…

Elle m'a adressé un petit sourire en coin.

— … sans oublier ton ami, Charles Twining.

— Mais je ne suis pour rien dans ces disparitions, moi !

J'étais en proie à une agitation croissante. Il n'est pas très conseillé de se mettre les vampires à dos. Felicia, la petite nouvelle du *Fangtasia*, était beaucoup plus forte que je ne le serais jamais, et c'était pourtant le modèle bas de gamme – à l'échelle des vampires, du moins.

— Je ne vois pas ce que cela change, a répondu Pam d'une voix étonnamment douce. Grâce à André, nous savons maintenant que tu as des origines faériques, ce qui pourrait tout expliquer. Mais je ne crois pas que ce soit la clé du problème. J'ai connu nombre d'humains qui comptaient des faé parmi leurs ancêtres, et aucun n'était télépathe. Non, je pense que cela vient de toi, Sookie. Évidemment, sachant que tu as ce sang de faé dans les veines, on ne peut s'empêcher de se demander quel goût tu aurais si... J'ai assurément apprécié le petit échantillon que j'ai testé, quand la ménade t'a lacéré le dos – bien que la dégustation ait été gâchée par son poison. Ceux de mon espèce aiment beaucoup les faé, tu sais.

— À mort, oui, ai-je marmonné en sourdine.

— Parfois, a-t-elle reconnu avec un petit sourire. Sacrée Pam.

— Et alors, c'est quoi le fin mot de l'histoire ?

J'avais hâte de rentrer chez moi et de me retrouver enfin seule avec moi-même, simple être humain avec des désirs d'être humain : dormir, notamment.

— Quand je dis que nous n'étions pas au courant de l'accord entre Bill et la reine, cela comprend Eric, a-t-elle simplement précisé.

J'ai préféré regarder mes pieds, contrôlant mon expression avec effort.

— S'il y a une chose qui rend Eric furieux, c'est bien cette histoire, a-t-elle enchaîné, en choisissant ses mots avec soin. Il en veut à Bill parce que Bill a passé un accord avec la reine sans le consulter. Il s'en veut parce qu'il n'a pas su percer à jour les plans de Bill. Il t'en veut parce que tu l'as exaspéré. Il en veut à la reine parce qu'elle est plus retorse que lui – sinon, elle ne serait pas reine, n'est-ce pas ? Eric ne sera jamais roi, s'il n'apprend pas à mieux se maîtriser.

— Tu te fais vraiment du souci pour lui ?

Je n'avais encore jamais vu Pam s'inquiéter pour qui que ce soit.

116

Comme elle acquiesçait en silence, je lui ai demandé :

— Tu l'as rencontré quand, Eric ?

La question m'avait toujours titillée, et comme, pour une fois, Pam semblait encline aux confidences...

— Je l'ai rencontré à Londres, la dernière nuit de ma vie.

Sa voix s'élevait dans la pénombre, calme, posée. Je pouvais distinguer son profil, éclairé par le lampadaire. Elle semblait parfaitement sereine.

— Tu vas rire : j'ai tout risqué par amour.

J'avais autant envie de rire que de me pendre.

— J'étais très délurée, pour l'époque. Les jeunes filles de bonne famille telles que moi n'étaient pas censées rester seules en compagnie d'un gentleman – ni d'aucun autre homme, d'ailleurs. Rien à voir avec les mœurs d'aujourd'hui !

Elle a eu une petite moue ironique.

— Mais j'étais romantique et je n'avais pas froid aux yeux, a-t-elle poursuivi. Une nuit, je suis sortie en catimini de la maison. J'avais un rendez-vous avec le cousin de ma meilleure amie, la fille des voisins. Le cousin en question était venu de Bristol pour les vacances, et nous étions très attirés l'un par l'autre. Mes parents ne le considérant pas comme un parti acceptable, je savais qu'ils ne l'autoriseraient pas à me courtiser. Je savais aussi que, si jamais j'étais surprise seule avec lui, à plus forte raison la nuit, c'en serait fini de moi. Adieu le beau mariage, sauf si mes parents pouvaient le forcer à m'épouser. Je n'aurais plus aucune perspective d'avenir.

Elle hochait la tête d'un air songeur.

— Incroyable, quand on y songe maintenant. En ce temps-là, les femmes n'avaient pas le choix. L'ironie de l'histoire, c'est que notre rendez-vous était tout ce qu'il y a d'innocent. Quelques chastes baisers, le bla-bla sentimental habituel, les vœux d'amour éternel, chabadabada, chabadabada...

Je lui ai souri, mais elle ne me regardait pas.

— En rentrant chez mes parents, je suis tombée nez à nez avec Eric. Moi qui faisais tant d'efforts pour traverser le jardin à pas de loup ! Mais, bien sûr, je n'avais aucune chance de lui échapper.

Elle s'est tue un long moment.

— Et là, c'en a vraiment été fini de moi.

— Pourquoi t'a-t-il vampirisée ?

Je me suis calée contre le dossier de ma chaise et j'ai croisé les jambes. Cette conversation avait pris un tour aussi captivant qu'inattendu.

— Il devait se sentir seul, j'imagine, a-t-elle répondu, une pointe d'étonnement dans la voix. Sa dernière compagne avait décidé de voler de ses propres ailes. Les nouveaux vampires ne peuvent pas demeurer très longtemps avec leurs créateurs, de toute façon. Au bout de quelques années, le jeune vampire doit prendre son indépendance, quoiqu'il puisse revenir auprès de son mentor. C'est même une obligation, si ce dernier l'appelle.

— Tu n'étais pas en colère contre lui ?

Elle a paru fouiller dans sa mémoire.

— Au début, j'ai surtout été choquée. Après m'avoir saignée à blanc, il m'a recouchée dans mon lit. Naturellement, mes parents ont cru que j'avais été frappée par quelque mal mystérieux et m'ont inhumée. Eric m'a déterrée pour que je ne me réveille pas dans mon cercueil. Sans lui, j'aurais été obligée de m'en extraire toute seule. Il m'a été d'un grand secours, à cet égard. Il m'a tenue dans ses bras, m'a soutenue, m'a tout expliqué. Jusqu'alors, sous mes allures de fille délurée, j'étais restée très attachée aux convenances. J'étais habituée à superposer tout un tas de vêtements. Si tu voyais la toilette dans laquelle je suis morte, tu n'en croirais pas tes yeux.

Les manches! Les parements! Rien qu'avec le tissu de la jupe, tu aurais pu te faire au moins trois robes!

Elle semblait avoir gardé de bons souvenirs de sa métamorphose et n'exprimait rien d'autre qu'un agréable moment d'un lointain passé presque oublié.

— Une fois réveillée, j'ai découvert que devenir vampire avait libéré quelque chose en moi.

— Mais après ce qu'Eric t'avait fait, tu n'avais pas envie de le tuer?

— Non. J'avais envie... de lui. Et je me suis servie. Plein, plein de fois! a-t-elle déclaré avec un petit sourire espiègle. La relation avec son créateur n'est pas nécessairement sexuelle. Mais, entre nous, elle l'était. Cependant, rapidement, mes goûts en la matière se sont diversifiés. Je voulais tout essayer, tout ce qu'on m'avait interdit pendant ma vie de parfaite jeune fille rangée.

— Alors, ça te plaisait, en fait, d'être un vampire? Tu étais contente?

Elle a eu un haussement d'épaules nonchalant.

— Oui, j'ai toujours aimé être ce que je suis. Il m'a certes fallu plusieurs jours pour comprendre ma véritable nature: je n'avais même jamais entendu parler des vampires, avant d'en être un.

Je ne parvenais pas à imaginer le traumatisme qu'elle avait dû ressentir à son réveil. La vitesse à laquelle elle disait s'être adaptée à sa nouvelle existence me stupéfiait.

— Et tu n'es jamais retournée voir ta famille?

Ce n'était pas très délicat de ma part. Je n'avais pas plus tôt achevé ma phrase que je la regrettais déjà.

— Je les ai vus de loin, une dizaine d'années plus tard. Il faut bien garder à l'esprit que, il n'y a pas si longtemps, pour un nouveau vampire, la première chose à faire, c'était de quitter sa région. Sinon, il risquait d'être reconnu et pourchassé. De nos jours, on peut parader où l'on veut à sa guise. Mais en ce temps-là, nous devions nous montrer discrets, prudents. Eric et moi avons quitté Londres aussi vite que possible, et après avoir séjourné un petit moment dans le nord de l'Angleterre, le temps pour moi de m'habituer à mon état, nous sommes partis pour le continent.

C'était une horrible histoire. Horrible, mais fascinante.

— Tu étais amoureuse de lui ?

Cette question a semblé la laisser perplexe. Une petite ride d'expression était apparue sur son front lisse.

— Amoureuse ? Non. Nous étions bons camarades, et j'aimais beaucoup coucher avec lui. Chasser avec lui, aussi. Mais je n'étais pas amoureuse de lui.

À la lumière des lampadaires, j'ai vu le visage de Pam recouvrer sa perfection juvénile.

— Je lui dois allégeance, m'a-t-elle expliqué. Je suis tenue de lui obéir. Mais je le fais volontiers. Eric est intelligent, ambitieux et de très bonne compagnie. Je serais réduite en poussière dans ma tombe, aujourd'hui, s'il ne m'avait guettée au retour de mon rendez-vous avec ce jeune homme écervelé. J'ai suivi mon propre chemin pendant de très longues années. Mais j'ai été ravie d'avoir de ses nouvelles, quand il a ouvert le *Fangtasia* et m'a appelée pour venir l'aider.

Pouvait-il exister, sur cette planète, une autre personne capable de prendre son propre assassinat avec un tel détachement ? Pam adorait sa vie de vampire, c'était flagrant, et elle ne semblait plus éprouver qu'une condescendance amusée pour les humains. Quand Eric avait commencé à me témoigner certains sentiments, elle avait trouvé cela hilarant. La Pam d'aujourd'hui pouvait-elle être à ce point différente de la jeune fille d'autrefois ?

— Tu avais quel âge, Pam ?

— Quand je suis morte ? Dix-neuf ans, a-t-elle répondu, sans la moindre trace d'émotion sur son beau visage. Je portais des coiffures très sophistiquées, à cette époque...

À ce souvenir, elle a semblé se départir un peu de sa froideur habituelle.

— Il me fallait l'aide de ma femme de chambre pour me coiffer. On glissait de gros boudins dans mes cheveux pour donner du volume aux chignons. Oh ! Et les sous-vêtements que je portais ! Tu te roulerais par terre rien qu'à me voir les enfiler.

Si passionnante que soit cette conversation, j'étais fatiguée et j'avais hâte de rentrer.

— Donc, le fin mot de l'histoire, c'est que tu es très loyale envers Eric et que tu veux que je sache que vous ignoriez tous les deux que Bill était en service commandé quand il a débarqué à Bon Temps ?

Pam a hoché la tête.

— Et tu es venue pour ?

— Te demander d'avoir pitié d'Eric.

L'idée qu'Eric puisse avoir besoin de ma pitié ne m'aurait même jamais effleurée.

— C'est presque aussi comique que tes sous-vêtements de grand-mère. Pam, je sais que tu te crois redevable envers Eric, même s'il t'a tuée – parce qu'il t'a tuée, chérie, je te signale –, mais moi, je ne lui dois absolument rien.

Pour la première fois, son ton s'est durci.

— Il ne t'est pas indifférent, je le sais, a-t-elle répliqué. Jamais je ne l'ai vu à ce point empêtré dans ses émotions. Jamais il ne s'est retrouvé dans une telle position d'infériorité.

Elle se redressait. J'en ai déduit que notre petite conversation touchait à sa fin. Nous nous sommes levées en chœur, et j'ai remis les chaises de Sam à leur place.

Je ne savais pas quoi lui répondre.

Coup de chance, je n'ai pas eu besoin de réfléchir trop longtemps. Émergeant de l'obscurité qui cernait le parking, M. Northman en personne a fait son apparition.

— Pam, a-t-il grondé d'une voix d'outre-tombe. Tu tardais tellement que j'ai suivi ta trace pour m'assurer que tout allait bien.

— Maître.

C'était bien la première fois que j'entendais ce mot dans la bouche de Pam. Elle a mis un genou à terre dans le gravier – ce qui devait être douloureux.

— Pars ! lui a-t-il ordonné.

En un clin d'œil, elle a disparu. Littéralement.

J'ai gardé le silence. Eric dardait sur moi ce regard fixe des vampires. J'étais presque sûre qu'il était en colère. Mais pourquoi ? Contre qui ? À quel point ? Impossible de le lire dans ses pensées : son esprit m'était irréductiblement fermé. D'où l'intérêt de fréquenter les vampires, d'ailleurs. L'intérêt, mais aussi le danger.

Eric a dû estimer que des actes en diraient plus long que bien des discours. Soudain, il s'est retrouvé devant moi. Il m'a soulevé le menton de l'index, levant mon visage vers le sien. Ses yeux, sombres dans la pénombre, se sont rivés aux miens. L'intensité de son regard me gênait et m'embrasait tout à la fois. Vampires et sentiments ambivalents : je commençais à connaître la chanson.

Je n'ai pas été franchement étonnée lorsqu'il m'a embrassée. Quand on a plus de mille ans d'entraînement, on peut devenir très bon, à ce petit jeu-là, et je mentirais si je prétendais que je suis restée insensible au baiser d'un maître de l'art. Ma température est montée en flèche : au moins dix degrés d'un coup. J'ai eu toutes les peines du monde à me retenir de lui

122

passer les bras autour du cou et de me frotter contre lui. Pour un homme mort, il manifestait une sacrée vitalité. Et apparemment, mes hormones se montraient on ne peut plus réceptives, après ma nuit avec Quinn... Quinn! Ça m'a fait l'effet d'une douche froide.

Je me suis détachée d'Eric, avec un tel regret que c'en était presque douloureux. Il avait sur le visage l'air concentré de quelqu'un qui vient de goûter un grand cru et se demande s'il vaut mieux le mettre en cave ou le consommer tout de suite.

— Eric...

Ma voix tremblait.

— ... je ne sais pas ce que tu viens faire ici et je ne comprends pas à quoi rime tout ce cinéma.

— Tu appartiens à Quinn, maintenant? m'a-t-il demandé en plissant les yeux.

— Je n'appartiens à personne. C'est moi qui choisis.

— Et tu as choisi?

— Tu ne manques pas d'air, Eric Northman! On n'est pas ensemble, que je sache. Et tu n'as jamais cherché à me faire comprendre que tu pouvais en avoir envie. Tu ne m'as jamais montré que j'avais la moindre importance pour toi, que j'avais la moindre place dans ta vie. Je ne dis pas que j'aurais été ouverte à de telles éventualités. Je dis seulement qu'en leur absence, je me suis sentie libre de trouver un autre... euh... compagnon. Et, jusqu'à maintenant, Quinn remplit parfaitement ce rôle.

— Tu ne le connais pas plus que tu ne connaissais Bill.

De l'art d'appuyer là où ça fait mal.

— Oui, mais au moins, je sais qu'on ne lui a pas ordonné de me mettre dans son lit pour faire de moi un atout stratégique!

— Il valait mieux que tu saches, pour Bill.

— Oui, il valait mieux. Mais ça ne signifie pas pour autant que j'ai apprécié.

— Je savais que ce serait dur pour toi. Mais il fallait que je l'oblige à avouer.

— Et pourquoi ?

Ah. Apparemment, je venais de lui poser une colle. Je ne vois pas comment exprimer cela autrement. Il a détourné les yeux, plongeant un regard incertain dans l'obscurité des bois.

— Ce n'était pas bien, a-t-il finalement lâché.

— C'est vrai. Mais peut-être aussi que tu voulais t'assurer que je ne me remettrais jamais avec lui, non ?

— Peut-être. L'un n'empêche pas l'autre.

Il y a soudain eu un silence pesant, comme si quelque créature énorme retenait son souffle.

L'instant commençait à ressembler à une séance de psychothérapie.

— Bon, ai-je soupiré. Écoute, Eric, depuis des mois, tu fais la tête dès que tu me vois. Depuis que tu… enfin, tu sais, quand tu n'étais plus toi-même. Qu'est-ce qui t'arrive ?

— Depuis cette nuit où on m'a jeté un sort, je ne cesse de me demander pourquoi je me suis retrouvé à courir sur cette route. La route qui mène chez toi.

J'ai reculé d'un pas pour le dévisager, essayer de trouver un indice sur son visage, le moindre signe qui aurait pu me dévoiler ce qu'il pensait. Peine perdue.

La question qu'il venait de me poser ne m'avait jamais traversé l'esprit. Les circonstances dans lesquelles j'avais trouvé Eric ce matin du 1er janvier – tout seul, à moitié nu, complètement désorienté – avaient été enfouies sous l'avalanche d'événements ahurissants qui m'étaient arrivés depuis la Guerre des Sorcières.

— As-tu réussi à trouver une réponse ?

Les mots n'avaient pas franchi mes lèvres que je me rendais déjà compte de la stupidité de la question.

— Non, a-t-il sifflé, tel un serpent. Et la sorcière qui m'a ensorcelé est morte : plus personne ne peut me dire ce que ce sort impliquait. Étais-je censé me précipiter vers la personne que je haïssais le plus ? Vers celle que j'aimais le plus ? Est-ce par hasard que je me suis retrouvé sur cette route, à courir au beau milieu de nulle part ? Sauf que ce nulle part menait tout droit chez toi...

Petit silence gêné côté Stackhouse. Je ne savais pas quoi dire. Or, Eric attendait manifestement une réponse.

— Ce doit être à cause du sang de faé, ai-je suggéré, alors même que j'avais passé des heures à me répéter que j'avais si peu de sang de faé dans les veines qu'il ne pouvait exercer qu'une attraction infime sur les vampires.

— Non.

Et, sans crier gare, il s'est volatilisé dans les airs.

— Eh bien, ai-je marmonné, d'une voix que j'aurais voulue moins chevrotante. Pour une sortie, c'est une sortie !

Pas vraiment évident d'avoir le dernier mot, avec un vampire.

8

— Mes bagages sont prêts! ai-je chantonné.

— Si tu crois que je vais pleurer parce que tu me laisses tomber!

Amelia avait gentiment accepté de me conduire à l'aéroport. Mais j'aurais dû lui faire signer une extension de garantie prolongeant cette démonstration d'amabilité jusqu'à mon départ. Elle s'était montrée maussade pendant tout le temps que j'avais passé à me maquiller.

— Si seulement je pouvais venir avec toi!

Ah! On y était! Je savais pertinemment que ça lui était resté en travers de la gorge, et ce bien avant qu'elle ne finisse par l'avouer. Mais je ne pouvais absolument rien y faire.

— Ce n'est pas moi qui lance les invitations, Amelia. Je ne suis qu'une pièce rapportée. Je fais partie du petit personnel.

— Je sais, a-t-elle bougonné. Ne t'inquiète pas. Je ramasserai le courrier, j'arroserai les plantes et je brosserai Bob. Hé! J'ai entendu dire que l'agent de la Bayou State Insurance cherchait une réceptionniste. Il paraît que la mère de celle qu'il employait a été évacuée de La Nouvelle-Orléans et qu'elle a besoin d'une aide à domicile à plein temps. Alors, sa fille a démissionné.

— Oh ! Présente donc ta candidature. Tu vas a-do-rer.

Mon agent d'assurance jetait des sorts aux biens qu'il assurait pour les protéger de tout dommage.

— Je suis sûre que Greg Aubert va te plaire. Tu le trouveras très intéressant, tu verras.

Je voulais qu'elle ait une bonne surprise lors de l'entretien. Elle m'a jeté un regard en coin, un petit sourire entendu sur les lèvres.

— Ah, ah ! C'est un beau célibataire ? Il est si craquant que ça ?

— Non, non. Mais il a d'autres atouts. Et puis, n'oublie pas que tu as promis à Bob de ne plus regarder les mecs, tu te rappelles ?

— Ouais, a-t-elle marmonné, maussade. Hé ! Et si on jetait un œil à ton hôtel ?

Amelia m'apprenait à me servir de l'ordinateur de ma cousine Hadley. Je l'avais rapporté de La Nouvelle-Orléans en pensant le vendre, mais Amelia avait réussi à me convaincre de l'installer à la maison. Cela faisait bizarre de le voir sur le bureau, dans la partie la plus ancienne de la maison — la pièce qui correspondait maintenant au salon. Amelia payait une ligne de téléphone supplémentaire réservée à Internet pour son portable, qu'elle utilisait à l'étage. Novice fébrile, j'en étais toujours au b.a.-ba.

La page d'accueil de Google s'est affichée, et Amelia a tapé : « Hôtel *Pyramid of Gizeh*. » Nous avons examiné l'image qui est apparue à l'écran quand elle a sélectionné la réponse. Situés pour la plupart dans les grands centres urbains tels que Rhodes, les hôtels à vampires faisaient également partie des attractions touristiques. Comme on pouvait s'y attendre, l'établissement avait la forme d'une pyramide. Il était tout en verre miroir de couleur bronze, sauf à l'un des étages inférieurs, plus transparent.

— Ce n'est pas vraiment ça, hein ?

La tête penchée sur le côté, Amelia considérait l'édifice d'un air dubitatif.

— Il n'est pas assez incliné.

— C'est ça. On dirait qu'ils ont voulu construire une pyramide, mais qu'ils n'avaient pas besoin d'autant d'étages pour en faire une vraie. L'angle n'est pas assez aigu pour lui donner la grandeur voulue.

— En plus, il y a une excroissance rectangulaire au niveau du socle.

— J'imagine que ce sont les salles de conférences.

— Pas de parking ?

— Oh ! Il doit se trouver au sous-sol. Ils peuvent les construire comme ça, dans le Nord.

— Il est au bord du lac pourtant… Hé ! Je vais voir le lac Michigan ! Regarde, il y a juste un petit parc entre le lac et l'hôtel.

— Et une route avec pas moins de six voies.

— Aussi, oui.

— Mais il est près du centre-ville : idéal pour le shopping.

— « Et pourvu d'un étage réservé aux humains », ai-je lu à haute voix. Je parie que c'est la ligne plus claire, en bas. Je pensais que c'était juste pour la déco, mais non. C'est pour que les petites natures que nous sommes voient la lumière du jour. Il paraît qu'on a besoin de notre dose quotidienne.

— Oui mais, surtout, c'est la loi, a renchéri Amelia. Quoi d'autre ? « Salles de réunion, bla-bla-bla… Verre opaque à tous les étages, sauf celui réservé à la clientèle humaine… Suites d'un rare raffinement dans les étages les plus élevés, bla-bla-bla… Personnel rompu au service des vampires et spécialement entraîné à satisfaire leurs moindres désirs… » Ça veut dire qu'ils sont tous donneurs de sang et d'orgasmes volontaires, tu crois ?

Quelle cynique, cette Amelia. Cela dit, maintenant que je connaissais le nom de son père, cela ne m'étonnait pas vraiment.

— J'aimerais bien voir la chambre tout en haut, celle qui forme la pointe de la pyramide.

— Impossible. Ils disent que ce n'est pas un «espace d'accueil», que c'est, en fait, le système d'air conditionné qui est installé là.

J'ai jeté un coup d'œil à ma montre.

— Hé! Bon sang! Mais il est temps d'y aller!

— Ah, bon? a fait Amelia d'un ton morne, sans quitter l'écran des yeux.

Amelia faisait partie de ces gens qui n'aiment vraiment pas rester seuls.

J'ai essayé de la consoler.

— Je ne serai absente qu'une petite semaine.

Nous sommes sorties mettre mes bagages dans la voiture, et nous avons pris la route.

— J'ai le numéro de l'hôtel, en cas d'urgence. Et j'ai noté ton numéro de portable aussi. Tu as pris ton chargeur?

Elle tournait au bout de ma longue allée pour emprunter Hummingbird Road. Nous allions contourner Bon Temps pour gagner l'autoroute.

— Mais oui.

Et ma brosse à dents, mon dentifrice, mon rasoir, mon déodorant, mon sèche-cheveux (au cas où), ma trousse de maquillage, tous mes nouveaux vêtements et quelques autres en prime, des chaussures à la pelle, ma chemise de nuit, le réveil de voyage d'Amelia, des sous-vêtements, quelques bijoux, un sac à main de rechange et deux livres de poche.

— Merci de m'avoir prêté ta valise.

Amelia avait mis à ma disposition sa grande valise à roulettes rouge vif et la housse à vêtements assortie, plus un sac cabine dans lequel j'avais fourré un roman, un recueil de mots croisés, un baladeur CD avec son casque et une pochette range-CD.

Nous n'avons pas beaucoup parlé pendant le trajet. Ça me faisait un drôle d'effet de laisser Amelia toute seule dans ma vieille maison de famille — les Stackhouse étaient dans la place depuis plus de cent soixante-dix ans tout de même.

Quand nous sommes arrivées à l'aéroport, notre conversation, plutôt sporadique, s'était déjà éteinte depuis un moment. Nous étions juste à côté du terminal principal de Shreveport, mais c'est vers un petit hangar que nous nous sommes dirigées. Si Eric ne s'y était pas pris des semaines à l'avance pour affréter un charter, il aurait été dans de beaux draps, maintenant: le sommet mettait assurément les capacités d'Anubis Air à rude épreuve. Tous les États de la Division Centre des États-Unis envoyaient des délégations à Rhodes. Or, la division en question couvrait un territoire impressionnant, du golfe du Mexique à la frontière canadienne.

Quelques mois plus tôt, il aurait fallu réserver deux avions rien que pour la Louisiane. À présent, un seul suffirait, d'autant que plusieurs membres du groupe étaient partis plus tôt. J'avais lu la liste des vampires disparus, après la réunion au *Fangtasia*, et à mon grand regret Mélanie et Chester y figuraient. Je les avais rencontrés au QG de la reine, à La Nouvelle-Orléans, et même si nous n'avions pas eu vraiment le temps de faire ami-ami, il m'avait semblé qu'ils étaient de bons vampires.

Il y avait une clôture autour du hangar, une barrière qui fermait la clôture et un homme en uniforme qui gardait la barrière. Il a vérifié mon permis de conduire et celui d'Amelia, avant de nous laisser passer. C'était un policier humain qui prenait ce poste en dehors de ses heures de service, mais il paraissait attentif et compétent.

— Tournez à droite. Il y a de la place pour se garer près de la porte, le long du mur est, nous a-t-il indiqué.

Amelia s'est un peu penchée sur le volant, les yeux plissés sous l'effet de la concentration. On pouvait pourtant difficilement la rater, cette porte. Et puis, il y avait d'autres véhicules en stationnement. Il devait être dans les 10 heures, et bien qu'il fasse un temps splendide, le fond de l'air était frais : un petit avant-goût d'automne. Après notre été torride, c'était un vrai bonheur. Il ferait plus froid à Rhodes, m'avait avertie Pam. Elle avait jeté un œil aux températures prévues pour la semaine à venir, sur Internet, et m'avait appelée pour me dire d'emporter un pull. Au ton de sa voix, elle m'avait paru presque emballée : un événement, pour Pam. J'avais l'impression qu'elle commençait à donner des signes d'impatience, depuis un moment, qu'elle s'ennuyait à Shreveport, qu'elle en avait un peu assez du bar. Mais je me faisais peut-être des idées.

Amelia m'a aidée à sortir mes bagages de la voiture. Elle avait dû rompre tout un tas de sorts, avant de me prêter sa panoplie Samsonite. J'ai préféré ne pas lui demander ce qui se serait passé, si elle avait oublié. J'ai tiré sur la poignée du sac à roulettes et pris le sac cabine en bandoulière. Amelia s'est chargée de la housse et a ouvert la porte du hangar.

Je n'avais encore jamais mis les pieds dans un hangar d'aéroport. C'était exactement comme dans les films : énorme. Plusieurs petits appareils étaient parqués à l'intérieur mais, conformément aux instructions de Pam, nous avons traversé tout le hangar pour rejoindre la large ouverture ménagée dans le mur ouest. Le jet d'Anubis stationnait devant. Les employés de la compagnie chargeaient les cercueils sur le tapis roulant. Ils portaient tous l'uniforme noir d'Anubis Air, avec la tête de chacal stylisée sur la poitrine : une simagrée qui avait le don de m'exaspérer. Ils nous ont jeté un coup d'œil au passage, mais aucun ne nous a arrêtées, ni n'a demandé à voir nos papiers, jusqu'à ce que nous atteignions la passerelle qui menait à l'avion.

Bobby Burnham se tenait au pied des marches, une liste à la main. C'était un humain – forcément, puisqu'il faisait grand jour –, mais son visage était si pâle, si fermé qu'on aurait presque pu le prendre pour un vampire. J'avais beau ne l'avoir jamais rencontré, je savais qui il était. Lui aussi m'avait parfaitement identifiée, d'ailleurs. Je venais de pêcher l'information dans son cerveau. Cela ne l'a pas empêché de me demander mes papiers d'identité et de vérifier que mon nom figurait bien sur sa fichue liste, le tout sans cesser de jeter des regards suspicieux à Amelia, comme si elle avait le don de le changer en crapaud – c'était le cas, d'ailleurs, et elle était tentée de le faire en ce moment même.

— Croa croa, lui ai-je discrètement murmuré.

Elle a réprimé un fou rire.

Bobby s'est présenté. Comme nous hochions la tête en chœur, il a ajouté :

— Votre nom est bien sur la liste, mademoiselle Stackhouse, mais pas celui de mademoiselle Broadway. J'ai bien peur que vous ne soyez obligée de monter vos bagages toute seule.

Le petit chef dans toute sa splendeur.

Mais, déjà, Amelia marmonnait quelque chose en sourdine.

Soudain, Bobby s'est mis à bredouiller avec empressement :

— Attendez ! Je... je vais me charger de la grosse valise, mademoiselle Stackhouse. Croyez-vous pouvoir porter les autres sacs ? Sinon, je reviens dans une seconde pour vous les monter.

L'air ahuri qu'il avait en s'entendant parler valait son pesant d'or. J'ai dû réprimer ma jubilation – Amelia lui jouait tout de même un sale tour.

— Merci. Je vais me débrouiller, lui ai-je assuré, en prenant la housse des mains d'Amelia pendant qu'il montait la valise – qu'il cognait à chaque marche, pour tout arranger.

— Amelia, quelle peste tu fais !

Mais j'avais du mal à ne pas rigoler.

— C'est qui, ce crétin ? m'a-t-elle demandé.

— Bobby Burnham, le secrétaire d'Eric. Il le représente pendant la journée.

Tous les vampires d'un certain rang en avaient un. Bobby était une récente acquisition d'Eric.

— Et qu'est-ce qu'il fait ? Il époussette les cercueils ?

— Non, il traite les affaires courantes : il va à la banque, au pressing, dans tous les services administratifs qui ne sont ouverts qu'en journée, etc.

— C'est un coursier, quoi.

— Eh bien, si on veut. Mais un coursier important : le coursier d'Eric.

Bobby redescendait les marches, toujours étonné, semblait-il, de s'être montré si serviable, si poli.

— N'en rajoute pas, ai-je ordonné à ma voisine, sachant pertinemment qu'elle y songeait déjà.

J'ai vu ses yeux étinceler, mais elle a obéi.

— C'est mesquin, je le reconnais. Mais je ne supporte pas les petits chefs.

— Moi non plus. Allez, je te laisse. On se revoit dans une semaine, OK ? Et merci de m'avoir accompagnée.

— De rien, a-t-elle grommelé en m'adressant un petit sourire mélancolique. Profites-en bien. Et ne t'avise pas de te faire tuer, ni mordre, ni rien, hein ?

Sur une impulsion, je l'ai prise dans mes bras et, après un premier moment de surprise, elle m'a serrée dans les siens.

— Prends bien soin de Bob, lui ai-je lancé, avant de gravir l'escalier.

Je ne pouvais pas m'empêcher d'être un peu anxieuse. Le fait de couper temporairement les ponts avec mon train-train habituel, sans doute.

— Choisissez votre place, mademoiselle Stackhouse, m'a aimablement proposé l'hôtesse d'Anubis Air.

Elle m'a débarrassée de la housse à habits d'Amelia et s'est éloignée dans l'allée. La cabine de l'appareil n'avait rien à voir avec celle des avions standards. C'était du moins ce que prétendait le site Internet d'Anubis. La flotte de la compagnie avait été conçue et aménagée pour le transport des vampires pendant leur sommeil. Les passagers humains passaient au second plan. Il y avait des alcôves pour les cercueils, sortes d'énormes coffres à bagages alignés tout le long du fuselage, et à l'avant, trois rangs de sièges – trois à droite de l'allée centrale et deux à gauche – pour les pauvres mortels comme moi. Ou, du moins, pour les gens qui seraient de quelque utilité aux vampires, durant cette conférence au sommet. Pour l'heure, seules trois autres personnes occupaient ces places. Enfin, un autre humain et deux semi-humains.

— Bonjour, monsieur Cataliades.

Un homme tout en rondeurs s'est levé pour me saluer, rayonnant.

— Chère mademoiselle Stackhouse! s'est-il exclamé avec chaleur – c'était sa façon de parler. Je suis absolument ravi de vous revoir.

— Moi aussi, maître.

Je me demandais s'il avait un prénom. Assise à côté de lui se trouvait une jeune fille avec une chevelure rouge vif coiffée en piques : sa nièce Diantha. Diantha portait toujours des tenues invraisemblables, et ce jour-là, elle s'était surpassée, affublant son mètre soixante et sa silhouette filiforme d'un corsaire moulant orange vif, de sabots en plastique bleu électrique, d'une minijupe blanche à volants et d'un débardeur imprimé d'un motif batik tie-dye. Elle était littéralement éblouissante.

Diantha ne voyait pas la nécessité de respirer en parlant.

— Contentedevousrevoir.

— Moi aussi, lui ai-je répondu, tout aussi lapidaire.

Comme elle n'esquissait aucun mouvement, je me suis contentée d'un simple hochement de tête – certains SurNat vous serrent la main, d'autres pas. Il s'agit donc de ne pas commettre d'impair.

Je me suis tournée vers le dernier passager. Puisqu'il s'agissait d'un autre être humain, je me suis crue en terrain familier et lui ai tendu la main. Après une hésitation perceptible, l'homme m'a mollement pressé la paume et a aussitôt retiré sa main, comme s'il venait de toucher un poisson mort. J'ai eu l'impression qu'il refrénait l'envie de s'essuyer la main sur le pantalon de son beau costume.

— Mademoiselle Stackhouse, je vous présente Johan Glassport, grand spécialiste en droit des vampires.

— Monsieur Glassport, ai-je poliment salué l'intéressé.

J'essayais de me raisonner pour ne pas prendre la mouche.

— Johan, voici Sookie Stackhouse, la télépathe de Sa Majesté, a poursuivi maître Cataliades avec son affabilité coutumière, une petite étincelle ironique dans les yeux.

Maître Cataliades avait autant d'humour que d'embonpoint. Il ne fallait pas pour autant oublier que, s'il était (très) partiellement humain, il était avant tout un démon. Diantha était déjà à moitié démoniaque, mais son oncle l'était plus encore.

Johan m'a jeté un bref coup d'œil, me détaillant de haut en bas – tout juste s'il n'a pas eu un reniflement méprisant –, puis s'est plongé dans le livre ouvert sur ses genoux.

Au même moment, l'hôtesse a commencé à nous débiter le laïus habituel. J'ai bouclé ma ceinture. Peu après, nous avions décollé. J'étais tellement écœurée par le comportement de Johan Glassport que je n'ai même pas eu le temps d'avoir peur.

Je crois que je n'avais encore jamais croisé quelqu'un qui m'ait craché sa grossièreté au visage de cette façon. En Louisiane du Nord, nous ne sommes peut-être pas très riches, nous avons peut-être un taux élevé de grossesses chez les mineures et tout un tas d'autres problèmes, mais, bon sang, nous, au moins, nous sommes polis !

— C'est un sale con, a décrété Diantha.

Sans s'émouvoir le moins du monde de ce jugement éclairé, l'intéressé a tourné une page de son livre.

— Merci, ma chérie, l'a félicitée maître Cataliades. Et maintenant, mademoiselle Stackhouse, dites-moi donc où vous en êtes.

Je suis allée m'asseoir de l'autre côté du trio.

— Je n'ai pas grand-chose de nouveau à raconter, vous savez. J'ai reçu le chèque, comme je vous l'ai écrit, et je vous remercie d'avoir réglé les derniers détails de la succession de Hadley. Si vous acceptiez de revenir sur votre décision et de m'envoyer vos honoraires, je serais ravie de payer la facture.

Ravie, pas vraiment. Mais soulagée de ne plus avoir de dette envers lui, oui.

— Non, mon enfant. C'était la moindre des choses. Il a plu à Sa Majesté de vous exprimer sa reconnaissance par ce biais – quoique la soirée ne se soit pas tout à fait déroulée comme elle l'avait escompté.

— Personne ne pouvait se douter qu'elle se terminerait de cette façon, évidemment.

J'ai repensé à la tête de Wybert traversant la salle de bal dans un jet de sang et j'en ai frissonné d'horreur.

— Vous êtes le témoin, a lâché Johan tout à coup.

Il a glissé un marque-page dans son livre et l'a refermé, avant de river sur moi ses yeux délavés et un peu globuleux à travers ses lunettes. Du statut de crotte de chien maculant sa chaussure, j'étais subitement devenue un personnage passionnant qui méritait toute son attention.

— Oui, je suis le témoin.

— Alors, nous avons à parler. Maintenant.

— Vous représentez la reine dans un procès aussi important et vous n'avez pas trouvé le moyen de me parler avant ? J'avoue que je suis un peu étonnée, lui ai-je fait remarquer, d'un ton aussi mesuré que possible.

— La reine a eu du mal à me contacter, et je devais en terminer avec mon précédent client, a-t-il argué.

Sans avoir vraiment changé d'expression, son visage lisse semblait s'être quelque peu crispé.

— Johan était en prison, a alors lâché Diantha, à très haute et très intelligible voix ! pour une fois.

— Oh ! mon Dieu. me suis-je exclamée.

— Bien entendu, les charges portées contre moi étaient totalement infondées, a posément précisé Johan.

— Bien entendu, a répété maître Cataliades, sans la moindre inflexion dans la voix.

— Oh, oh ! Et quelles étaient donc ces charges totalement infondées ? ai-je demandé, sceptique.

Johan m'a de nouveau regardée, avec un peu moins d'arrogance, m'a-t-il semblé.

— On m'a accusé d'avoir frappé une prostituée au Mexique.

Je ne savais pas vraiment comment la loi était appliquée hors de nos frontières, mais il me paraissait absolument incroyable qu'un Américain puisse être arrêté et emprisonné au Mexique uniquement pour avoir frappé une prostituée. À moins qu'il n'ait beaucoup d'ennemis...

— Est-ce que par hasard vous aviez quelque chose dans la main quand vous l'avez frappée ? ai-je insisté, un grand sourire aux lèvres.

— Je crois que Johan tenait un couteau, m'a répondu maître Cataliades avec gravité.

J'ai senti mon sourire s'évanouir.

— Vous étiez donc en prison au Mexique pour avoir poignardé une femme.

Qui était de la crotte de chien, maintenant ?

— Une prostituée, a-t-il rectifié. C'était le chef d'accusation, mais, bien sûr, j'étais complètement innocent.

— Bien sûr, ai-je soufflé.

— Quoi qu'il en soit, ce n'est pas mon cas qui est à l'ordre du jour, mademoiselle Stackhouse, m'a-t-il rappelé. J'ai pour tâche de réfuter les très lourdes accusations portées contre la reine, et vous êtes un témoin important.

— Je suis le seul témoin, ai-je précisé.

— Absolument... du décès du roi...

— Il y a eu plusieurs décès, ce soir-là.

— Le seul qui importe, dans le cadre de ce sommet, est celui de Peter Threadgill.

J'ai soupiré en revoyant la tête de Wybert valser.

— Oui, j'étais là.

Johan était peut-être une ordure de la plus belle espèce, mais il connaissait son affaire. J'ai subi une séance approfondie de questions-réponses. À la fin, il en savait plus que moi sur ce qui s'était passé cette fameuse nuit. Maître Cataliades nous a écoutés avec le plus grand intérêt et, de temps à autre, est intervenu pour éclaircir un point précis ou expliquer le plan du monastère de la reine à La Nouvelle-Orléans.

Diantha a suivi un moment, puis elle s'est assise par terre pour jouer une demi-heure aux osselets, avant de reprendre sa place, d'incliner son siège et de s'endormir.

Durant ces trois heures de vol vers le Nord, l'hôtesse d'Anubis est venue à intervalles réguliers nous proposer collations et rafraîchissements. Après mon interrogatoire par le défenseur de la reine, je me suis levée pour aller aux toilettes – une expérience nouvelle pour moi – puis, au lieu de regagner mon siège, j'ai marché vers l'arrière de l'avion, examinant chaque cercueil au passage. Il y avait des étiquettes à bagage attachées aux poignées. Avec nous voyageaient Eric, Bill, la reine, André et Sigebert. J'ai aussi repéré le cercueil de Gervaise – celui qui hébergeait si aimablement la reine – et de Cleo Babbitt, le shérif de la Troisième Zone. Celui de la Deuxième Zone, Arla Yvonne, avait été chargé de veiller sur le royaume en l'absence de Sa Majesté.

Hormis celui de la reine, incrusté de nacre, les cercueils étaient tous d'une grande sobriété : en bois verni, sans fioritures. Pas de version moderne en métal pour ces messieurs-dames. J'ai passé la main sur celui d'Eric, tout en l'imaginant allongé à l'intérieur, sans vie. J'en avais la chair de poule.

— L'humaine de Gervaise est partie en éclaireur, cette nuit, avec Rasul, par la route, pour s'assurer que tout serait prêt pour l'arrivée de Sa Majesté, m'a annoncé la voix de maître Cataliades au niveau de mon épaule droite.

J'ai sursauté et poussé un hurlement, pour la plus grande joie de l'avocat royal. Il en a rosi de plaisir et s'est mis à pouffer sans pouvoir s'arrêter.

— Coup de maître, ai-je ironisé, aussi acide qu'un citron pressé.

— Vous vous demandiez où se trouvait le cinquième shérif.

— Oui, mais vous aviez peut-être une ou deux pensées de retard.

— Contrairement à vous, je ne suis pas télépathe, ma chère. Je ne faisais qu'interpréter les expressions de votre visage et votre langage corporel. Vous avez compté les cercueils et commencé à lire les étiquettes.

— Donc, la reine ne gouverne pas seulement son royaume : elle est aussi le shérif de sa propre zone.

— Oui. Cela évite les confusions. Tous les souverains n'optent pas pour cette solution, mais la reine trouvait lassant de toujours devoir consulter un autre vampire avant de pouvoir bouger le petit doigt.

— Ça lui ressemble assez.

J'ai jeté un coup d'œil à nos compagnons de voyage. Ils étaient tous les deux très occupés : Diantha dans les bras de Morphée, et Johan avec son bouquin. Je me suis demandé si c'était un manuel de dissection illustré ou un inventaire des crimes de Jack l'Éventreur, avec photos à l'appui. Ça ne m'aurait pas étonnée, de la part de ce brave Johan.

— Comment se fait-il que la reine ait pris un avocat comme lui ? ai-je murmuré. Il paraît vraiment… minable.

— Johan Glassport est un brillant avocat, un avocat qui prend les affaires dont les autres ne veulent pas, m'a répondu maître Cataliades. Et c'est aussi un meurtrier. Mais ne le sommes-nous pas tous ?

Ses petits yeux noirs en boutons de bottine plongeaient droit dans les miens. J'ai soutenu son regard un long moment.

— Pour défendre ma vie ou celle de quelqu'un qui m'est cher, je serais prête à tuer un agresseur, oui, ai-je rétorqué, pesant bien mes mots.

— Qu'en termes élégants ces choses-là sont dites, mademoiselle Stackhouse. Je dois reconnaître que je suis moins civilisé que vous. Parmi les créatures que j'ai tuées, il en est certaines que j'ai déchiquetées par pur plaisir.

Beurk! Je me serais bien passée de telles confidences.

— Diantha aime chasser le cerf, et elle a déjà tué plusieurs personnes pour me défendre. Elle et sa sœur ont même abattu un ou deux vampires renégats.

Je me suis promis de traiter Diantha avec plus de respect à l'avenir. Tuer un vampire n'est pas chose facile. En outre, elle était diaboliquement douée pour jouer aux osselets.

— Et Johan?

— Il vaudrait peut-être mieux que je passe les penchants de M. Glassport sous silence, pour l'instant. Après tout, tant qu'il sera avec nous, il restera dans le rang. Êtes-vous satisfaite de son travail, de la façon dont il vous a briefée?

— Parce que c'est ce qu'il a fait? Eh bien, oui, je suppose que oui. Il n'a omis aucun détail. C'est ce que vous attendez de lui, j'imagine?

— Absolument.

— Pouvez-vous me dire à quoi ressemblera ce sommet? Ce que la reine me demandera?

— Allons nous asseoir. Je vais tenter de vous l'expliquer.

Pendant toute l'heure qui a suivi, il a parlé et je l'ai écouté; j'ai posé des questions et il a répondu.

Quand Diantha s'est redressée en bâillant, je me sentais déjà un peu mieux préparée à affronter tous les nouveaux défis que la lointaine ville de Rhodes recelait pour moi. Johan Glassport a fermé son livre et nous a regardés. Monsieur était-il disposé à discuter, maintenant ?

— Êtes-vous déjà allé à Rhodes, Johan ? lui a demandé maître Cataliades.

— Oui. J'ai même exercé là-bas. En fait, je faisais la navette entre Rhodes et Chicago. J'habitais à mi-chemin.

— Quand êtes-vous parti pour le Mexique ? ai-je enchaîné.

— Oh ! Il y a un an ou deux. Mes associés et moi avons eu quelques petits différends, et le moment m'a paru bien choisi pour...

— Lever le camp ? ai-je suggéré, pleine de sollicitude.

— Filer en quatrième vitesse ? a proposé Diantha.

— Prendre l'argent et faire le mort ? a ajouté maître Cataliades.

— Les trois, a répondu Johan Glassport, un imperceptible sourire aux lèvres.

9

Nous avons atterri à Rhodes en milieu d'après-midi. Un camion à tête de chacal nous attendait à l'aéroport pour transporter les cercueils jusqu'à l'hôtel *Pyramid of Gizeh*. Pendant tout le trajet à travers la ville, je n'ai pas décollé le nez de la vitre de la limousine. Même si on y retrouvait les mêmes enseignes qu'à Shreveport – les incontournables chaînes de grands magasins –, je percevais la différence : pas de doute, j'étais bel et bien ailleurs. Bâtiments de brique rouge, densité du trafic urbain, maisons de ville en enfilade, aperçus du lac... J'essayais de regarder dans toutes les directions à la fois. Finalement, nous sommes arrivés en vue de l'hôtel. Il n'y avait malheureusement pas assez de soleil pour faire étinceler les grands miroirs de la façade, mais le bâtiment n'en était pas moins impressionnant. Comme je l'avais vu sur Internet, il y avait un parc de l'autre côté de la six-voies – bourdonnante de circulation – et, au-delà, le lac, immense.

Pendant que le camion d'Anubis contournait l'hôtel pour aller décharger sa cargaison, la limousine s'est dirigée vers l'entrée principale. En descendant de la voiture, à la suite des autres « oiseaux de jour » de la délégation, je ne savais plus où poser les yeux, sur le lac qui s'étendait à perte de vue ou sur les ornements de l'édifice lui-même.

Actionnées par une myriade d'employés en uniforme beige et marron, les portes du *Pyramid* étaient également surveillées par de silencieuses sentinelles : deux superbes reproductions de sarcophages égyptiens se dressaient de part et d'autre de l'entrée, montant la garde. J'aurais bien aimé avoir le temps de les admirer, mais, déjà, le personnel s'activait autour de nous. Pendant qu'un employé tenait la portière, un deuxième vérifiait notre identité pour s'assurer que nous étions bien des clients enregistrés à la réception – et non des reporters, des curieux ou des fanatiques de tout poil – et un troisième nous ouvrait la porte de l'hôtel pour nous inviter à y pénétrer.

J'avais déjà séjourné dans un hôtel à vampires. Je m'attendais donc aux vigiles en armes et à l'absence de fenêtres au rez-de-chaussée. Cependant, par rapport au *Silent Shore* de Dallas, le *Pyramid* s'efforçait davantage de ressembler à un hôtel standard. Bien que la décoration murale soit fortement inspirée de l'art funéraire égyptien, le hall était inondé de lumière artificielle et animé par une épouvantable musique d'ambiance – « The Girl from Ipanema » dans un hôtel pour vampires !

Il y régnait aussi une plus vive agitation qu'au *Silent Shore* : quantité d'humains et d'autres créatures arpentaient le hall à grands pas avec un air affairé, la réception était prise d'assaut, et le comptoir d'accueil, installé par le nid de vampires de la ville organisatrice, bourdonnait d'activité. J'étais allée avec Sam à un salon de fournitures pour débits de boissons à Shreveport, un jour qu'il cherchait une nouvelle pompe à bière, et je reconnaissais l'organisation générale. J'étais certaine qu'il y avait, quelque part, un grand hall avec des stands et un

144

programme de tables rondes, d'ateliers et de conférences.

J'espérais trouver un plan de l'hôtel avec une liste
des manifestations et des endroits où elles se dérou-
leraient dans notre plaquette d'information. À moins
que les vampires ne se soient crus au-dessus de ça…
Mais non. Il y avait un plan encadré et éclairé que
les clients pouvaient consulter, et même un planning
de visites guidées. Dans cet hôtel, les étages étaient
numérotés à l'envers : le plus élevé, la suite prési-
dentielle, portait le numéro un ; celui réservé à la
clientèle mortelle, le plus vaste et le plus proche du
rez-de-chaussée, le numéro quinze. Une mezzanine
séparait ce dernier du hall de réception. Les salles
de conférences étaient regroupées dans une annexe
accolée au flanc nord du bâtiment – la hernie rectangulaire dépourvue de fenêtres qui nous avait
paru si incongrue sur Internet, à Amelia et à moi.

J'ai observé les gens qui s'activaient dans le hall :
femmes de chambre, gardes du corps, grooms, petits
humains fébriles courant en tous sens, travaillant
d'arrache-pied pour que tout soit fin prêt pour les
congressistes d'outre-tombe (est-ce qu'on pouvait
parler de « congressistes », alors qu'on annonçait
la chose comme un « sommet » ? Y avait-il une
différence entre « sommet » et « congrès », d'ailleurs ?).
J'éprouvais, je l'avoue, une certaine amertume. C'était
le monde à l'envers. Jusqu'à récemment, c'étaient
les vampires qui couraient se cacher. Et dans un
coin sombre, là où ils pourraient se faire oublier.
Je me suis donné une gifle, psychologiquement
parlant. Autant rejoindre les rangs de la Confrérie,
si telle était vraiment ma façon de penser. J'avais
remarqué les manifestants, dans le petit parc de
l'autre côté de la rue, en face du *Pyramid* – que
certaines banderoles appelaient « La Pyramide des
Gisants ».

À propos de gisants... Je me suis empressée de me renseigner auprès de maître Cataliades.

— Et les cercueils ?

— On les monte directement du sous-sol dans les chambres.

En franchissant le seuil de l'hôtel, nous étions passés au détecteur de métaux, qui s'était mis à hurler comme une sirène d'alarme au passage de Johan Glassport. J'avais fait de gros efforts pour détourner les yeux quand il avait dû vider ses poches.

— Les cercueils ne passent pas au détecteur ?

— Non non. Nos vampires ont certes des cercueils de bois, mais tous les ornements sont en métal, et on ne peut tout de même pas sortir leurs occupants pour vérifier qu'ils n'ont pas d'objets métalliques dans les poches ! m'a répondu maître Cataliades, qui, pour la première fois, donnait des signes d'impatience. Sans compter que certains vampires ont opté pour les modèles récents de bronze, de cuivre ou d'acier inoxydable.

— Ces manifestants, là, dehors, ils me filent la trouille, lui ai-je confié à mi-voix. Qu'est-ce qu'ils ne donneraient pas pour réussir à se faufiler ici !

Cette réflexion a fait sourire le démon – spectacle digne d'un film d'horreur.

— Aucun intrus ne réussira à se faufiler ici, mademoiselle Stackhouse. Il y a des vigiles que vous ne pouvez pas voir.

Je me tenais aux côtés du bedonnant avocat, pendant qu'il remplissait nos fiches à la réception, et j'en ai profité pour jeter un coup d'œil aux autres clients de l'hôtel : des gens très bien habillés... qui parlaient tous de nous. Les regards qu'ils nous lançaient me rendaient nerveuse, et le brouhaha de toutes ces pensées simultanées, tant du personnel que des rares invités humains, ajoutait encore à mon

146

anxiété. Nous faisions partie de l'entourage de la reine de Louisiane, l'un des personnages les plus puissants d'Amérique – dans la version nocturne du genre, s'entend. Avant Katrina, du moins. Maintenant, non seulement Sophie-Anne était en position d'infériorité, économiquement et politiquement, mais elle allait passer en jugement pour le meurtre de son époux. Il y avait certes de quoi attiser la curiosité des autres larbins de service – moi aussi, je nous aurais trouvés intéressants –, mais cela me mettait mal à l'aise. Je ne cessais de penser à mon nez qui devait briller comme un phare et de me lamenter intérieurement de ne pas pouvoir me retrouver seule, ne serait-ce que quelques instants.

Le réceptionniste mettait délibérément un temps fou à vérifier nos réservations. À croire qu'il faisait exprès de nous garder le plus longtemps possible pour nous exhiber comme des phénomènes de foire. Maître Cataliades faisait preuve, à son égard, de la courtoisie un peu guindée qui lui était familière, mais au bout de dix minutes cette dernière a commencé à paraître un peu forcée.

Jusque-là, je l'avais laissé gérer les opérations, mais quand je me suis rendu compte que le réceptionniste – un type d'une bonne quarantaine d'années, père de trois enfants, qui s'offrait un petit pétard de temps en temps pour se détendre – s'amusait à nous faire tourner en bourrique, je me suis rapprochée. J'ai posé la main sur le bras de l'avocat pour lui signaler que je voulais prendre part à la conversation. Il s'est interrompu et a tourné vers moi un regard intrigué.

— Vous allez nous donner nos clés et nous dire où sont nos vampires, sinon je vais raconter à votre patron que c'est vous qui vendez des petits souvenirs de l'hôtel sur e-Bay. Et si vous vous avisez de soudoyer une femme de chambre pour qu'elle porte seulement la main sur la culotte de la reine – je ne parle même pas de la voler –, je lâche Diantha sur vous.

Diantha revenait justement avec la bouteille d'eau qu'elle était allée chercher. En m'entendant, elle a docilement donné à mon interlocuteur un petit aperçu de ses dents de requin. Un sourire mortel.

Le réceptionniste est d'abord devenu tout blanc, puis tout rouge, nous offrant ainsi une intéressante démonstration des différents modes de fonctionnement de la circulation sanguine dans le corps humain.

— Ou... oui, madame, a-t-il bredouillé.

Je me suis même demandé s'il n'allait pas mouiller son pantalon. Ce qui ne m'aurait inspiré aucune compassion, après ce que j'avais vu sous son crâne.

Quelques minutes plus tard, nous avions tous nos clés et la liste des chambres où reposaient « nos » vampires, et le groom nous apportait nos bagages dans un de ses beaux chariots rutilants. Cela m'a rappelé quelque chose.

Barry ? Barry, tu es là ?

Oui, a répondu une voix qui était bien loin des balbutiements effrayés que j'avais entendus la première fois.

Sookie Stackhouse ?

Elle-même. On est à la réception. Je suis à la 1538. Et toi ?

À la 1576. Comment ça va ?

Moi, ça va. Mais la Louisiane... On a eu droit au cyclone, et on a un procès sur le dos. Je suppose que tu es au courant ?

Ouais. Ça a pas mal bougé dans ton coin.

On peut dire ça comme ça, lui ai-je répondu, en me demandant si mon sourire passait aussi avec mes pensées.

148

Oui, oui. Cinq sur cinq.

Maintenant, j'avais une petite idée de ce que les gens devaient ressentir quand ils se retrouvaient face à quelqu'un comme moi.

On se voit plus tard. Au fait, c'est quoi, ton vrai nom de famille?

Tu n'imagines pas ce que tu as déclenché en faisant sortir mon don au grand jour, m'a-t-il confié. *Je m'appelle Barry Horowitz, mais maintenant, je me fais juste appeler Barry Bellboy. C'est le nom que j'ai donné à la réception, si jamais tu oublies mon numéro de chambre.*

D'accord. Je passerai te voir avec plaisir.

Plaisir partagé.

Après ça, Barry et moi avons tourné notre attention ailleurs, et cette espèce de chatouillis que produisait notre communication mentale a disparu.

Maître Cataliades avait découvert, à la réception, que les humains – enfin, les non-vampires – de notre groupe devaient tous faire chambre commune avec un binôme. Certains vampires avaient même des compagnons de chambre, eux aussi. L'avocat n'avait pas été ravi d'apprendre que Diantha partageait la sienne. Mais l'hôtel était plein à craquer, lui avait dit le réceptionniste. Il lui avait peut-être raconté tout un tas de salades, mais, sur ce point, il avait manifestement raison.

Quant à moi, je partageais ma chambre avec l'humaine de Gervaise. En insérant ma carte magnétique dans la fente de la porte, je me suis demandé si elle était déjà là. Eh oui! Je m'étais attendue à trouver une fangbanger, comme celles qui traînaient au *Fangtasia*, mais Carla Danvers était d'un tout autre genre.

— Hé! Salut! m'a-t-elle lancé en me voyant entrer. J'étais justement en train de me dire que tu ne devrais pas tarder, vu qu'on vient d'apporter tes bagages. Je suis Carla, la petite amie de Gervaise.

— Enchantée.

Je lui ai serré la main. Carla avait tout de la reine du bal de fin d'année. Je ne dis pas qu'elle l'avait été, au sens propre. Peut-être qu'elle n'avait même pas été pom-pom girl. Mais elle était sûrement descendue sur le terrain. Carla avait de grands yeux marron, de beaux cheveux châtain foncé coupés au carré et des dents si blanches et si parfaites qu'elles étaient une véritable publicité ambulante pour son orthodontiste. Ses seins étaient siliconés, ses oreilles et son nombril percés. Elle avait aussi un tatouage au creux des reins : des vrilles noires en V avec deux ou trois roses et des feuilles vertes au milieu. Je le savais parce que Carla était nue comme un ver et ne semblait pas se douter le moins du monde que je n'avais pas nécessairement envie de faire si amplement connaissance avec elle.

— Ça fait longtemps que vous sortez ensemble, Gervaise et toi ? lui ai-je demandé pour dissimuler mon embarras.

— J'ai rencontré Gerry… voyons… ça fait sept mois. Il a dit qu'il valait mieux qu'on ne partage pas la même chambre parce qu'il risquait d'avoir des rendez-vous d'affaires dans la sienne, tu comprends ? Et puis, je compte bien faire les boutiques pendant que je suis ici – c'est ma thérapie personnelle ! Et qui dit grandes villes dit grandes marques ! Alors je voulais un endroit où stocker mes achats. Sinon, il risquerait de me demander ce que ça a coûté…

Elle a ponctué cette sortie d'un clin d'œil que je n'hésiterai pas à qualifier de roublard.

— Ah, oui ! ai-je vaguement marmonné. C'est bien, ça.

Non, ce n'était pas bien. Mais le programme de Carla ne me regardait pas.

150

J'ai ouvert ma valise et commencé à ranger mes affaires. J'ai remarqué, au passage, que la housse d'Amelia, qui contenait toutes mes plus belles tenues, était déjà dans la penderie. Carla m'avait laissé très exactement la moitié de l'armoire et la moitié des tiroirs. C'était plutôt gentil de sa part. Et comme elle avait apporté vingt fois plus de vêtements que moi, elle n'en avait que plus de mérite.

— Et toi, tu es la copine de qui ?

Carla se faisait les ongles de pied. Quand elle a changé de pied, quelque chose de métallique a accroché la lumière du plafonnier entre ses jambes. J'ai plongé dans la penderie pour défroisser ma robe du soir sur son cintre. Je ne savais plus où me mettre.

— Je sors avec Quinn.

J'ai jeté un coup d'œil par-dessus mon épaule – en veillant à regarder au-dessus de la ligne d'horizon…

Aucune réaction.

— Le tigre-garou, ai-je précisé. C'est lui qui est responsable de l'organisation des événements pendant le sommet.

Vague lueur dans les prunelles de Carla.

— Un grand type au crâne rasé, ai-je insisté.

Son visage s'est brusquement éclairé.

— Ah, oui ! Je l'ai vu ce matin ! Il prenait son petit-déjeuner au restaurant, quand je suis arrivée.

— Parce qu'il y a un restaurant ?

— Oui, oui. Minuscule, évidemment. Mais il y a toujours le *room service*.

— Tant mieux. Dans les hôtels à vampires, c'est plutôt rare qu'on trouve des restaurants.

C'était juste histoire de lui faire la conversation. J'avais lu un article là-dessus dans *American Vampire*.

— Oh ! Eh bien, c'est complètement débile, a décrété Carla en attaquant sa deuxième rangée d'orteils.

— Pas pour un vampire.

Elle a froncé les sourcils.

— Je sais qu'ils ne mangent pas. Mais nous, si. Et c'est chez nous, ici, non ? C'est comme ne pas apprendre l'anglais quand on émigre aux États-Unis.

Je me suis retournée pour être bien sûre qu'elle parlait sérieusement. Si si. Elle était on ne peut plus sérieuse.

— Carla...

Je me suis interrompue. Comment faire comprendre à cette fille que, pour un vampire vieux de quatre siècles, les besoins alimentaires d'une humaine de vingt ans n'étaient pas franchement au centre de ses préoccupations ? Mais Carla attendait la suite.

— Eh bien... c'est cool qu'il y ait un restaurant ici.

Pitoyable, je le reconnais.

— Ouais, a-t-elle approuvé avec un hochement de tête convaincu. Parce que je ne sais pas comment je ferais sans mon café du matin. Je ne peux tout simplement pas m'en passer. Bon, évidemment, quand on sort avec un vampire, le matin commence plutôt vers les 15 ou 16 heures, a-t-elle ajouté en s'esclaffant.

— C'est vrai.

J'avais fini de ranger mes affaires, alors je suis allée jeter un coup d'œil par la fenêtre. Le verre teinté était si foncé qu'on avait du mal à distinguer l'extérieur, mais on y voyait quand même. Située sur la façade ouest de l'hôtel, ma chambre ne donnait pas sur le lac Michigan, malheureusement. Je n'en ai pas moins examiné les immeubles d'en face avec curiosité. Je n'avais pas souvent l'occasion d'aller en ville, et je n'avais encore jamais visité une grande métropole du Nord. Le ciel s'assombrissait rapidement et, entre ça et le verre teinté, au bout de dix minutes, je n'y voyais plus grand-chose. Les vampires n'allaient pas tarder à se réveiller, et ma journée de travail à commencer.

Quoique de façon plutôt sporadique, Carla n'a pas cessé d'entretenir la conversation. Elle ne m'a pourtant pas demandé ce que je venais faire au sommet. Elle présumait que j'étais là à titre purement décoratif, et je n'ai rien fait pour la détromper. Pour l'heure, son ignorance me convenait parfaitement.

Lorsque Carla a entrepris de s'habiller (Dieu merci), j'ai pu constater qu'elle faisait plutôt dans le style « call-girl ». Elle portait une robe de cocktail d'un vert scintillant – pratiquement une jupe, le haut étant réduit à sa plus simple expression – et des talons aiguilles d'amazone du bitume. Quant aux sous-vêtements, ils se limitaient à un string transparent. Mais après tout, à chaque job son uniforme, n'est-ce pas ?

Bon, après cette critique en règle, je n'étais pas très fière de moi. J'étais peut-être un peu jalouse. Ma tenue était si conservatrice, par rapport à la sienne : pour ma première soirée, j'avais choisi une robe mouchoir en dentelle chocolat. J'ai mis mes grosses boucles d'oreilles or, enfilé mes escarpins marron, fardé mes lèvres et brossé mes cheveux avec application.

Conformément aux instructions de maître Cataliades, tout en glissant ma clé magnétique dans ma pochette, je me suis dirigée vers la réception pour savoir dans quelle suite se trouvait la reine. J'avais vaguement espéré tomber sur Quinn en chemin. Espoir déçu. Entre lui, avec son emploi du temps surchargé, et moi qui devais partager ma chambre, ce sommet risquait fort de ne pas remplir toutes ses promesses.

En me voyant arriver, le réceptionniste a blêmi et s'est empressé de vérifier que Diantha n'était pas dans mon sillage. Tandis que, d'une main tremblante, il inscrivait le numéro de chambre de la reine sur une feuille de son calepin, j'en ai profité pour inspecter plus attentivement les environs.

Des caméras de surveillance étaient installées dans les endroits les plus évidents, certaines dirigées vers l'entrée, d'autres vers la réception. Il m'a également semblé en apercevoir une pointée vers les ascenseurs. Les habituels gardes en armes étaient à leur poste – habituels pour un hôtel à vampires, j'entends, sécurité et discrétion étant les principaux arguments de vente de tout hôtel à vampires qui se respecte. Sinon, les vampires pouvaient toujours séjourner, à moindres frais et avec l'avantage d'être près du centre-ville, dans les hôtels classiques disposant de chambres spécialement aménagées pour eux – même la chaîne *Motel 6* en avait une dans presque tous ses établissements. Quand je pensais aux manifestants dehors, j'espérais vraiment que les agents de sécurité du *Pyramid* étaient à la hauteur de la situation.

En rejoignant le pilier central qui abritait la batterie d'ascenseurs, j'ai tout de même croisé une autre humaine à qui j'ai adressé un signe de tête. Visiblement, plus on prenait de la hauteur, plus le standing des chambres augmentait, puisqu'il y en avait de moins en moins par étage. La reine occupait une des suites du quatrième. Elle avait réservé longtemps à l'avance, bien avant Katrina – et probablement du vivant de son mari. Il n'y avait que huit portes dans le couloir, mais je n'ai pas eu besoin de regarder les numéros pour trouver celle de Sophie-Anne : Sigebert montait la garde devant. Sigebert était un véritable colosse et, comme André, il veillait sur la reine depuis des centaines d'années. Le vampire séculaire semblait bien seul sans son frère, Wybert. À part ça, il n'avait pas changé. C'était toujours le même guerrier saxon que j'avais rencontré à La

Nouvelle-Orléans, avec sa barbe broussailleuse, son physique de grizzly, sa queue de cheval et toutes ses dents – autrement dit, deux. Mais les principales, pour un vampire.

Sigebert m'a souri : vision d'horreur.

— Mam'zelle Zookie, a-t-il ânonné en guise de salut.

— Sigebert, lui ai-je répondu, en veillant bien à prononcer « Si-ye-berte ». Comment ça va ?

Je voulais lui témoigner ma sympathie sans tomber dans le pathos pleurnichard.

— Mon frère, mort en héros, m'a-t-il dit avec fierté. Au combat.

J'ai bien pensé lui répondre : « Il doit tellement vous manquer après mille ans de complicité fraternelle. » Puis j'ai trouvé que ce serait exactement comme les reporters qui demandent aux parents d'enfants disparus : « Que ressentez-vous ? »

— Wybert était un grand guerrier, ai-je finalement murmuré.

C'était exactement ce que Sigebert voulait entendre. Il m'a donné une grande claque dans le dos qui a failli m'aplatir sur la moquette. Et puis, tout à coup, il a pris un air absent, comme quelqu'un qui a l'esprit ailleurs.

J'avais soupçonné la reine de pouvoir parler aux vampires de sa lignée par télépathie, et quand Sigebert m'a ouvert la porte sans ajouter un mot, j'ai su que j'avais vu juste. Encore une chance qu'elle ne puisse pas communiquer par ce biais avec moi ! C'était vraiment intéressant, de pouvoir discuter avec Barry, mais si nous devions rester constamment ensemble, cela deviendrait vite lassant. Sans compter que Sophie-Anne était effroyablement plus redoutable.

La suite de la reine était somptueuse. Je n'avais jamais rien vu d'aussi luxueux. La moquette, d'un blanc cassé immaculé et aussi épaisse qu'une peau de mouton, rivalisait de raffinement avec les meubles recouverts d'un tissu dans les teintes bleu et or. Le panneau de verre trapézoïdal qui donnait sur l'extérieur ne laissait pas filtrer le moindre rai de lumière. Je dois avouer que ce grand mur d'obscurité me rendait un peu nerveuse.

Au milieu de ce déploiement de splendeur, lovée sur un canapé, trônait Sophie-Anne. Menue et généralement d'une pâleur extrême, ses cheveux bruns lustrés rassemblés en un impeccable chignon, la reine portait ce soir un tailleur de shantung framboise gansé de noir, des escarpins de croco noir et de lourds bijoux aux lignes épurées en or massif.

On l'aurait davantage imaginée dans une tenue L.A.M.B., la collection créée par Gwen Stefani. Elle devait avoir quinze ou seize ans quand elle était morte. À son époque, cela faisait d'elle une adulte et une mère de famille. À la nôtre, cela faisait d'elle une gamine abonnée aux centres commerciaux. À nos yeux, ses choix vestimentaires auraient mieux convenu à une femme d'affaires dans la quarantaine. Mais il aurait fallu être suicidaire pour oser le lui dire. Sophie-Anne était l'adolescente la plus dangereuse du monde, titre qu'elle soufflait de justesse à celui qui se tenait juste derrière elle, comme toujours. Après m'avoir examinée de la tête aux pieds et avoir vérifié que la porte se refermait bien dans mon dos, André est venu s'asseoir à côté de Sa Majesté, signifiant ainsi que je faisais partie du club. Lui et sa reine avaient chacun une bouteille de True-Blood vide devant eux, d'où leur teint frais et rose. Ils avaient presque l'air humains, en fait.

— Votre chambre vous convient-elle? m'a poliment demandé la reine.

— Parfaitement. Je suis avec une... amie de Gervaise.

— Avec Carla! Mais pourquoi donc?

Ses sourcils s'étaient envolés comme des oiseaux noirs dans un ciel sans nuages.

— L'hôtel est plein. Mais ce n'est pas un problème. Je suppose qu'elle sera avec Gervaise la plupart du temps, de toute façon.

— Et quel est votre avis sur Johan?

J'ai senti mon visage se crisper.

— Je pense que sa place est en prison.

— Mais il m'évitera d'y aller.

J'ai tenté d'imaginer à quoi une cellule pour vampire pouvait bien ressembler. En vain. Comme je ne pouvais pas abonder dans son sens, je me suis contentée de hocher la tête en silence.

— Vous ne me dites toujours pas ce que vous avez découvert à son sujet.

— Il est très tendu et plein de contradictions.

— Explication.

— Il est anxieux. Il est terrifié. Il ne sait pas à quel saint se vouer. Il ne veut qu'une chose: s'en sortir vivant. Tout ce qui lui importe, c'est sa petite personne.

— Un humain comme les autres, en somme, a résumé André.

Cette saillie a fait frémir les lèvres de sa voisine. Quel pitre, cet André.

— La plupart des humains ne poignardent pas les femmes, lui ai-je rétorqué, aussi posément que possible. Et ils n'y prennent pas plaisir.

Sophie-Anne n'était peut-être pas complètement indifférente à la mort violente qu'avait causée Johan Glassport, mais, naturellement, elle se sentait un peu plus concernée par la façon dont il entendait la défendre. C'était du moins ce que je pouvais déduire de son attitude. Quand il s'agissait de vampires, je devais m'appuyer sur les subtilités du langage corporel puisque je ne disposais pas de sources plus fiables au sein de leur esprit.

— Il va assurer ma défense. Je vais le payer. Après cela, il reprendra le cours de sa vie, a dit la reine. Qui sait ce qui pourra lui arriver, alors ?

Elle m'a lancé un regard éloquent.

Pigé, Majesté.

— Vous a-t-il soumise à un interrogatoire en règle ? Avez-vous eu l'impression qu'il savait ce qu'il faisait ? a-t-elle enchaîné, revenant à l'essentiel.

— Oui, madame, me suis-je empressée d'acquiescer. Il semblait vraiment compétent.

— Cataliades vous a-t-il dit ce que l'on attendait de vous ?

— Oui, madame.

— Bien. En plus de témoigner au procès, il faut que vous assistiez avec moi à toutes les réunions qui se dérouleront en présence d'humains.

C'était pour ça qu'elle me payait le prix fort.

— Euh... avez-vous déjà un planning des réunions ? Ça me permettrait d'être prête au bon moment, si je savais quand vous avez besoin de moi.

Avant qu'elle ait eu le temps de répondre, on a frappé à la porte. André s'est levé. Aussi souple et silencieux qu'un chat, il a gagné le seuil de la pièce en un clin d'œil, son épée à la main – je n'avais même pas vu qu'il en avait une. Le battant s'est légèrement entrouvert, et j'ai entendu la voix de basse de Sigebert.

Au terme d'un bref échange entre les deux vampires, la porte s'est ouverte en grand, et André s'est effacé en annonçant :

— Le roi du Texas, ma Dame.

J'ai cru percevoir un soupçon infime d'agréable surprise dans l'inflexion de sa voix. Autant dire qu'André sautait au plafond. En rendant visite à la reine de Louisiane, le monarque texan lui manifestait publiquement son soutien. Aucun des vampires présents au sommet ne s'y tromperait.

Stan Davis a fait son entrée, un cortège de vampires et d'humains à sa suite. Stan était le type même du geek dans toute sa splendeur – on se serait attendu à voir un *étui à stylos* dépasser de sa poche de chemise. On discernait encore les traces de son dernier coup de peigne dans ses cheveux blonds, et il portait des lunettes aux verres épais – accessoire parfaitement inutile : tous les vampires sont dotés d'une vue et d'une ouïe exceptionnelles. Stan était vêtu d'une chemise blanche infroissable de chez Sears, sur un Dockers bleu marine. Et il avait chaussé des mocassins marron. Aïe aïe aïe ! Stan n'était encore que shérif, quand je l'avais rencontré. Devenir roi ne l'avait pas empêché de rester fidèle à son style.

Derrière lui venait son bras droit, Joseph Velasquez. Petit et trapu, le vampire latino-américain aux cheveux hérissés en piques ne souriait jamais. À ses côtés se tenait une vampire rousse. Je me souvenais parfaitement d'elle : Rachel. Elle aussi, je l'avais rencontrée, lors de mon séjour à Dallas. C'était une féroce, et elle n'aimait pas du tout coopérer avec les humains. Dans leur sillage venait Barry. Il avait fière allure avec son jean griffé, son tee-shirt en soie taupe et sa discrète chaîne en or autour du cou. Il avait terriblement mûri, depuis la dernière fois que je l'avais vu, et si rapidement que c'en était presque effrayant. Il n'était encore qu'un beau gosse d'environ dix-sept, dix-huit ans, un peu empoté, quand je l'avais repéré au *Silent Shore* de Dallas, où il travaillait comme groom. Maintenant, il avait les mains manucurées, une très bonne coupe de cheveux et le regard circonspect de qui a déjà frayé avec les requins.

Nous nous sommes souri avant de nous saluer mentalement.

Content de te voir, m'a-t-il lancé. *Tu es superbe, Sookie.*

Merci. Toi aussi, Barry.

André se chargeait des salutations d'usage – verbales, en l'occurrence : on ne se serre pas la main, chez les vampires.

— Nous sommes très heureux de vous voir, Stan. Mais qui nous avez-vous donc amené ?

Avec une galanterie inattendue, Stan s'est incliné pour faire le baisemain à Sophie-Anne, en la qualifiant de « reine à l'incomparable beauté », avant de passer aux présentations.

— Mon bras droit, Joseph Velasquez. Ma sœur de nid, Rachel. Et cet humain est mon télépathe, Barry Bellboy. C'est d'ailleurs à vous que je le dois, indirectement. Soyez-en remerciée, Majesté.

Sophie-Anne a lâché un sourire.

— Vous m'en voyez ravie. Comme vous le savez, c'est toujours un plaisir pour moi de vous rendre service quand je le peux, Stan, lui a-t-elle aimablement répondu, en l'invitant d'un geste à s'asseoir en face d'elle.

Joseph et Rachel ont pris position de part et d'autre de leur vénéré souverain.

— Quel bonheur de vous accueillir ici, dans ma suite ! a poursuivi Sophie-Anne. Je craignais fort de n'avoir aucun visiteur.

Sous-entendu : « Puisque je suis accusée du meurtre de mon époux et que, de surcroît, je nage en plein marasme économique. »

— Soyez assurée de ma sollicitude et recevez toutes mes condoléances, lui a répondu Stan d'une voix parfaitement monocorde. Vous avez subi d'énormes pertes. Si nous pouvons vous être de quelque utilité… Je sais que les humains de mon État ont aidé ceux du vôtre. Il est donc naturel que les vampires en fassent autant.

— Merci, c'est très aimable à vous.

160

L'amour-propre de la reine devait en prendre un sacré coup. Tout forcé qu'il était, ce même sourire avenant n'en est pas moins réapparu sur ses lèvres.

— Je pense que vous connaissez André. Et vous connaissez tous notre Sookie, je crois.

C'est à ce moment-là que le téléphone a sonné. Comme j'étais la plus proche de l'appareil, c'est moi qui ai répondu.

— Vous faites partie de la suite de la reine de Louisiane? a demandé une voix bourrue.

— Oui.

— On a une valise qui vous appartient, au sous-sol. L'étiquette est illisible. Il faut envoyer quelqu'un la chercher dans la zone de déchargement.

— Oh! Bon, d'accord.

— Le plus tôt sera le mieux.

— Bien.

Le type a raccroché. « Bourru », en effet.

Comme la reine attendait que je lui dise qui avait appelé, je lui ai transmis le message. Elle a semblé aussi perplexe que moi, pendant une fraction de seconde.

— Plus tard, a-t-elle tranché avec dédain.

Entre-temps, les yeux du roi du Texas s'étaient rivés sur moi. De vrais rayons lasers. Je lui ai adressé un petit signe de tête en espérant que c'était la réponse appropriée. Apparemment oui. J'aurais dû étudier le protocole avec André, avant que la reine ne commence à avoir de la visite. Mais, pour être tout à fait honnête, je m'étais dit que personne ne viendrait frapper à sa porte, encore moins un type aussi puissant que Stan Davis. C'était probablement de bon augure pour elle. Mais peut-être que c'était aussi une façon subtile de l'humilier. Avec les vampires, tout était possible... Je n'allais certainement pas tarder à le savoir, de toute façon.

Au même moment, j'ai senti l'esprit de Barry chatouiller le mien.

Elle est cool, comme boss ? m'a-t-il demandé.

Je ne lui rends service que ponctuellement. J'ai toujours un job de jour.

Il m'a regardée, manifestement étonné.

Tu plaisantes ? Tu pourrais t'en mettre plein les poches, en Ohio ou dans l'Illinois ! Là-bas, il y a vraiment du fric à se faire.

J'ai haussé les épaules.

J'aime bien mon bled.

Puis nous avons pris conscience que nos employeurs respectifs suivaient cet échange silencieux. Nos visages devaient changer d'expression, comme pendant une discussion ordinaire. Sauf que celle-ci s'était déroulée dans le silence le plus complet.

— Pardon, ai-je murmuré, confuse. Je ne voulais pas me montrer impolie. Mais je n'ai pas très souvent l'occasion de rencontrer des gens comme moi, et c'est vraiment une fête pour moi de communiquer avec un autre télépathe. Je vous prie de m'excuser.

— Je pouvais presque vous entendre ! s'est extasiée la reine. Barry vous est-il réellement utile, Stan ? a-t-elle demandé à son visiteur.

Sophie-Anne pouvait s'entretenir mentalement avec les vampires qu'elle avait créés. Mais c'était une faculté aussi rare chez les vampires que chez les humains, semblait-il.

— Très utile, lui a confirmé Stan. Le jour où votre chère Sookie a porté son existence à mon attention est vraiment à marquer d'une pierre blanche. Barry sait quand les humains mentent. Il connaît leurs véritables intentions. C'est un atout majeur.

J'ai lorgné vers Barry. Lui arrivait-il de se considérer comme un traître envers l'espèce humaine ou estimait-il qu'en bon fournisseur, il ne faisait que répondre à la demande? Nos regards se sont croisés. Bien sûr qu'il avait des états d'âme, sous ses airs imperturbables, à l'idée de servir un vampire, de révéler les secrets des humains à son employeur. Il m'arrivait, à moi aussi, d'avoir ce genre de scrupules, de temps à autre.

— Mmm... Sookie ne travaille pour moi que très occasionnellement, a déclaré Sophie-Anne en m'observant.

Si j'avais dû qualifier l'expression de son visage lisse, j'aurais dit qu'elle paraissait songeuse. Quant à André, il avait manifestement quelque chose derrière sa jolie petite tête d'ado bon teint. J'allais devoir m'en méfier. Il n'était pas seulement songeur, lui. Il était... intéressé... séduit même, disons, faute d'un mot plus approprié.

— C'est Bill qui l'avait amenée à Dallas, lui a fait observer Stan, avec peut-être une petite pointe d'interrogation dans la voix.

— Il était son protecteur, à l'époque, a précisé Sophie-Anne.

Silence dans la salle.

Barry a coulé vers moi un regard... intéressé, lui aussi, mais dans un tout autre registre. Je lui ai lancé un regard très clair: «dans tes rêves!». Mais pour dire vrai, je lui aurais volontiers sauté au cou pour m'avoir distraite de ce silence assourdissant.

— Avez-vous encore besoin de nous, dans la mesure où il n'y a pas d'autres humains? ai-je demandé. Lire dans nos pensées respectives risque de ne pas être très productif.

Pour une fois, Joseph Velasquez n'a pu s'empêcher de sourire.

Après avoir marqué un temps de réflexion, Sophie-Anne a hoché la tête, vite imitée par Stan. La reine Sophie et le roi Stan, me suis-je rappelé. Barry s'est incliné avec une élégance de courtisan confirmé, et j'ai eu envie de lui tirer la langue. J'ai fait une sorte de courbette et j'ai filé sans demander mon reste.

Sigebert nous a dévisagés en fronçant les sourcils.

— La reine, plus besoin de vous ?

— Pas pour le moment. Ce truc-là vibrera si elle a besoin de moi, ai-je ajouté pour le rassurer, en tapotant le pager qu'André m'avait remis à la dernière minute.

Sigebert a reluqué l'appareil d'un œil méfiant.

— Je pense, ce serait mieux si vous restez ici, a-t-il insisté.

— La reine dit que je peux partir, elle, lui ai-je rétorqué.

Sans plus attendre, j'ai foncé vers les ascenseurs, Barry sur les talons. Nous sommes descendus dans le hall et nous sommes mis en quête d'un coin tranquille où personne ne pourrait nous tomber dessus.

Je n'avais jamais discuté avec quelqu'un uniquement par la pensée, et Barry non plus, si bien que nous avons joué à ce petit jeu-là un bon moment : Barry devait me raconter sa vie, pendant que je tentais de bloquer toutes les autres pensées parasites autour de moi. Ensuite, je devais essayer de l'écouter, tout en captant les autres pensées alentour.

C'était vraiment amusant, en fait.

Barry s'est révélé meilleur que moi pour trouver qui pensait quoi, dans la masse de gens en perpétuel mouvement. Mais j'étais un peu plus douée que lui pour discerner les nuances et les détails, souvent difficiles à percevoir dans les pensées. Mais nous nous recoupions sur un certain nombre de choses : quand nous voulions détecter les meilleurs « émetteurs » présents, nous tombions d'accord. Autrement dit, la qualité de notre « réception » était la même. Il me montrait quelqu'un (par exemple Carla, qui se trouvait là), et nous lisions tous les deux dans ses pensées. Ensuite, chacun lui donnait une note de un à cinq – cinq correspondant aux émetteurs les plus forts et les plus clairs. Carla, à l'unanimité, a eu un trois. Nous avons noté d'autres personnes, et il s'est trouvé que nous étions presque toujours du même avis.

C'était absolument fascinant.

Et si on essayait en se touchant, lui ai-je suggéré.

Il n'a même pas ricané. Il était totalement absorbé par nos découvertes, lui aussi. Sans plus de cérémonie, il m'a pris la main, et nous avons regardé tous les deux dans des directions pratiquement opposées.

Les voix nous parvenaient si nettement que c'était comme tenir une conversation à plein volume avec tous les gens présents dans le hall à la fois, comme monter le son sur un DVD avec les basses et les aigus parfaitement balancés. C'était terriblement exaltant et merveilleusement effrayant. Alors que je tournais le dos à la réception, j'ai clairement entendu une femme s'enquérir de l'arrivée des vampires de Louisiane. J'ai surpris ma propre image dans l'esprit du réceptionniste, lequel était manifestement ravi à l'idée du sale tour qu'il allait me jouer.

Des ennuis en perspective, m'a avertie Barry.

Je me suis retournée. Une vampire châtain clair aux cheveux raides fonçait droit sur moi, et elle n'avait pas l'air commode. Ses yeux noisette flamboyaient. Elle était mince comme un fil et mauvaise comme une teigne.

— Enfin ! Quelqu'un de la délégation de Louisiane ! s'est-elle écriée. Les autres se cachent ? Dites à votre sale pute de reine que je vais la coincer. Elle a tué mon roi et elle ne s'en tirera pas comme ça ! J'aurai sa peau. Elle finira un pieu dans le cœur, et je la laisserai griller au soleil sur le toit même de cet hôtel !

Elle m'a tellement énervée que je lui ai dit la première chose qui me passait par la tête.

— Oh! Le cinéma, avec moi, ce n'est pas la peine! lui ai-je lancé. Et au fait, vous êtes qui, vous?

Ce ne pouvait être que Jennifer Cater, forcément. Je lui aurais bien dit que son roi avait été en dessous de tout, mais je trouvais que ma tête était bien là où elle était, et comme il n'aurait manifestement pas fallu la pousser beaucoup...

Elle savait vous fusiller du regard, je devais lui reconnaître ça.

— Je vous saignerai à blanc, a-t-elle rétorqué, hargneuse.

À ce stade de la conversation, nous commencions déjà à attirer pas mal l'attention.

— Hou la la! ai-je raillé, exaspérée au point d'oublier toute prudence. C'est fou ce que j'ai peur. Je suis sûre que les autorités seraient ravies d'entendre ça. Corrigez-moi si je me trompe, mais est-ce que... Attendez! Mais oui! La loi n'interdit-elle pas aux vampires de menacer les humains de mort, ou est-ce que j'ai mal lu?

— La loi des humains? Pff! Je m'en fiche comme de ma première chemise!

Mais, déjà, la fureur dans ses yeux s'éteignait un peu. Elle venait de se rendre compte que tout le hall de l'hôtel écoutait notre aimable entretien et qu'il s'y trouvait pas mal d'humains et sans doute quelques vampires qui n'auraient été que trop heureux de la voir débarrasser le plancher.

— Sophie-Anne Leclerq sera jugée selon la loi de notre peuple, a-t-elle lancé en guise de flèche du Parthe. Et elle sera jugée coupable. Je garderai l'Arkansas et j'en ferai un grand État.

— Ce serait une première! lui ai-je répliqué.

À juste titre, d'ailleurs: l'Arkansas, la Louisiane et le Mississippi se blottissaient les uns contre les

166

autres, comme les parents pauvres qu'ils étaient, et se refilaient à tour de rôle le bonnet d'âne dans presque tous les domaines : seuil de pauvreté, grossesses chez les mineures, morts par cancer, illettrisme…

Jennifer a tourné les talons et vidé les lieux au pas de charge. Elle ne semblait pas avoir l'intention d'y revenir. Elle était déterminée et brutale, mais Sophie-Anne n'aurait aucun mal à déjouer tous ses tours, à mon avis. Si j'avais dû parier, c'est sur la Française que j'aurais misé. J'étais sûre que c'était le bon cheval.

Barry et moi avons eu un haussement d'épaules fataliste. L'incident était clos. Nous nous sommes repris la main.

Encore des ennuis, m'a annoncé Barry, l'air résigné.

J'ai orienté mon esprit dans la direction que ses pensées avaient prise. J'ai alors entendu un tigre-garou très, très pressé qui se dirigeait vers nous à grands pas. J'ai lâché la main de Barry et j'ai pivoté d'un bloc, les bras tendus, tournant déjà vers Quinn un visage rayonnant.

— Quinn !

D'abord incertain, il a marqué un temps d'arrêt. Puis, brusquement, il m'a fait virevolter dans ses bras. Je l'ai serré contre moi de toutes mes forces, et il m'a rendu mon étreinte avec tant d'enthousiasme que j'ai cru entendre mes côtes craquer. Ensuite, il m'a embrassée, et j'ai dû en appeler à tout mon *self-control* pour rester dans les limites de la bienséance.

Ce n'est que lorsque nous nous sommes séparés pour reprendre notre souffle que je me suis souvenue de la présence de Barry. Planté à quelques pas de là, le malheureux paraissait ne plus savoir sur quel pied danser.

Assez gênée, je me suis empressée de faire les présentations.

— Quinn, voici Barry, dit Barry Bellboy, le seul autre télépathe que je connaisse. Il travaille pour Stan Davis, le roi du Texas.

Quinn a tendu la main à Barry qui, je m'en suis rendu compte tout à coup, était cent fois plus gêné que moi. Et pour cause : nous avions diffusé nos émotions de façon, disons, très visuelle. J'ai senti le rouge me monter aux joues. Le mieux était encore de prétendre n'avoir rien remarqué. C'est donc ce que j'ai fait. Mais j'avais du mal à réprimer mon sourire, et Barry avait une petite étincelle dans les yeux qui ne trompait pas.

— Ravi de vous connaître, Barry, a grondé Quinn.

— C'est vous le responsable de l'organisation des manifestations ? lui a aussitôt demandé Barry.

— Moi-même.

— J'ai entendu parler de vous : Gladiator. Vous vous êtes taillé une sacrée réputation chez les vamp's, mec.

J'ai penché la tête sur le côté. Il y avait un truc qui m'échappait, là.

— Gladiator ?

Quinn s'était rembruni. Sa bouche n'était plus qu'un trait.

— Je t'expliquerai ça plus tard.

Barry me regardait. Il avait l'air abasourdi. Puis il a dévisagé Quinn et s'est rembruni, lui aussi. J'ai même été surprise de lui voir un regard aussi dur, une expression aussi farouche.

— Il ne t'a rien dit ? s'est-il étonné, avant de lire la réponse directement dans mes pensées. Hé, mec ! Ça ne se fait pas, ça, a-t-il lancé à Quinn. Elle devrait savoir.

— Je lui en parlerai bientôt, a grogné Quinn.

— Bientôt ? Genre maintenant ?

Mais, au même moment, une femme a traversé le hall dans notre direction. C'était la femme la plus

168

terrifiante que j'aie jamais vue – et, des terrifiantes, j'en avais déjà vu un certain nombre. La tête couronnée de petites boucles serrées d'un noir de jais, elle faisait sans doute près d'un mètre quatre-vingts et portait, sous le bras, un casque assorti à son armure. D'un noir mat, cette dernière tenait de la tenue de receveur de baseball, mais version haute couture : protège-poitrine, protège-cuisses, protège-tibias, le tout additionné de poignets de force en épais cuir renforcé recouvrant tout l'avant-bras. Elle était aussi chaussée de lourdes bottes et armée d'une épée, d'un pistolet et d'une petite arbalète, bien rangés dans leurs étuis respectifs.

J'en suis restée bouche bée.

— Vous êtes le dénommé Quinn ? a-t-elle demandé en s'arrêtant à un mètre de nous.

Elle avait un fort accent que je ne parvenais pas à identifier.

— C'est moi, oui, a calmement répondu l'intéressé.

Il ne semblait pas particulièrement perturbé par l'arrivée de cette femme fatale, au sens propre du terme.

— Je suis Batanya. Vous êtes donc la personne en charge des manifestations événementielles. Cela comprend-il la sécurité ? Je voudrais vous parler des besoins spécifiques de mon client.

— Je pensais que c'était justement votre boulot, la sécurité, lui a rétorqué Quinn.

Batanya a souri – ce qui m'a glacé le sang.

— Oh, oui ! C'est mon boulot. Mais il me serait plus facile de le protéger si...

Quinn l'a interrompue.

— Je ne m'occupe que des cérémonies et du protocole.

— Très bien, a-t-elle répondu, son accent donnant à cette simple formule quelque chose d'éminemment menaçant. Alors, à qui dois-je m'adresser ?

— À un type qui s'appelle Todd Donati. Son bureau se trouve dans la partie réservée au personnel, derrière la réception. Un des employés vous l'indiquera.

— Excusez-moi… ai-je fait.

— Oui ?

Elle m'a regardée du haut de son long nez droit comme un I. Mais elle ne semblait ni hostile ni dédaigneuse, juste préoccupée.

— Je suis Sookie Stackhouse, ai-je enchaîné. Pour qui travaillez-vous, mademoiselle Batanya ?

— Le roi du Kentucky. Il m'a fait venir ici à grands frais. C'est d'autant plus dommage que je ne puisse pas l'empêcher de se faire tuer, dans l'état actuel des choses.

Cette dernière remarque m'a surprise et alarmée.

— Euh… qu'est-ce que vous entendez par là, exactement ?

Elle semblait sur le point de me l'expliquer quand nous avons été interrompues.

— Batanya !

Un jeune vampire se précipitait vers nous, sa coupe en brosse et son look noir style gothique soudain risibles, à côté de la formidable amazone.

— Le maître vous demande, lui a-t-il annoncé, revêche.

— J'arrive, lui a répondu Batanya. Je sais où est ma place. Mais je tenais à m'élever contre la façon dont cet hôtel me complique la tâche.

— Pour vous plaindre, prenez sur votre temps libre, lui a rétorqué le petit jeune, cassant.

Batanya lui a décoché un regard que j'ai trouvé purement terrifiant. Puis elle s'est inclinée devant chacun de nous.

— Mademoiselle Stackhouse, m'a-t-elle saluée, en me serrant la main.

J'ignorais jusqu'alors qu'on pouvait dire d'une main qu'elle était athlétique.

— Monsieur Quinn.

Elle a également serré la main de Quinn, mais Barry n'a eu droit qu'à un simple hochement de tête, puisqu'il ne s'était pas présenté.

— Je vais contacter le Todd Donati en question. Désolée de vous avoir ennuyés avec mes histoires, alors que vous n'y êtes pour rien.

— Waouh! ai-je soufflé en la suivant des yeux.

Le cuir de sa combinaison la moulait comme une seconde peau, à tel point qu'on voyait chacune de ses fesses se contracter et se relâcher alternativement. Une véritable leçon d'anatomie. La demoiselle avait du muscle dans le pantalon.

— Elle vient de quelle galaxie? a demandé Barry d'une voix lointaine, comme en transe.

— Pas galaxie, a corrigé Quinn. Dimension. C'est une britlingan.

Barry et moi nous sommes tournés vers lui, interrogateurs, attendant la suite de la leçon.

— C'est un garde du corps. Un garde du corps d'élite, nous a-t-il expliqué. Il n'y en a pas de meilleurs que les britlingans. Mais il faut être immensément riche pour louer les services d'une sorcière assez puissante pour les invoquer. Et la sorcière doit encore négocier les termes de la transaction avec leur guilde. Et, quand ils ont rempli leur mission, elle doit les renvoyer d'où ils viennent. On ne peut pas les laisser ici. Leurs principes sont à des années-lumière des nôtres.

— Tu veux dire que le roi du Kentucky a claqué une fortune pour faire venir cette... femme dans notre... dimension?

J'avais entendu un tas de choses hallucinantes, au cours de ces deux dernières années, mais là, c'était le bouquet.

— C'est un ultime recours. Je me demande bien ce qui lui fait si peur. Le Kentucky ne roule pas vraiment sur l'or.

— Peut-être qu'il a misé sur le bon cheval… ai-je répondu pensivement, en songeant que j'avais également une souveraine à protéger. Bon, Quinn, il faut que je te parle.

— Écoute, bébé, il faut que je retourne bosser, m'a-t-il rétorqué d'un ton d'excuse, avant de fusiller Barry du regard. Je sais que nous avons à parler, tous les deux, mais j'ai des jurés à dénicher pour le procès et un mariage à organiser. Les négociations entre le roi de l'Indiana et le roi du Mississippi ont finalement abouti, et ils veulent profiter de ce que tout le monde est là pour convoler en justes noces.

— Russell se marie !

Je n'ai pas pu m'empêcher de sourire. Qui allait porter la culotte dans le nouveau couple ? Peut-être les deux, finalement.

— Oui, mais garde ça pour toi. Ils ne l'annonceront officiellement que ce soir.

— Bon, alors, c'est pour quand, cette discussion ?

— Je passerai te voir quand les vampires dormiront. Tu as quel numéro de chambre ?

— Je suis avec une autre fille.

Mais je lui ai donné le numéro quand même.

— Si elle est là, on se débrouillera. On trouvera un autre endroit, m'a-t-il assuré, en jetant un coup d'œil à sa montre. Écoute, bébé, ne t'inquiète pas. Tout va très bien.

Parce que j'aurais dû m'inquiéter ? Du coup, je me suis demandé de quoi. Je me suis demandé aussi où se trouvait cette mystérieuse dimension et s'il était vraiment si difficile de faire venir des gardes du corps de là-bas. Je me suis demandé pourquoi le roi du Kentucky avait dépensé tant d'argent. Non que Batanya n'en vaille pas la peine, mais il fallait avoir une peur bleue pour en arriver là. Que craignait-il donc ? Ou qui ?

172

J'ai soudain senti ma taille vibrer : j'étais de nouveau convoquée dans la suite de Sa Majesté. Le pager de Barry s'est déclenché au même moment. Nous nous sommes regardés.

C'est reparti, a-t-il commenté en se dirigeant avec moi vers les ascenseurs. *Au fait, je suis désolé si j'ai semé la pagaille entre toi et Quinn.*

Tu n'en penses pas un mot.

Il a eu la décence de prendre l'air contrit.

J'ai bien peur que non. En fait, je m'étais fait un film. Je m'imaginais déjà comment ce serait, toi et moi. Et puis Quinn a débarqué, et patatras ! Il n'était pas vraiment prévu dans la distribution.

Ah ! Euh...

Pas de panique, Sookie. Ne te casse pas la tête pour trouver quelque chose à dire. C'était juste un fantasme.

Ah !

J'ai été déçu. Mais ce n'était pas une raison pour jouer les trouble-fêtes. Excuse-moi.

Euh... Oh, je suis sûre qu'on va très bien gérer ça, Quinn et moi.

J'ai réussi à garder mon fantasme pour moi, alors ?

J'ai hoché la tête avec conviction.

Tant mieux. C'est déjà ça.

Je lui ai souri.

Chacun son fantasme. Le mien est de découvrir où le roi du Kentucky a trouvé tout ce pognon et qui il a engagé pour faire venir cette femme ici. Est-ce que ce n'est pas la créature la plus terrifiante que tu aies jamais vue ?

Non, m'a répondu Barry, à ma grande surprise. *La créature la plus terrifiante que j'aie jamais vue... Enfin, bref, ce n'était pas Batanya.*

Après cela, il a fermé la porte de communication entre nos deux esprits. Sigebert ouvrait justement celle qui donnait sur la suite de la reine : les choses sérieuses reprenaient.

Après le départ de Barry et compagnie, j'ai vaguement agité la main pour faire comprendre à la reine que j'avais quelque chose à lui dire – si tant est qu'elle veuille bien m'écouter : elle et André étaient en grande conversation, essayant de deviner ce qui avait bien pu pousser Stan à leur rendre cette petite visite si symbolique. Ils se sont interrompus en même temps, comme si j'avais appuyé sur le bouton pause. L'effet était saisissant. Ils avaient la tête penchée du même côté, se tenaient exactement dans la même attitude et, avec leur extrême pâleur et leur parfaite immobilité, ils semblaient avoir été changés en statues de marbre blanc. *Nymphe et Satyre au repos*, ou quelque chose d'approchant.

— Vous savez ce que sont les britel... britlingans ? leur ai-je demandé, butant sur le mot étranger.

La reine a opiné du bonnet. André s'est contenté d'attendre la suite.

— Je viens d'en voir une.

La reine s'est brusquement redressée.

— Qui s'est donné les moyens de se payer une britlingan ? s'est interrogé André.

J'ai éclairé sa lanterne. À la fin de mon récit, la reine a paru... Eh bien, difficile à dire. Un peu inquiète, peut-être ? Intriguée ?

— Jamais je n'aurais cru que ça me serait aussi utile, d'avoir une humaine à mon service, s'est-elle félicitée, s'adressant à André. Les autres humains parlent sans réserve devant elle, et même les britlingans ne se méfient pas.

Un tantinet jaloux, André ? Ce n'était pas impossible, si j'en croyais son expression.

J'ai préféré tempérer l'enthousiasme royal.

174

— Vous savez, je n'ai aucun contrôle sur quoi que ce soit. Je peux juste vous rapporter ce que j'ai entendu, et ça n'a rien de top secret.

— Où Kentucky a-t-il trouvé l'argent ? a marmonné André.

La reine a secoué la tête : elle n'en avait pas la moindre idée, et ça n'avait pas l'air de la préoccuper outre mesure.

— Avez-vous vu Jennifer Cater ? m'a-t-elle alors demandé.

— Oui, madame.

— Que vous a-t-elle dit ? s'est enquis à son tour André.

— Elle a dit qu'elle me saignerait à blanc et qu'elle veillerait à ce que Sa Majesté finisse avec un pieu dans le cœur, sur le toit de cet hôtel, en plein jour.

Il y a eu un silence.

— Qu'elle est bête, a finalement murmuré Sophie-Anne. Quelle était cette expression qu'utilisait toujours Chester ? Ah, oui ! Attraper la grosse tête. C'est exactement ce qui arrive à cette pauvre Jennifer. Et si je lui envoyais un messager ? Je me demande si elle accepterait de le recevoir…

André et sa voisine se sont regardés un long moment en silence. J'en ai déduit qu'ils s'accordaient un petit entretien télépathique de leur cru.

— J'imagine qu'elle occupe la suite qu'Arkansas avait réservée…

Sa Majesté réfléchissait à haute voix.

André a aussitôt décroché le téléphone pour s'en assurer auprès de la réception. Ce n'était pas la première fois que j'entendais appeler un roi ou une reine par le nom de l'État sur lequel ils régnaient, mais cela semblait quand même une façon très impersonnelle de parler de son époux décédé, si violente qu'ait pu être la manière dont le mariage s'était terminé.

— Oui, a-t-il confirmé, renseignement pris.

— Peut-être devrions-nous lui rendre visite ? a alors suggéré la reine.

Elle a recommencé son dialogue silencieux avec André. Cela devait faire à peu près le même effet aux autres, quand on nous regardait, Barry et moi.

— Elle nous laissera entrer, assurément. Je ne doute pas qu'elle ait quelques petites choses à me dire en particulier.

Sophie-Anne a alors pris le téléphone. Mais elle a soulevé le combiné comme si c'était un geste qu'elle n'avait pas l'habitude de faire. Et elle a composé elle-même le numéro : un événement, probablement.

— Jennifer ? a-t-elle chantonné de son ton le plus avenant.

Puis elle a écouté un torrent d'invectives. Je ne l'entendais pas très clairement, mais Jennifer ne semblait pas de meilleure humeur que lorsque je l'avais vue dans le hall.

— Jennifer, nous avons à parler.

La reine redoublait d'amabilité, mais son ton s'était fait beaucoup plus autoritaire. Il y a eu un blanc à l'autre bout du fil.

— Il reste encore de la place pour la discussion ou la négociation, Jennifer, a assuré Sophie-Anne. De mon côté, du moins. Et du vôtre ?

Il m'a semblé percevoir la voix de la harpie.

— Parfait. C'est merveilleux, Jennifer. Nous descendons.

Après avoir raccroché, la reine a gardé un moment le silence.

À mon avis, il n'était pas très judicieux de sa part d'aller voir Jennifer Cater, alors même que celle-ci lui faisait un procès et l'accusait du meurtre de Peter Threadgill. Mais André a approuvé d'un hochement de tête.

176

Sophie-Anne ayant conclu cet accord avec son ennemie, je pensais que nous allions nous rendre directement dans la suite de la délégation de l'Arkansas. Cependant, la reine n'était peut-être pas aussi sûre d'elle qu'elle avait bien voulu le laisser croire. Elle semblait chercher à retarder l'épreuve de force : elle s'est pomponnée, a changé de chaussures, a passé toute sa chambre au peigne fin à la recherche de sa clé magnétique, et ainsi de suite. Ensuite, elle a reçu un appel au sujet des dépenses de *room service* que les humains de sa délégation étaient autorisés à mettre sur son compte. Résultat : il s'est passé un bon quart d'heure avant que nous ne quittions la suite. Sigebert, qui refermait la porte de l'escalier de service derrière lui quand nous sommes sortis, a rejoint André devant l'ascenseur.

Jennifer Cater et sa délégation étaient au septième. Personne ne gardait la porte de leur suite : j'imagine que Jennifer ne se payait pas un garde du corps perso. C'est André qui s'est chargé de frapper, pendant que Sophie-Anne se redressait, se préparant à la confrontation. Sigebert se tenait en retrait. J'ai essayé de ne pas tressaillir en voyant le sourire édenté qu'il m'adressait.

La porte a tourné silencieusement sur ses gonds. Il faisait noir à l'intérieur de la suite.

L'odeur qui en émanait était caractéristique : impossible de s'y tromper.

— Eh bien, a lâché la reine d'un ton vif, Jennifer est morte.

10

— Allez voir, m'a ordonné la reine.

— Quoi ? Mais vous êtes tous beaucoup plus forts que moi ! Et vous n'êtes pas morts de trouille, vous !

— Et nous sommes aussi ceux que Jennifer a assignés en justice, m'a fait sèchement remarquer André. Nous ne devons laisser aucune empreinte, pas même olfactive. Sigebert, va voir.

Sigebert s'est avancé dans l'obscurité.

Une des portes de l'étage s'est soudain ouverte, et Batanya est apparue dans le couloir.

— Il y a une odeur de mort, ici, a-t-elle constaté. Que s'est-il passé ?

— On est venu rendre une petite visite de courtoisie, lui ai-je expliqué. Mais la porte était déjà ouverte. Il y a quelque chose d'anormal.

— Vous ne savez pas quoi ?

— Non. Sigebert est parti voir. On attend.

— Je vais appeler mon bras droit. Je ne peux pas laisser la porte de Kentucky sans protection, nous a-t-elle expliqué, avant de se retourner. Clovache !

C'est du moins ce que j'ai entendu.

Une sorte de Batanya junior a fait son apparition – même armure, mais quelques tailles en dessous, plus jeune, moins terrifiante, mais… encore terriblement impressionnante.

— Reconnaissance du terrain, lui a ordonné Batanya, en désignant la suite de Jennifer Cater.

Sans poser de question, Clovache a dégainé son épée et s'est introduite dans la pièce, tel un cauchemar silencieux. Dans le couloir, tout le monde retenait son souffle – enfin, moi, en tout cas. Les vampires n'ont pas de souffle à retenir, et Batanya semblait d'un calme olympien. Glaive au poing, elle avait pris position entre les deux portes pour pouvoir surveiller à la fois celle, ouverte, de Jennifer Cater et celle, fermée, du roi du Kentucky.

Le visage de la reine semblait presque tendu – à moins qu'elle ne fût simplement impatiente. Enfin, elle était un peu moins impassible que d'habitude. Sigebert est ressorti et a secoué la tête en silence. Clovache s'est ensuite encadrée dans la porte.

— Aucun survivant, a-t-elle annoncé à Batanya.

Celle-ci paraissait attendre la suite.

— Décapités. La femme était en… mmm… six morceaux, a dûment précisé Clovache, après un rapide calcul.

— Mauvaise nouvelle, a commenté la reine, juste au moment où André disait : Bonne nouvelle !

Ils ont échangé un regard excédé.

— Des humains ? ai-je demandé d'une toute petite voix.

Je n'avais aucune envie de me faire remarquer. Mais il fallait que je sache.

— Non, que des vampires, m'a répondu Clovache, après avoir reçu l'aval de Batanya : un hochement de tête martial. J'en ai dénombré trois. Mais ils se désagrègent rapidement.

— Rentre et appelle ce Todd Donati, lui a alors ordonné Batanya.

Clovache est retournée dans la suite du Kentucky pour passer le coup de fil demandé, lequel a eu l'effet d'un électrochoc : en moins de cinq minutes, les ascenseurs ont déversé une foule d'individus d'espèce et d'apparence variées.

Un homme, vêtu d'une veste bordeaux avec « Sécurité » brodé sur la poche poitrine, semblait vouloir prendre les choses en main : Todd Donati, probablement. Donati avait été policier, mais il avait quitté les forces de l'ordre parce qu'il y avait beaucoup d'argent à gagner en offrant ses services aux vampires – ce qui ne voulait pas dire qu'il les aimait. Pour le moment, Donati était en colère. Il était furieux que les ennuis commencent si tôt, avant même le début du sommet ; des ennuis qui allaient lui demander plus de boulot qu'il ne pouvait en assumer. Donati était atteint d'un cancer. Ça, je le lisais nettement dans son esprit. Il voulait travailler aussi longtemps qu'il le pourrait pour que sa famille ait de quoi vivre après sa disparition, et il pestait contre le stress et les efforts que cette enquête allait lui demander, l'énergie qu'elle allait lui pomper. Mais il était fermement résolu à faire son boulot. Et jusqu'au bout.

J'ai reconnu son patron dès son arrivée. Quelques mois auparavant, le directeur du *Pyramid of Gizeh* avait fait la couverture de *V.I.P.* (*Vampire International Press*, une sorte de *People* version vampire). Christian Baruch était né en Suisse et avait fait une brillante carrière dans l'hôtellerie, en tant que manager et designer des plus prestigieux établissements de toute l'Europe de l'Ouest. Lorsqu'il avait dit à un vampire dans sa partie que, s'il « passait de l'autre côté » (non seulement de la vie, mais aussi de l'Atlantique), il saurait créer une chaîne d'hôtels magnifiques et extrêmement rentables au profit d'un consortium de vampires, il avait été immédiatement exaucé. À tous les niveaux.

Maintenant, Christian Baruch pouvait profiter d'une vie éternelle (s'il évitait consciencieusement les

180

objets de bois pointus), et le syndicat des hôtels à vampires ramassait la monnaie, et à la pelle. Cependant, il n'était ni agent de sécurité, ni expert juridique, ni policier. Certes, il savait comme personne refaire la décoration d'un palace et dire à l'architecte combien de suites doter d'une kitchenette, d'une salle de fitness ou d'un jacuzzi, mais en quoi pouvait-il se montrer utile dans une telle situation ? Son larbin humain le regardait avec aigreur. Baruch portait un costume qui, même pour une fille comme moi qui n'y connaissait rien, semblait le *nec plus ultra* du genre et lui avait, à coup sûr, coûté les yeux de la tête.

J'avais été repoussée par la foule contre le mur du couloir. Juste à côté de la porte de la suite du Kentucky, ai-je réalisé tout à coup. Elle ne s'était pas rouverte. Les deux britlingans allaient avoir fort à faire pour veiller à la sécurité de leur client avec le monde qui se pressait dans le secteur.

— Vous croyez vraiment que c'est une bonne idée de laisser tous ces gens se regrouper ici ? ai-je demandé à une femme en uniforme qui se trouvait près de moi (le même modèle que l'ex-policier, la cravate en moins).

Non que j'aie voulu lui apprendre son métier, mais, bon sang ! Elle ne regardait donc jamais *Les Experts* ?

Madame Sécurité m'a jeté un regard noir.

— Qu'est-ce que vous faites ici, vous ? m'a-t-elle rétorqué, comme si là était la question.

— Je suis ici parce que j'étais avec ceux qui ont découvert les corps.

— Eh bien, vous feriez mieux de vous taire et de nous laisser travailler, m'a-t-elle craché d'un ton dédaigneux.

— Travailler ? Vous n'avez pourtant pas l'air de faire grand-chose.

OK. Peut-être que je n'aurais pas dû dire ça. Mais c'était vrai qu'elle ne faisait strictement rien. À mon avis, elle aurait au moins dû…

C'est à ce moment-là qu'elle m'a plaquée contre le mur et m'a passé les menottes. J'ai laissé échapper un couinement de surprise.

— Ce n'est pas vraiment à ça que je pensais, lui ai-je fait remarquer – avec quelque difficulté, puisque mon visage était écrasé contre la porte de la suite.

Un grand silence s'est installé derrière nous.

— Chef, j'ai là une femme qui trouble l'ordre public, a précisé Madame Sécurité.

Le bordeaux ne lui allait pas du tout, soit dit en passant.

— Landry, qu'est-ce que vous êtes en train de faire exactement ? a demandé une voix masculine, de ce ton excessivement raisonnable qu'on prend avec un enfant irrationnel.

— Elle me disait ce que je devais faire, a répondu Madame Sécurité.

Déjà, la baudruche se dégonflait.

— Et qu'est-ce qu'elle vous disait de faire, Landry ?

— Elle se demandait ce que toutes ces personnes fabriquaient ici, monsieur.

— N'est-ce pas une question pertinente, Landry ?

— Monsieur ?

— Ne croyez-vous pas qu'on devrait faire circuler une bonne partie de ces personnes ?

— Si, monsieur. Mais elle a dit qu'elle était là parce qu'elle se trouvait avec ceux qui ont découvert les corps.

— Dans ce cas, il ne faut pas qu'elle parte.

— Non, monsieur.

— Essayait-elle de s'enfuir, Landry ?

— Non, monsieur.

— Vous l'avez pourtant menottée.

182

— Euh…

— Enlevez-lui tout de suite ces fichues menottes, Landry ! a finalement rugi Donati.

— Bien, monsieur.

La baudruche n'était plus qu'une crêpe aplatie.

À mon grand soulagement, j'ai été libérée, ce qui m'a permis de me retourner. J'étais dans une telle colère que j'aurais bien aplati Landry contre le mur à son tour. Comme je risquais toutefois de me retrouver de nouveau menottée pour ma peine, je me suis retenue. Sophie-Anne et André se sont frayé un chemin dans la foule. En fait, c'était plutôt la foule qui s'ouvrait devant eux. Vampires autant qu'humains, tous estimaient prudent de s'écarter devant la reine de Louisiane et son garde du corps attitré.

Sophie-Anne a jeté un coup d'œil à mes poignets, a constaté qu'ils n'étaient même pas éraflés et en a donc fort justement déduit que c'était surtout mon orgueil qui avait été blessé.

— Cette femme est à mon service, a-t-elle posément déclaré, s'adressant apparemment à Landry, mais parlant assez fort pour que tout le monde l'entende. Lui porter atteinte, que ce soit moralement ou physiquement, c'est porter atteinte à ma personne.

Landry n'avait pas la moindre idée de l'identité de Sophie-Anne, mais elle savait tout de même reconnaître un danger quand elle en voyait un. Et André était tout aussi terrifiant que Sa Majesté. Je pense bien qu'ils étaient les deux adolescents les plus effrayants que la Terre ait jamais portés.

— Oui, Madame. Landry lui fera des excuses par écrit, a promis Todd Donati d'une voix posée. Maintenant, pouvez-vous me dire ce qui s'est passé ?

La foule s'était tue, attentive. J'ai cherché Batanya et Clovache des yeux, mais je ne les ai vues nulle part.

— Vous êtes le chef de la sécurité ? a tout à coup demandé André d'une voix étonnamment forte.

Sophie-Anne en a profité pour se pencher vers moi et me chuchoter à l'oreille :

— Ne mentionnez pas les britlingans.

— Oui, monsieur, a répondu l'ex-policier en lissant sa moustache. Je suis Todd Donati. Et voici mon supérieur, M. Christian Baruch.

— Je me présente : André Paul. Et voici Sa Majesté, Sophie-Anne Leclerq, reine de Louisiane. Cette jeune femme est notre employée : Sookie Stackhouse.

Puis André s'est tu, attendant la suite des opérations.

Christian Baruch m'a totalement ignorée. Mais il a adressé à Sophie-Anne un regard de carnivore planté devant une côte de bœuf.

— Votre présence dans cet hôtel nous honore, a-t-il murmuré, ce qui m'a permis d'entrevoir ses crocs.

Il avait une très forte mâchoire. Il était très grand et très brun aussi. Mais il avait de petits yeux, des yeux d'un gris polaire.

Sophie-Anne n'a pas relevé le compliment. Elle a cependant froncé les sourcils une fraction de seconde. Montrer les dents n'était pas la manière la plus subtile de dire : « Vous me plaisez. » Un ange est passé. Après ce silence, bref mais si pesant qu'il m'a paru durer un siècle, j'ai lancé :

— Vous allez appeler la police ou quoi ?

— Je pense qu'il nous faut réfléchir à ce que nous allons leur dire, a répondu Baruch, d'une voix lisse et sophistiquée qui ridiculisait mon accent de pauvre provinciale du Sud rural. Monsieur Donati, voudriez-vous aller voir ce qu'il y a dans cette suite ?

Todd Donati s'est à son tour frayé un chemin à travers la foule — à coups d'épaules, quant à lui. Sigebert, qui avait pris son poste de vigile devant la porte ouverte, s'est effacé pour le laisser passer. Le colosse saxon est ensuite venu reprendre sa place auprès de sa souveraine avec un soulagement manifeste.

Pendant que Donati examinait ce qui restait de la délégation de l'Arkansas, Christian Baruch s'est tourné vers les spectateurs.

— Combien d'entre vous sont venus ici après avoir appris qu'il s'était passé quelque chose ?

Une quinzaine de personnes ont levé la main ou simplement hoché la tête.

— Auriez-vous l'amabilité de vous rendre au *Draft of Blood*[1], au rez-de-chaussée, où nos serveurs vous réserveront un accueil privilégié ?

Les quinze intéressés nous ont rapidement quittés. Baruch connaissait son monde d'assoiffés. Enfin, de vampires assoiffés.

— Combien d'entre vous n'étaient pas présents quand les corps ont été découverts ? a repris Baruch, après le départ du premier groupe.

Tout le monde a levé la main, sauf la reine, André, Sigebert et moi.

— Vous avez toute liberté de retourner à vos occupations, a-t-il déclaré avec amabilité, comme s'il s'agissait d'une invitation et non d'un ordre déguisé.

Les derniers curieux ont obtempéré. Landry a hésité, ce qui lui a valu un regard propre à lui faire dévaler l'escalier de service à toute vitesse.

La partie du couloir devant les ascenseurs semblait beaucoup plus spacieuse, tout à coup.

Donati est ressorti de la suite. Il n'avait pas l'air écœuré, mais il avait néanmoins perdu un peu de sa belle assurance.

---

1. Littéralement « gorgée de sang ».

— Il n'en reste pas grand-chose, mais il y en a partout. Des… résidus ? J'imagine qu'on peut appeler ça comme ça. Je crois qu'ils étaient trois. Mais l'un d'eux est si… dispersé qu'ils n'étaient peut-être que deux, en fait.

— Quels noms figurent sur le registre ?

Donati a consulté un petit appareil électronique qui tenait dans la paume de sa main.

— Jennifer Cater, de l'Arkansas. Cette suite était occupée par la délégation des vampires de l'Arkansas. Enfin, certains des derniers vampires de l'Arkansas.

Le mot « derniers » avait été légèrement accentué : Donati n'ignorait manifestement rien de l'histoire de la reine de Louisiane.

Christian Baruch a haussé un sourcil broussailleux.

— Je suis au courant. Je connais les miens, Donati.

— Oui, monsieur.

Sophie-Anne aurait-elle délicatement froncé le nez ? Elle devait penser : « Les miens, mon œil ! » Baruch n'était qu'un gamin d'à peine quatre ans, chez les vampires.

— Qui a découvert les corps ? s'est-il enquis.

— Ni la reine ni moi, s'est empressé de répondre André. Nous n'avons pas mis un pied dans cette suite.

— Qui, alors ? a insisté Baruch.

— La porte n'était pas fermée, et l'odeur ne trompait pas. Mais, étant donné la tension actuelle entre Sa Majesté et les vampires de l'Arkansas, nous n'avons pas jugé prudent d'y aller nous-mêmes, a expliqué André. Nous avons envoyé Sigebert, le garde royal.

André avait simplement oublié de mentionner la visite de Clovache. Nous avions donc un point commun, André et moi : nous pratiquions le mensonge par omission. Il se montrait magistral dans cet exercice.

Pendant que les questions se succédaient – sans réponse, pour la plupart, ou sans réponse constructive –, j'ai commencé à m'interroger : le procès de la reine aurait-il lieu, maintenant que sa principale accusatrice était morte ? Et à qui appartenait l'Arkansas, désormais ? Il n'était pas déraisonnable de supposer que le contrat de mariage procurait à la reine certains droits sur les biens de son défunt époux, et Dieu sait que Sophie-Anne avait besoin de toutes les sources de revenus qu'elle pouvait récupérer, après Katrina. Aurait-elle toujours des droits sur l'Arkansas, puisque c'était André qui avait tué Peter ? Je ne m'étais pas vraiment rendu compte de toutes ces épées de Damoclès qui se balançaient au-dessus de sa tête à l'occasion de ce sommet.

Il n'en demeurait pas moins que le problème le plus urgent n'était toujours pas réglé : qui avait tué Jennifer Cater et sa suite ?

Et, question subsidiaire, combien de vampires pouvait-il bien rester en Arkansas, après la bataille rangée de La Nouvelle-Orléans et le massacre qui venait d'avoir lieu ? L'Arkansas n'était déjà pas un très grand État, et il n'était pas densément peuplé.

Je suis revenue sur terre en voyant le regard de Christian Baruch se fixer sur moi.

— Vous êtes l'humaine qui lit dans les pensées ? a-t-il soudain lâché.

Je ne m'y attendais tellement pas que j'ai sursauté.

— Oui, ai-je répondu, laconique.

J'en avais assez de donner du « monsieur » et du « madame » à tout va.

— Avez-vous tué Jennifer Cater ?

Je n'ai pas eu besoin de jouer la stupéfaction.

— Là, vous me surestimez. Vous croyez vraiment que j'aurais pu l'emporter face à trois vampires ?

Non, je ne l'ai pas tuée. Elle m'est tombée dessus dans le hall et m'a chauffé les oreilles avec ses salades, mais c'est la première et la dernière fois que je l'ai vue.

Il a eu l'air un peu désarçonné, comme s'il s'attendait à une autre réponse ou, peut-être, à plus d'humilité de la part d'une simple mortelle.

La reine s'est alors avancée pour prendre place à mes côtés, et comme André l'a aussitôt imitée, je me suis bientôt retrouvée encadrée par deux vampires manquant plus d'une dizaine de siècles au compteur. Quelle agréable et réconfortante sensation ! Mais je savais qu'il s'agissait simplement de faire comprendre à l'hôtelier que j'étais leur propriété et qu'il n'avait pas intérêt à me harceler.

Sur ces entrefaites, un vampire a fort opportunément surgi de l'escalier de service et s'est rué comme une fusée sur la porte de la suite de l'Arkansas. Tout aussi rapide, Baruch lui a immédiatement barré la route, mais, emporté par son élan, le nouvel arrivant lui a foncé dedans et a rebondi, pour finalement se retrouver au tapis. Il s'est relevé si vite que mes yeux n'ont même pas eu le temps de capter le mouvement. Il faisait des efforts désespérés pour forcer le passage.

Lorsqu'il s'est aperçu qu'il n'y parviendrait pas, le petit vampire a reculé d'un pas. S'il avait été humain, il aurait été hors d'haleine, après tant d'efforts inutiles, mais, les choses étant ce qu'elles étaient, il tremblait juste d'énergie contenue. Il avait les cheveux bruns, une courte barbe et portait un costume standard. Il ressemblait au pékin moyen, jusqu'à ce qu'on voie son regard halluciné de dément.

— Alors, c'est vrai ? a-t-il demandé d'une voix tendue.

— Jennifer Cater et sa suite sont tous morts, lui a confirmé Christian Baruch, d'un ton qui n'était pas dénué de compassion, je dois le reconnaître.

Le petit vampire s'est soudain mis à hurler à la mort. J'en ai eu la chair de poule. Il est tombé à genoux et a commencé à se balancer d'avant en arrière, ivre de douleur.

— J'imagine que vous faites partie de sa délégation ? lui a demandé la reine.

— Oui, oui ! a beuglé le malheureux.

— Dans ce cas, je suis, dorénavant, votre souveraine, et je vous offre une place à mes côtés.

Le type a immédiatement cessé de hurler, comme si on l'avait débranché.

— Mais vous avez fait tuer notre roi ! a-t-il protesté.

— J'étais l'épouse de votre roi et, en tant que telle, je devais légalement hériter de son royaume s'il venait à décéder, lui a posément expliqué Sophie-Anne, avec un regard presque lumineux de bienveillance dans ses yeux sombres. Et il est assurément décédé.

— C'est ce que les clauses spécifiaient, a-t-on subitement murmuré à mon oreille.

J'ai étouffé un cri. Je n'avais jamais cru à cette histoire de gros lourds qui ont le pied léger. Pour moi, les gros lourds avaient le pied lourd, point. Mais maître Cataliades avait la légèreté d'un papillon, et je n'avais même pas soupçonné qu'il était dans les parages avant qu'il vienne me parler.

— Dans le contrat de mariage ? ai-je tout de même réussi à articuler.

— Oui. Et l'avocat de Peter l'a étudié à fond, je peux vous l'assurer. La réciproque était vraie, d'ailleurs : Sophie-Anne lui léguait son royaume au cas où elle décéderait.

— J'imagine qu'il y avait tout un tas d'autres clauses sur le sujet.

— Quelques-unes, oui. L'une d'entre elles spécifiait qu'il devait y avoir au moins un témoin dudit décès.

— Oh, oh! C'est moi, ça.

— Absolument. Si la reine tient à vous garder à l'œil et sous sa coupe, c'est qu'elle a une excellente raison pour cela.

— D'autres conditions à la cession en question ?

— Il ne devait exister aucun successeur désigné susceptible de prendre la tête de l'État concerné, bras droit ou régent quelconque. En d'autres termes, un terrible accident devait arriver un jour ou l'autre…

— Et il est arrivé.

— Il semblerait, en effet.

Ce qui paraissait ravir le replet avocat au plus haut point.

J'avais le cerveau comme une de ces boules qu'on fait tourner à la foire pour tirer les numéros de la loterie.

— Je m'appelle Henrik Feith, a déclaré le petit vampire. Et il ne reste plus maintenant que cinq vampires en Arkansas. Je suis le seul encore vivant à Rhodes et je n'ai survécu que parce que j'étais descendu me plaindre, à la réception, des serviettes de toilette.

J'ai été obligée de plaquer la main sur ma bouche pour ne pas pouffer, ce qui aurait été un peu déplacé, vu les circonstances. André a gardé les yeux fixés sur le type agenouillé devant nous, mais ça ne l'a pas empêché de me pincer. Ce petit rappel à l'ordre m'a coupé toute envie de rire. En fait, j'aurais bien hurlé de terreur.

— Quel était le problème avec les serviettes de toilette ? s'est aussitôt alarmé Baruch, qui, blessé dans son orgueil de parfait hôtelier, s'écartait manifestement du sujet.

— Il n'y en avait pas assez, a commencé Henrik. Jennifer en avait utilisé trois à elle toute seule, alors…

Mais Sophie-Anne a coupé court à ces fascinantes explications.

190

— Merci, Henrik. Suivez-nous dans notre suite. Monsieur Baruch, nous comptons sur vous pour nous tenir au courant de l'évolution de la situation. Monsieur Donati, avez-vous l'intention de prévenir la police de Rhodes ?

Belle marque de courtoisie de sa part que de s'adresser à Donati comme s'il avait son mot à dire dans l'histoire.

— Non, madame, lui a répondu l'intéressé. Cette affaire me semble concerner les vampires. En outre, les corps se sont désagrégés. La police n'aurait donc ni cadavre à examiner, ni film à visionner puisqu'il n'y a pas de caméra de surveillance à l'intérieur de la suite, et si vous regardez là-haut…

Tout le monde a obtempéré.

— … vous constaterez que quelqu'un a obstrué l'objectif de celle du couloir avec un bout de chewing-gum. On l'a lancé, ou bien un vampire a pu sauter pour le coller directement. Bien entendu, je vais étudier les enregistrements, mais vu la vitesse à laquelle un vampire se déplace, il y a de grandes chances pour qu'on ne puisse pas identifier l'individu qui a collé ce chewing-gum. Pour le moment, il n'y a pas de vampire dans la brigade criminelle de la police locale. Je ne vois donc pas qui on pourrait appeler. La plupart des humains portant l'uniforme des forces de l'ordre ne veulent pas enquêter sur les crimes de vampires, à moins qu'ils n'aient un vampire dans leur équipe pour assurer leurs arrières.

— Bien. Je ne vois pas ce que nous pouvons faire de plus, a conclu la reine d'un ton indifférent. Si vous n'avez plus besoin de nous, nous allons nous rendre à la cérémonie d'ouverture.

Elle avait déjà consulté plusieurs fois sa montre au cours de la conversation.

— Monsieur Henrik, si vous vous sentez en état, accompagnez-nous. Sinon – ce que je comprendrais fort bien –, Sigebert va vous emmener dans notre suite, où vous pourrez vous reposer.

— J'aimerais aller dans un endroit calme, a larmoyé Henrik Feith avec un air de chien battu.

Sophie-Anne a fait un signe de tête à Sigebert, qui n'a pas eu l'air ravi de recevoir un tel ordre. Mais il devait obéir, bien sûr, et il a entraîné à sa suite le petit vampire qui représentait, à lui tout seul, un cinquième de tout ce qu'il restait de la communauté vampirique de l'Arkansas.

J'avais tant de choses à penser en même temps que mon cerveau commençait à patiner. Et, juste au moment où je me disais que j'avais eu mon content d'événements pour la journée, les portes de l'ascenseur se sont ouvertes avec un « ding ! » sonore, et Bill... euh... Personne en a jailli comme un diable de sa boîte. Il n'a pas fait une entrée aussi théâtrale que Henrik, mais une entrée remarquée tout de même. Il s'est arrêté net, le temps d'analyser la situation. Nous voyant tous là, parfaitement calmes, il s'est rapidement ressaisi.

— J'ai cru comprendre qu'il y avait eu des problèmes ici ?

Il a lancé ça à la cantonade – pour que n'importe qui puisse répondre, sans doute.

J'en avais assez de le surnommer Personne. C'était quand même Bill, malgré tout. Je pouvais bien haïr jusqu'au dernier atome de cette carcasse honnie, il n'en était pas moins devant moi, en chair et en os. Je me suis demandé si les loups-garous parvenaient vraiment à faire disparaître ceux qu'ils répudiaient de leur écran radar et comment ils s'y prenaient. Quant à moi, je n'étais manifestement pas très douée.

— Il y a des problèmes, en effet, a reconnu la reine. Mais je ne vois pas en quoi ta présence pourrait y changer quoi que ce soit.

192

Je n'avais encore jamais vu Bill décontenancé. Voilà qui était fait.

— Pardonnez-moi, ma reine. Si vous avez besoin de moi, je serai à mon stand, dans l'enceinte du salon.

Dans un silence de mort, les portes de l'ascenseur se sont refermées sur mon premier amour. Il n'était pas impossible qu'en se ruant à la rescousse au lieu de gagner de l'argent pour renflouer les caisses de la reine, comme il était censé le faire, Bill ait tenté de me prouver qu'il tenait toujours à moi. Mais si cette action d'éclat avait pour but de m'attendrir, c'était raté.

— Y a-t-il quelque chose que nous puissions faire pour vous aider dans votre enquête? a demandé André, s'adressant à Donati, alors qu'en réalité il faisait cette proposition à Christian Baruch. La reine étant la légitime héritière de l'Arkansas, nous sommes à votre disposition.

— Je n'en attendais pas moins d'une aussi jolie reine, dont la beauté n'a d'égale que le légendaire sens des affaires et la ténacité, a répondu Baruch en s'inclinant devant Sophie-Anne.

André lui-même n'en croyait pas ses oreilles – il a cligné des paupières. Quant à Sa Majesté, elle a dévisagé Baruch entre les fentes de ses yeux plissés. Je me suis, pour ma part, empressée d'étudier la plante du couloir avec le plus grand intérêt. J'avais trop peur de ricaner. Avec Baruch, l'art de manier la brosse à reluire atteignait des sommets inégalés.

Après une telle déclaration, qu'aurait-on pu ajouter? Je suis montée dans l'ascenseur avec les vampires, et maître Cataliades nous a emboîté le pas. Personne n'avait fait le moindre commentaire, pas même le loquace avocat.

Comme l'ascenseur s'ébranlait, il s'est tourné vers la reine.

— Majesté, vous devez vous remarier sans plus tarder.

Cette fois, Sophie-Anne et André ont carrément écarquillé les yeux – pendant une seconde entière.

— Épousez n'importe qui : le Kentucky, la Floride, et j'ajouterais même le Mississippi, s'il n'était pas déjà en pourparlers avec l'Indiana. Mais vous avez besoin d'une alliance solide, du soutien de quelqu'un de mortellement dangereux. Sinon, les chacals comme ce Baruch vont commencer à vous tourner autour, prêts à tout pour attirer votre attention.

— Le Mississippi est hors course, Dieu merci. Je crois que je n'aurais pas pu supporter tous ces hommes. Une fois de temps en temps, passe encore. Mais à longueur de journée, et par dizaines, ça non !

C'était la réaction la plus naturelle et la plus spontanée que j'aie jamais vue chez la reine. Elle avait presque l'air d'une femme ordinaire. André a appuyé sur le bouton pour arrêter l'ascenseur entre deux étages.

— Je t'aurais bien conseillé le Kentucky, a-t-il dit. Mais quiconque a besoin de britlingans a déjà trop de problèmes à régler.

— L'Alabama est charmante, a observé Sophie-Anne. Mais elle fait preuve de certaines préférences au lit que je réprouve.

Lassée de me trouver dans cet ascenseur ainsi que d'être prise pour un simple objet de décoration, j'y suis allée au culot.

— Est-ce que je peux poser une question ? ai-je demandé.

Après un instant de silence, Sophie-Anne a hoché la tête.

— Comment se fait-il que, contrairement aux autres vampires, vous gardiez les vampires de votre lignée auprès de vous pendant des siècles ? Est-ce que la relation entre vampire et vampirisé n'est pas censée être de courte durée ?

— La majorité des nouveaux vampires ne restent pas avec leurs créateurs, en effet. Et il est extrêmement rare de les voir demeurer auprès de ces derniers aussi longtemps qu'André et Sigebert l'ont fait avec moi. C'est mon don de les retenir ainsi, d'avoir cette intimité avec eux. Tous les vampires possèdent un talent particulier : certains volent, d'autres sont de fines lames… Moi, je sais garder les miens à mes côtés. Nous pouvons communiquer entre nous comme vous le faites avec Barry. Et nous pouvons nous aimer physiquement.

— Dans ce cas, pourquoi ne nommez-vous pas tout simplement André roi de l'Arkansas ? Il ne vous resterait plus qu'à l'épouser.

Le silence qui a suivi m'a paru interminable. Sophie-Anne a bien ouvert la bouche une ou deux fois, comme pour m'expliquer que ce n'était pas possible, mais, chaque fois, elle l'a refermée. André me dévisageait avec une telle intensité que je m'attendais presque à sentir le brûlé. Maître Cataliades semblait juste assommé, comme s'il venait d'entendre un singe lui parler en alexandrins rimés.

— Mais oui. Pourquoi pas, en effet ? Pourquoi ne prendrais-je pas pour époux mon plus cher ami et amant ? a finalement reconnu Sa Majesté, soudain radieuse. Le seul inconvénient, c'est que tu devras passer quelque temps loin de moi, André, quand tu te rendras en Arkansas pour t'occuper des affaires du royaume. Mon premier, le plus fidèle entre tous, le veux-tu ?

— Que ne ferais-je pas pour toi, ma reine ? lui a répondu André, le visage transfiguré par l'amour.

Nous avons eu droit à notre petit moment d'émotion. Je dois avouer que j'ai eu moi-même la gorge un peu nouée.

Puis André a appuyé de nouveau sur le bouton, et tout ce petit monde est descendu.

Quoique je ne sois pas insensible aux histoires d'amour – loin de là –, d'après moi la reine aurait mieux fait de chercher qui avait tué Jennifer Cater et les deux autres vampires de l'Arkansas. Elle aurait dû cuisiner Monsieur Serviette de Toilette : Henrik Machin-chose. Elle n'aurait pas dû se promener dans les réunions à faire des ronds-de-jambes. Mais Sophie-Anne ne m'a pas demandé mon avis, et je m'étais déjà suffisamment fait remarquer pour la journée.

Le hall de l'hôtel était bondé. Immergés dans une telle foule, normalement, mon cerveau aurait dû saturer, sauf extrême concentration de ma part. Mais la foule en question étant, dans son immense majorité, constituée de vampires, je me suis retrouvée avec un hall plein à craquer de vide – en dehors de quelques palpitations humaines. Cela faisait un drôle d'effet de voir toute cette agitation dans un silence quasi complet. Reposant. Sauf que je n'étais pas payée pour me reposer. J'ai donc bien gentiment déployé mes sens et passé au radar toutes les créatures présentes qui avaient du sang chaud dans les veines et un cœur pour le pomper.

Un sorcier, une sorcière, un amant-donneur de sang – en d'autres termes, un fangbanger, mais haut de gamme. Quand j'ai remonté sa piste, j'ai découvert un superbe dandy : un jeune et très beau garçon qui était une véritable publicité ambulante pour tout ce que la mode compte de marques prestigieuses, y compris au rayon sous-vêtements. À côté du roi du Texas se tenait Barry – en plein travail, comme moi. J'ai espionné quelques employés de l'hôtel qui vaquaient à leurs occupations habituelles. Les gens n'ont pas toujours en tête des pensées aussi renversantes que : « Ce soir, je participe à l'assassinat du directeur », même si c'est le cas. Ils pensent plutôt à des trucs du style : « Plus de savon à la 11, un des chauffages de la 58 en panne, il faut aller chercher le chariot du *room service* au quatrième... »

Au cours de mon tour d'horizon, je suis tombée sur une prostituée. Ah ! Voilà qui était intéressant ! La plupart de celles que je connaissais faisaient dans l'amateurisme. Mais, cette fois, j'avais affaire à une vraie professionnelle. Ça m'a suffisamment intriguée pour que je la cherche des yeux. Plutôt attirante. Joli visage, en tout cas. Mais elle n'aurait jamais pu se présenter à l'élection de Miss America, ni même se faire couronner reine de la promo au bal de fin d'année. Elle n'avait pas vraiment le look de la fille d'à côté, à moins d'habiter dans un quartier chaud. Ses cheveux blond platine étaient artistiquement ébouriffés, genre saut du lit revu et corrigé. Elle pratiquait le bronzage intégral, avait des yeux bruns assez allongés, des seins siliconés, de grosses boucles d'oreilles, des talons aiguilles et des lèvres du même rouge vif que les quelques centimètres carrés de paillettes qui lui tenaient lieu de robe : au moins, elle annonçait la couleur, on ne pouvait pas dire le contraire. Elle accompagnait un type qui avait été vampirisé au seuil de la cinquantaine. À la façon dont elle se cramponnait à son bras, on aurait pu penser qu'elle était incapable de marcher sans béquille. Je me suis demandé si c'était à cause des talons aiguilles ou si elle s'accrochait à lui parce qu'il aimait ça.

J'étais si fascinée – elle était prostituée jusqu'au bout des ongles, et elle irradiait la sensualité avec une telle force – que je me suis faufilée à travers la foule pour la suivre. Concentrée comme je l'étais, je n'ai même pas songé qu'elle pouvait s'en apercevoir. Mais elle a dû sentir mon regard sur elle, et elle s'est retournée. Le type avec qui elle était discutait avec un autre vampire. Elle a donc eu tout loisir de me dévisager d'un œil soupçonneux. Je m'étais immobilisée à quelques pas d'elle, pour mieux lire dans ses pensées. Pure curiosité – et manque flagrant de politesse – de ma part, je l'avoue.

Drôle de fille... pas de la partie... Elle le veut ? Qu'elle le prenne ! Je ne supporte pas ce truc qu'il fait avec sa langue... et après ça, il faut que je le lui fasse aussi, puis à son copain... Seigneur ! Est-ce-que j'ai pris des piles de rechange ? Mais elle ne pourrait pas aller voir ailleurs et arrêter de me mater comme ça, celle-là ?

— Si, si, bien sûr, ai-je bredouillé, honteuse, avant de replonger dans la mêlée.

Ensuite, je me suis occupée des extras engagés par l'hôtel. Tandis qu'ils louvoyaient à travers la foule, avec leurs plateaux chargés de verres de sang et de quelques boissons plus banales pour les rares humains éparpillés dans le hall, ils pensaient surtout à éviter les invités qui s'agitaient en tous sens, à ne pas renverser leurs plateaux, à leur mal de dos, à leurs pieds en compote... ce genre de chose. J'ai échangé un signe de tête avec Barry. Puis j'ai attrapé au vol une pensée qui traînait. Le nom « Quinn » y était associé. J'ai remonté le fil jusqu'à ce que je tombe sur une employée de E(E)E. Il n'était pas difficile de l'identifier : elle portait le tee-shirt de la société. Elle était jeune, avec des cheveux très courts et des jambes très longues. Elle s'entretenait avec un des serveurs, et il était clair qu'il n'avait pas voix au chapitre. Au sein de cette assemblée aussi élégante, elle détonnait, avec son jean et ses baskets.

— ... et une caisse de boissons bien fraîches, disait-elle. Un plein plateau de sandwichs et des chips. D'accord ? Dans la salle de réception, dans moins d'une heure.

198

Elle a fait volte-face et s'est retrouvée nez à nez avec moi. Elle m'a toisée de haut en bas et n'a pas eu l'air impressionnée par ce qu'elle voyait.

— Alors, on escorte un de ces messieurs, Blondie ? m'a-t-elle lancé d'une voix qui m'a paru cassante, avec son accent sec de la côte Est.

— Non, je sors avec Quinn, lui ai-je rétorqué. Et Blondie vous-même.

Sauf que moi, j'étais une vraie blonde – enfin, améliorée –, alors que cette fille avait de la paille sur la tête... si tant est que la paille ait des racines foncées.

Ça ne lui a pas plu du tout. Quoique je ne sache pas vraiment ce qui lui déplaisait le plus dans l'histoire.

— Il ne m'avait pas dit qu'il en avait une nouvelle.

Elle n'aurait pas pu prendre un ton plus insultant. Je ne me suis donc pas gênée pour aller faire un petit tour dans sa tête. J'y ai trouvé une très profonde affection pour Quinn. À ses yeux, aucune femme n'était assez bien pour lui. Elle pensait aussi que j'étais une de ces pauvres demeurées du Sud qui avaient besoin des hommes pour les protéger.

Étant donné que cette fine conclusion résultait d'une conversation de moins d'une minute, je pouvais encore lui pardonner son erreur. Je pouvais même lui pardonner d'aimer Quinn. Mais ce mépris souverain... Non, ça, vraiment, ça ne passait pas.

— Quinn n'a pas de comptes à vous rendre sur sa vie personnelle.

En fait, j'aurais bien voulu lui demander où se trouvait Quinn, justement. Mais il n'était pas question de lui donner l'avantage. J'ai donc préféré garder ma question pour moi.

— Si vous voulez bien m'excuser, ai-je enchaîné, j'ai du travail qui m'attend. Et vous aussi, je pense.

Elle m'a foudroyée du regard et elle a tourné les talons. Elle faisait au moins dix centimètres de plus que moi, était très mince, et comme elle ne s'était pas donné la peine de mettre un soutien-gorge, les deux petites prunes qui sautillaient sous son tee-shirt attiraient l'œil. Elle devait certainement s'attacher à toujours, disons, dominer la situation... Je n'étais pas la seule à la regarder traverser la pièce : Barry avait déjà changé d'héroïne dans son fantasme préféré, apparemment.

Voyant qu'André et la reine quittaient le hall pour pénétrer dans l'enceinte du salon, je me suis empressée de les suivre. Deux magnifiques urnes contenant d'énormes compositions de fleurs séchées maintenaient ouverte la grande porte à double battant de l'immense salle d'exposition.

— Tu es déjà allée à un congrès. Un congrès normal, je veux dire ? m'a lancé Barry en me rejoignant.

— Non, lui ai-je répondu, tout en essayant de continuer à scruter la foule (mais comment font les agents secrets ?). Enfin, si, avec Sam. Le salon des fournitures pour débits de boissons. Mais je n'y suis pas restée plus d'une heure ou deux.

— Et tout le monde portait un badge, non ?

— Oui, si on peut appeler « badge » un truc qui pendouille au bout d'un cordon qu'on se trimbale autour du cou.

— C'est comme ça que les vigiles à la porte s'assurent qu'on a bien payé l'entrée et que les gens non autorisés n'entrent pas.

— Oui. Et alors ?

Barry est soudain passé en mode silencieux.

Alors, tu vois quelqu'un avec un badge, toi, ici ? Tu vois quelqu'un qui contrôle quoi que ce soit ?

Personne, sauf nous. Et si ça se trouve, la prostituée, là, est une espionne envoyée par les vampires de la côte Est. Ou pire encore, ai-je ajouté plus sérieusement.

Les vamp's ont l'habitude d'être les plus forts, les plus dangereux, a repris Barry. *Ils se craignent mutuellement, mais ils ne prennent pas vraiment les humains au sérieux. Encore moins quand ils sont entre eux.*

Je voyais où il voulait en venir. La présence des britlingans m'avait déjà alertée, mais les réflexions de Barry ne faisaient qu'accroître mon inquiétude.

Je me suis tournée vers l'entrée de l'hôtel. Maintenant qu'il faisait nuit, des vampires en armes avaient pris le relais des humains aux postes de garde. À la réception aussi, des vamp's portant l'uniforme de l'hôtel avaient remplacé le personnel de jour. Et tous ces vampires contrôlaient chaque personne qui franchissait le seuil : la sécurité de l'établissement n'était pas aussi laxiste qu'on aurait pu le penser. Un peu plus détendue, j'ai décidé de faire le tour des stands.

Il y en avait un pour des implants dentaires. Les crocs proposés étaient déclinés en ivoire naturel, en argent ou en or, et les plus chers se rétractaient grâce à un mécanisme que l'on déclenchait en appuyant sur un petit bouton logé dans la bouche par une simple pression de la langue.

— Impossible de faire la différence avec des vrais, assurait un homme assez âgé à un vampire à longue barbe et cheveux tressés. Et pour être pointus, ils sont pointus !

Je ne voyais pas vraiment qui cela pouvait intéresser. Un vampire avec une canine en moins ? Un humain qui voulait jouer les revenants aux dents longues ?

Au stand suivant, on vendait des CD de musiques de différentes époques. Par exemple : *Chansons populaires russes du XVIIIᵉ siècle* ou *Musique de chambre italienne, première période*… Là, les affaires marchaient fort – on revient toujours à la musique de sa jeunesse, même si la jeunesse en question remonte à plusieurs siècles.

Le stand voisin était celui de Bill. Il arborait une grande enseigne en arc de cercle s'appuyant sur chacune des cloisons de sa « cahute » : « Identification, disait-elle simplement. Retrouvez la trace de n'importe quel vampire, n'importe où, n'importe quand. » « Ce qu'il vous faut ? Un traqueur informatique », assurait un autre panneau plus petit. Bill parlait avec une vampire qui lui tendait sa carte de crédit, et Pam glissait un CD dans un petit sachet plastique. Elle a surpris mon regard et m'a fait un clin d'œil. Elle portait un costume genre danseuse du ventre très *kitsch*. Jamais je n'aurais cru qu'elle accepterait de faire une chose pareille. Sans doute appréciait-elle ce changement dans son train-train quotidien.

« Les éditions Happy Birthday présentent : *Du sang dans la soupe* », disait la pancarte au-dessus du stand suivant, tenu par une vampire esseulée avec une pile de livres devant elle. Elle avait l'air de s'ennuyer ferme.

Le stand d'après occupait plusieurs emplacements et n'avait pas besoin de banderole.

— Vous devriez vraiment vous moderniser, assurait avec le plus grand sérieux un vendeur, d'un ton convaincu, à une vampire noire aux cheveux tressés et attachés avec des centaines de liens de toutes les couleurs.

Elle l'écoutait attentivement, tout en examinant un des cercueils miniatures ouvert en face d'elle.

— Certes, le bois est plus traditionnel et c'est un matériau biodégradable. Mais qui cela intéresse-t-il ? Comme mon père disait toujours : « Ton cercueil, c'est ta maison. »

Et il y avait encore beaucoup d'autres stands, dont celui d'Extreme (ly Elegant) Events : une simple table couverte de brochures et d'albums photo ouverts pour appâter le chaland. J'allais y jeter un œil quand j'ai remarqué qu'il était tenu par Mademoiselle J'te-Snobe, la prétentieuse aux interminables jambes. Je n'avais aucune envie de lui parler et j'ai poursuivi ma visite, tout en veillant à ne jamais perdre la reine de vue. Un des serveurs humains admirait son... sa chute de reins, disons. Mais ce n'était quand même pas un crime passible de mort et j'ai laissé passer l'affaire.

Entre-temps, Sophie-Anne et André avaient rencontré les shérifs Gervaise et Cleo Babbitt. Gervaise faisait à peine un mètre soixante-dix et on ne lui aurait pas donné plus de trente-cinq ans – une bonne centaine d'années de plus, et on n'était pas loin du compte. Ces dernières semaines, Gervaise avait dû héberger la reine, subvenir à ses besoins et s'efforcer de la distraire. Et ça se voyait. Sa réputation d'élégance et d'extrême raffinement le précédait, et le fait est que, la seule fois où je l'avais aperçu, pas une mèche ne dépassait. Mais maintenant, il était carrément échevelé, son beau costume aurait eu bien besoin d'un petit tour au pressing, et ses chaussures Richelieu d'un bon coup de cirage. Robuste, carrée, le cheveu noir corbeau, la face large et les lèvres pleines, Cleo Babbitt n'avait que cinquante ans d'ancienneté chez les vampires, ce qui expliquait qu'elle fasse usage de son nom de famille, contrairement aux plus âgés.

Il manquait un shérif à l'appel.

— Où est Eric ? s'est enquis André.

Cleo a éclaté de rire, un de ces rires de gorge qui font se retourner tous les hommes.

— Il a été réquisitionné. Le prêtre ne s'est pas manifesté, et comme Eric a suivi la formation, c'est lui qui va officier.

Même André a souri.

— Voilà qui promet. Et en quel honneur ?

— Ils ne vont pas tarder à l'annoncer, a répondu Gervaise.

Quelle Église avait bien pu vouloir d'Eric pour prêtre ? L'Église du Saint-Profit ? Je me suis discrètement éclipsée vers le stand de Bill et j'ai fait signe à Pam.

— Eric est prêtre ? lui ai-je soufflé.

— Oui, de l'Église du Saint-Esprit, m'a-t-elle répondu, en emballant trois copies du CD de Bill pour les tendre à un fangbanger dépêché par son maître. Il a suivi les cours en ligne, avec l'aide de Bobby Burnham, et il a été ordonné comme ça. Il peut célébrer des messes de mariage.

Ayant miraculeusement réussi à éviter tous les invités qui l'entouraient, un serveur fasciné par Sophie-Anne s'est soudain approché de la reine avec un plein plateau de verres de sang remplis à ras bord. En un clin d'œil, André s'est interposé, et le serveur a tourné les talons, prenant immédiatement une autre direction.

J'ai bien essayé de lire dans ses pensées, mais il avait la tête vide. André avait pris le contrôle de son esprit pour le soumettre à sa volonté et l'avait envoyé voir ailleurs. J'espérais que le pauvre type s'en remettrait. J'ai suivi sa trace jusqu'à ce qu'il franchisse une petite porte dérobée vers la cuisine. Bien. Incident clos.

Il y a soudain eu un léger mouvement de foule, comme une onde parcourant le public du salon, et en regardant par-dessus mon épaule j'ai vu le roi du Mississippi et celui de l'Indiana faire leur entrée, main dans la main : les négociations matrimoniales avaient apparemment abouti. Mince, séduisant, Russell Edgington aimait les hommes – uniquement les hommes. Énormément. Il était courtois, de bonne compagnie et, à l'occasion, savait aussi se battre. Je l'aimais bien. J'appréhendais tout de même de le revoir, car quelques mois auparavant, je lui avais laissé un cadavre dans sa piscine. Bon, si on regardait le bon côté des choses, le cadavre étant celui d'un vampire, il avait dû se désagréger avant que la bâche qui recouvrait la piscine n'ait été ôtée au printemps.

Russell et Indiana se sont arrêtés devant le stand de Bill. Indiana était un grand aux allures de taureau et aux cheveux bruns bouclés, avec la tête même du type à qui il ne faut pas en conter.

Je me suis discrètement approchée. L'entrevue risquait de mal tourner.

— Bill. Vous avez l'air en pleine forme, lui a lancé Russell. Mes employés m'ont dit que vous en aviez vu de rudes, chez moi. Vous semblez vous en être parfaitement remis. Je ne sais pas vraiment comment vous vous en êtes sorti, mais je m'en réjouis.

Si Russell comptait sur une réaction de la part de Bill, il a dû être déçu. Mon ex est demeuré aussi impassible que s'il lui avait parlé de la pluie et du beau temps, et non de ses séances de torture.

— Lorena était votre créateur. Je ne pouvais donc pas intervenir, a repris Russell, avec ce même calme qu'affichait son interlocuteur. Et vous voilà ici, à vendre ce petit machin informatique de votre invention que Lorena voulait à toutes forces vous arracher. Comme disait Shakespeare, tout est bien qui finit bien.

Seul symptôme de son anxiété, Russell s'était montré singulièrement loquace : il redoutait la réaction de Bill. Et, de fait, quand ce dernier a pris la parole, sa voix me faisait penser à de la soie glacée, courant sur du cristal.

— N'y pensez plus, Russell, a-t-il cependant répondu. J'ai cru comprendre que des félicitations s'imposaient ?

Russell a adressé un émouvant sourire à son fiancé.

— Oui, Mississippi et moi, on va se passer la bague au doigt, a déclaré le roi de l'Indiana.

Il avait une profonde voix de basse. On l'aurait bien imaginé en train de rosser un mauvais payeur dans une impasse sombre ou assis au comptoir d'un saloon.

Russell a paru tout remué. Qui sait ? C'était peut-être un mariage d'amour.

Puis il m'a repérée.

— Bart, il faut absolument que je te présente cette jeune personne.

J'ai failli en avoir une crise cardiaque. Mais je ne voyais pas comment échapper à cette entrevue, et je n'ai même pas essayé de m'éclipser. Russell a entraîné son promis par la main.

— Cette jeune femme s'est fait agresser, quand elle était à Jackson. Il y avait plusieurs membres de la Confrérie au club, et l'une de ces brutes lui a planté un pieu dans le flanc.

Bart a eu l'air stupéfait – enfin, autant que peut l'être un vampire.

— Vous avez survécu, apparemment, a-t-il fort justement observé. Comment avez-vous fait ?

— Monsieur Edgington en personne m'a trouvé un traitement très efficace, lui ai-je répondu. En fait, il m'a sauvé la vie.

Russell a tenté de jouer les modestes et a bien failli y parvenir. Il voulait faire bonne impression devant son futur : un comportement tellement humain que j'avais du mal à le croire.

— Il me semble toutefois que vous avez emporté quelque chose en partant, m'a-t-il dit en m'agitant son index sous le nez d'un air sévère.

J'ai scruté son visage pour savoir sur quel pied danser. Il avait raison : j'étais partie avec une cou-

206

verture et quelques vêtements qu'un des charmants jeunes gens du harem de Russell avait laissés traîner. Et puis, j'avais aussi emmené Bill, qui était alors retenu prisonnier dans un des bâtiments du domaine royal. C'était sans doute à lui que Russell faisait allusion...

— Oui, monsieur. Mais j'ai laissé quelque chose derrière moi en échange, ai-je rétorqué, lassée de jouer au chat et à la souris.

D'accord, d'accord. J'avais délivré Bill et tué Lorena – plus ou moins accidentellement. Et j'avais jeté ce qui restait de cette garce dans la piscine.

— Je me disais bien qu'il y avait quelque chose de gluant au fond de la piscine quand on l'a nettoyée pour l'été, a murmuré Russell en me considérant d'un œil songeur. Vous êtes une jeune femme pleine de ressources, mademoiselle...

— Stackhouse. Sookie Stackhouse.

— Ah, oui ! Je m'en souviens, à présent. N'étiez-vous pas au *Club Dead* avec Alcide Herveaux ? C'est un loup-garou, mon chéri, a expliqué Russell en se penchant vers Bart.

— Si, monsieur.

J'aurais vraiment préféré qu'il oublie ce petit détail.

— N'ai-je pas entendu dire que son père s'était présenté à l'élection de chef de meute à Shreveport ?

— C'est exact. Mais il... euh... il ne l'a pas emporté.

— C'est donc le jour où papa Herveaux est passé de vie à trépas.

— C'est ça.

Bart était tout ouïe. Il caressait en un va-et-vient incessant le bras de Russell : petit geste de désir très humain, lui aussi.

Comme je me faisais cette réflexion, Quinn est soudain apparu à mes côtés et a passé un bras protecteur autour de mes épaules. J'ai distinctement vu Russell Edgington écarquiller les yeux.

— Messieurs, a annoncé Quinn, s'adressant aux futurs mariés, je crois que votre cérémonie de mariage est prête. On n'attend plus que vous.

Les deux rois se sont souri.

— Pas trop frileux, au moment de sauter le pas ? a demandé Bart à son cher et tendre.

— Pas tant que tu seras là pour me réchauffer, lui a répondu Russell avec un sourire à faire fondre un iceberg. En outre, nos avocats nous tueraient, si nous dénoncions ces contrats.

Ils ont tous les deux adressé un hochement de tête à Quinn, qui a aussitôt filé vers l'estrade, à l'autre extrémité de la salle. Il s'est planté face au micro et a écarté les bras en croix. Sa belle voix grave a résonné à travers toute la salle.

— Votre attention, s'il vous plaît. Mesdames et messieurs, têtes couronnées et simples sujets, vampires et humains, vous êtes tous conviés à assister à l'union de Russell Edgington, roi du Mississippi, avec Bartlett Crowe, roi de l'Indiana, dans la Salle des Rituels. Le mariage sera célébré dans dix minutes. La Salle des Rituels se trouve de l'autre côté de la porte à double battant, côté est, dans le hall.

D'un geste majestueux, Quinn indiquait la porte en question.

J'ai eu le temps d'examiner sa « tenue de travail » pendant qu'il parlait : large ceinture dorée de catcheur et bottes de cuir noires avec pantalon bouffant rouge sang glissé à l'intérieur. Comme, en plus, il était torse nu, il avait tout du génie émergeant de sa bouteille – une très grosse bouteille.

— C'est votre nouvel ami ? s'est enquis Russell. Quinn, j'entends.

J'ai acquiescé en silence. Il a eu l'air impressionné. Sur un coup de tête, je lui ai alors demandé :

— Je sais que vous avez autre chose à penser, vu que vous allez vous marier dans dix minutes, mais je voulais juste vous dire : j'espère qu'on est quittes, vous et moi, hein ? Vous n'êtes pas en colère contre moi ? Vous ne m'en voulez pas ni rien ?

Bart recevait les félicitations de ses frères vampires. Russell lui a jeté un coup d'œil en coin. Puis il a eu l'amabilité de reporter son attention sur moi.

— Je n'éprouve aucune rancune à votre égard, m'a-t-il assuré. Heureusement pour vous, j'ai un grand sens de l'humour et je détestais cordialement Lorena. Je lui louais une chambre dans l'ancienne écurie parce que je la connaissais depuis un siècle ou deux. Mais c'était une garce, et elle l'avait toujours été.

— Alors, puisque vous n'êtes pas fâché contre moi, laissez-moi vous poser une question : pourquoi est-ce que tout le monde semble tellement impressionné par Quinn ?

— Vous tenez le tigre par la queue et vous ne le savez pas ? Vraiment ? s'est-il étonné.

Il semblait intrigué, mais aussi follement amusé.

— Je veux rejoindre mon futur époux, aussi n'ai-je pas le temps de vous raconter toute l'histoire, a-t-il enchaîné. Mais je vais vous dire une bonne chose, mademoiselle Sookie : votre homme a fait gagner beaucoup d'argent à beaucoup de gens.

Je l'ai remercié, un peu déconcertée tout de même.

— Et tous mes vœux de bonheur à vous et à... euh... M. Crowe, ai-je ajouté. J'espère que vous serez très heureux.

Comme les vampires ne se serrent pas la main, je me suis inclinée devant lui et je suis sortie à reculons – autant en profiter pendant que nous étions encore en bons termes.

C'est à ce moment-là que Rasul a surgi juste à côté de moi. Il a souri en me voyant sursauter. Ces vampires ! On ne peut pas s'empêcher d'apprécier leur sens de l'humour.

J'avais toujours vu Rasul en uniforme type SWAT et, déjà, je lui avais trouvé fière allure. Ce soir-là, il portait encore une tenue de style militaire, mais plutôt d'inspiration cosaque, cette fois : tunique à manches longues et pantalon de couleur prune, gansés de noir et ornés de boutons dorés. Avec son teint mat, ses cheveux et ses grands yeux d'un noir de jais, il semblait débarquer tout droit du Moyen-Orient.

— Je savais que vous deviez venir au sommet et je suis ravie de tomber sur vous, lui ai-je dit en guise de salut.

— La reine nous a dépêchés en éclaireurs, Carla et moi, m'a-t-il expliqué, avec son bel accent venu d'ailleurs. Vous êtes plus jolie que jamais, Sookie. Alors, ce sommet ? Vous vous amusez bien ?

Très drôle. J'ai préféré ne pas relever.

— On a tombé l'uniforme ?

— Si vous entendez par là : « Qu'est-ce que c'est que cet accoutrement ? », c'est la nouvelle livrée de Sa Majesté. Elle remplace l'armure noire de rigueur, quand on ne patrouille pas en extérieur. Pas mal, hein ?

— Très stylé, ai-je approuvé.

— Allez-vous assister à la cérémonie ? m'a-t-il demandé.

— Oui, bien sûr. Je n'ai jamais vu de mariage entre vampires. Mais je... Écoutez, Rasul, je suis désolée pour Chester et Mélanie.

Ils faisaient équipe avec lui, quand j'étais allée à La Nouvelle-Orléans. Toute trace d'humour a brusquement déserté son visage.

— En plus, maintenant, à leur place, je me coltine la Bévue Velue, a-t-il grommelé après un bref moment de silence tendu, avec un discret mouvement du menton derrière moi.

210

Jake Purifoy s'avançait vers nous. Il portait effectivement le même uniforme que Rasul et il avait l'air passablement esseulé. Il n'avait pas encore appris à cacher ses sentiments derrière cette immuable impassibilité qui semblait le propre des morts-vivants confirmés.

— Salut, Jake! lui ai-je lancé.

— Salut, Sookie! m'a-t-il répondu d'un ton morne – mais avec une perceptible pointe d'espoir dans la voix.

Rasul s'est incliné et éclipsé aussitôt, me laissant avec Jake sur les bras. Il me faisait penser à un gamin qui serait arrivé mal habillé à l'école avec un déjeuner bizarre dans sa *lunch box*. La transformation de Jake en vampire-garou avait anéanti toutes ses chances de se faire accepter par l'un ou l'autre camp – un peu comme pour un champion de baseball du lycée qui aurait adopté le style gothique.

— As-tu réussi à voir Quinn? lui ai-je demandé, faute de mieux.

Jake travaillait pour Quinn avant que sa vampirisation intempestive ne le mette définitivement hors circuit.

— Je lui ai dit bonjour en passant, m'a-t-il répondu d'un air maussade. Quand même! Ce n'est vraiment pas juste!

— Quoi?

— Que lui soit accepté, avec tout ce qu'il a fait, alors que moi, on m'ostracise.

Je savais très bien ce que ce mot signifiait, parce qu'il avait figuré dans les mots du jour de mon calendrier, mais mon cerveau butait sur la portée de sa remarque, qui me bouleversait quelque peu.

— « Avec tout ce qu'il a fait »? Qu'est-ce que tu veux dire par là?

— Eh bien, tu es au courant, pour Quinn.

J'ai bien cru que j'allais lui sauter dessus et, si possible, avec un gros gourdin.

— La cérémonie commence! a justement annoncé la voix amplifiée de Quinn.

La foule s'est dirigée comme un seul homme vers la porte qu'il avait précédemment indiquée. Jake et moi avons suivi le mouvement. Postée à l'entrée, l'assistante de Quinn – celle aux prunes qui tressautaient sous son tee-shirt – tendait à chacun une petite bourse en tulle remplie de pot-pourri, certaines avec un ruban bleu et or, les autres avec un ruban bleu et rouge.

— Pourquoi la différence de couleur? lui a demandé la prostituée au passage.

La question tombait bien: je me posais exactement la même.

— Rouge et bleu pour le drapeau du Mississippi, et bleu et or pour l'Indiana, lui a répondu la fille avec un sourire de commande.

Elle l'avait encore aux lèvres lorsqu'elle m'a remis mon sachet parfumé, mais il s'est évanoui en moins de temps qu'il n'en faut pour le dire quand elle m'a reconnue.

Nous avons joué des coudes pour nous trouver une bonne place, et nous nous sommes retrouvés devant, légèrement sur la droite. Hormis quelques rares éléments de décor, l'estrade était vide, et il n'y avait pas de chaise. Apparemment, la chose n'était pas censée se prolonger.

— Réponds-moi, bon sang! ai-je sifflé entre mes dents. Dis-moi pour Quinn!

— Après la cérémonie, a promis Jake en s'efforçant de réprimer un petit sourire satisfait.

Cela faisait des mois que Jake n'avait eu le dessus sur personne, et il avait du mal à cacher son plaisir. Puis il a jeté un coup d'œil derrière moi. J'ai vu ses yeux s'écarquiller et j'ai regardé par-dessus mon épaule. À l'autre bout de la pièce était dressé un buffet... un peu spécial. Les canapés de rigueur avaient été remplacés par du sang sur pattes : une vingtaine de femmes et d'hommes au garde-à-vous, bien alignés de part et d'autre de la fontaine de sang artificiel. Tous portaient un badge avec, pour toute inscription, « donneur volontaire ». J'en ai eu un haut-le-cœur. C'était légal, ça ? Mais après tout, ils étaient tous majeurs et consentants. Personne ne les empêchait de s'en aller, s'ils le voulaient. Mieux encore : la plupart semblaient plutôt impatients de « donner leur sang ». J'ai fait une rapide incursion dans leurs pensées pour m'en assurer : eh oui ! Ils ne demandaient même que ça.

Je me suis retournée vers l'estrade sur laquelle Mississippi et Indiana venaient de monter. Ils avaient tous les deux revêtu de magnifiques parures que je me rappelais avoir déjà vues dans l'album d'un photographe spécialisé dans l'événementiel des Sur-Nat. Sur son costume de ville, Russell portait une sorte de grande robe de cour ouverte sur le devant, taillée dans un lourd brocart de fils d'or sur lequel ressortaient des motifs bleus et rouges. Le roi de l'Indiana portait une tenue similaire d'un brun cuivré, rebrodée de vert et d'or.

— Leurs tenues d'apparat, a murmuré Rasul à mon oreille.

Une fois de plus, il s'était matérialisé à mes côtés sans que je l'aie vu arriver. Et, une fois de plus, j'ai sursauté et surpris ce même petit sourire goguenard au coin de ses lèvres sensuelles. Sur ma gauche, Jake s'est rapproché, comme s'il essayait de se cacher derrière moi pour éviter Rasul.

Mais j'étais plus intéressée par la cérémonie que par ce jeu de cache-cache. Un ânkh géant, la croix égyptienne symbole de vie, trônait au centre de la scène. D'un côté, on avait placé une table sur laquelle étaient posés deux grands parchemins et deux stylos à plume bien alignés. Une vampire en tailleur de femme d'affaires veillait sur la table en question. Maître Cataliades se tenait derrière elle, arborant un air débonnaire, les mains croisées sur son ventre rebondi.

À l'autre bout de l'estrade, Quinn, mon amoureux (dont j'avais bien l'intention de découvrir les secrets à très brève échéance), avait pris place, toujours dans son costume de génie des *Mille et Une Nuits*. Il a attendu que le silence se fasse dans l'assistance. Quand les derniers murmures se sont tus, il a désigné d'un grand geste théâtral le personnage qui montait les marches à droite de la scène. Ce dernier était enveloppé d'une cape de velours noir, les traits dissimulés par un profond capuchon bien rabattu sur le visage. L'ânkh était brodé en fils d'or sur les épaules de la mystérieuse silhouette, laquelle s'est placée entre les futurs époux, tournant le dos à la monumentale croix égyptienne, et a levé les bras au ciel.

— Que la cérémonie commence ! a décrété Quinn. Que tous soient les témoins muets de cette union sacrée !

Quand on dit à un vampire de se taire, on peut être sûr que le silence sera absolu. Contrairement aux simples mortels que nous sommes, les vampires ne s'agitent pas, ne soupirent pas, ne reniflent pas, ne toussent pas, ne s'éclaircissent pas la gorge, ne se mouchent pas. J'avais l'impression de faire un bruit assourdissant rien qu'en respirant.

C'est donc dans un silence de mort que le capuchon du personnage est tombé. J'ai soupiré en découvrant Eric. Ses longs cheveux couleur de blé mûr ruisselaient comme une coulée d'or sur le velours noir de sa cape, et son visage, avec cet air solennel et souverain qu'il arborait, inspirait le respect.

— Nous sommes réunis aujourd'hui pour assister à l'union de deux souverains, a-t-il déclaré, chacune de ses paroles portant jusqu'aux coins les plus reculés de la vaste salle. Engageant leur honneur et leur foi, tant verbalement que par écrit, Russell Edgington et Bartlett Crowe ont conclu une alliance séculaire entre leurs deux royaumes. Pendant cent ans, ils ne pourront contracter aucune autre union matrimoniale. Pendant cent ans, ils ne pourront conclure aucune autre alliance stratégique, à moins que ladite alliance ne soit agréée et ratifiée par les deux parties. Chacun des époux sera tenu à un minimum d'une visite conjugale annuelle. Seule la prospérité de son propre royaume l'emportera, aux yeux de Bart, sur celle du royaume de Russell. Seule la prospérité de son propre royaume l'emportera, aux yeux de Russell, sur celle du royaume de Bart. Russell Edgington, roi du Mississippi, consentez-vous à cette union ?

— Oui, j'y consens, a alors distinctement articulé Russell, en tendant la main vers son fiancé.

— Bartlett Crowe, roi de l'Indiana, consentez-vous à cette union ?

— Oui, a répondu Bart de sa grosse voix, en prenant la main de Russell.

Quinn s'est ensuite avancé et s'est agenouillé entre les nouveaux époux en levant, de ses mains jointes, une coupe d'or. Un poignard est tout à coup apparu dans le poing d'Eric. En deux gestes brefs – impossibles à distinguer l'un de l'autre pour un œil humain –, il avait entaillé le poignet des mariés. Argh !

Tandis que le sang des deux rois s'écoulait dans le calice, je me suis raisonnée : j'aurais dû me douter qu'un mariage entre vampires impliquerait un pacte de sang.

Et, de fait, les entailles n'étaient pas refermées que, déjà, Russell portait le calice à ses lèvres pour prendre une gorgée du liquoreux breuvage. Il l'a présenté ensuite à Bart, qui l'a vidé. Puis ils se sont embrassés, Bart enlaçant tendrement son époux plus petit. Un baiser qui s'est prolongé, devenant de plus en plus passionné. De toute évidence, ce cocktail maison leur faisait de l'effet.

J'ai surpris le coup d'œil de Jake et distinctement compris les mots que formaient ses lèvres en silence :

— Hé ! Prenez une chambre !

J'ai baissé la tête pour cacher mon fou rire.

Les deux souverains ont quand même fini par passer à l'étape suivante : la signature officielle du contrat. La femme d'affaires en tailleur se trouvait être une vampire avocate de l'Illinois, le contrat de mariage ne pouvant être établi que par un juriste d'un autre État que celui des époux. Quant à maître Cataliades, il exerçait en Louisiane, ce qui garantissait sa neutralité. Il a donc pu apposer sa signature sur les documents, tout comme les deux rois et l'avocate aux dents longues avant lui.

Pendant tout ce temps, drapé dans sa cape de velours noir, Eric n'avait pas bougé. Les stylos à plume ayant regagné leurs élégants étuis, il a repris la parole.

— Ce mariage est consacré pour les cent prochaines années ! a-t-il solennellement déclaré, déclenchant les acclamations de la foule.

Les vampires n'étant pas très enclins aux acclamations, ce sont surtout les humains et les SurNat qui s'en sont chargés. Mais les vampires ont cependant émis quelques murmures approbateurs. Évidemment, ce n'est pas vraiment la même chose, mais j'imagine qu'ils ne peuvent pas faire mieux.

Ce n'était pas l'envie de découvrir comment Eric avait bien pu devenir prêtre qui me manquait, mais il n'était pas question de laisser filer Jake avant qu'il m'ait révélé ce que j'ignorais sur Quinn. Il essayait justement de me fausser compagnie en se faufilant à travers la foule. Je n'ai pourtant pas tardé à le rattraper. Il n'était pas un vampire assez expérimenté pour réussir à me semer.

— Maintenant, crache le morceau, lui ai-je aussitôt ordonné.

Il a tenté de faire celui qui ne voyait pas de quoi je voulais parler. Mais il a vite compris à mon expression que ça ne marcherait pas avec moi.

Donc, pendant que l'assistance se dirigeait vers le buffet – en essayant quand même de ne pas se jeter sur les « boissons gratuites » –, j'ai attendu que Jake se décide à vider son sac.

— Je n'arrive pas à croire qu'il ne t'en ait pas parlé lui-même, a-t-il fini par lâcher.

Je l'ai fusillé du regard pour bien lui faire comprendre que je commençais à perdre patience.

— D'accord, d'accord, a-t-il maugréé. J'ai appris tout ça quand j'étais encore un loup-garou. Quinn est une sorte de rock star chez les hybrides, tu sais. Il est l'un des derniers tigres-garous vivants et l'un des plus féroces.

J'ai hoché la tête. Jusque-là, rien de bien nouveau pour moi.

— La mère de Quinn s'est fait capturer par un groupe de chasseurs, une nuit de pleine lune, alors qu'elle venait de se métamorphoser, a-t-il enchaîné, entrant sans préambule dans le vif du sujet. Ils espéraient prendre un ours pour pimenter leurs combats de chiens – une pratique totalement illégale, bien sûr –, juste histoire d'attirer de nouveaux parieurs et de faire monter les enchères. Ça se passait quelque part dans le Colorado, et il neigeait. Sa mère était toute seule, et Dieu seul sait comment, elle est tombée dans le piège.

— Et son père?

— Quinn a perdu son père tout petit. Il avait à peine quinze ans quand sa mère a été capturée.

Je sentais que le pire était encore à venir. La suite m'a donné raison.

— Voyant qu'elle ne rentrait pas, il s'est changé en tigre, lui aussi, et a suivi sa piste jusqu'au bivouac des chasseurs. Traumatisée par sa capture, sa mère avait recouvré forme humaine. Quand Quinn est arrivé, l'un des chasseurs était en train de la violer.

Jake a pris une profonde inspiration.

— Il n'a pas fait de quartier.

J'ai baissé les yeux. Je ne savais pas quoi dire.

— Ensuite, il a fallu… nettoyer le terrain. Quinn n'avait pas de meute pour lui prêter main-forte – les tigres ne vivent pas en bande –, et sa mère était grièvement blessée et en état de choc. Alors, Quinn s'est adressé aux vampires du nid le plus proche. Ils ont accepté de faire le travail pour lui, à condition qu'il leur consacre trois ans de sa vie. Il n'avait pas vraiment le choix, a conclu Jake avec un haussement d'épaules fataliste.

— Mais il s'engageait à quoi exactement?

— À descendre dans la fosse. À se battre jusqu'à la mort durant trois ans – à supposer qu'il survive jusqu'au terme des trois années, évidemment.

J'ai soudain eu la sensation que des doigts glacés remontaient le long de ma colonne vertébrale. André n'y était pour rien, cette fois-ci.

— La fosse? ai-je soufflé.

S'il n'avait pas été doté de l'ouïe exceptionnelle des vampires, Jake ne m'aurait pas entendue.

— Les combats clandestins font l'objet de très nombreux paris, m'a-t-il expliqué. C'est un peu comme les combats de chiens que les chasseurs voulaient pimenter avec un ours. Les humains ne sont pas les seuls à aimer regarder les animaux s'entre-tuer. Certains vampires adorent ce genre de spectacle. D'autres SurNat aussi.

Je n'ai pas pu réprimer une moue de dégoût. J'en avais presque la nausée.

Jake m'observait, un peu étonné par ma réaction, mais aussi parce qu'il voulait me laisser le temps de me préparer : l'histoire ne s'arrêtait pas là.

— Quinn a survécu, a-t-il finalement repris. Il est l'un des rares à avoir atteint une telle longévité.

Jake m'a adressé un regard en coin.

— Il remportait victoire sur victoire, a-t-il murmuré. C'était l'un des plus farouches combattants qu'on ait jamais vus. Il se battait contre des ours, des lions…

— Mais est-ce que ces SurNat-là ne sont pas en voie de disparition ?

— Oh si ! Mais même les hybrides en voie d'extinction ont besoin d'argent, j'imagine. Et on peut se faire un sacré paquet avec les combats clandestins, quand on a amassé assez de fric pour miser sur soi-même.

— Pourquoi a-t-il arrêté ?

Je commençais à regretter amèrement ma curiosité. Je me disais que j'aurais dû attendre que Quinn me révèle ses secrets de lui-même. J'espérais qu'il l'aurait fait, du moins. Jake a attrapé au vol un verre de sang synthétique sur le plateau d'un serveur qui passait et l'a vidé d'un trait.

— Il avait fait ses trois ans. Et puis, il devait s'occuper de sa sœur.

— Sa sœur ?

— Oui. Sa mère est tombée enceinte, cette nuit-là, et la blonde décolorée qui nous a donné ces trucs en tulle à l'entrée est le résultat du viol en question. Frannie a l'art d'attirer les ennuis, et sa mère n'arrive pas à la tenir. Alors, elle l'a envoyée faire un petit séjour chez son frère. Frannie a débarqué ici hier soir.

J'en avais assez entendu. Sans ajouter un mot, j'ai tourné les talons et planté là Jake Purifoy. Il n'a pas essayé de me retenir.

11

J'étais tellement pressée d'échapper à la foule que, dans mon élan, j'ai heurté un vampire. Avant que je comprenne ce qui m'arrivait, il m'avait déjà agrippée par les épaules. Il avait une longue moustache à la Fu Manchu et une crinière qui aurait fait honneur à une paire de mustangs, le tout d'un noir de jais assorti à son costume. À un autre moment, je ne dis pas que je n'aurais pas été tentée de m'attarder. Mais là, je voulais juste qu'il dégage.

— Pourquoi tant de hâte, gente demoiselle? s'est-il enquis, lyrique.

— Écoutez, monsieur, lui ai-je répondu – la politesse due au grand âge: il devait être plus vieux que moi, forcément –, je n'ai vraiment pas le temps. Excusez-moi de vous avoir bousculé, mais il faut impérativement que je parte.

— Vous ne seriez pas donneuse volontaire, par hasard?

— Non, non, désolée.

Il m'a brusquement lâchée, à mon grand soulagement. J'ai continué mon chemin, avec un peu plus de prudence, cependant. J'avais eu chaud.

— Ah! Vous voici, Sookie! s'est exclamé André d'un ton quelque peu mécontent. La reine vous demande.

Je ne devais pas oublier que j'étais là pour travailler. Que je sois en train de vivre un drame personnel ou non ne changeait rien à l'affaire. J'ai suivi André docilement. La reine était en grande conversation avec un groupe de vampires et de simples mortels.

— Bien sûr que je suis avec vous, Sophie! disait une vampire en robe longue asymétrique, fermée sur l'épaule par une énorme broche tout étincelante de diamants.

Les pierres étaient peut-être des cristaux de Swarovski, pour ce que j'en savais, mais j'aurais parié que c'étaient de vrais diamants. La mousseline rose pâle faisait très joliment ressortir sa peau satinée couleur café au lait.

— Arkansas était un crétin fini, de toute façon. J'ai déjà été absolument stupéfaite que vous l'épousiez.

— Donc, si je passe en justice, vous serez clémente avec moi, Alabama?

À l'entendre, on aurait juré que Sophie-Anne venait de fêter son seizième anniversaire. Le visage lisse et ferme qu'elle levait vers son interlocutrice était d'une fraîcheur toute juvénile, ses grands yeux brillaient et elle paraissait à peine maquillée. En plus, elle avait lâché ses cheveux, chose plutôt rare chez elle.

La vampire a paru s'attendrir.

— Mais bien sûr!

Pendant ce temps, son familier – ou, disons, son humain de compagnie –, le fangbanger habillé à la dernière mode que j'avais repéré un peu plus tôt dans le hall, se disait: «Je ne lui donne pas dix minutes pour retourner sa veste. Et elle recommencera à comploter avec les autres, comme d'habitude. Oh! Certes, ils prétendent tous aimer les feux de camp et les longues balades en bord de mer au clair de lune, mais dès que vous allez à une soirée, c'est manigances, mensonges et compagnie. »

Le regard de Sophie-Anne a croisé le mien. J'ai imperceptiblement secoué la tête. Alabama a pris congé pour aller féliciter les jeunes mariés, son chien-chien humain sur les talons. Craignant des oreilles indiscrètes, à l'ouïe beaucoup plus fine que la mienne, j'ai articulé un « plus tard » muet qui m'a valu un acquiescement silencieux d'André.

Le dragueur suivant n'était autre que le roi du Kentucky, le type qui se payait des britlingans en guise de gardes du corps. Kentucky avait tout d'un Davy Crockett en goguette. Il lui manquait la peau d'ours et la toque de trappeur à queue de raton-laveur, mais il portait un pantalon de cuir, une veste et des bottes de daim à franges et un grand foulard de soie noué autour du cou. C'était peut-être pour se protéger de la police de la mode qu'il avait engagé les britlingans, tout compte fait.

Pas de Batanya ni de Clovache à l'horizon, d'ailleurs. J'en ai conclu qu'elles étaient restées dans sa suite. C'était bien la peine de faire venir à prix d'or des gardes du corps d'une autre dimension, s'ils n'étaient pas assez près du corps en question pour le garder ! Et puis, comme je n'avais pas de nouveaux cerveaux à fouiller pour m'occuper, j'ai fini par remarquer un élément bizarre : quelque compact que soit le flot passant à proximité, il restait toujours un espace vide derrière le roi du Kentucky. Les gens le contournaient, comme s'ils évitaient un obstacle invisible. Les britlingans devaient être de service, en définitive.

— Ah ! Sophie-Anne, vous êtes un vrai plaisir pour les yeux ! s'est exclamé Kentucky, avec un accent à couper au couteau, visqueux comme du miel.

Il avait pris soin de laisser pointer ses crocs pour bien montrer à quel point c'était un plaisir. Beurk.

— Isaiah ! C'est toujours une joie pour moi de vous voir, lui a répondu l'intéressée, avec cette voix calme et ce visage impassible dont elle ne se départait jamais.

Impossible de déterminer si Sophie-Anne savait que les britlingans étaient juste derrière lui. En m'approchant un peu, je me suis rendu compte que, tout en étant incapable de les voir, je pouvais détecter leur signature mentale. La magie qui les enveloppait physiquement étouffait également les ondes qu'elles émettaient, mais je parvenais tout de même à percevoir une vague résonance pour chacune d'elles. Du coup, comme une idiote, je leur ai souri. Et ce n'était vraiment pas malin de ma part, parce que le roi du Kentucky s'en est aperçu. J'aurais dû me douter qu'il était moins bête qu'il n'en avait l'air.

— Sophie-Anne, j'aimerais bien vous causer, mais il va falloir éloigner cette petite blonde, là, pendant le temps que ça durera, a-t-il déclaré avec un grand sourire, avant de me désigner du menton. Sans blague, elle me fiche les jetons.

La reine s'est inclinée.

— Mais bien sûr, Isaiah. Sookie, pourriez-vous aller chercher la valise dont parlait cet employé au téléphone, tout à l'heure ? m'a-t-elle demandé, toujours aussi imperturbable.

— Tout de suite, ai-je aussitôt acquiescé, loin d'être vexée de devoir jouer les coursiers.

J'avais presque oublié l'appel du type bourru, en début de soirée. Je trouvais stupide qu'on nous oblige à descendre dans les sous-sols de l'hôtel au lieu d'envoyer un groom récupérer la valise en perdition pour nous la rapporter directement dans la suite. Mais au *Pyramid* comme partout ailleurs, le règlement, c'était le règlement.

Comme je me retournais pour partir, j'ai croisé le regard d'André. Son visage était toujours aussi

224

inexpressif. Pourtant, alors que je m'éloignais, je l'ai entendu dire :

— Excuse-moi, Sophie, mais nous n'avons pas transmis à la fille ton programme pour la nuit.

Et, par un de ces mouvements éclair auxquels je ne parvenais décidément pas à me faire, il s'est retrouvé juste à côté de moi, la main posée sur mon bras. Je me suis demandé s'il avait reçu un de ces petits messages télépathiques dont la reine usait pour communiquer avec lui – tout comme elle venait de le faire avec Sigebert, qui avait déjà remplacé André, se postant derrière sa maîtresse, un peu en retrait.

— J'ai à vous parler, m'a dit André.

En un clin d'œil, il m'a propulsée vers la sortie la plus proche. Nous avons atterri dans les coulisses de l'hôtel : un couloir beige non identifié qui filait tout droit, sur une dizaine de mètres, avant de tourner sur la droite. Un plateau à la main, deux serveurs sont apparus à l'angle et nous ont croisés en nous adressant un coup d'œil intrigué. Un seul regard d'André a suffi à les faire détaler.

— Les britlingans sont à leur poste, ai-je aussitôt annoncé à André, pensant que c'était la raison pour laquelle il m'avait attirée à l'écart. Elles sont juste derrière le roi du Kentucky. Est-ce que tous les Britlingans peuvent se rendre invisibles ?

Mais, déjà, André avait bougé, un geste si vif que mon œil avait tout juste pu capter une vague traînée colorée. Son poignet était devant ma bouche, dégoulinant de sang.

— Buvez ! m'a-t-il ordonné.

En même temps, j'ai senti qu'il essayait de forcer mes barrières mentales.

— Non !

J'étais non seulement révoltée par l'injonction elle-même et, plus encore, par le procédé, mais cette violence, la vue de ce sang qui coulait...

225

— Pourquoi?

J'ai essayé de reculer, mais il n'y avait aucune échappatoire et aucun secours à l'horizon.

— Il nous faut un lien plus fort avec vous. Nous avons besoin de nous attacher vos services par plus qu'un simple chèque. Vous vous êtes déjà montrée beaucoup plus utile que nous ne l'avions imaginé. Ce sommet est d'une importance capitale pour nous. Notre survie en dépend. Nous devons jouer tous nos atouts. Or, vous en faites partie.

Quelle franchise.

— Mais je ne veux pas que vous ayez la moindre emprise sur moi, lui ai-je rétorqué (c'était terrible d'entendre ma voix trembler comme ça). Si je bois votre sang, vous saurez ce que je ressens, et ça, je le refuse. J'ai été engagée pour ce job, mais après, je reprends ma vie normale.

— Vous n'avez plus de vie normale.

Il n'avait pas l'air agressif, non, ni même un tant soit peu méchant. C'était bien ça le plus affolant, le plus terrifiant. Il disait ça avec un naturel désarmant.

— Mais si! C'est vous les aliens, pas moi!

Je ne savais pas trop ce que j'entendais par là, mais André a semblé comprendre où je voulais en venir.

— Je me moque de ce que vous projetez de faire de votre petite existence de mortelle, m'a-t-il lancé en haussant les épaules.

Ta vie, ma fille? Une peccadille!

— Nous consoliderons notre position, si vous buvez mon sang. Alors, vous n'avez pas le choix, a-t-il insisté. Et ne vous plaignez pas: je vous ai fourni des explications, ce que je ne me serais pas donné la peine de faire si je ne respectais pas vos dons.

J'ai tenté de me dégager, mais autant essayer de repousser un éléphant: ça ne marche que si l'éléphant veut bien bouger. Or, André, lui, ne voulait pas. Son poignet s'est encore rapproché. J'ai serré les lèvres. Mais j'étais persuadée qu'il n'hésiterait pas une seconde à me casser les dents, s'il le fallait. Et si jamais j'avais le malheur de crier, j'aurais son sang dans la bouche avant d'avoir eu le temps d'émettre le moindre son.

Tout à coup, une troisième présence s'est matérialisée dans le couloir : Eric. Toujours drapé dans sa grande cape de velours noir, son capuchon rejeté en arrière, il se tenait juste à côté de nous, une expression incertaine sur le visage – ce qui ne lui ressemblait pas.

— Pourquoi faites-vous cela, André ? a-t-il demandé d'une voix encore plus grave qu'à l'accoutumée.

— Oserais-tu critiquer les ordres de ta reine ?

En intervenant dans l'exécution des ordres de Sa Majesté, Eric se mettait en fâcheuse posture – je supposais, du moins, que la reine était au courant de la démarche d'André. Mais je priais de toutes mes forces pour qu'il reste, pour qu'il m'aide. Je l'implorais du regard.

André était bien le dernier vampire avec lequel j'aurais accepté d'avoir un lien de sang. Et dire que c'était moi qui avais donné à Sophie-Anne l'idée de l'épouser après l'avoir nommé roi de l'Arkansas ! Une très bonne idée, d'ailleurs. Et voilà comment j'étais récompensée ? J'ai eu mal. C'était idiot, je le savais, mais c'était plus fort que moi. Ça m'apprendrait à considérer les vampires comme des êtres humains.

— André, laissez-moi vous faire une suggestion, a proposé Eric d'un ton plus calme et plus posé.

Parfait. Il gardait la tête froide. Cela en faisait au moins un sur nous deux.

— Il ne faut pas contrarier Sookie, sinon elle ne voudra plus coopérer.

Oh, bravo! Si c'était ça, sa brillante suggestion, j'étais mal partie! Mais je ne m'attendais pas non plus à un «Lâche-la ou je te brise la nuque». Eric était bien trop futé pour ça. Mais pourquoi John Wayne n'était-il jamais là quand on avait besoin de lui? Où était Bruce Willis? Matt Damon? J'aurais pleuré de joie de voir Jason Bourne devant moi à cet instant précis.

— Nous avons déjà échangé notre sang, Sookie et moi. Et plusieurs fois. À vrai dire, nous avons même été amants, a continué Eric en avançant d'un pas. Je pense qu'elle ne se montrerait pas si récalcitrante, si c'était moi le donneur. Le résultat serait le même, puisque je vous ai prêté allégeance, a-t-il argué en s'inclinant respectueusement.

Il se montrait prudent, extrêmement prudent. Ma terreur vis-à-vis d'André est encore montée d'un cran.

Tout à sa réflexion, André m'avait lâchée. Sa plaie au poignet s'était déjà pratiquement refermée, de toute façon. J'ai pris quelques bonnes bouffées d'air. Mais ma respiration était saccadée et mon cœur battait à tout rompre.

André a regardé Eric. J'ai cru déceler de la méfiance dans ses prunelles. Puis il s'est tourné vers moi.

— Vous avez tout du lapin qui tremble sous son buisson en sentant le renard approcher, a-t-il commenté.

Il a marqué un long temps d'arrêt.

— Vous nous avez rendu grand service, à la reine et à moi, à plusieurs reprises, a-t-il finalement admis. Puisque l'objectif final sera atteint, pourquoi pas?

Je m'apprêtais déjà à lui dire: «Et n'oubliez pas que je suis le seul témoin de la mort de Peter Threadgill», mais mon ange gardien m'a fait taire. Enfin, ce n'était peut-être pas mon véritable ange gardien, plutôt mon inconscient, mais dans un cas comme dans l'autre, je lui en étais reconnaissante.

André a fini par céder.

— D'accord, Eric. Tant qu'elle est liée à quelqu'un de notre royaume… Je n'ai eu qu'une seule goutte de son sang, pour savoir si elle avait des origines faériques. Mais si vous avez pratiqué plusieurs échanges, il existe déjà une relation très forte entre vous. Répond-elle bien lorsque tu l'appelles ?

Quoi ? Quel appel ? Quand ça ? Eric ne m'avait jamais « appelée ». Pour tout dire, j'avais même carrément défié son autorité. Et plus d'une fois.

— Oui, elle obéit au doigt et à l'œil, a répondu Eric sans ciller.

J'ai failli m'étouffer. Mais ça lui aurait cassé son effet. Alors, je me suis contentée de baisser la tête, comme si j'avais honte de ma condition d'obéissante esclave.

— Bon, eh bien, faites donc ! a ordonné André avec un geste agacé.

— Ici ? Je préférerais un endroit plus discret, a protesté Eric.

— Ici et maintenant.

André n'allait manifestement pas transiger davantage.

— Sookie, a murmuré Eric en rivant sur moi un regard d'une éloquente intensité.

Je lui ai rendu son regard. Je savais ce que cela signifiait : je n'allais pas y couper. Inutile de crier, de lutter, de tenter de m'opposer à ce que, désormais, plus rien ne pouvait empêcher. Eric m'avait certes épargné la soumission à André, mais il ne pourrait pas aller au-delà.

Il a haussé les sourcils : sa manière à lui de me dire que c'était la meilleure solution, qu'il essaierait de me ménager, qu'il valait nettement mieux pour moi être attachée à lui plutôt qu'à André.

Je le savais. Non seulement parce que je ne suis pas aussi bête que j'en ai l'air, mais aussi parce que ce lien dont il avait parlé à André existait bel et bien entre nous. Eric comme Bill avaient bu mon sang, et moi le leur. Pour la première fois, je saisissais le sens réel de l'«attachement» que ça impliquait. Est-ce que je n'avais pas une furieuse tendance à oublier qu'ils étaient des vampires, à les considérer comme des humains ? N'avaient-ils pas le pouvoir de me faire souffrir plus que quiconque ? Et ce n'était pas uniquement la relation intime que j'avais eue avec eux qui nous liait. C'était le pacte que nous avions signé en échangeant nos sangs. Certes, sans doute grâce à ma généalogie un brin fantaisiste, je n'étais pas à leur merci : ils ne pouvaient pas contrôler ma volonté, ni lire dans mes pensées. La réciproque était vraie. Mais il y avait bel et bien quelque chose de fort entre nous. Combien de fois n'avais-je pas perçu ce léger bourdonnement en fond sonore, sans comprendre que c'était eux que j'entendais vivre ?

Heureusement, on met beaucoup moins de temps à penser tout ça qu'à le raconter.

— Eric, lui ai-je répondu, en inclinant docilement la tête sur le côté.

Inutile d'en dire davantage. Il ne s'y est d'ailleurs pas trompé. Il s'est approché et s'est penché vers moi en tendant les bras pour déployer sa cape autour de moi et nous procurer un semblant d'intimité. Le geste était un peu ambigu et ne servait pas à grand-chose, mais l'intention y était.

— Pas de sexe, Eric, lui ai-je tout de même ordonné, avec autant de fermeté que je le pouvais.

Tant que ça n'aurait rien à voir avec la morsure d'un amant, je pourrais encore le supporter. Mais il était hors de question que j'aie une relation sexuelle devant qui que ce soit. Déjà, les lèvres glacées d'Eric se posaient au creux de mon cou ; son corps se plaquait contre le mien. Je lui ai passé les bras autour du cou, tout simplement parce que c'était plus facile. Puis il m'a mordue. Je n'ai pu retenir un hoquet de douleur.

Ça ne l'a pas empêché de continuer – heureusement, parce que j'avais hâte qu'on en finisse. D'une main, il me caressait le dos, comme s'il cherchait à me réconforter.

Au bout de quelques interminables secondes, il m'a léché le cou pour s'assurer que les deux petites plaies vives se refermeraient rapidement – sa salive avait des vertus cicatrisantes.

— À toi, Sookie, m'a-t-il murmuré à l'oreille.

À moins d'être allongée sur lui ou de l'obliger à se plier en deux, je ne pouvais pas atteindre son cou. J'ai bien vu qu'il s'apprêtait à m'offrir son poignet, mais il aurait fallu qu'on change de position. C'était trop compliqué. Alors, j'ai déboutonné sa chemise et dénudé son torse. Là, j'ai eu un temps d'hésitation. J'ai toujours eu horreur de ce moment. Nos dents d'humain de base ne sont pas assez pointues. Je me disais : « Ça va être de la boucherie. » C'est alors qu'Eric a fait quelque chose d'inattendu : il a sorti le poignard rituel dont il s'était servi au mariage des deux rois vampires et, avec cette même dextérité dont il avait alors fait preuve, il s'est entaillé la poitrine juste sous le sein gauche. Le sang, épais, s'est lentement écoulé de la blessure. J'en ai profité pour jouer les sangsues. C'était un geste affreusement indécent, je le reconnais. Encore une chance que je n'aie pas eu à regarder André et qu'il n'ait pas pu me voir.

Je sentais Eric bouger et j'ai compris qu'il n'était pas insensible à l'érotisme de la situation. Je ne pouvais rien y faire, à part maintenir cette distance cruciale de quelques centimètres entre nous. J'ai aspiré de toutes mes forces et j'ai entendu Eric laisser échapper un gémissement étouffé. J'essayais seulement d'en finir au plus vite. Le sang de vampire est presque sucré, mais lorsqu'on a conscience de ce qu'on est en train de faire et qu'on n'est pas à deux doigts de l'orgasme, je vous jure que ça n'a rien d'une partie de plaisir. Quand j'ai estimé que le supplice avait assez duré, je me suis redressée. J'ai refermé la chemise d'Eric d'une main tremblante, persuadée que l'incident était clos et que j'allais pouvoir aller me terrer quelque part jusqu'à ce que les battements affolés de mon cœur veuillent bien se calmer.

C'est alors qu'une porte a claqué contre un mur et que Quinn a fait irruption.

— Mais qu'est-ce que vous fabriquez, exactement? a-t-il rugi.

— Ils obéissent aux ordres, lui a sèchement répondu André.

— Ma femme n'a d'ordres à recevoir de personne!

J'ai ouvert la bouche pour protester. Mais, étant donné les circonstances, je me voyais mal répliquer que je n'appartenais à personne et que j'étais parfaitement capable de me débrouiller toute seule.

Je ne savais pas trop comment me sortir d'une situation pareille. Il n'existait aucun manuel de savoir-vivre qui prévoyait une telle calamité. Même l'imparable règle de bienséance que ma grand-mère recommandait en toute occasion («fais ce qui gênera le moins les gens») ne pouvait pas, même de très, très loin, s'appliquer à une catastrophe de cette ampleur. Je me suis demandé ce que cette chère Abby en aurait dit.

— André, ai-je dit en m'efforçant de prendre un ton décidé et un air résolu, et non soumis et terrifié. Je vais terminer le job que j'ai commencé parce que je m'y suis engagée. Mais plus jamais je ne travaillerai ni pour vous, ni pour la reine. Eric, merci d'avoir essayé de me rendre la chose aussi agréable que possible (quoique le mot « agréable » n'ait pas été le plus approprié, en l'occurrence).

L'intéressé s'était décalé d'un pas mal assuré pour s'adosser contre le mur. Sa cape s'était ouverte, et la tache sur son pantalon crevait les yeux.

— Oh! Pas de problème, a-t-il murmuré.

Il avait pris une voix rêveuse, ce qui n'a rien arrangé. Je l'ai même soupçonné de l'avoir fait exprès. J'ai senti le rouge me monter aux joues.

— Quinn, on discutera plus tard, comme convenu, ai-je poursuivi, cassante. Enfin, si tu veux toujours me parler.

Et, regardant droit devant moi, je me suis forcée à remonter ces dix mètres d'une banalité absolue, à tourner à l'angle et à passer la porte battante qui donnait directement... dans les cuisines. Ce n'était assurément pas là où je voulais aller, mais, au moins, je m'étais débarrassée des trois types du couloir.

À la première personne portant l'uniforme de l'hôtel que j'ai rencontrée, j'ai demandé :

— Je cherche l'endroit où on récupère les bagages oubliés.

La serveuse était en train de charger son énorme plateau de verres de sang artificiel. Elle ne s'est pas interrompue, mais elle a désigné du menton une porte sur laquelle un panneau indiquait « Sortie ».

La sortie en question donnait sur une volée de marches qui descendaient vers les niveaux inférieurs, probablement les sous-sols de la pyramide. On n'a pas de cave, dans ma région (à cause du niveau de la mer), et c'est avec une certaine appréhension que je me suis enfoncée sous terre.

Jusque-là, j'avais cavalé comme si quelque chose me poursuivait – ce qui, au sens figuré, n'était que la plus stricte vérité – et je m'étais concentrée sur cette fichue valise pour m'empêcher de penser. Mais, arrivée au bas de l'escalier, je me suis brusquement arrêtée.

Maintenant que j'étais vraiment seule, qu'il n'y avait plus personne pour me voir, je pouvais m'accorder un petit moment de répit. Je suis restée sans bouger, appuyée d'une main contre le mur, et je me suis enfin autorisée à réagir à ce qui venait de se passer. Je me suis mise à trembler de tout mon corps et, machinalement, j'ai porté la main à mon cou. Mon col avait une texture étrange. J'ai tiré dessus pour l'examiner. Il était taché de mon sang. Les larmes me sont montées aux yeux. Alors, je me suis laissée glisser le long du mur de ce sinistre escalier, dans les soubassements d'une ville inconnue, loin de chez moi, et j'ai pleuré.

12

Je ne parvenais tout simplement pas à m'expliquer ce qui s'était passé. Cela ne collait pas du tout avec l'image que j'avais de moi, ni avec ma façon de me comporter. *Ça devait arriver.* C'était la seule chose qui me venait à l'esprit. *Ça devait arriver.* Mais ça ne suffisait pas à me consoler.

Puis je me suis dit : « D'accord, Sookie, mais comment aurais-tu pu faire autrement ? » La réponse s'imposait : je n'étais pas de taille à lutter contre André, et je n'avais aucun moyen de pression sur lui. Eric aurait pu lui tenir tête, lui. Il avait cependant d'excellentes raisons de s'y refuser. Première- ment, il ne voulait pas perdre l'éminente position qu'il occupait auprès de Sa Majesté ; deuxième- ment, rien ne prouvait qu'il aurait eu le dessus sur André. Sans compter que, même si, par chance, il l'avait emporté, l'amende aurait été drôlement salée : les vampires ne se battent pas pour une simple mortelle.

C'est vrai aussi que j'aurais pu la jouer héroïque : plutôt mourir que de me rendre. Mais si je ne voyais pas vraiment comment j'aurais pu m'y prendre, ce que je voyais très bien, en revanche, c'est que je n'avais absolument aucune envie de renoncer à la vie.

En clair, je n'aurais tout bonnement rien pu faire. En tout cas, rien ne m'est venu à l'esprit pendant que j'étais là, accroupie au pied de cet escalier beige, à pleurer.

Je me suis secouée. J'ai tiré un mouchoir en papier de ma poche pour me tamponner les yeux, je me suis vaguement recoiffée et je me suis redressée. J'étais en bonne voie de recouvrer mon estime de moi. Pour le reste, on verrait plus tard.

J'ai poussé la lourde porte métallique et je me suis retrouvée dans une vaste zone bétonnée. Plus je m'enfonçais dans les entrailles de l'hôtel, plus le décorum le cédait au fonctionnel. À cette profondeur, j'avais atteint le degré zéro de l'esthétique.

Comme personne ne faisait attention à moi, j'en ai profité pour examiner les lieux – il faut dire aussi que je n'étais pas franchement pressée de retourner auprès de Sa Majesté. Au centre de l'immense cave s'élevait une énorme cage d'ascenseur de type industriel. L'établissement avait été conçu pour offrir le minimum d'ouvertures sur l'extérieur, de façon à prévenir toute intrusion, tant d'humains indésirables que de l'ennemi juré des vampires : le soleil. L'hôtel se devait cependant de posséder au moins un accès pour le chargement et le déchargement des cercueils, ainsi que pour le ravitaillement. Et cet ascenseur remplissait cet office. C'était ici qu'arrivaient les cercueils, avant d'être montés dans les chambres. Deux hommes en uniforme armés de fusils le gardaient. Mais ils avaient l'air de s'ennuyer ferme et ne ressemblaient en rien aux vigiles du hall qui, eux, donnaient l'impression d'être constamment sur les dents.

Dans un coin, près du mur du fond, à gauche de l'ascenseur, tout un tas de sacs et de valises étaient parqués dans une sorte d'enclos délimité par ces plots à ruban extensible qu'on utilise dans les aéroports pour canaliser les voyageurs. Comme aucun préposé ne semblait s'en occuper, je suis allée voir ça de plus près – une vraie traversée du désert – et j'ai commencé à lire les étiquettes. Il y avait déjà un jeune type à lunettes en costume, un autre larbin envoyé, comme moi, récupérer un bagage égaré.

— Qu'est-ce que vous cherchez ? lui ai-je demandé. Si jamais je tombe dessus, je peux le sortir du lot.

— Bonne idée. On nous a appelés pour nous signaler qu'une de nos valises était restée ici. Alors, me voilà. L'étiquette devrait être au nom de Phoebe Golden, reine de l'Iowa, ou quelque chose comme ça. Et vous ?

— Sophie-Anne Leclerq, Louisiane.

— Waouh ! Vous travaillez pour elle ? Alors, c'est elle qui a trucidé le roi de l'Arkansas ?

— Non. Et je suis bien placée pour le savoir : j'y étais.

Le type, déjà intrigué, est devenu carrément dévoré de curiosité. Mais comme il était clair que je n'en dirais pas plus, il a détourné les yeux.

J'étais effarée par le nombre de valises en souffrance.

— Pourquoi ne peuvent-ils pas simplement les monter dans les chambres, comme les autres bagages ? me suis-je étonnée auprès du jeune binoclard en costume.

Il a haussé les épaules.

— On m'a dit que c'était une question de responsabilité, qu'on devait reconnaître nos bagages en personne, pour qu'ils puissent certifier que ce sont bien les bons clients qui sont venus les chercher. Hé ! Voilà le mien ! Je ne peux pas lire le nom, mais c'est clairement écrit « Iowa ». Il appartient donc à quelqu'un de notre délégation. Bon, eh bien, au revoir. Ravi de vous avoir rencontrée, m'a-t-il lancé, avant de s'éloigner en tirant un grand sac noir à roulettes derrière lui.

L'instant d'après, j'ai décroché la timbale à mon tour : une grosse valise en cuir bleu avec une étiquette portant la mention : « Shérif… Zone. » Impossible de déchiffrer les pattes de mouche – les vampires utilisent toutes sortes d'écritures, selon l'époque à laquelle ils sont nés et l'éducation qu'ils ont reçue. En revanche, le mot « Louisiane » était parfaitement lisible. J'ai pris la vieille valise et je l'ai soulevée pour lui faire franchir la clôture improvisée. Même de plus près, je n'arrivais pas à lire l'étiquette. J'ai décidé de suivre l'exemple de mon homologue de l'Iowa : monter le bagage en perdition dans la suite de la reine et la placer en vue jusqu'à ce que quelqu'un se décide à le réclamer.

Un des gardes en faction s'est alors tourné vers moi.

— Où vous allez avec ça, ma jolie ? m'a-t-il lancé.

— Je travaille pour la reine de Louisiane. C'est elle qui m'a envoyée chercher cette valise.

— Votre nom ?

— Sookie Stackhouse.

Il a interpellé un collègue, un gros costaud assis derrière un immonde bureau sur lequel trônait un ordinateur préhistorique.

— Hé, Joe ! Regarde donc si tu as une Stackhouse, tu veux ?

— OK, lui a répondu Joe, quittant des yeux le jeune type de l'Iowa qui disparaissait à l'autre bout du sous-sol pour me soumettre au même examen silencieux.

En s'apercevant que je le regardais, il a baissé la tête pour taper sur son clavier avec une mine coupable, rivant les yeux à son écran comme si ce dernier allait lui révéler tout ce qu'il avait toujours voulu savoir sur… ce qu'il voulait savoir. Enfin, pour ce qui était du job qu'on lui avait confié, c'était sans doute vrai.

— C'est bon, a-t-il braillé à l'intention du garde en faction. Elle est bien sur la liste.

C'était la même voix bourrue que j'avais eue au téléphone. Il a recommencé à me reluquer, avec une telle insistance que cela m'a intriguée. J'ai décidé d'aller voir dans son cerveau de quoi il retournait. Des trois ou quatre humains perdus dans ces oubliettes bétonnées, aucun ne pensait à rien de particulier. Ils avaient tous l'esprit vacant, des idées neutres. Tous… sauf Joe. Il n'avait pas l'esprit vacant, lui. Il avait l'esprit… sécurisé. Je n'avais jamais rien rencontré de tel. Quelqu'un lui avait mis une espèce de casque mental. J'ai essayé de le forcer, de le contourner, de passer en dessous : rien à faire. Pendant que je tâtonnais pour parvenir à lire dans ses pensées, Joe me regardait, et il n'avait pas l'air commode. Je ne crois pas qu'il ait soupçonné ce que je faisais. Je crois plutôt que j'avais affaire à un mauvais coucheur-né.

— Excusez-moi, ai-je lancé, m'époumonant pour qu'il puisse m'entendre. Est-ce que vous avez une photo à côté de mon nom, sur votre liste ?

— Non, a-t-il répondu avec un reniflement dédaigneux, comme si je venais de lui poser une question idiote. On a une liste de tous les invités au sommet et des gens qu'ils amènent avec eux.

— Alors, comment savez-vous que je suis moi ?

— Hein ?

— Comment savez-vous que je suis Sookie Stackhouse ?

— Pourquoi, c'est pas vous ?

— Si.

— Alors, qu'est-ce que vous avez à râler ? Allez, dégagez avec cette foutue valise !

Sur ces bonnes paroles, Joe a recommencé à regarder son PC, et le garde s'est retourné pour reprendre son poste face à l'ascenseur. *Ça doit être ça, la légendaire amabilité nordiste!* ai-je ironisé en moi-même.

La valise n'avait pas de roulettes – allez savoir depuis combien de temps son propriétaire la traînait! J'ai donc dû la porter jusqu'à l'escalier de service. C'est alors que j'ai remarqué un autre ascenseur près de la porte métallique. Il ne faisait même pas la moitié de l'autre – celui qui communiquait avec l'extérieur –, et s'il pouvait transporter des cercueils, ce ne devait pas être plus d'un à la fois.

J'avais déjà la main sur la poignée quand je me suis rendu compte qu'en passant par l'escalier, j'allais être obligée d'emprunter le couloir fatidique. Et si André, Eric et Quinn y étaient encore? Et s'ils s'étaient entre-tués? J'avoue que, sur le moment, ce genre de scénario ne m'aurait pas foncièrement déplu, mais j'ai préféré limiter au minimum les risques d'une rencontre impromptue: j'ai pris l'ascenseur. Ce n'était sans doute pas très courageux de ma part, mais chacun ses limites. Or, j'avais atteint les miennes.

Cet ascenseur-là était assurément pour les tâcherons: les parois étaient capitonnées pour ne pas abîmer le chargement, et il ne desservait que les quatre premiers étages – sous-sol, hall, mezzanine et étage des humains. Au-delà, vu la forme pyramidale de l'hôtel, il fallait aller au centre du bâtiment pour trouver un ascenseur montant jusqu'au sommet. Cela devait être la croix et la bannière pour transporter les cercueils, avec tous ces transferts: le personnel du *Pyramid* ne volait pas son salaire.

J'ai décidé d'emporter la valise directement dans la suite royale. Je ne savais pas vraiment quoi en faire.

Arrivée à l'étage de la reine, j'ai trouvé le palier désert. Les vampires et leur staff étaient probablement encore à la soirée, en bas. Quelqu'un avait laissé une canette traîner dans une énorme urne aux motifs très voyants qui contenait un petit arbre – sans doute un palmier, pour rester dans la thématique égyptienne. L'urne se trouvait contre le mur, entre les deux ascenseurs. Cette fichue canette m'a énervée. Certes, il y avait des services d'entretien dont le rôle était précisément de nettoyer et de veiller à la propreté de l'hôtel. Mais c'était plus fort que moi : déformation professionnelle. On avait fait de cet endroit un véritable palace, et voilà qu'un abruti balançait ses déchets sans se gêner. Je me suis baissée pour attraper la maudite canette, avec la ferme intention de la jeter dans la première poubelle venue.

Elle était bien trop lourde.

J'ai posé la valise pour examiner l'objet de plus près. Les couleurs, le design en faisaient presque une canette de Dr Pepper ordinaire. Presque, mais pas tout à fait. C'est alors que les portes de l'ascenseur se sont rouvertes. Batanya en est sortie, un fusil bizarre dans une main, une épée dans l'autre. Toujours dans la cabine, le roi du Kentucky m'a jeté un coup d'œil intrigué par-dessus l'épaule de son garde du corps attitré.

Batanya a paru un peu surprise de me trouver plantée devant l'ascenseur. Elle a examiné les alentours et n'a rien remarqué d'inhabituel. Elle a abaissé son pistolet avec soin, mais a gardé l'épée à la main.

— Pourriez-vous vous écarter sur la gauche ? m'a-t-elle poliment demandé. Le roi voudrait rendre visite aux occupants de l'une de ces chambres.

Elle désignait du menton les portes à ma droite.

Incapable d'articuler le moindre mot, je n'ai pas bougé d'un pouce. Elle a observé une seconde ma posture, mon expression, puis elle a dit d'un ton compatissant :

— Je ne comprends pas comment vous faites, vous, les humains, pour ingurgiter ces boissons gazeuses. Quand j'ai essayé, ça m'a ballonnée, moi aussi.

— Ce n'est pas ça.

— Il y a un problème ?

— Ce n'est pas une canette vide.

J'ai vu le visage de Batanya se figer.

— Et... ce serait quoi, selon vous ? a-t-elle alors demandé, lentement et très, très calmement.

— Ça pourrait être... une caméra cachée ? ai-je suggéré, saisie d'un fol espoir. Ou, eh bien... je me disais que ça pouvait être une bombe. Parce que ce n'est pas une vraie canette. C'est trop lourd. Et puis, il n'y a pas de liquide dedans.

Rien n'avait bougé à l'intérieur quand j'avais saisi la canette.

— Je comprends.

Toujours ce même calme olympien. Elle a alors appuyé sur son armure, au niveau de la poitrine. Un petit rectangle bleu de la taille d'une carte de crédit s'est soudain allumé sous ses doigts.

— Clovache ? Objet non identifié au quatrième. Je ramène le roi sur-le-champ.

— Taille de l'objet ? a demandé Clovache avec un accent à consonance russe (enfin, c'est ce que mes oreilles d'Américaine qui n'a jamais mis les pieds hors de ses frontières ont cru déceler).

— La taille d'une de ces boîtes cylindriques contenant un sirop pétillant.

— Ah ! Les boissons qui font roter.

Bravo, Clovache ! Excellente mémoire.

242

— Oui. C'est la fille blonde dénommée Stackhouse qui l'a trouvée, a avoué Batanya d'un air sombre. Elle l'a en ce moment même entre les mains.

— Eh bien, dis-lui de la poser par terre, lui a conseillé Clovache, comme si c'était une évidence.

Derrière son garde du corps venu d'ailleurs, le roi du Kentucky commençait à manifester de l'anxiété. Batanya lui a jeté un coup d'œil par-dessus son épaule.

— Fais venir une équipe de déminage de la police locale, a-t-elle ordonné à Clovache. Je redescends avec le roi.

— Le tigre est là, lui a appris Clovache. C'est son humaine.

Avant que j'aie eu le temps de dire : « Pour l'amour du Ciel, ne le faites pas monter ici ! », le petit rectangle s'était éteint.

— Je dois assurer la sécurité du roi, m'a annoncé Batanya.

À son ton, on aurait presque pu penser qu'elle s'excusait. Elle a reculé dans l'ascenseur, a appuyé sur le bouton et m'a adressé un petit signe de tête qui m'a terrifiée : ce n'était pas là un simple salut, c'était un adieu. Les portes se sont refermées dans un soupir.

Et je me suis retrouvée toute seule, à l'étage désert, clouée sur place, avec un engin de mort entre les mains. Peut-être.

Aucun des deux ascenseurs ne donnait le moindre signe de vie. Personne ne sortait de l'une des suites du quatrième et personne ne tentait d'y entrer. La porte de l'escalier de service demeurait désespérément fermée. Il s'est écoulé ainsi un long moment pendant lequel je n'ai fait que rester plantée là, à tenir une fausse canette de Dr Pepper. J'ai tremblé un peu aussi, mais pas trop.

Soudain, Quinn a poussé la porte de l'escalier de service avec un tel fracas que j'ai failli en lâcher ma canette. À en croire son souffle court, il venait de monter les marches quatre à quatre. J'avais autre chose à faire que de chercher à savoir ce qu'il avait en tête, mais son visage affichait le même parfait sang-froid qu'avait arboré Batanya. Todd Donati, le responsable de la sécurité, le suivait de près. Ils ont pilé à environ quatre pas de moi.

— L'équipe de déminage est en route, m'a annoncé Donati, qui avait manifestement décidé de commencer par les bonnes nouvelles.

— Repose cette canette où elle était, bébé, a murmuré Quinn.

— Oh, mais je ne demande que ça, moi, de la reposer ! lui ai-je répliqué. Je suis juste trop morte de trouille pour m'y risquer.

Je n'avais pas bougé un muscle depuis au moins trois milliards d'années et je commençais à fatiguer. Mais je restais immobile, à regarder fixement cette maudite canette entre mes mains. Je me suis juré que plus jamais je ne boirais de Dr Pepper de ma vie. Et pourtant, avant cette nuit-là, j'adorais ça.

— Bon, d'accord, a dit Quinn. Alors, donne-la-moi.

Rien ne m'aurait fait plus plaisir.

— Pas tant qu'on ne sait pas ce que c'est, lui ai-je répondu. Si ça se trouve, c'est une caméra, ou bien un appareil photo. Peut-être qu'un journal à scandale essaie de décrocher un scoop sur le sommet des vampires vu de l'intérieur.

J'ai vaguement tenté de sourire.

— Peut-être que c'est un ordinateur miniature qui fait le décompte des vampires et des humains quand ils passent devant. Peut-être que c'est une bombe que Jennifer Cater avait planquée là avant d'être assassinée. Peut-être qu'elle voulait faire exploser la reine.

J'avais eu tout le temps de cogiter là-dessus.

— Et peut-être qu'elle va t'arracher la main, m'a-t-il répliqué. Laisse-moi la prendre, bébé.

— Tu es sûr que tu veux faire ça, après ce qui s'est passé ce soir ?

Je n'en menais pas large.

— Ne t'inquiète pas pour ça. On en reparlera plus tard. Donne-moi juste cette satanée canette.

J'ai remarqué que Donati ne se portait pas volontaire, lui. Il était pourtant atteint d'une maladie incurable. N'avait-il pas envie de finir en héros ? Puis j'ai eu honte d'avoir seulement osé penser une chose pareille. Donati avait une famille, et il voulait profiter de chaque minute qu'il lui restait à passer avec elle.

L'ex-policier transpirait abondamment, et il était aussi pâle qu'un vampire. Il avait une oreillette et il était en train de faire son rapport à... quelqu'un.

— Non, Quinn. C'est un type qui porte un de ces équipements spéciaux qui doit la prendre, ai-je déclaré. Je ne bouge pas. La canette ne bouge pas. Tout va bien. On attend qu'un de ces mecs arrive. Ou une de ces nanas, ai-je aussitôt précisé, par esprit d'équité.

Je me sentais un peu groggy. Les chocs en série de la nuit commençaient à faire leur effet. J'ai même été saisie de tremblements. En outre, je commençais à trouver qu'il était vraiment stupide de ma part de m'entêter ainsi. Et pourtant, je m'entêtais.

— Il y a quelqu'un ici qui possède la vision infrarouge ? ai-je tenté de plaisanter. Où est donc ce planqué de Superman quand on a besoin de lui ?

— Qu'est-ce que tu cherches exactement ? À jouer les martyrs ? Tu veux te sacrifier pour ces fichus machins ? s'est emporté Quinn.

J'ai présumé que les « fichus machins » désignaient les vampires.

— Mais bien sûr, c'est ça ! ai-je raillé. Il faut dire qu'ils m'adorent, hein ? Tu en vois combien, toi, de vampires ici ?

— Un, a répondu Eric en émergeant de l'escalier de service. Nous sommes un peu trop étroitement liés, désormais, à mon goût, Sookie.

Il était manifestement tendu. Je ne me rappelais pas l'avoir jamais vu aussi anxieux.

— Je suis venu exploser avec toi, on dirait, a-t-il soupiré.

— Oh, bon sang ! Il ne manquait plus que ça ! Pour couronner cette saleté de journée, revoilà Eric le Viking !

Et si mon ton était un brin sarcastique, j'avais des excuses.

— Vous êtes tous complètement dingues ! Mais fichez donc le camp d'ici !

— Eh bien, moi, je vais le faire, a annoncé tout à coup Donati. Vous ne voulez laisser personne prendre l'objet suspect, vous refusez de le poser, et il ne vous a pas encore pulvérisée. Je pense donc que je vais descendre attendre l'équipe de déminage dans le hall.

D'une logique imparable.

— Merci d'avoir appelé les renforts, lui ai-je lancé, comme il atteignait l'escalier.

Je pouvais lire dans ses pensées à livre ouvert. Il avait horriblement honte de m'abandonner à mon triste sort sans avoir été capable de m'aider davantage. Il avait l'intention de descendre un étage et de prendre l'ascenseur pour ménager ses forces. La porte de service a claqué derrière lui, et je me suis retrouvée seule avec Eric et Quinn. Jolie figure triangulaire. Comment fallait-il l'interpréter ?

J'avais la tête qui tournait.

Eric s'est alors avancé vers moi, tout doucement, à pas comptés — sans doute pour ne pas m'affoler.

246

Bientôt, il est parvenu à mes côtés. Un peu plus loin, sur ma droite, Quinn avait le cerveau en ébullition. Il cherchait désespérément ce qu'il pouvait bien faire pour moi et, bien sûr, il avait un peu peur de ce qui risquait d'arriver.

Quant à Eric, comment savoir ce qu'il avait en tête ? Mes sens pouvaient maintenant le localiser facilement, mais rien de plus.

— Tu vas me donner ça et t'en aller, Sookie, m'a-t-il ordonné.

Il utilisait ses propres facultés pour faire pression sur mes barrières, et il poussait de toutes ses forces.

— Ça ne marchera pas, ai-je marmonné. Ça n'a jamais marché.

— Tu es une femme butée.

— Certainement pas ! ai-je protesté, au bord des larmes.

D'abord on m'accusait de vouloir jouer les martyrs, et maintenant les fortes têtes !

— Je ne veux pas la remuer, c'est tout ! me suis-je défendue. C'est trop dangereux !

— Certains pourraient se dire que tu as des tendances suicidaires.

— Oui, eh bien, certains peuvent se mettre leur idée où je pense !

— Bébé, remets-la où elle était. Pose-la tout doucement, m'a alors conseillé Quinn d'une voix caressante. Après ça, je t'offrirai un verre plein d'un tas d'alcools très forts. Tu es vraiment une sacrée nana, tu sais ça ? Je suis très fier de toi, Sookie. Mais si tu ne la poses pas et si tu ne fiches pas le camp d'ici dans la seconde qui suit, je te préviens que je vais piquer une colère noire, tu m'entends ? Je ne veux pas qu'il t'arrive quelque chose. Ce serait trop bête, tu ne crois pas ?

L'entrée en scène d'une quatrième entité m'a épargné les prolongations.

Quand les portes se sont ouvertes, nous avons tous les trois sursauté. Nous étions si absorbés dans notre drame que nous n'avions pas entendu l'ascenseur arriver. J'étais dans un tel état de nerfs que j'ai carrément pouffé en voyant le petit robot débarquer sur le palier. J'ai eu le réflexe de lui tendre la canette, mais je me suis dit qu'il n'était sans doute pas censé la prendre. Il semblait téléguidé. Il s'est légèrement tourné vers la droite pour me faire face. Il est resté immobile une ou deux minutes, comme s'il voulait m'examiner soigneusement, moi et ce que je tenais dans les mains. Puis, ce minutieux examen achevé, il a reculé dans la cabine. Son bras articulé s'est levé avec un mouvement saccadé pour appuyer sur le bon bouton, les portes se sont refermées, et il a disparu.

— Je hais la technologie moderne, a posément déclaré Eric.

— Faux. Tu raffoles de tout ce que les ordinateurs peuvent t'apporter. Tu te rappelles comme tu étais content quand tu as vu ce tableau des emplois du temps du *Fangtasia*, avec toutes ces cases horaires si bien remplies ?

— C'est le côté impersonnel de la technologie que je n'aime pas. Mais j'aime le savoir qu'elle détient.

Cette conversation était décidément trop psychédélique pour que je puisse la poursuivre, dans de telles circonstances.

— Quelqu'un monte, nous a alors annoncé Quinn, en allant ouvrir la porte de l'escalier de service.

Et, au milieu de notre petit groupe, s'est avancé le démineur chargé de récupérer l'engin suspect. Les effectifs de la police de Rhodes ne comptaient peut-être aucun vampire, mais il y en avait dans l'équipe de déminage. Le vampire en question portait une tenue qui lui donnait un faux air de cosmonaute. Un petit marrant avait écrit « Boum ! » sur sa combi-

248

naison, à l'emplacement du badge réglementaire. Hilarant.

— Bon, les civils, va falloir nous abandonner le terrain, à la petite dame et à moi, a déclaré Boum en s'approchant lentement. Dégagez, les mecs, a-t-il insisté en voyant qu'ils ne bougeaient pas.

— Non, a répliqué Eric.

— Certainement pas ! a rétorqué Quinn.

Pas facile de hausser les épaules avec une combinaison pareille. Pourtant, Boum y est parvenu. Il tenait à la main une sorte de cube. J'ai attendu qu'il soulève le couvercle et qu'il le place juste sous la canette, puis j'ai déposé celle-ci dans la boîte capitonnée avec mille précautions. Puis j'ai retiré mes mains, envahie d'un soulagement indescriptible. Boum a alors remis le couvercle. Derrière son masque transparent, il souriait joyeusement. Je grelottais de partout, et mes bras tremblaient d'avoir dû garder la pose si longtemps.

Ralenti par sa combinaison, Boum s'est retourné et a fait signe à Quinn de lui ouvrir la porte de l'escalier. Quinn a aussitôt obtempéré, et le démineur a commencé à descendre les marches à pas lents, prudents et réguliers. Peut-être a-t-il souri tout le long du chemin. Il n'a pas explosé – nous sommes restés suffisamment longtemps muets comme des carpes et complètement tétanisés pour le savoir.

— Waouh ! ai-je fini par souffler.

Effectivement, ce n'était pas très brillant comme dialogue mais, émotionnellement, j'étais en mille morceaux. Mes jambes ont déclaré forfait. Quinn s'est précipité pour me prendre dans ses bras.

— Espèce d'idiote ! a-t-il soufflé. Espèce d'idiote !

C'était comme s'il disait : « Merci mon Dieu ! » Blottie contre mon tigre-garou préféré, je me suis frotté la joue contre son tee-shirt E(E)E pour sécher mes larmes.

Quand j'ai jeté un coup d'œil sous son bras, il n'y avait plus personne à l'horizon : Eric s'était volatilisé. J'ai donc pu jouir de ce moment d'intimité, du bonheur d'être enlacée, de savoir que Quinn tenait encore à moi, que ce qui s'était passé avec André et Eric n'avait pas étouffé dans l'œuf les sentiments qu'il commençait à éprouver pour moi. J'ai alors savouré pleinement le soulagement suprême d'avoir échappé à la mort.

Puis, tout à coup, les portes de l'escalier et des ascenseurs se sont ouvertes en même temps, déversant un flot de gens qui voulaient tous me parler.

13

Le chef de la sécurité ne s'est pas embarrassé de préambule : à peine assis dans la suite royale, il a balancé son pavé dans la mare.

— C'était une bombe. Une petite bombe artisanale rudimentaire. J'en saurai plus quand la police l'aura examinée. Je l'espère, du moins.

J'avais enfin réussi à caser la maudite valise bleue, le long d'un des deux lits, et j'étais contente d'en être débarrassée. Sa Majesté ne s'était pas donné la peine de me remercier. Le contraire m'aurait étonnée. C'est bien pour ça qu'on a des larbins, non ? S'il fallait les remercier chaque fois qu'on leur demande quelque chose... Je n'étais même pas sûre que cette antiquité lui appartienne, de toute façon.

— Ça va me coûter ma place, poursuivait Donati. Surtout après les meurtres du septième.

Son ton était calme, presque résigné, mais, intérieurement, il ruminait son amertume. Il ne voulait pas perdre l'assurance-maladie à laquelle son travail lui donnait droit.

— Et comment cette canette est-elle arrivée à l'étage de la reine ? Et justement à la sortie des ascenseurs ?

André se fichait éperdument de la situation professionnelle de Todd Donati. Il dardait son regard bleu glacial sur l'ex-policier. Celui-ci lui rendait la pareille, d'ailleurs, mais il y avait de la lassitude dans ses yeux.

— Pourquoi diable seriez-vous renvoyé juste parce que quelqu'un a réussi à s'introduire ici et à poser une bombe ? À moins que... vous ne seriez pas chargé d'assurer la sécurité des clients de l'hôtel, par hasard ?

Gervaise donnait volontiers dans le sarcasme, apparemment. Je ne le connaissais pas très bien, mais je commençais à me dire que ce n'était pas plus mal. Cleo lui a donné une tape sur le bras, suffisamment forte pour qu'il fasse la grimace.

Donati a manifestement préféré ne pas relever.

— Récapitulons, a-t-il repris sans se démonter. De toute évidence, quelqu'un est venu jusqu'ici et a posé une bombe dans cette plante, à côté des ascenseurs. Elle pouvait donc être destinée à la reine, puisque la porte de sa suite est la plus proche. Mais elle pouvait tout aussi bien viser n'importe quel autre occupant de l'étage. Et elle a même pu être posée au quatrième par hasard. Je pense donc que la bombe et le massacre des vampires de l'Arkansas sont deux affaires complètement différentes. Au cours des interrogatoires que nous avons menés, nous avons découvert que Jennifer Cater ne s'était pas fait que des amis : votre reine n'était pas la seule à avoir des raisons de lui en vouloir, quoique ces dernières aient indubitablement été les plus sérieuses. Il n'est pas impossible que Jennifer Cater ait posé cette bombe avant d'être assassinée ou ait payé quelqu'un pour le faire.

J'ai discrètement lorgné vers Henrik Feith. Assis dans un coin, le dernier survivant de la délégation de l'Arkansas secouait la tête avec un frémissement de barbe pathétique. J'ai essayé de l'imaginer en train de se faufiler dans les couloirs de l'hôtel, une

252

bombe à la main : impossible. Le petit vampire semblait, quant à lui, convaincu d'avoir atterri dans
un nid de vipères. Il devait déjà amèrement regretter d'avoir accepté la protection de la reine. Pour
l'heure, ce n'était assurément pas une position très
confortable.

— Il faut battre le fer pendant qu'il est chaud,
a tranché André.

Plongé dans ses pensées, il suivait vraisemblablement le fil de ses déductions personnelles.

— Ce n'était pas très sensé de la part de Christian
Baruch de menacer de vous licencier maintenant,
alors qu'il a plus que jamais besoin de vos services,
a-t-il concédé.

— Ce type est un peu soupe au lait, a commenté
Donati, avec un tel accent que j'ai soudain réalisé
qu'il n'était pas de Rhodes.

Plus il était stressé, plus son accent natal reprenait le dessus. Il n'était pas originaire de Louisiane,
non... Du Tennessee, peut-être ?

— Le couperet n'est pas encore tombé, a-t-il
repris. Et si on réussit à découvrir le fin mot de l'histoire, je garderai peut-être mon boulot. Les candi-
dats ne se bousculent pas, pour ce genre de job. Tant
dans la police que dans les sociétés de sécurité pri-
vées, il y a beaucoup de gens qui n'aiment pas...

Bosser avec ces fichus vampires. Donati a gardé la
fin pour lui – et pour moi – et s'est vivement rappelé
à l'ordre : « Tu ferais mieux de t'en tenir à l'affaire en
cours. »

— ... n'aiment pas les horaires et ne sont pas prêts
à assumer la charge de travail nécessaire, a-t-il
achevé à haute voix, à l'intention des vampires. Mais
il me plaît bien, à moi, ce boulot.

*Et mes gosses auront besoin de ma pension quand
je mourrai. Encore deux mois, et ils seront couverts
après mon décès.*

Voilà ce que pensait Todd Donati. Il était venu dans les appartements de la reine de Louisiane pour me parler de l'incident de la canette de Dr Pepper (tout comme la police et l'omniprésent Christian Baruch avant lui), mais à présent, il s'attardait pour bavarder. Bien que les vampires n'aient pas l'air de s'en rendre compte, Donati se montrait plutôt loquace. Cette volubilité n'était en fait qu'un effet secondaire des puissants antalgiques qu'on lui prescrivait. J'avais de la peine pour lui, mais, en même temps, je me disais qu'un type qui avait tant à gérer, dans sa vie privée, ne devait pas être à cent pour cent de ses capacités dans son travail. Quelque chose avait pu échapper à sa vigilance, au cours de ces derniers mois, à mesure que sa maladie progressait. Peut-être qu'il n'avait pas engagé les bonnes personnes. Peut-être qu'il avait omis une étape cruciale pour assurer la protection des clients de l'hôtel. Peut-être que...

J'ai soudain été submergée par une vague de chaleur : Eric approchait.

Je n'avais jamais ressenti aussi intensément sa présence. Il avait dû vraiment forcer la dose, lors de notre dernier échange. J'en ai eu un coup au cœur. Si ma mémoire était bonne, c'était la troisième fois qu'Eric me donnait son sang. Or, trois n'est jamais un chiffre anodin. Dès qu'il était à proximité, je le sentais, mais désormais, c'était avec une acuité décuplée. Et la réciproque devait être vraie. Ça ne s'arrêtait probablement pas là, qui plus est : maintenant que le lien qui nous unissait s'était encore resserré, il fallait s'attendre à d'autres effets que je ne connaissais pas encore. J'ai fermé les yeux, atterrée.

On a frappé à la porte, et quand, après avoir jeté un coup d'œil soupçonneux par le judas, Sigebert a ouvert, Eric se tenait sur le seuil. Je n'arrivais

254

même pas à le regarder. Quant à le saluer, j'en étais incapable. J'aurais pourtant dû lui être reconnaissante de ce qu'il avait fait pour moi. En un certain sens, je l'étais, d'ailleurs. Comment seulement m'imaginer en train de sucer le sang d'André ? Je n'aurais jamais pu le supporter. Non, je retire ce que je viens de dire. Il aurait bien fallu que je le supporte. Ç'aurait juste été à vomir. Il n'en demeurait pas moins qu'on ne m'avait pas demandé mon avis, et ça, je n'étais pas près de l'oublier.

En voyant Eric s'asseoir à côté de moi, j'ai bondi du canapé comme si j'avais été piquée par un serpent, et j'ai traversé la pièce pour aller me servir un verre d'eau. Mais, où que j'aille, je sentais sa présence. Et, pour ne rien arranger, je me suis rendu compte que ce rapprochement avait quelque chose de réconfortant, comme si je me sentais plus en sécurité de le savoir près de moi.

Super.

Tous les autres sièges étant occupés, j'ai repris, la mort dans l'âme, ma place auprès du beau Viking, qui détenait à présent un peu de moi. Je devais avouer qu'avant cette nuit-là, j'avais toujours été plutôt contente de le voir, et que je pensais d'ailleurs un peu trop à lui – il n'est pas très sain pour une femme de penser trop souvent à un être qui lui survivra pendant des siècles.

J'étais néanmoins bien obligée de me rappeler que ce n'était pas la faute d'Eric. Le shérif de la Cinquième Zone avait beau être un arriviste intrigant et un redoutable politique, fermement décidé à devenir le numéro un, je ne voyais pas comment il aurait pu deviner les intentions d'André et faire en sorte d'arriver au bon moment pour raisonner ce dernier. Donc, quel que soit l'angle sous lequel on considérait la chose, je devais bel et bien une fière chandelle à Eric. Ce n'était cependant pas devant la reine, et encore moins devant André, que j'allais le remercier.

— Bill est toujours occupé à vendre ses petits CD en bas, m'a discrètement annoncé Eric.

— Et alors ?

— Alors, je me disais que tu te demandais peut-être pourquoi il ne s'était pas montré quand tu étais en fâcheuse posture.

— Ça ne m'a même pas traversé l'esprit.

En revanche, je me demandais bien pourquoi il mettait ça sur le tapis.

— C'est moi qui l'ai obligé à rester en bas, m'a-t-il avoué. Après tout, je suis son chef de zone, non ?

J'ai haussé les épaules.

— Il avait envie de me frapper, a-t-il poursuivi en esquissant un sourire. Il aurait voulu t'arracher la bombe des mains, être ton sauveur. Quinn était prêt à le faire également, d'ailleurs.

— Je me souviens parfaitement qu'il me l'a proposé.

— Moi aussi.

Il paraissait avoir du mal à s'en remettre.

— Je n'ai pas envie d'en parler, ai-je déclaré fermement.

L'aube approchait, et j'avais eu une nuit pour le moins éprouvante. J'ai discrètement attiré l'attention d'André et je lui ai désigné Donati du menton. J'essayais de lui faire comprendre que le chef de la sécurité n'était pas dans son état normal. Pour tout dire, le pauvre avait un teint de cendre.

— Si vous voulez bien nous excuser, monsieur Donati… Nous apprécions votre compagnie, mais nous avons encore beaucoup de choses à voir pour organiser notre soirée de demain, a alors déclaré André.

Il avait eu beau se montrer diplomate, Donati ne s'en est pas moins raidi : il venait de se faire congédier et il l'avait parfaitement compris.

256

— Mais bien sûr, monsieur André, lui a répondu le chef de la sécurité. J'espère que vous allez tous profiter d'une bonne journée de sommeil. Nous nous verrons demain soir.

Il s'est levé avec un effort manifeste, réprimant à grand-peine une grimace de douleur.

— Mademoiselle Stackhouse, j'espère que vous vous remettrez très vite de cette mauvaise expérience, a-t-il ajouté.

— Merci.

Déjà, Sigebert avait ouvert la porte pour l'inviter à sortir.

Donati n'avait pas franchi le seuil qu'à mon tour, je me levais.

— Si vous voulez bien m'excuser, je vais regagner ma chambre.

La reine m'a lancé un regard perçant.

— Quelque chose vous aurait-il contrariée, Sookie ?

Pure formule de politesse de sa part, à mon avis : elle ne paraissait pas vraiment avoir envie de connaître la réponse.

— Contrariée ? Oh ! Pourquoi est-ce que je serais contrariée, on se le demande ! J'adore qu'on me fasse faire des trucs contre mon gré.

Sous mon crâne, la pression n'avait cessé de monter, et les mots jaillissaient à présent de ma bouche comme la lave d'un volcan en éruption, en dépit des instances de cette petite partie de moi qui m'exhortait, pas si bête, à me taire.

— Alors, forcément, après, ai-je embrayé, obstinément sourde à la voix de la raison, j'adore rester à papoter avec ceux qui ont forcé ma volonté. C'est encore plus marrant !

Je perdais en cohérence ce que je gagnais en violence. J'ignore jusqu'où je serais allée si Sophie-Anne n'avait levé sa petite main blanche. Elle semblait « un tantinet » perturbée, comme aurait dit ma grand-mère.

— Vous présumez que je sais de quoi vous parlez et que je peux tolérer les vociférations d'une humaine à mon encontre ? a-t-elle rétorqué.

Les grands yeux bleus d'Eric brillaient comme éclairés de l'intérieur, et il était si beau que j'aurais voulu me noyer dans son regard – *mon Dieu, aidez-moi !* Je me suis forcée à regarder André, lequel m'examinait comme s'il numérotait mes abattis. Quant à Gervaise et Cleo, ils ne manifestaient qu'un intérêt poli.

— Pardonnez-moi, ai-je murmuré, revenant brutalement à la réalité.

Il était si tard, j'étais tellement éreintée et la nuit avait été si mouvementée que j'ai cru, l'espace d'un instant, que j'allais tourner de l'œil. Mais on ne s'évanouit pas, chez les Stackhouse, ni chez les faé, je suppose. C'était le moment de rendre grâce à cette infime portion de mon patrimoine génétique, d'ailleurs : en un moment pareil, je lui devais sans doute beaucoup plus que je ne l'imaginais.

— Je suis très fatiguée, ai-je plaidé.

Tout esprit de révolte m'avait brusquement désertée. Je ne souhaitais plus qu'une chose : me coucher. Je me suis traînée jusqu'à la porte dans un silence de mort. Mais alors que je la refermais derrière moi, j'ai entendu la reine dire :

— André. Explications.

Quinn m'attendait près de la porte de ma chambre. Je ne savais même pas si j'étais contente ou triste de le voir et je n'avais plus la force de me poser la question. J'ai sorti ma clé magnétique et j'ai ouvert la porte. Après avoir vérifié que ma compagne de chambre n'était pas là (je me demandais bien où elle était, puisque Gervaise était toujours chez la reine), j'ai fait signe à Quinn que la voie était libre.

— J'ai une idée, m'a-t-il posément annoncé.

Trop épuisée pour parler, je me suis contentée de hausser les sourcils.

— Si on dormait ? a-t-il suggéré.

— C'est la meilleure proposition qu'on m'ait faite de toute la journée.

Même dans mon état, il avait réussi à m'arracher un sourire. Et tout à coup, j'ai compris comme il me serait facile de tomber amoureuse de Quinn. Pendant qu'il s'éclipsait aux toilettes, je me suis déshabillée et j'ai enfilé mon pyjama – très court, rose et soyeux...

Quinn est ressorti de la salle de bains en slip, mais j'étais tout bonnement trop exténuée pour admirer le spectacle. Il s'est mis au lit pendant que j'allais me démaquiller et me brosser les dents. Comme je me glissais sous les draps, il s'est tourné sur le côté et m'a ouvert les bras. Je m'y suis blottie sans hésiter. Nous ne nous étions pas douchés, mais j'ai adoré son odeur : une odeur d'être vivant, débordant d'énergie. Il sentait bon la vie.

— Belle cérémonie, hier soir, ai-je malgré tout pensé à lui dire, après avoir éteint la lampe de chevet.

— Merci.

— D'autres en vue ?

— Oui, pour le procès de ta reine – enfin, maintenant que cette garce de Cater a disparu de la circulation, qui sait s'il aura lieu ? Et demain, il y a le bal.

— Ah ! Je vais pouvoir porter ma jolie robe ! ai-je murmuré, étonnée du petit frémissement de plaisir qui me parcourait à cette perspective. Tu es censé bosser ?

— Non, c'est l'hôtel qui organise le bal. Tu vas danser avec moi, ou tu penches plutôt pour le grand blond aux dents longues ?

— Pitié !

J'aurais préféré que Quinn ne m'y fasse pas repenser.

Mais, au même moment, il a dit :

— Oublie ça, bébé. On est là, toi et moi, maintenant, dans ce lit, ensemble, et c'est tout ce qui compte.

Ensemble, et c'est tout ce qui compte. Mmm... Voilà qui semblait prometteur.

— On t'a dit, pour moi, ce soir, non ? m'a-t-il soudain demandé.

La nuit avait été si riche en incidents de toutes sortes qu'il m'a fallu un petit moment pour me rappeler ce que j'avais effectivement découvert à son sujet... et pour me souvenir qu'il avait une demi-sœur, une enquiquineuse de première à moitié dingue, qui vivait à ses crochets et qui m'avait prise en grippe d'emblée.

Je le sentais tendu : il craignait ma réaction. Son appréhension était perceptible, tant physiquement que mentalement. J'ai essayé de choisir mes mots, de trouver une jolie façon d'exprimer ce que j'éprouvais. Mais j'étais trop fatiguée pour ça.

— Écoute, Quinn, il n'y a pas de problème pour moi.

Je l'ai embrassé sur la joue, puis j'ai effleuré ses lèvres.

— Aucun problème, ai-je renchéri. Et j'apprendrai à aimer Frannie.

— Oh ! a-t-il soufflé, soulagé. Bon, alors... c'est bien.

Il a déposé un baiser sur mon front, et nous avons sombré tous les deux dans le sommeil.

J'ai dormi comme un vampire. Je ne me suis pas relevée pour aller aux toilettes, ni même retournée dans le lit. J'ai juste vaguement émergé à un moment donné en entendant Quinn ronfler – à peine une vibration. Je me suis pelotonnée plus étroitement contre lui, et le ronflement s'est arrêté net. Il a marmonné quelques secondes, puis s'est tu.

Quand j'ai fini par me réveiller pour de bon, le réveil sur la table de chevet indiquait 16 heures. J'avais fait le tour du cadran. Quinn était parti, mais il avait dessiné une grosse bouche – avec mon rouge à lèvres – sur une feuille du papier à en-tête de l'hôtel qu'il avait posée sur son oreiller. Ça m'a fait sourire. Ma camarade de chambre n'était pas rentrée. Peut-être qu'elle passait la journée dans le cercueil de Gervaise... Cette pensée m'a fait frissonner.

— Moi, ce type me laisse froide, ai-je lâché tout haut, en regrettant qu'Amelia ne soit pas là pour me donner la réplique.

En parlant d'Amelia... J'ai récupéré mon portable au fond de mon sac.

Elle a décroché à la première sonnerie

— Hé! s'est-elle joyeusement exclamée. Quoi de neuf?

— Qu'est-ce que tu fais, toi? lui ai-je demandé, en essayant de ne pas trop donner dans le mal du pays.

— Je brosse Bob. Il a des nœuds.

— Et en dehors de ça?

— Oh! J'ai un peu bossé au bar, a-t-elle annoncé d'un ton détaché.

La nouvelle m'a laissée abasourdie.

— À faire quoi?

— Eh bien à servir des consos, quoi d'autre?

— Comment ça se fait? Sam avait besoin de toi?

— La Confrérie organise un grand raout à Dallas, et Arlene voulait prendre un congé pour y aller avec ce crétin qui lui sert de petit copain. Là-dessus, le fils de Danielle s'est chopé une pneumonie. Sam a commencé à paniquer, et comme il se trouvait que j'étais au bar quand il l'a appris, il m'a demandé si je savais me débrouiller dans le métier. Et je lui ai dit: « Ça doit pas être bien sorcier, hein? »

— Merci, Amelia.

Elle s'est esclaffée.

— Pardon. Ça, ce n'était pas très sympa. D'ailleurs, ce n'est pas si facile que ça. Tout le monde veut te tenir la jambe, alors que tu dois te grouiller sans rien renverser sur personne. Et il faut encore se rappeler ce que chacun veut boire et qui paie la tournée. Sans compter qu'on reste des heures et des heures debout.

— Bienvenue au club !

— Et toi, comment ça va avec ton gros chat ?

Après un temps d'arrêt, j'ai compris qu'il s'agissait de Quinn.

— Ça va, lui ai-je répondu, prenant par là même conscience que c'était plutôt vrai. Il a organisé une grande cérémonie hier soir : un mariage de vampires. Tu aurais adoré.

— Et qu'est-ce qu'il y a au programme, ce soir ?

— Eh bien, peut-être un procès…

Je n'avais pas envie de m'étendre sur le sujet, surtout pas au téléphone.

— … et un bal.

— Waouh ! Tu vas jouer les Cendrillon ?

— Ça reste à voir.

— Et le boulot ?

— Je te raconterai ça quand je rentrerai, ai-je dit, mon enthousiasme soudain retombé. Je suis contente que tu aies de quoi t'occuper et que tout se passe bien.

— Au fait, Terry Bellefleur a téléphoné pour savoir si tu voulais un chiot. Tu te rappelles, quand Annie s'est fait la belle ?

Annie n'était autre que le très cher – dans les deux sens du terme – catahoula de Terry. Il était passé chez moi un soir, à la recherche de la fugitive, qui, le temps qu'il la retrouve, avait fait… de mauvaises rencontres.

— À quoi ils ressemblent, ces chiots ?

— Il faut les voir pour le croire, paraît-il. Je lui ai dit que tu passerais peut-être la semaine prochaine. Mais je ne t'ai engagée à rien, rassure-toi.

— OK, tu as bien fait.

Nous avons encore bavardé une minute, mais il n'y avait pas grand-chose à dire, puisque je n'étais partie de Bon Temps que depuis quarante-huit heures.

— Bon, a-t-elle conclu. Tu me manques, Stackhouse.

— Ah, oui ? Eh bien, toi aussi, tu me manques, Broadway.

— Allez, salut. Et pas de crocs dans le cou, hein ? Trop tard.

— Salut. Et ne renverse pas la pression du shérif sur sa chemise.

— Si ça arrive, c'est que je l'aurai fait exprès.

Je me suis mise à rire. Moi aussi, j'avais plus d'une fois eu envie de lui faire un shampooing à la bière, à Bud Dearborn. En raccrochant, je me sentais de bonne humeur. Du coup, j'ai appelé le *room service*. Non sans quelque hésitation, je l'avoue : ce n'est pas le genre de chose que je fais tous les jours, ni même tous les ans. J'étais un peu mal à l'aise à l'idée de laisser le serveur entrer dans ma chambre. Mais Carla est arrivée juste au même moment. Elle était couverte de suçons et les arborait comme des décorations tandis qu'elle s'avançait vers son lit d'une démarche nonchalante dans sa robe de la veille.

— Mmm ! Ça sent bon, s'est-elle exclamée en guise de salut.

Je lui ai tendu un croissant. Elle a bu mon jus d'orange pendant que je sirotais mon café : l'accord parfait. Carla parlait pour deux, me relatant par le menu tout ce que j'avais vécu. Elle ne semblait pas réaliser que j'étais avec la reine quand le massacre de la délégation de l'Arkansas avait été découvert, et bien qu'elle ait entendu dire que c'était moi qui avais trouvé la bombe, elle m'a tout raconté, comme si je n'avais pas été là. Peut-être que Gervaise l'obligeait à se taire et qu'il fallait que ça sorte, à un moment ou à un autre, sous peine de déborder?

— Qu'est-ce que tu mets pour le bal, ce soir? lui ai-je demandé, profitant d'un moment où elle reprenait son souffle.

Elle ne s'est pas fait prier pour me montrer sa tenue: une robe noire à paillettes. Enfin, robe, c'était un bien grand mot. On cherchait presque le haut, quasi inexistant, comme sur sa précédente tenue de soirée, d'ailleurs. Carla n'avait qu'une devise: mettre ses atouts en valeur.

Elle m'a retourné la question, ce qui a donné lieu à un échange d'exclamations on ne peut plus hypocrites, chacune s'extasiant devant le bon goût de l'autre.

Nous avons été obligées d'utiliser la salle de bains à tour de rôle, ce à quoi je n'étais pas vraiment habituée. Par conséquent, quand Carla a fini par émerger, j'étais au bord de la crise de nerfs. Je commençais à me demander si la ville n'allait pas se trouver à court d'eau chaude. Naturellement, ce n'est pas arrivé et, en dépit de l'avalanche de produits de beauté qui avaient envahi les abords du lavabo, j'ai réussi à me laver et à me maquiller dans les temps. J'aurais bien voulu me relever les cheveux pour mettre ma belle robe en valeur, mais, mes compétences en matière de coiffure se limitant à la queue de cheval, je me suis résignée à les laisser libres. J'ai juste forcé un peu sur le maquillage et mis les grosses boucles d'oreilles que Tara m'avait fait acheter en m'affirmant que c'était exactement ce qu'il me fallait. J'ai tourné la tête plusieurs fois devant le miroir pour vérifier l'effet produit. Elles avaient le même reflet argenté que les petites perles sur ma robe du soir. Robe qu'il était temps d'enfiler, me suis-je dit avec un frémissement d'impatience.

Waouh. Bleu glacier, entièrement rebrodée de petites perles blanches et argentées, décolletée juste ce qu'il fallait devant et dans le dos : une pure merveille ! La robe étant pourvue d'un soutien-gorge incorporé, je n'ai pas eu besoin d'en mettre un. J'ai d'abord enfilé un slip sans coutures, qu'on ne risquait pas de deviner sous la robe, puis des bas, ourlés de dentelle à mi-cuisse, et enfin des sandales à hauts talons argentées.

Je m'étais verni les ongles pendant que Water Woman vidait le château d'eau fédéral. Une touche finale de rouge à lèvres, un dernier coup d'œil dans la glace, et j'étais prête.

Le verdict est tombé.

— Tu es vraiment superbe, Sookie.

J'ai remercié Carla. Je savais que j'avais un sourire jusqu'aux oreilles. Rien de tel que de se faire une beauté pour se remonter le moral. À voir ma mine rayonnante, on aurait pu croire que mon cavalier allait venir me chercher, un petit bouquet pour ma robe à la main, pour m'escorter à la fête de fin d'année. C'était JB qui m'avait accompagnée au bal du bac – en dépit des nombreuses sollicitations qu'il avait reçues des autres filles de terminale : il était tellement photogénique ! Et c'était ma tante Linda qui m'avait fait ma robe.

Maintenant, fini pour moi le « fait maison » !

En entendant frapper, j'ai jeté un regard anxieux au miroir. Mais c'était Gervaise qui venait chercher Carla. Elle lui a souri, puis a tourné sur elle-même pour recueillir les compliments qui lui étaient dus. Gervaise l'a embrassée sur la joue. Comme je l'ai déjà dit, le personnage me laissait froide et, avec sa grosse tête au visage inexpressif et sa fine moustache, il n'était vraiment pas mon type. Mais il était généreux, je devais lui reconnaître ça : sans plus de cérémonie, comme s'il lui offrait une bricole sans valeur, il a refermé autour du poignet de Carla un bracelet en diamants. Celle-ci a d'abord essayé de réprimer son excitation. Puis, oubliant toute retenue, elle lui a sauté au cou. J'étais un peu gênée par ces démonstrations d'affection, d'autant que la plupart des petits noms dont elle l'affublait, dans son enthousiasme, étaient terriblement précis, anatomiquement parlant.

Après leur départ, je suis restée plantée au milieu de la chambre, un peu désorientée. Je n'osais pas m'asseoir – je ne voulais pas froisser ma belle robe, au risque de gâcher mon effet. Ça ne me laissait pas beaucoup de marge de manœuvre. Il s'agissait surtout de ne pas m'énerver en voyant le chantier que Carla avait laissé derrière elle. Quinn avait bien dit qu'il passerait me prendre, non ? On n'était pas censés se retrouver directement en bas, si ?

Mon sac s'est mis à vibrer. Je me suis alors souvenue que j'y avais glissé mon pager. Oh, non !

« Descendez tout de suite. Procès imminent », disait le message.

Au même moment, le téléphone a sonné.

— Navré, bébé, m'a annoncé Quinn. Au cas où tu ne le saurais pas encore, le conseil a décidé que la reine devait passer en jugement immédiatement. Dépêche-toi. On t'attend ici. Je suis vraiment désolé. Je suis chargé de l'organisation du procès : je suis obligé de bosser. Peut-être que ce ne sera pas trop long.

— Bon, ai-je murmuré d'une voix mal assurée.

Et il a raccroché. Adieu le bal de conte de fées avec mon nouveau prince charmant ! Cendrillon pouvait aller se rhabiller.

Mais après tant d'efforts, je n'allais quand même pas me changer ! Tout le monde serait en tenue de soirée, de toute façon. Et même si la plus belle pour aller danser allait virer espionne en service commandé, j'avais bien le droit de mettre ma robe de princesse, moi aussi.

J'ai fait le trajet dans l'ascenseur avec un garçon d'étage. Il ne savait pas trop s'il avait affaire à une vampire ou non, et ça le rendait drôlement nerveux. Je trouve cela toujours très drôle, que les gens ne puissent pas faire la différence. Pour moi, les vampires ont une peau très légèrement luminescente.

Quand les portes de l'ascenseur se sont ouvertes dans le hall, André m'attendait. Je ne l'avais jamais vu aussi agité. Cela se devinait à l'infime crispation de ses doigts et parce qu'il s'était mordu la lèvre – bien que la plaie soit déjà pratiquement refermée. Jusqu'alors, André me mettait juste un peu mal à l'aise. Maintenant, il me faisait carrément horreur. Il était cependant évident que j'allais devoir faire abstraction de mes sentiments personnels.

— Comment est-ce possible ? s'est-il aussitôt exclamé. Sookie, il faut absolument que vous découvriez tout ce que vous pourrez sur le sujet. Nous avons plus d'ennemis que nous ne le pensions.

— Je croyais qu'après l'assassinat de Jennifer Cater le procès n'aurait plus de raison d'être, puisqu'elle était l'accusatrice principa...

— C'est ce que nous croyions tous ! a coupé André. Et nous étions persuadés que, s'il y avait malgré tout procès, ce ne serait qu'une pure formalité, un simple exposé des charges abandonnées pour que la juge rende une ordonnance de non-lieu. Mais, quand nous sommes descendus, nous étions attendus. Ils ont même repoussé le bal. Prenez mon bras.

J'ai tellement été prise au dépourvu que j'ai obéi.

— Souriez, m'a-t-il encore ordonné. Prenez un air assuré.

Et c'est ainsi que nous sommes entrés tous les deux, mon super pote André et moi, dans la salle de conférences : la tête haute et le regard fier.

Heureusement que j'étais douée pour le sourire factice et que j'avais de l'entraînement parce que là, pas question de faire dans l'amateurisme. Vampires comme humains, tous s'écartaient pour nous livrer passage. Certains souriaient aussi, mais sans une once de bienveillance ; d'autres avaient l'air inquiets, et d'autres encore semblaient juste un peu impatients, comme s'ils s'apprêtaient à voir un film salué par tous les médias.

À peine le seuil franchi, j'ai été immédiatement assaillie de pensées. Une véritable avalanche. Je souriais et marchais comme si de rien n'était, mais en réalité j'étais passée en pilote automatique : j'étais tout ouïe. *Belle fille... Sophie-Anne n'a que ce qu'elle mérite... Et si j'appelais son avocat ? Peut-être qu'elle serait ouverte à une proposition du roi ? Jolis seins... Un télépathe, voilà ce qu'il lui faut... on dit qu'elle couche avec Quinn... Il paraît qu'elle couche avec la reine et cette gueule d'ange d'André... Ramassée dans un bar... Sophie-Anne est finie. Elle ne l'a pas volé... Coucherait avec Cataliades... Fichu procès ! Où est l'orchestre ? Un buffet avant le bal, j'espère, avec de la vraie nourriture...*

J'en passe et des meilleures. Certaines de ces pensées nous concernaient, moi, la reine et/ou André ; d'autres n'étaient que des réflexions anodines de gens las d'attendre et qui ne voulaient qu'une chose : que le bal commence.

André et moi avons donc franchi à pas nonchalants cette haie d'hostilité, laquelle s'achevait dans la salle où, la veille, avait été célébré le mariage. Cette fois, l'assistance sur place était pratiquement à cent pour cent constituée de vampires. Absence notable : celle des serveurs humains et autres employés de l'hôtel au sang chaud. Ceux qui slalomaient à travers la foule avec leurs plateaux étaient exclusivement des buveurs de sang. Il allait se passer des choses, en ces lieux, auxquelles de simples mortels ne pouvaient assister. Si tant est que ce soit possible, mon anxiété s'en est encore accrue.

Quinn n'avait manifestement pas perdu son temps : l'estrade avait été entièrement réaménagée. La monumentale croix égyptienne avait disparu, et deux pupitres avaient été disposés de part et d'autre de la scène. À l'emplacement où les jeunes mariés avaient échangé leur sang, à peu près à mi-chemin entre les deux lutrins, se dressait à présent une sorte de trône dans lequel une vieille femme aux cheveux blancs hirsutes était assise. Je n'avais jamais vu de vampire qui le soit devenu à un âge aussi avancé, et quoique je me sois bien juré de ne plus jamais lui adresser la parole, c'est ce que j'ai dit à André.

— C'est la Grande Pythonisse, m'a-t-il répondu d'une voix absente.

Il scrutait l'assistance, sans doute à la recherche de Sophie-Anne. J'ai repéré Johan Glassport. Il allait avoir son heure de gloire, finalement. Le reste de la délégation de Louisiane était avec lui, sauf la reine, Eric et Pam, que j'avais aperçus près de la scène.

André et moi avons pris place au premier rang, à droite. Le premier rang de gauche était occupé par une bande de vampires hostiles. À leur tête se trouvait Henrik Feith. Le petit chaton effrayé s'était transformé en une boule de nerfs brûlante de haine. Il nous a fusillés du regard. Un peu plus, et il nous crachait dessus.

— Qu'est-ce qui lui prend, à celui-là ? a marmonné Cleo Babbitt en se laissant tomber dans le siège à ma droite. La reine lui propose de lui accorder sa protection, alors qu'il se retrouve seul et sans défense, et c'est comme ça qu'il la remercie ?

Cleo avait une classe folle dans son smoking. La sobriété du tailleur-pantalon lui allait bien. Son mignon faisait beaucoup plus féminin, à côté d'elle. Je me suis d'ailleurs demandé ce qu'il faisait là, dans une assemblée composée de SurNat dominée par les vampires. Assise derrière moi, Diantha s'est penchée pour me taper sur l'épaule. Elle avait revêtu un bustier rouge à volants noirs et une jupe en taffetas noir, également à volants. Elle tenait à la main une console de jeux.

— Contente de vous voir, m'a-t-elle lancé avec son débit de mitraillette habituel.

Je me suis efforcée de lui sourire, mais elle s'était déjà replongée dans son jeu vidéo.

— Qu'est-ce qu'on deviendra, si Sophie-Anne est reconnue coupable ? a soudain demandé Cleo.

Silence dans les rangs.

Eh bien, oui, que nous arriverait-il, si Sophie-Anne était reconnue coupable ? Vu la vulnérabilité actuelle de la Louisiane, et avec le scandale qui entourait la mort de Peter Threadgill, nous étions plutôt en mauvaise posture, pour ne pas dire franchement en danger.

Je ne sais pas pourquoi je n'avais pas réfléchi à la question avant, mais le fait est que ça ne m'avait même pas effleurée.

Après avoir réfléchi, j'ai compris que je ne m'en étais pas inquiétée parce que j'avais toujours vécu en tant que citoyenne américaine et libre. Je n'avais jamais eu à m'inquiéter de mon sort de cette façon.

Bill venait de rejoindre le petit groupe qui entourait la reine. Je l'ai vu s'agenouiller devant elle, tout comme Eric et Pam. André a aussitôt bondi de son siège et, dans un de ces déplacements éclair propres aux vampires, a traversé la salle pour se prosterner lui aussi devant sa souveraine. Sophie-Anne se dressait face à eux, telle quelque déesse antique acceptant l'hommage qui lui était dû. Cleo a suivi mon regard. J'ai cru surprendre un imperceptible haussement d'épaules. Cleo n'avait pas l'intention de s'incliner devant qui que ce soit.

— Qui forme le jury ?

La vampire en smoking m'a répondu en désignant du menton un groupe de cinq de ses congénères assis juste au pied de l'estrade, face à la Grande Pythonisse.

— Le roi du Kentucky, la reine de l'Iowa, le roi du Wisconsin, le roi du Missouri et la reine de l'Alabama.

Je n'avais rencontré que le roi du Kentucky et la reine de l'Alabama, dont je n'avais pas oublié la duplicité.

L'avocat de la partie adverse est venu retrouver Johan Glassport sur la scène. Quelque chose en lui me faisait penser à maître Cataliades, et quand il a hoché la tête dans notre direction, j'ai vu ce dernier le saluer.

— Une relation quelconque entre ces deux-là ?

— Ils sont beaux-frères, m'a répondu Cleo.

Je me suis demandé à quoi ressemblait une démone. Elles ne pouvaient quand même pas toutes ressembler à Diantha.

En costume gris, chemise blanche et cravate, Quinn a alors bondi sur l'estrade, un long bâton sculpté à la main. Il a fait signe à Isaiah, le roi du Kentucky, qui, comme flottant dans les airs, l'a rejoint sur la scène. Avec un grand geste théâtral, Quinn lui a ensuite remis son bâton. Kentucky, qui avait manifestement fait un effort vestimentaire par rapport à la soirée précédente, a frappé le plancher

271

avec. Toutes les conversations se sont tues, et Quinn a reculé dans l'ombre.

— Mes pairs m'ont élu maître de cérémonie de cette audience, a annoncé Isaiah d'une voix de basse qui portait aisément jusqu'aux coins les plus reculés de la salle. Conformément aux traditions de la communauté à laquelle, comme tous les vampires ici présents, j'appartiens, je vous invite à assister au procès de Sophie-Anne Leclerq, reine de Louisiane, accusée du meurtre de son époux, Peter Threadgill, roi de l'Arkansas.

La voix profonde et grave de Kentucky ne rendait la chose que plus solennelle. Il brandissait bien haut le bâton, que personne ne pouvait ignorer.

— J'appelle les avocats des deux parties à se préparer.

— Je suis prêt, a répondu le beau-frère de Cataliades. Je suis Simon Maimonides et je représente le royaume en deuil de l'Arkansas.

— Je suis prêt, a répondu à son tour l'avocat assassin de notre camp. Je suis Johan Glassport et je représente Sophie-Anne Leclerq, veuve accusée à tort du meurtre de son époux légitime.

— Grande Pythonisse, êtes-vous prête à écouter les plaidoiries ? a repris Isaiah.

L'ancêtre a tourné la tête vers lui.

— Mais elle est aveugle, non ? ai-je chuchoté à ma voisine.

— De naissance.

— Comment se fait-il qu'elle soit juge ?

Les coups d'œil noirs que m'ont lancés les vampires alentour m'ont vite rappelé que leur ouïe exceptionnelle rendait tout effort de discrétion inutile et que la seule façon de rester polie envers eux était encore de me taire.

— Oui, a répondu la Grande Pythonisse. Je suis prête à entendre les plaidoiries.

272

Elle avait un accent très prononcé que j'aurais été bien incapable d'identifier. Un mouvement d'impatience a parcouru la salle.

L'arène était prête. Les jeux pouvaient commencer.

Bill, Eric et Pam sont allés s'aligner le long du mur, tandis qu'André reprenait sa place auprès de moi.

Isaiah a réitéré ses coups de bâton.

— Qu'on amène l'accusée, a-t-il déclaré avec l'emphase de rigueur.

Flanquée de deux gardes, Sophie-Anne s'est alors avancée vers l'estrade, menue et fragile dans la magnifique robe pourpre qu'elle avait revêtue pour le bal. Le choix de cette couleur royale était-il une pure coïncidence ? Sans doute pas. J'avais l'impression que Sophie-Anne était de ceux qui orchestrent eux-mêmes leurs « coïncidences ». Sa robe, somptueuse, avait des manches longues et même une traîne.

— Qu'elle est belle ! s'est exclamé André dans un souffle plein de révérence.

Je n'ai pas renchéri – j'avais mieux à faire que de me pâmer devant la reine. Les gardes de service n'étaient autres, en l'occurrence, que les deux britlingans. Prévoyantes, elles avaient fourré une armure de soirée dans leurs bagages trans-dimensionnels : aussi noire que la précédente, elle luisait légèrement, comme des eaux sombres ondoyant sous la lune, et moulait tout aussi intimement leur corps d'athlète. Clovache et Batanya ont soulevé la reine pour la poser sur l'estrade, puis se sont postées en retrait. D'où elles étaient, elles étaient à la fois proches de l'inculpée et de leur employeur : une position stratégique, à leurs yeux, je suppose.

— Henrik Feith, la parole est à vous, a lancé Isaiah, sans plus de cérémonie.

Passionné, interminable, le plaidoyer de Henrik n'était qu'un chapelet d'accusations. En résumé, il prétendait que Sophie-Anne n'avait épousé son roi et apposé sa signature au bas du contrat de mariage que pour mieux le manipuler et le pousser vers son fatal trépas, exploitant sans vergogne le tempérament angélique du souverain de l'Arkansas et la véritable adoration qu'il vouait à sa nouvelle reine. À l'entendre, on aurait pu croire qu'il parlait de Kevin et de Britney, et non de deux vampires multiséculaires aussi roués qu'expérimentés.

L'avocat de Henrik laissait son client déblatérer et, en dépit des affirmations hautes en couleur de ce dernier, Johan n'émettait pas la moindre objection. Il pensait (et je savais de quoi je parlais) qu'à force d'exagérer et de vociférer, Henrik finirait par devenir lassant et s'attirerait davantage l'antipathie de son auditoire que sa compassion. Si on en croyait les réactions dans l'assistance – changements de position, petits gestes agacés –, il n'avait pas tort.

— Et maintenant, a enfin conclu Henrik, des larmes roses de crocodile sur ses joues blêmes, nous ne sommes plus qu'une poignée dans tout le royaume. Celle qui a tué mon roi et son bras droit, Jennifer, m'a offert une place auprès d'elle. Et j'ai failli accepter, par peur de devenir un renégat. Mais elle n'a que mensonges à la bouche et ne veut qu'une seule chose : me tuer moi aussi.

— Ça, c'est ce qu'on lui a dit, ai-je murmuré.

— Pardon ?

Les lèvres d'André frôlaient mon oreille : pas évident d'avoir une conversation privée dans une salle remplie de vampires. J'ai levé la main pour le faire taire. Non, je ne lisais pas dans les pensées de Henrik, mais dans celles de son avocat – qui, une chance, n'avait pas autant de sang de démon dans les veines que son beau-frère. Inconsciemment, je m'étais penchée en avant, tendant le cou comme pour mieux écouter.

Quelqu'un avait persuadé Henrik Feith que la reine avait commandité son assassinat. Quant à lui, il aurait volontiers lâché l'affaire, puisque, avec Jennifer Cater, l'accusatrice principale avait disparu. Il n'était jamais monté assez haut dans la hiérarchie pour endosser un rôle de chef. Il n'en avait d'ailleurs ni la carrure ni l'ambition. Entrer au service de la reine de Louisiane lui aurait parfaitement convenu. Mais si elle avait l'intention de le tuer... il essaierait de la tuer en premier, et par le seul moyen qui lui permettrait de garder la vie sauve : la loi.

— Mais elle ne veut pas vous tuer ! ai-je protesté sans réfléchir.

Sans même m'en rendre compte, j'avais bondi de ma chaise. Dans la seconde qui a suivi, tous les regards ont convergé vers moi. C'est seulement à ce moment-là que j'ai réalisé ce que je venais de faire. Manifestement stupéfait, Henrik Feith me dévisageait.

— Dites-nous qui vous a dit ça et on saura qui a tué Jennifer Cat...

— Silence, femme ! a lancé une voix de stentor qui m'a fait taire sur-le-champ. Qui êtes-vous et de quel droit vous ingérez-vous dans cette audience solennelle ?

La Pythonisse était étonnamment énergique pour quelqu'un d'aussi frêle. Elle s'était penchée en avant et braquait sur moi ses yeux morts, comme si elle me fusillait du regard.

Je l'admets : je m'étais dressée seule face à un parterre de vampires et j'avais interrompu leur rituel. J'allais certainement me retrouver avec de vilaines taches de sang sur ma jolie robe toute neuve.

— Je n'ai aucun droit d'intervenir, Votre Honneur, ai-je répondu, déclenchant l'hilarité de Pam. Mais je connais la vérité.

— Oh! Je n'ai donc plus aucun rôle à jouer dans ce procès, alors? a croassé la Grande Pythonisse avec son accent d'un autre âge. J'ai été bien bête de quitter le refuge de ma caverne pour venir rendre la justice!

Si elle le disait...

— Je connais peut-être la vérité, mais je serais bien incapable de dispenser la justice, ai-je humblement reconnu.

Pam a ricané de plus belle. J'étais sûre que c'était elle.

Eric a soudain quitté son poste à ses côtés, se détachant du petit groupe qu'ils formaient, Pam, Bill et lui, pour s'avancer vers moi. Je pouvais sentir sa présence, ce calme, cette puissance inébranlable, tout près. Je ne sais pas par quel moyen, mais il me donnait du courage, je le sentais. Insensiblement, il me communiquait sa force, alors même que j'avais encore les jambes qui tremblaient. Et, tout à coup, j'ai eu un terrible soupçon, une révélation que j'ai prise de plein fouet. Eric m'avait donné tellement de sang qu'à présent, je remplissais les conditions requises pour passer, hémoglobinement parlant, pour un vampire. En conséquence de quoi, les limites habituelles de mon don avaient été repoussées, au point même de franchir la ligne rouge: ce n'était pas dans les pensées de l'avocat de l'Arkansas que je lisais, c'était dans celles de Henrik, directement!

— Dans ce cas, venez donc me dire ce que je dois faire, m'a alors aimablement proposé la Grande Pythonisse, caustique.

L'art du sarcasme dans toute sa splendeur.

J'aurais bien eu besoin d'une ou deux semaines pour me remettre du choc que je venais de subir. J'étais prise d'une certitude grandissante: je ferais mieux de tuer André, et peut-être Eric aussi –

276

même si je savais qu'une partie de moi le pleure-rait.

Mais on ne m'a même pas laissé une vingtaine de secondes.

Cleo m'a pincée violemment.

— Pauvre imbécile! a-t-elle fulminé. Vous allez tout gâcher.

J'ai remonté le rang jusqu'à l'allée centrale, mar-chant sur les pieds de Gervaise en passant. J'ai déli-bérément ignoré le regard noir qu'il me lançait et la réaction de Cleo. Ils n'étaient rien, comparés aux autres puissances qui risquaient de se disputer ma dépouille. Eric a pris position derrière moi: mes arrières étaient assurés.

Tout en m'approchant de l'estrade, je me suis demandé ce que Sophie-Anne pensait du tour inat-tendu que prenait son procès. Difficile à dire: j'étais trop concentrée sur Henrik et son démon d'avocat.

— Henrik croit que la reine a décidé de le faire assassiner. C'est ce qu'on lui a dit pour le pousser à l'accuser, ai-je expliqué, parvenue juste derrière les chaises des jurés, Eric à mes côtés. Cela dit, sa réac-tion est compréhensible. C'est de la légitime défense de sa part.

— La reine n'a pas prévu de me tuer? s'est écrié Henrik, que cette information semblait tout à la fois remplir d'espoir, d'incertitude et de rancœur envers celui qui l'avait trompé.

Et quand on est un vampire, avec visage de marbre et impassibilité de rigueur, ce n'est pas une mince affaire d'exprimer tout cela.

— Non. Elle était parfaitement sincère quand elle vous a proposé de vous prendre à son service.

Je me trouvais pratiquement en face de lui, à pré-sent, et je le regardais fixement pour essayer de bien lui enfoncer ça dans le crâne, malgré la peur panique qui le paralysait.

— Qu'est-ce qui me dit que vous ne mentez pas, vous aussi ? Vous travaillez pour elle, après tout.

— Peut-être pourrais-je, éventuellement, avoir mon mot à dire ? est alors intervenue la Grande Pythonisse, d'un ton on ne peut plus sarcastique.

Oups. Le silence a envahi la salle. Un silence glacial.

— Êtes-vous voyante ? m'a-t-elle demandé, en parlant lentement pour que je puisse bien la comprendre.

— Non, madame, je suis télépathe.

De si près, la Grande Pythonisse paraissait encore plus vieille. Jamais je n'aurais cru qu'on puisse avoir l'air aussi âgé.

— Vous lisez dans les pensées ? Les pensées des vampires ?

— Non, madame. Les vampires sont les seuls dont je ne peux pas lire les pensées, me suis-je empressée de préciser. C'est dans l'esprit de l'avocat de M. Feith que j'ai réuni les pièces pour reconstituer le puzzle.

Maître Maimonides n'a pas vraiment semblé ravi d'entendre cela.

— Tous ces faits vous étaient-ils connus ? a demandé la Grande Pythonisse en tournant son regard vide vers l'avocat.

— Oui. Je savais que M. Feith se croyait menacé de mort.

— Et vous saviez également que Sophie-Anne Leclerq lui avait proposé de le prendre à son service ?

— Oui, il m'avait fait part de cette... généreuse proposition.

Avec tant de scepticisme dans le ton, il ne fallait pas être devin pour savoir ce qu'il en pensait.

— Et vous avez mis en doute la parole de la reine des vampires de Louisiane ?

Ah. La position de Maimonides devenait bien frêle...

— J'estimais de mon devoir de protéger mon client, Grande Pythonisse, a plaidé l'avocat, se drapant dans sa dignité avec juste ce qu'il fallait d'humilité pour ne pas s'attirer le courroux de la juge.

— Mmm...

La Grande Pythonisse semblait aussi convaincue que moi.

— Sophie-Anne Leclerq, c'est à présent à vous de nous présenter votre version des faits, a-t-elle aussitôt enchaîné. Voulez-vous procéder à leur énoncé?

— Ce qu'a dit Sookie est exact, a aussitôt confirmé la reine. J'ai effectivement offert à Henrik secours et protection, ainsi qu'une place à mon service. Quand nous en arriverons à l'audition des témoins, c'est elle que vous entendrez comme unique porte-parole de la défense: elle a assisté à la bataille qui a opposé les gens de Peter aux miens. Bien qu'ayant découvert qu'en m'épousant, Peter nourrissait de secrets desseins, je n'ai jamais levé le petit doigt contre lui, jusqu'à ce que ses sujets passent à l'attaque, la nuit de notre grande fête. Les circonstances ont fait qu'il n'a pas pu choisir le moment idéal pour passer à l'action – idéal pour lui, j'entends –, ce qui explique que tous les siens aient péri, alors que les miens ont, pour la plupart, survécu. Il a même lancé cette offensive en présence d'innocents qui n'étaient pas des nôtres, a ajouté Sophie-Anne en réussissant à paraître à la fois choquée et attristée. Il m'a fallu tous ces longs mois pour étouffer l'affaire.

J'avais cru parvenir à éloigner presque tous les humains et les loups-garous avant le début du carnage mais, apparemment, il en était resté quelques-uns dans les parages.

Ils ne l'étaient sans doute plus. Dans les parages.

— En outre, depuis cette nuit fatidique, vous avez subi de lourdes pertes.

La Grande Pythonisse affichait une flagrante compassion.

J'ai commencé à sentir que le procès était joué d'avance. Les dés étaient pipés, et ce en faveur de la reine de Louisiane. Était-ce vraiment un hasard qu'Isaiah, son plus ardent courtisan, ait été nommé président du jury et maître de cérémonie?

— Comme vous venez de le dire, j'ai subi des pertes considérables, qui ont touché tant mes sujets que les caisses de l'État, a reconnu Sophie-Anne. C'est bien pourquoi j'ai plus que jamais besoin de l'héritage de mon époux, auquel j'ai légitimement droit, en vertu des termes de notre contrat de mariage. Il avait cru, naguère, hériter du riche royaume de Louisiane. Aujourd'hui, c'est moi qui ne serais que trop heureuse de me voir léguer le pauvre royaume de l'Arkansas.

La reine s'est alors tue, laissant s'installer un profond silence.

— Dois-je appeler notre témoin à la barre? a finalement demandé Johan Glassport.

Il semblait bien hésitant, pour un avocat. Mais, dans une salle d'audience pareille et devant un tel juge, on comprenait pourquoi.

— Mademoiselle Stackhouse, que voici, a été témoin de la mort de Peter Threadgill, a-t-il ajouté en me tendant la main pour m'inviter à monter sur l'estrade.

Sophie-Anne paraissait détendue. En revanche, non loin de moi, sur ma gauche, Henrik Feith agrippait les accoudoirs de son fauteuil.

Nouveau silence. La crinière blanche de la vampire sans âge cachait son visage, tandis qu'elle semblait contempler ses genoux. Puis elle a relevé la tête, et ses yeux morts se sont braqués droit sur Sophie-Anne.

— L'Arkansas est légitimement à vous et, désormais, vous revient de droit, a-t-elle soudain décrété, d'un ton presque détaché. Je vous déclare innocente du meurtre avec préméditation de votre époux.

Eh bien... euh... Youpi. J'étais assez près de la reine pour voir ses yeux s'écarquiller de stupeur et de soulagement et de Johan Glassport pour surprendre le petit sourire goguenard qu'il adressait à son pupitre. Simon Maimonides a dévisagé les jurés pour savoir comment ils prenaient la chose. Comme personne ne protestait, il s'est résigné avec un haussement d'épaules désabusé.

— À présent, à vous, Henrik, a subitement croassé la Grande Pythonisse. Votre sécurité étant désormais assurée, dites-nous qui vous a raconté ces mensonges.

Henrik ne semblait pas rassuré du tout. Il paraissait même mort de peur tandis qu'il venait prendre place à côté de moi.

Il avait raison.

Quelque chose a soudain fendu l'espace.

L'expression qui s'est alors peinte sur son visage blafard était celle de l'horreur absolue. Il a baissé les yeux, et tout le monde a suivi son regard. Un fin projectile de bois lui sortait de la poitrine. Comme il levait la main pour s'en saisir, il a commencé à tanguer. Un tel événement, chez les humains, aurait immanquablement déclenché une panique générale. Mais les vampires se sont tous jetés au sol dans un silence quasi complet. Seule la Grande Pythonisse hurlait parce qu'elle voulait savoir ce qui se passait et d'où venait cette tension qu'elle sentait dans la salle. Les armes à la main, les deux britlingans ont traversé l'estrade d'un bond pour venir se poster devant le roi du Kentucky, en position de combat ;

André a littéralement volé au secours de sa reine ; Quinn m'a sauté dessus pour me protéger... et s'est pris la deuxième flèche. Elle était destinée à Henrik, naturellement. Précaution bien inutile, d'ailleurs : Henrik n'avait pas heurté le sol qu'il était déjà mort.

14

C'est Batanya qui a tué l'assassin. À la *ninja*, avec un *shaken* – une étoile aux bords aussi tranchants que des lames de rasoir. Comme elle était face au public, elle avait parfaitement vu le seul vampire qui restait debout quand tous les autres s'étaient prudemment jetés à terre. Un vampire qui ne se servait pas d'un arc pour envoyer ses flèches... mais les lançait à main nue. Sinon, il se serait fait immédiatement repérer. Même dans une faune pareille, un type qui se promène avec un arc, ça se remarque.

Seul un vampire peut lancer une flèche à main nue et abattre sa cible. Et peut-être que seule une britlingan peut lancer un *shaken* et décapiter un vampire.

J'avais déjà vu des vampires décapités. Ce n'est pas aussi atroce qu'on l'imagine. Rien à voir avec un humain. Mais ce n'est pas très folichon non plus, et quand j'ai vu la tête tomber, j'ai eu un haut-le-cœur, de ceux qui vous coupent les jambes. Je suis tombée à genoux auprès de Quinn.

— Ça va, ça va, m'a-t-il aussitôt dit, en voyant que je l'examinais avec anxiété. Je l'ai prise dans l'épaule, pas dans le cœur.

Il a roulé sur le dos. Tous les vampires de Louisiane avaient bondi sur l'estrade à la suite d'André pour faire bloc autour de leur reine. Mais, le danger passé, ils n'ont pas tardé à se regrouper autour de nous.

Vive comme l'éclair, Cleo s'était déjà débarrassée de sa veste et de sa belle chemise de smoking, qu'elle a pliée pour former une compresse.

— Prenez ça, m'a-t-elle ordonné en mettant la chemise dans ma main, qu'elle a posée d'autorité à côté de la blessure. Et préparez-vous à appuyer de toutes vos forces.

Elle n'a pas attendu ma réponse.

— Accrochez-vous, a-t-elle dit à Quinn.

Et elle l'a plaqué par les épaules pour le maintenir au sol, pendant que Gervaise retirait la flèche.

Quinn a hurlé, forcément, et les minutes qui ont suivi n'ont pas été les plus réjouissantes de ma vie. Pendant que je tentais d'arrêter l'hémorragie avec ma compresse de fortune, Cleo a remis sa veste de smoking sur son soutien-gorge de dentelle noir et a ordonné à Hervé, son familier, de sacrifier sa propre chemise. Celui-ci a obtempéré dans la seconde. La vue de ce torse nu et velu, au milieu de toutes ces tenues de soirée, avait quelque chose de choquant – et le fait que j'aie pu m'en faire la réflexion, alors que je venais de voir un type se faire décapiter, de tout à fait hallucinant.

J'ai su qu'Eric approchait avant même qu'il ne se manifeste : déjà, ma terreur refluait. Il s'est accroupi, là, tout près. Autour de moi, c'était toujours l'effervescence. On s'agitait dans tous les sens, et devant moi, Quinn gisait, les yeux clos, rassemblant tout son courage pour ne pas crier. Pourtant, je me sentais... sinon zen, du moins assez calme pour ne pas paniquer. Et ce, simplement parce que Eric était à mes côtés.

Je trouvais cette situation insupportable.

— Il va s'en remettre, m'a-t-il assuré.

284

Ça n'avait pas l'air de le réjouir outre mesure, mais ça ne semblait pas le contrarier non plus.

— Oui.

— Je suis désolé. Je n'ai pas vu le coup venir.

— Oh! Tu m'aurais fait un rempart de ton corps, peut-être?

— Non, parce que j'aurais pu prendre la flèche dans le cœur et en mourir. Mais j'aurais pu te projeter à terre pour t'écarter de sa trajectoire, si j'en avais eu le temps.

Qu'est-ce que je pouvais répondre à ça?

— Tu en viendras peut-être à me haïr parce que je t'ai épargné la morsure d'André, a-t-il posément repris. Mais des deux maux, crois-moi, je suis vraiment le moindre.

Je lui ai jeté un regard en coin.

— Je le sais, ai-je concédé, alors même que, traversant la chemise que je pressais sur sa blessure, le sang de Quinn souillait déjà mes mains. Je ne peux pas dire que j'aurais préféré me tuer plutôt que de me faire mordre par André, mais pas loin.

Ça l'a fait rire. Quinn a cligné des yeux.

— Le tigre-garou reprend du poil de la bête, a constaté Eric. Est-ce que tu l'aimes?

— Je ne sais pas encore.

— Et moi, tu m'as aimé?

Une équipe de brancardiers venait d'arriver. Évidemment, ce n'était pas une équipe d'urgentistes normaux – elle n'aurait pas été la bienvenue au *Pyramid*. Il s'agissait, en fait, de loups-garous et autres hybrides qui travaillaient pour les vampires.

— Ne vous inquiétez pas. Avec nous, il sera sur pied en un rien de temps, m'a assuré leur chef, une jeune femme avec un faux air de kinkajou.

— Je viendrai le voir plus tard.

— On va s'occuper de lui, a-t-elle insisté. Avec nous, il sera entre de bonnes mains. C'est un privilège de prendre soin du célèbre Quinn…

— Vous pouvez y aller, a brusquement coupé l'intéressé, d'un ton qui se voulait décidé.

Mais il serrait les dents. Je lui ai pris la main.

— À tout à l'heure. Tu es vraiment le plus brave d'entre les braves, Quinn.

— Fais…

Il s'est mordu la lèvre pour réprimer un gémissement de douleur.

— Fais attention, bébé.

— N'allez pas vous faire de la bile pour elle, l'a sermonné un jeune Noir avec une courte coiffure afro. Elle est bien protégée, a-t-il ajouté en lorgnant vers Eric.

Eric m'a tendu la main pour m'aider à me relever. Mes genoux gardaient un mauvais souvenir de leur rencontre un peu brutale avec le plancher.

Au moment où les secouristes étendaient Quinn sur la civière et la soulevaient, celui-ci a semblé perdre connaissance pour de bon. Je me suis précipitée vers lui. Mais le Noir a tendu le bras pour me barrer la route. Ses muscles étaient si bien dessinés qu'on aurait dit de l'ébène sculptée.

— Reste là, ma sœur, m'a-t-il ordonné. On prend les choses en main, maintenant.

Je les ai regardés emmener Quinn. Quand il a disparu derrière les portes, j'ai jeté un coup d'œil à ma robe. Par miracle, elle était intacte : pas une tache, pas une goutte de sang, à peine si elle était froissée.

Eric attendait toujours.

— Si je t'ai aimé ?

Je savais qu'il n'abandonnerait pas, alors autant essayer de lui fournir une réponse.

— Peut-être bien. Si on veut. Mais j'ai toujours su que le mec qui était avec moi n'était pas vraiment

286

toi. Et je savais aussi que, tôt ou tard, ce mec-là se rappellerait qui il était et ce qu'il était...

— Apparemment, dès qu'il s'agit des hommes, « oui » et « non » disparaissent de ton vocabulaire.

— Tu n'as pas vraiment l'air de savoir ce que tu ressens pour moi non plus, je te ferai remarquer.

— Tu es un mystère pour moi, Sookie. Qui était ta mère ? Qui était ton père ? Oh ! Je sais : tu vas me dire qu'ils t'ont élevée du berceau à la petite enfance et que tu n'étais encore qu'une fillette quand ils sont morts. Tu m'as déjà raconté cette histoire. Mais je ne suis pas convaincu que ce soit la vérité. Et si ça l'est, à quel moment les faé sont-ils apparus dans ton arbre généalogique ? Cet héritage t'a-t-il été transmis par l'un de tes grands-parents ? C'est cela qui me paraît le plus plausible.

— Et en quoi est-ce que ça te regarde exactement ?

— Tu sais que ça me regarde. Nous sommes liés, désormais.

— Mais il va se détendre, ce lien, non ? On ne sera pas toujours aussi proches que ça, toi et moi ?

— Mais j'aime être proche de toi. Toi aussi, tu aimeras ça, tu verras.

Quelle arrogance. J'espérais bien qu'il se trompait. Et pour moi, le chapitre était clos. Je me suis donc empressée de changer de sujet.

— C'était qui, ce vampire ? Celui qui a essayé de nous tuer ?

— Allons voir ça de plus près, a-t-il décrété en me prenant la main.

Je me suis laissé entraîner sans broncher : je voulais savoir.

Batanya se tenait près du corps du meurtrier, qui avait déjà commencé à se désagréger, le processus de décomposition étant beaucoup plus rapide pour un vampire que pour un humain. La britlingan avait récupéré son *shaken* et l'essuyait sur son pantalon.

— Joli coup! a dit Eric. Qui était-ce?

Elle a haussé les épaules.

— Je ne sais pas. Le lanceur de flèches, en ce qui me concerne. Et c'est tout ce qui m'importe.

— Il a agi seul?

— Oui.

— Pourriez-vous me dire à quoi il ressemblait?

— J'étais assis à côté de lui, est alors intervenu un vampire minuscule.

Il faisait à peine plus d'un mètre cinquante, et il était tout fluet, par-dessus le marché. Ses cheveux lui balayaient les reins. Si jamais il allait en prison, il ne se passerait pas plus de trente minutes avant que tout un tas de gars viennent frapper à sa porte. Ils le regretteraient, bien sûr, mais pour un œil non averti il était l'image même du bouc émissaire.

— C'était un dur. Et il n'était pas en tenue de soirée. Pantalon de toile, chemise rayée... enfin, vous n'avez qu'à regarder.

Le corps avait beau noircir et tomber en poussière, les vêtements, eux, demeuraient intacts, évidemment.

— Peut-être qu'il avait un permis de conduire, ai-je supposé.

Chez les humains, c'était pratiquement gagné d'avance. Mais pas chez les vampires. Enfin, ça ne coûtait rien d'essayer.

Eric s'est accroupi pour fouiller les poches du décapité. Rien dans celles de devant. Sans plus de cérémonie, Eric l'a retourné. J'ai reculé précipitamment pour éviter le nuage de cendres. Il y avait bel et bien quelque chose dans la poche arrière du pantalon : un portefeuille. Et à l'intérieur, un permis de conduire.

Il avait été établi dans l'Illinois. Dans la case « groupe sanguin », on avait inscrit « NA », non applicable : pas de doute, c'était bien un vampire. En lisant

288

par-dessus l'épaule d'Eric, j'ai appris que le type s'appelait Kyle Perkins. Il avait ajouté « 3V » à son âge, ce qui signifiait qu'il n'avait que trois ans d'ancienneté dans la communauté.

— Il devait faire du tir à l'arc de son vivant, ai-je murmuré, réfléchissant à haute voix. Ce n'est pas le genre de compétence qui s'acquiert du jour au lendemain. Il manquait encore trop d'expérience en tant que vampire pour être aussi doué.

— Je suis d'accord avec toi, a approuvé Eric. Quand il fera jour, je voudrais que tu enquêtes dans tous les endroits où l'on peut pratiquer le tir à l'arc dans la région. Lancer des flèches à main nue, cela ne s'improvise pas. Il s'est entraîné. Et il faut une flèche spéciale. Nous devons découvrir ce qui est arrivé à Kyle Perkins et pourquoi il a accepté de venir à ce sommet pour assassiner celui qu'on lui avait désigné.

— Parce que tu crois que... que c'était un tueur à gages ?

— Oui. Il y a quelqu'un derrière tout cela, quelqu'un de très habile qui nous manipule avec d'infinies précautions. De toute évidence, ce Perkins n'était qu'une roue de secours, prévue pour le cas où le procès tournerait mal. Et si tu n'avais pas été là, il aurait pu effectivement très mal tourner. Celui qui a embauché Perkins n'a pas ménagé sa peine pour parvenir à ses fins. Il comptait sur la peur qu'il avait instillée chez Henrik Feith, mais voilà que cet imbécile de Henrik allait le dénoncer... Perkins avait justement été payé pour l'en empêcher.

Déjà, l'équipe de nettoyage arrivait : un groupe de vampires avec un tas de produits d'entretien et un long sac de plastique noir. On n'allait pas demander à des femmes de ménage mortelles de ramasser ce qu'il restait de Kyle. Encore une chance qu'à cette heure-ci elles aient toutes été occupées à faire les chambres des vampires – qui leur étaient bien sûr interdites pendant la journée.

En un clin d'œil, les résidus de Kyle Perkins avaient été emballés et enlevés. Seul un dernier vampire est resté sur place pour passer un petit coup d'aspirateur à main. Que « les experts » de Rhodes la retrouvent cette piste-là, tiens !

Je me suis retournée en sentant une certaine agitation derrière moi. Les portes de service étaient toutes grandes ouvertes, et le personnel de l'hôtel envahissait la salle pour retirer les chaises. En moins d'un quart d'heure, le tribunal installé par Quinn a disparu, et tous les éléments qui avaient servi à planter le décor ont été enlevés et rangés sous les directives de sa sœur. Un orchestre a ensuite pris place sur l'estrade, pendant que la piste était dégagée et nettoyée. Je n'avais encore jamais vu ça. En entrée, un procès, un meurtre comme plat de résistance et, en dessert, le grand bal de gala. La vie continuait – enfin, plutôt la mort, en l'occurrence…

C'est Eric qui m'a arrachée à mes pensées.

— Tu ferais mieux de retourner auprès de la reine, m'a-t-il conseillé.

— Ah, oui ! Elle a peut-être deux ou trois trucs à me dire.

J'ai jeté un coup d'œil alentour. Je n'ai pas tardé à la repérer. Elle était au centre d'une foule de gens qui se pressaient pour la féliciter. N'avait-elle pas gagné son procès ? Oh, ils auraient, sans aucun doute, été aussi ravis de la voir exécutée ou d'assister, du moins, à tout autre châtiment auquel, tendant le poing pouce renversé, la Grande Pythonisse l'aurait condamnée. À ce propos…

— Et la vieille aveugle, Eric, où est-elle passée ?

— La Grande Pythonisse est l'augure des origines. C'est elle, la Pythie que consultait Alexandre, m'a-t-il expliqué d'une voix neutre. Elle était si révérée

290

qu'en dépit de son grand âge, les tout premiers vampires de son temps, très primitifs, ont décidé de la préserver. Elle leur a survécu, à tous.

Je préférais ne pas penser à la manière dont elle s'était alimentée, avant l'invention du sang artificiel. Comment avait-elle pu réussir à courir après ses proies avec sa démarche claudicante ? Mais peut-être les lui avait-on apportées, comme on donne des souris vivantes aux serpents en captivité.

— Pour répondre à ta question, a enchaîné Eric, j'imagine que ses servantes l'ont ramenée dans sa suite. On ne la sort que pour les grandes occasions.

— Comme l'argenterie, ai-je machinalement ajouté, le plus sérieusement du monde.

Et puis, tout à coup, j'ai été prise d'un fou rire. À ma grande surprise, Eric a souri aussi, de ce grand sourire qui creusait toutes ces fines ridules autour de sa bouche.

Nous avons regagné notre poste auprès de Sa Majesté. Je n'étais même pas sûre qu'elle se soit aperçue de ma présence, tant elle était accaparée par ses admirateurs. Pourtant, à la faveur d'un flou dans la conversation, elle a tendu le bras en arrière pour m'étreindre légèrement la main.

— Nous nous reparlerons plus tard, m'a-t-elle glissé, avant de saluer une corpulente vampire en tailleur-pantalon intégralement rebrodé de paillettes. Maude ! Quel plaisir de vous voir ! Et comment vont les affaires dans le Minnesota ?

Au même instant, l'un des musiciens sur l'estrade, un vampire aux cheveux brillantinés, a donné un petit coup sur son pupitre pour attirer l'attention du public. Puis il s'est penché vers son micro et a pris la parole.

— Si vous êtes chauds et prêts à vous remuer, les vamp's, nous, on est prêts à vous faire bouger ! Je suis Rick Clark, et voici le... Dead Man Dance Band !

Applaudissements dispersés et polis. Rick ne s'est pas démonté pour autant.

— Et pour ouvrir le bal, a-t-il enchaîné, avec l'aimable autorisation des productions Blue Moon, nous accueillons les deux meilleurs danseurs de Rhodes : Sean et Layla !

Le couple qui s'est alors avancé sur la piste était à couper le souffle – tant celui des humains que celui des vampires (pure figure de style, dans leur cas, je vous l'accorde). Ils appartenaient, pour leur part, à la deuxième catégorie, quoique de fraîche date, en ce qui concernait Layla, me semblait-il. C'était l'une des plus belles femmes que j'aie jamais vues, et l'aérienne robe de dentelle champagne qu'elle portait virevoltait autour de jambes de classe internationale. Son cavalier, un vampire roux – je n'en avais jamais vu –, avait les cheveux aussi longs qu'elle. Chacun d'eux n'avait d'yeux que pour son partenaire, et quand on les regardait danser, ils paraissaient glisser, comme dans un rêve.

Je n'avais jamais assisté à un tel spectacle et, à en juger par la véritable fascination qu'ils semblaient exercer sur le public, je n'étais pas la seule. À la fin du morceau – que j'ai totalement oublié, d'ailleurs –, Sean a renversé Layla sur son bras… et l'a mordue. Je ne m'y attendais pas. Mais, apparemment, les autres spectateurs l'avaient prévu et cela ne les a pas laissés de glace : Sophie-Anne a levé des yeux brûlants vers son cher André (quoiqu'elle n'ait pas eu à les lever beaucoup, vu qu'il était à peine plus grand qu'elle), et Eric a baissé les siens vers moi avec, dans les prunelles, une de ces lueurs ardentes qui me mettent instantanément en état d'alerte maximale.

J'ai détourné la tête, bien décidée à concentrer toute mon attention sur les danseurs, et j'ai applaudi à tout rompre quand ils ont salué. Puis le groupe a entonné un autre morceau, et d'autres couples ont rejoint Sean et Layla sur la piste. Par habitude, j'ai cherché mon ex des yeux. Pas de Bill à l'horizon.

— Allons danser, m'a alors murmuré mon voisin.

Et je me suis rendu compte que je ne pouvais pas dire non.

Déjà, la reine et son futur roi nous imitaient, de même que Russell Edgington et son mari, Bart, qui semblaient presque aussi fous l'un de l'autre que Sean et sa partenaire.

Je chante peut-être comme une casserole, mais pour danser, je sais danser. Quant à Eric, il avait sans doute eu l'occasion de prendre quelques cours, au fil des siècles. Ma main s'est posée dans son dos, la sienne dans le mien. Celles qui restaient se sont trouvées, et nous nous sommes lancés. Je ne savais pas trop ce que je dansais – ça ressemblait plutôt à une valse –, mais j'avais un excellent cavalier : je n'avais qu'à me laisser guider.

— Jolie robe, m'a lancé Layla au moment où on passait près d'elle.

— Merci.

Et je lui ai adressé un sourire radieux. Venant d'une femme aussi belle, un tel compliment était drôlement flatteur. Puis son partenaire s'est penché pour l'embrasser, et ils se sont éloignés en tournoyant dans la foule.

— C'est une très jolie robe, en effet. Portée par une très belle femme, a renchéri Eric.

Si étonnant que ça puisse paraître, ça m'a intimidée. Ce n'était pourtant pas faute d'avoir reçu des compliments auparavant : quand on est serveuse, on n'y échappe pas. Mais la plupart s'étaient limités aux réflexions de types plus ou moins éméchés qui me disaient que j'étais « carrément mignonne », ou même, pour l'un d'eux, que j'avais de « sacrés pare-chocs » (bizarrement, le pauvre mec en question s'était fait marcher sur les pieds par JB du Rone et par Hoyt Fortenberry, qui avait renversé son verre sur son veston par la même occasion – un regrettable accident, naturellement).

— Eric... ai-je commencé, mais je n'ai pas pu finir parce que je ne savais pas quoi lui dire.

J'étais obligée de me concentrer sur les mouvements de mes pieds. Nous dansions en tourbillonnant si vite que j'avais l'impression de voler. Tout à coup, Eric m'a lâché la main pour m'enlacer la taille et, pendant que nous tournions comme des toupies, il m'a soulevée de terre. Cette fois, je volais vraiment. Échevelée et grisée, je riais comme une folle. Puis il m'a lâchée, ne me rattrapant qu'à quelques centimètres du sol. Et il a recommencé, encore et encore, jusqu'à ce que le morceau s'achève et que je regagne définitivement la terre ferme.

Je l'ai poliment remercié et, comme je devais avoir l'air d'une sorcière qui venait de traverser un ouragan sur son manche à balai, je me suis excusée pour aller me recoiffer dans les toilettes.

Je me suis frayé un chemin à travers la foule, consciente que j'avais un sourire jusqu'aux oreilles qui devait me donner l'air d'une parfaite idiote, mais incapable de le réprimer. J'aurais dû être au chevet de mon cher et tendre, au lieu de danser dans les bras d'un autre jusqu'à en avoir des frissons d'émotion. Inutile de prendre le pacte de sang qui me liait à mon cavalier pour excuse !

Pendant ce temps, Sophie-Anne et André avaient quitté la piste pour rejoindre un groupe de vampires. Comme il n'y avait pas d'humains avec eux, la reine ne pouvait pas avoir besoin de moi. J'ai aperçu Gervaise qui dansait avec Carla, et ça avait l'air de se passer plutôt bien. Carla attirait les regards admiratifs d'un tas d'autres vampires, ce qui devait flatter l'ego de Gervaise. Voir ses frères vampires convoiter ce qu'il possédait le comblait.

Je savais ce qu'il ressentait.

Je me suis arrêtée net.

Est-ce que je… Non, je ne pouvais pas lire directement dans ses pensées ! Bien sûr que non ! Les seules fois où j'avais intercepté des bribes de pensée chez un vampire, j'avais éprouvé une horrible sensation, comme si quelque chose de froid et de reptilien s'insinuait dans mon esprit.

Je savais pourtant parfaitement ce que ressentait Gervaise, tout comme j'avais parfaitement su ce que pensait Henrik. Était-ce juste parce que je connaissais les hommes ? Ou parce que je connaissais les vampires ? Ou était-ce parce que j'avais plus de facilité à percevoir les émotions des vampires depuis qu'Eric m'avait donné son sang pour la troisième fois ? Ou est-ce que mon don, ma faculté, ma malédiction, s'était accru au point de s'étendre aux vampires, maintenant que j'étais si près d'en être une ?

Non. Oh, non, non, non ! J'étais moi. J'étais un être humain. Ma peau était chaude. Je respirais. J'avais faim. J'ai pensé au fameux gâteau au chocolat de Caroline Bellefleur. J'en ai eu l'eau à la bouche. Pas de doute : humaine pur jus.

Bon, très bien. Alors, cette nouvelle affinité avec les vampires allait s'estomper avec le temps, tout comme cette force décuplée que je ressentais. J'avais eu deux « apports » de Bill (peut-être même plus) et trois d'Eric. Chaque fois, au bout de deux ou trois mois, les effets (forme olympique, super réactivité, sens ultra-aiguisés) s'étaient dissipés. Donc, c'était ce qui allait se passer cette fois encore, pas vrai ? Je me suis ressaisie. Mais oui, forcément.

Adossé au mur, Jake Purifoy regardait les couples danser. Je l'avais vu, un peu plus tôt, entraîner une jeune et jolie vampire visiblement ravie sur la piste. Tout n'était donc pas si noir pour Jake, finalement. Ça me faisait plaisir pour lui.

— Salut, Jake, lui ai-je lancé.

— Hé! Sookie! Dis donc, c'était animé, ce procès.

— Oui, plutôt.

— C'était qui, ce type?

— Oh! Un renégat, sans doute. Eric veut que je fasse le tour des stands de tir à l'arc pour retrouver sa trace et essayer de découvrir qui l'avait engagé.

— Bien, bien. Tu l'as échappé belle. Je suis désolé, a-t-il ajouté timidement. Tu as dû avoir une belle frayeur.

En réalité, j'avais eu trop peur pour Quinn pour réaliser que la flèche m'était destinée. Lorsque j'en avais vraiment pris conscience, le danger était passé.

— Oui, on peut dire ça comme ça. Tu as l'air de t'amuser, en tout cas.

— Il faut bien que je trouve des compensations, maintenant que je ne peux plus me métamorphoser.

— J'ignorais que tu avais essayé.

— Si, des tas de fois…

On s'est regardés en silence un long moment.

— Bon, je vais aller chercher une autre cavalière, m'a-t-il annoncé, en guise de conclusion, avant de s'éloigner en direction d'une vampire qui faisait partie de la délégation du Texas.

Je l'avais vue avec Stan Davis. Elle a eu l'air contente que Jake vienne l'inviter.

J'ai fini par atteindre les toilettes des dames, qui étaient minuscules, bien sûr: la grande majorité des «dames» qui séjournaient au *Pyramid* n'avaient pas besoin de telles commodités, sinon pour se recoiffer. Il y avait pourtant du personnel sur place, raffinement auquel je n'avais encore jamais eu droit, bien que j'aie déjà vu ça à la télé. Si mes souvenirs étaient bons, j'étais censée donner un pourboire à l'employée – une femme trapue à la peau sombre et au visage triste. Encore une chance que j'aie glissé quelques dollars dans ma pochette argentée, en même temps que ma clé magnétique, un ou deux mouchoirs en papier, des pastilles à la menthe et un peigne.

Quand je suis ressortie me laver les mains, Léna – puisque tel était le nom inscrit sur le badge de la préposée aux toilettes – a tourné le robinet pour moi. J'ai trouvé ça presque flippant. Je sais tourner un robinet, tout de même ! Je me suis pourtant essuyé les mains sur la serviette qu'elle me tendait. Cela devait faire partie du processus habituel. Je n'aurais pas voulu passer pour une gourde non plus. J'ai laissé deux dollars dans sa soucoupe. Elle a bien essayé de me sourire, mais ça semblait être au-dessus de ses forces. Elle avait dû passer une sale journée.

Je l'ai remerciée avant de sortir, puis, je ne sais pas pourquoi, j'ai jeté un coup d'œil dans le miroir de la porte en tournant la poignée. C'est comme ça que j'ai surpris le regard qu'elle me lançait. Si elle avait eu un pistolet à la place des yeux, j'aurais eu deux jolis petits trous entre les omoplates. Et si elle avait l'air tellement malheureuse, c'était surtout parce qu'elle avait toutes les peines du monde à cacher la haine que je lui inspirais.

Ce n'est jamais très agréable de savoir que quelqu'un vous déteste, surtout quand il n'y a aucune raison pour cela. Mais c'était son problème, et si elle ne voulait pas tourner les robinets pour des femmes qui trainaient avec des vampires, elle n'avait qu'à changer de métier. Je m'en fichais, moi, qu'elle tourne ou non le robinet pour moi ! Je ne lui avais rien demandé.

J'ai fendu la foule au pas de charge, jetant un coup d'œil à la reine au passage pour savoir si elle avait besoin de moi (non) et balayant les alentours du regard pour voir s'il n'y avait pas un loup-garou ou un hybride dans les parages pour me donner des nouvelles de Quinn (non plus).

Par un heureux hasard, je suis tombée sur le sorcier météorologue, que j'avais repéré un peu plus tôt. Je dois avouer que je n'étais pas peu fière de voir mes hypothèses confirmées. Sa présence à cette soirée de gala n'était autre qu'une récompense pour services rendus – quoique je ne puisse pas découvrir qui l'avait récompensé. Monsieur Météo avait un verre à la main et une femme d'âge mûr à son bras : Madame Météo, comme je l'ai appris, après une nouvelle petite incursion dans son cerveau. Il espérait qu'elle n'avait pas remarqué le très vif intérêt qu'il portait à la superbe danseuse aux dents longues et à la jolie blonde qui venait vers eux, celle qui l'avait regardé un peu plus tôt comme si elle le reconnaissait. Autrement dit... moi. Oh.

Je n'ai pas réussi à découvrir son nom, ce qui m'aurait drôlement facilité les choses. Je ne savais pas bien comment l'aborder. Sa présence devait pourtant être portée à l'attention de la reine. Quelqu'un s'était tout de même servi de lui contre elle.

— Bonsoir, ai-je lancé au couple, avec mon plus beau sourire commercial.

La femme de Monsieur Météo m'a rendu mon sourire, mais elle était sur la défensive. Dans ce genre de soirée mondaine, une jeune femme célibataire (elle avait jeté un coup d'œil à ma main gauche) n'était pas censée aborder un couple établi. Quant au sourire de Monsieur Météo, il était plutôt crispé.

— Vous vous amusez bien ?

— Oui, cette soirée est charmante, a répondu sa femme.

— Je m'appelle Sookie Stackhouse, ai-je persisté, dégoulinante d'amabilité.

Elle s'est présentée à son tour, en serrant la main que je lui tendais.

— Olive Trout. Et voici mon mari, Julian.

Elle ne soupçonnait même pas les activités singulières de son époux.

— Vous êtes tous les deux d'ici ?

Je jouais les prolongations, tout en scrutant la foule aussi discrètement que possible. Je ne savais pas quoi faire d'eux, maintenant que je les avais trouvés.

— Vous n'avez pas dû regarder nos chaînes de télévision locales. Julian est le météorologue de Channel 7, m'a fièrement annoncé Olive.

— Comme c'est intéressant ! me suis-je extasiée, avec la plus grande sincérité. Si vous pouviez juste venir avec moi, je connais quelqu'un qui serait absolument ravi de vous rencontrer…

Tout en les entraînant à ma suite, je commençais cependant à avoir des scrupules. Et s'il prenait à Sophie-Anne l'envie de se venger ? Mais ça n'aurait aucun sens. L'important, ce n'était pas tant qu'il y ait un sorcier spécialisé dans les prévisions météo, mais qu'il y ait bel et bien quelqu'un qui l'avait engagé pour tirer parti de ses talents, autant dire quelqu'un qui, une fois averti par Julian Trout de l'arrivée d'un cyclone sur la Louisiane, avait repoussé le sommet jusqu'à ce que Katrina ait tout dévasté.

Julian n'était pas idiot au point de ne pas se douter qu'un tel enthousiasme cachait quelque chose, et je craignais qu'il ne me fausse compagnie avant que je sois parvenue à mes fins. C'est avec un soulagement indescriptible que j'ai repéré la tête blonde de Gervaise. Je l'ai interpellé joyeusement, comme si je ne l'avais pas vu depuis des lustres. Lorsque je suis arrivée à sa hauteur, j'avais mené mes troupes à un tel train et j'avais l'estomac noué par une telle anxiété que j'en étais tout essoufflée.

— Gervaise, Carla! me suis-je exclamée, en déposant le couple Trout devant le shérif de la Quatrième Zone comme quelque pêche miraculeuse remontée dans mes filets. Voici Olive Trout et son mari, Julian. La reine mourait d'envie de rencontrer quelqu'un comme Julian : il fait dans la prévision météo.

D'accord, je ne l'avais pas vraiment joué fine. D'ailleurs, Julian avait blêmi. Ah ah! Monsieur Météo n'avait donc pas l'esprit tranquille. Un peu de mauvaise conscience, peut-être?

— Mon Dieu, mon chéri, tu ne te sens pas bien? s'est aussitôt alarmée Olive.

— Il faut qu'on rentre, a-t-il dit précipitamment.

— Oh, non, non, non! est alors intervenue Carla. Gervaise, mon cœur, tu te rappelles qu'André nous a dit que si on entendait parler d'un véritable expert météo, la reine et lui tiendraient absolument à lui parler, n'est-ce pas?

Sur ces bonnes paroles, elle a attrapé les époux Trout par le bras en les gratifiant d'un sourire radieux. Olive semblait sceptique.

— Mais oui, bien sûr! s'est écrié Gervaise, qui venait seulement de saisir de quoi il retournait. Merci, Sookie. Venez donc avec nous.

Et il a pris le relais, entraînant les Trout d'autorité. Je me sentais presque pousser des ailes à l'idée que les faits m'aient donné raison. En jetant un coup d'œil circulaire, j'ai aperçu Barry près du buffet. Je l'ai rejoint au moment où le groupe entonnait une reprise d'une chanson de Jennifer Lopez.

— Tu danses? lui ai-je demandé.

Il n'a pas eu l'air très emballé, mais je l'ai tiré par la main, et nous n'avons pas tardé à nous trémousser comme des damnés. Il n'y a rien de tel que la danse pour se défouler, évacuer les tensions et se changer les idées. Bon, je ne rivalisais pas encore avec Shakira, mais peut-être qu'avec un peu d'entraînement…

— À quoi tu joues ?

De toute évidence, Eric ne plaisantait pas : son ton était glacial, et son air réprobateur aurait pétrifié un rhinocéros en pleine charge.

— Je danse. Pourquoi ? lui ai-je répliqué, en lui faisant signe de dégager.

Mais Barry battait déjà en retraite, en m'adressant un timide salut de la main.

— Je m'amusais, figure-toi ! ai-je protesté.

— Tu agitais ton… tes… appas devant tout ce que cette salle compte de mâles, comme une…

— Stop ! Ne va pas trop loin, mon coco ! ai-je rétorqué en pointant sur lui un index menaçant.

— Enlève-moi ce doigt de sous le nez !

J'ai respiré un grand coup, prête à lui jeter quelque chose d'impardonnable à la figure. Je jubilais de sentir la colère monter en moi avec une telle violence : je n'étais pas pieds et poings liés avec lui, finalement. C'est alors qu'un bras viril m'a entouré fermement la taille.

— Vous dansez, chérie ? m'a demandé une voix inconnue avec un fort accent irlandais.

Déjà, le vampire aux longs cheveux roux qui avait ouvert le bal m'entraînait sur la piste. En m'éloignant, j'ai vu sa partenaire prendre Eric par la main pour en faire autant.

— Contentez-vous de suivre pendant que vous recouvrez votre sang-froid, ma fille. Je m'appelle Sean, au fait.

— Sookie Stackhouse.

— Enchanté de vous rencontrer, jeune femme. Vous dansez très bien.

— Merci. C'est un sacré compliment, venant de vous. J'ai vraiment adoré votre numéro, tout à l'heure.

Je sentais déjà la colère refluer.

— C'est surtout grâce à Layla, a-t-il affirmé en souriant.

Cela n'avait pas l'air facile, pour lui, de sourire. L'expression le transformait pourtant complètement, faisant de ce vampire au visage taillé à la serpe, criblé de taches de rousseur, avec un nez en lame de couteau, l'un des hommes les plus sexy que j'aie jamais rencontrés.

— C'est une partenaire de rêve, a-t-il renchéri.

— Elle est très belle.

— Oh, oui! Et aussi bien extérieurement qu'intérieurement.

— Ça fait longtemps que vous dansez ensemble?

— Sur une piste, deux ans. Dans la vie, un peu plus d'un an.

— Vu votre accent, j'imagine que vous n'êtes pas d'ici.

J'ai jeté un coup d'œil vers Eric et sa cavalière. Le sourire aux lèvres, la ravissante Layla lui parlait avec animation. Eric faisait encore grise mine, mais il n'avait plus l'air fâché.

— Bien sûr, je suis irlandais, a répondu Sean, mais je suis ici depuis...

Il a plissé le front. On aurait cru voir du marbre onduler.

— ... une bonne centaine d'années. De temps en temps, on pense bien à aller s'installer dans le Tennessee, dont Layla est originaire, mais on n'arrive pas à se décider.

— Vous en avez assez de vivre en ville?

— Trop de propagande anti-vampires à mon goût, dans les environs. Et ça ne s'améliore pas. La Confrérie du Soleil, le mouvement « Pas de nuit pour les morts-vivants »... Ça pousse comme des champignons, cette engeance, ici.

302

— La Confrérie est partout, ai-je déploré, prise de frissons à cette seule idée. Et qu'est-ce que ce sera, quand ils découvriront l'existence des loups-garous ?

— Oui, ça promet. Pourtant, ça ne va pas tarder. Je rencontre de plus en plus d'hybrides qui en parlent. À les entendre, ce serait pratiquement pour demain.

On aurait pu croire qu'avec tous les SurNat que je connaissais, il y en aurait au moins un qui aurait pu m'avertir… Tôt ou tard, les loups-garous et les métamorphes allaient bien être obligés de le révéler, leur grand secret, de toute façon. Sinon, ils risquaient de se faire prendre de vitesse : un jour ou l'autre, les vampires finiraient par vendre la mèche, intentionnellement ou non.

— Ça peut même nous mener à une guerre civile, poursuivait Sean.

— Entre la Confrérie et les SurNat ?

— Ça pourrait parfaitement arriver.

— Et qu'est-ce que vous feriez, dans ce cas-là ?

— Des guerres, j'en ai traversé quelques-unes, et je ne veux pas revivre ça, a-t-il affirmé sans hésiter. Layla ne connaît pas l'Europe, et elle adorerait y aller. Alors, on irait en Angleterre. On pourrait danser, là-bas, ou, tout au moins, nous y réfugier.

Si passionnante que soit cette discussion, ce n'était pas ce qui allait m'aider à résoudre les nombreux problèmes auxquels j'étais confrontée : qui avait payé Julian Trout ? Qui avait posé la canette piégée ? Qui avait fait éliminer les vampires survivants de l'Arkansas ? Qui avait commandité l'assassinat de Henrik ? Avions-nous affaire à un seul et même criminel, l'employeur du renégat ?

— À qui profite le crime ?

— Pardon ?

— Excusez-moi, je parlais toute seule. Merci de m'avoir invitée. C'est un vrai régal de danser avec vous, mais je dois retrouver un ami.

Sean a obligeamment orienté nos pas vers le bord de la piste, où nous nous sommes séparés. Déjà, il cherchait sa partenaire des yeux. En règle générale, les vampires ne restent pas longtemps en couple. Même les mariages royaux qui exigent des alliances séculaires ne requièrent des deux époux qu'une visite conjugale par an. J'espérais que Sean et Layla serait l'exception qui confirme la règle.

J'ai décidé d'aller voir ce que devenait Quinn. Ce ne serait peut-être pas facile, car j'ignorais où les métamorphes urgentistes l'avaient emmené. J'étais encore troublée par l'effet que me faisait la présence d'Eric. Avec les sentiments naissants que j'éprouvais pour Quinn, je ne savais plus trop où j'en étais. En revanche, je savais à qui j'étais redevable : Quinn m'avait sauvé la vie ce soir.

J'ai logiquement commencé par appeler sa chambre et, logiquement, personne n'a répondu. Si j'avais été un loup-garou, où aurais-je bien pu emmener un tigre-garou blessé ? Pas dans une salle ouverte au public, en tout cas. J'aurais eu peur que les employés de l'hôtel ne surprennent une conversation, ou même un simple mot qui leur aurait mis la puce à l'oreille sur l'existence des hybrides. Donc, un endroit privé. Une chambre ? Bon, alors, qui avait une chambre à l'hôtel et était susceptible d'avoir des sympathies pour les SurNat ?

Mais bien sûr ! Jake Purifoy : hier loup-garou, aujourd'hui vampire. Il se pouvait que Quinn soit chez lui. Je suis d'abord allée à la réception, où on n'a fait aucune difficulté pour communiquer le numéro de chambre d'un vampire à une humaine lambda. Mais il est vrai qu'officiellement, nous faisions partie de la même délégation, Jake et moi. La réceptionniste a trouvé que j'avais une très jolie robe. Elle voulait la même.

La chambre de Jake était à l'étage au-dessus du mien. Juste avant de frapper, j'ai fait un ultime petit repérage, histoire de dénombrer les individus en présence. Simple contrôle de routine. Il y avait un vide, un trou dans l'espace (je ne sais pas comment décrire ça autrement): pas de doute, un vampire… mais j'ai identifié aussi deux signatures mentales typiquement humaines. J'ai également surpris une pensée qui a retenu ma main au dernier moment, alors que je la levais pour frapper à la porte: «Faudrait tous les tuer.» Une simple bribe attrapée au vol. Rien avant, rien après: pas le moindre indice pour lever ou confirmer le doute qui m'étreignait soudain. J'ai donc frappé sans plus attendre. La disposition des personnes dans la pièce a immédiatement changé. C'est Jake qui m'a ouvert. Il n'avait pas l'air très accueillant.

J'arborais, quant à moi, un sourire aussi amical et désarmant que possible.

— Salut, Jake! Comment ça va? Je venais juste voir si Quinn n'était pas chez toi.

— Chez moi? s'est-il exclamé, manifestement surpris. Depuis que j'ai été vampirisé, je lui ai à peine adressé la parole, Sookie. Quinn et moi n'avons plus grand-chose à nous dire.

J'ai dû faire une moue dubitative parce qu'il s'est empressé d'ajouter:

— Oh! Ce n'est pas lui. C'est moi. Je n'arrive tout simplement pas à m'y retrouver entre ce que j'étais et ce que je suis devenu. En fait, je ne suis même plus très sûr de ce que je suis…

Il s'est subitement voûté, comme si toute la misère du monde lui tombait sur les épaules. Il avait un tel accent de sincérité que j'ai été prise d'un brusque accès de compassion.

— Enfin, bref, ça ne m'a pas empêché d'aider à le transporter à l'infirmerie. Je suppose qu'il y est encore. Il y avait une certaine Bettina avec lui, un métamorphe, et Hondo, un loup-garou.

Pendant tout ce temps, Jake maintenait la porte fermée, comme s'il ne voulait pas que je voie ses compagnons. Il ne pouvait pas savoir que je n'avais pas besoin de les voir pour percevoir leur présence.

Après tout, cela ne me regardait pas. Mais c'était... louche. Comme je le remerciais et m'apprêtais à tourner les talons, je retournais la situation dans tous les sens. Loin de moi l'idée de créer à ce pauvre Jake plus de problèmes qu'il n'en avait déjà. Cependant, si, d'une façon ou d'une autre, il était impliqué dans cette espèce de conspiration qui semblait se tramer dans les dédales du *Pyramid*, je voulais en avoir le cœur net.

Mais chaque chose en son temps. Je suis d'abord allée dans ma chambre téléphoner à la réception pour demander où se trouvait l'infirmerie, et j'ai scrupuleusement noté les indications sur le bloc-notes du téléphone. Puis j'ai emprunté l'escalier de service pour retourner en catimini espionner Jake et ses petits camarades. Mais entre-temps, les trois compères s'étaient séparés. J'ai aperçu deux humains de dos dans le couloir. Je n'en aurais pas mis ma main au feu, mais, de loin, l'un des deux ressemblait fortement à cet ours mal léché que j'avais vu dans la zone des bagages égarés, au sous-sol, celui qui s'occupait de l'ordinateur. Jake s'entretenait donc avec des employés de l'hôtel dans sa chambre. Peut-être qu'il se sentait plus à l'aise avec des mortels qu'avec des vampires, après tout... Mais j'aurais cru qu'il aurait préféré passer du temps avec des loups-garous plutôt qu'avec des humains ordinaires.

Alors que je me faisais ces réflexions, m'apitoyant sur son sort, la porte de sa chambre s'est ouverte, et l'intéressé est apparu devant moi. Ma faute. Je n'avais pas pensé à vérifier si la chambre était encore occupée par un vampire. Il a eu l'air un peu étonné de me voir là. Je ne pouvais pas lui en vouloir.

— Ça te dit de venir avec moi ?

— Hein ?

À sa mine ahurie, il était clair qu'il était encore loin de maîtriser la technique du vampire confirmé : quoi qu'il puisse arriver, visage de marbre et impassibilité.

— Voir Quinn, ai-je précisé. Comme tu disais que tu ne lui avais pas parlé depuis un moment, j'ai pensé que tu voudrais peut-être m'accompagner. Je pourrais... faciliter les choses, tu comprends ?

— C'est gentil, Sookie, mais je crois que je vais faire l'impasse sur ce coup-là. Le fait est que la plupart des SurNat ne veulent plus trop me voir sur leur territoire. Quinn est au-dessus de ça, je n'en doute pas. Il n'empêche que je le mets mal à l'aise. Il connaît mes parents et mon ex, tous les gens qui font partie de ma vie d'avant et qui m'évitent maintenant.

— Oh, Jake, je suis tellement désolée ! me suis-je écriée, le cœur soudain serré. Je suis désolée que Hadley t'ait ramené à la vie, alors que tu aurais peut-être préféré jeter l'éponge. Elle t'aimait bien : elle ne voulait pas que tu meures.

— Mais je suis mort, Sookie ! Je ne suis plus le même. Et tu es bien placée pour le savoir, a-t-il ajouté en me prenant le bras pour pointer du doigt ma cicatrice, celle qu'il m'avait faite avec ses crocs de vampire. Toi non plus, tu ne seras plus jamais la même...

Sur ces mots, il m'a plantée là et s'est éloigné. Il n'avait pas l'air de très bien savoir où il allait. Il voulait juste se débarrasser de moi. Je l'ai suivi des yeux jusqu'à ce qu'il disparaisse au fond du couloir. Il ne s'est pas retourné une seule fois.

Mon moral était déjà fragile. Il est tombé au plus bas. J'ai rejoint l'ascenseur à pas lourds pour essayer de trouver cette satanée infirmerie. La reine ne m'avait toujours pas bipée. J'en ai déduit qu'elle devait s'entretenir avec d'autres vampires, sans doute pour trouver qui avait engagé le fameux sorcier météo et, plus généralement, pour savourer son triomphe et le soulagement qui allait avec : plus de procès, un héritage incontesté, la possibilité d'asseoir son favori sur un trône convoité… Tout marchait comme sur des roulettes pour elle, apparemment.

Je faisais des efforts pour ne pas ressentir de rancœur. Mais finalement peut-être que j'avais de bonnes raisons d'être amère. En partie grâce à mon intervention, le procès en question avait été écourté et gagné. Or, précisément parce qu'elle avait été innocentée, Sophie-Anne n'allait-elle pas entrer en possession des biens de son défunt époux, comme prévu dans son contrat de mariage ? Et qui avait eu l'idée de faire couronner André ? Qui avait vu juste à propos de l'expert météo ? Alors oui, peut-être mon dépit était-il justifié. D'autant que la chance ne me souriait pas vraiment, à moi. Tôt ou tard, j'allais devoir choisir entre Eric et Quinn, alors que je n'étais absolument pas responsable de la situation ; j'avais eu l'insigne privilège de tenir une bombe pendant une éternité, et la Grande Pythonisse – révérée par la gent vampirique au grand complet ou presque – ne risquait pas de faire partie de mon fan-club. Pour finir, j'avais bien failli être tuée par une flèche.

Bon. Eh bien, j'avais connu des nuits plus agitées.

L'infirmerie s'est révélée plus facile à trouver que je ne l'avais escompté : la porte était ouverte, et un rire familier s'élevait à l'intérieur. Quand je suis entrée, Quinn discutait avec la femme à la tête de kinkajou – sans doute Bettina – et le Noir – vraisemblablement Hondo. Et aussi, à ma grande surprise, avec Clovache. Bien que toujours en armure, elle parvenait à donner cette impression de décontraction du type qui a desserré sa cravate.

— Hé! Sookie!

Quinn m'a souri. Pas les hybrides: je n'étais manifestement pas la bienvenue.

Mais ce n'était pas eux que je venais voir. Je venais voir celui qui m'avait sauvé la vie. Je me suis approchée lentement, un petit sourire aux lèvres, en lui laissant bien le temps de me regarder avancer. Je me suis assise sur la chaise en plastique près du lit et je lui ai pris la main.

— Comment tu te sens?

— Comme quelqu'un qui l'a échappé belle, m'a-t-il répondu gravement. Mais je vais vite me remettre.

— Pourriez-vous nous excuser un moment, s'il vous plaît?

— J'imagine qu'il vaut mieux que je retourne auprès de Kentucky, a alors déclaré Clovache.

Je pense bien qu'elle m'a adressé un clin d'œil avant de disparaître.

Bettina, elle, avait l'air renfrogné de la remplaçante qui se voit congédiée, devant tous ses élèves, par l'arrivée impromptue du professeur titulaire. Hondo m'a jeté un regard noir.

— T'as intérêt à respecter mon frère, m'a-t-il lancé d'un ton foncièrement menaçant. Ne t'avise pas de le fatiguer.

— Juré, lui ai-je répondu, la main sur le cœur.

Comme il ne trouvait pas de prétexte pour rester et que Quinn voulait manifestement me parler en privé, il a fini par capituler.

— C'est fou ce que je me fais comme amis, ces temps-ci, ai-je soupiré en les regardant s'en aller.

Je me suis levée pour aller fermer la porte. À moins qu'un vampire – ou Barry – ne nous espionne dans le couloir, nous allions avoir droit à un peu d'intimité.

— C'est le moment où tu me largues pour le vampire?

Quinn se tenait parfaitement immobile, comme sur le qui-vive, et toute trace de bonne humeur avait déserté son visage.

— Non. C'est le moment où je t'explique ce qui s'est passé et où tu m'écoutes religieusement. Après, on parle.

J'avais dit ça comme si j'étais sûre de mon fait, mais rien ne me disait qu'il serait d'accord… Je sentais les battements sourds de mon cœur jusque dans mon cou. Il a fini par hocher la tête. J'ai fermé les yeux en soupirant et j'ai pris sa main dans les miennes.

— OK…

J'ai rassemblé mon courage et je me suis lancée. J'ai laissé les mots couler tout seuls, espérant qu'à la lumière de mon récit Quinn comprendrait que, comme Eric l'avait dit, de deux maux il était bien le moindre.

Quinn n'a pas retiré sa main. Mais il n'a pas répondu à mon étreinte non plus…

— Tu es liée à Eric maintenant.

— Oui.

— Il t'a donné son sang et tu lui as donné le tien par trois fois au moins.

— Oui.

— Tu sais qu'il peut te vampiriser quand il veut?

— N'importe qui peut se faire vampiriser à n'importe quel moment, Quinn. Même toi. Il faudrait peut-être qu'ils s'y mettent à trois – deux pour te tenir et un pour te saigner et te donner son sang –, mais ça peut toujours arriver.

— Dans ton cas, ça se ferait tout seul, s'il en prenait l'envie à Eric, maintenant que vous avez si souvent joué au jeu des échanges. Et tout ça par la faute d'André.

— C'est fait, c'est fait. J'aimerais bien pouvoir y changer quelque chose, j'aimerais pouvoir chasser Eric de mon existence, mais je ne peux pas.

— À moins qu'il ne se fasse planter…

J'en ai eu un tel coup au cœur que j'ai bien cru qu'il allait sauter hors de ma poitrine.

— Mais tu ne veux pas que ça arrive.

Il avait la bouche pincée, les lèvres blêmes.

— Non, bien sûr que non !

— Tu tiens à lui.

Oh, bon sang !

— Quinn, tu sais qu'on est sortis ensemble un petit moment, Eric et moi. Mais il était amnésique et il ne s'en souvient pas. Enfin, je veux dire : il le sait, mais il n'en a gardé aucun souvenir.

— Écoute, bébé, je ne sais pas quoi te dire. Je tiens à toi et j'adore être avec toi. J'aime faire l'amour avec toi. J'aime dormir avec toi, manger avec toi, faire la cuisine avec toi… J'aime pratiquement tout en toi, même ton don. Mais je n'aime pas partager.

— Je ne sors pas avec deux mecs en même temps.

— Ce qui signifie ?

— Ce qui signifie : je sors avec toi, à moins que tu n'en décides autrement.

— Et qu'est-ce que tu feras, quand le grand blond aux dents longues t'ouvrira ses draps ?

— Je lui dirai que je suis déjà prise. Enfin… si tu veux bien de moi.

Quinn s'est agité dans son petit lit.

— Je suis en voie de guérison, mais j'ai encore mal…

— Je ne t'embêterais pas avec ça si ce n'était pas si important pour moi, ai-je insisté. J'essaie d'être honnête avec toi. Cent pour cent honnête. Tu as quand même pris cette flèche à ma place : je te dois bien ça.

— Écoute, Sookie, d'habitude je suis de ces hommes qui savent ce qu'ils veulent, mais là... je ne sais pas. Je croyais presque qu'on était faits l'un pour l'autre...

Une drôle de lueur a fait briller ses yeux, tout à coup.

— S'il mourait, on n'aurait plus de problèmes, a-t-il maugréé dans un grondement sourd.

— Si tu le tuais, ça me poserait un sérieux problème.

Je pouvais difficilement être plus claire.

Il a fermé les yeux.

— Il faudra qu'on réfléchisse à tout ça quand je serai complètement guéri et que tu auras eu le temps de te reposer, a-t-il soupiré. Il faut que tu rencontres Frannie, aussi. Je suis si...

Seigneur, non! J'ai bien cru qu'il allait s'étrangler d'émotion. Si jamais il se mettait à pleurer, j'allais en faire autant et je n'avais vraiment pas besoin de ça en ce moment. Je me suis penchée sur lui et j'ai effleuré ses lèvres. Mais il m'a retenue par l'épaule, et le baiser s'est précisé. Il y avait tant à explorer, et il était si chaud, si ardent... Il a soudain eu un hoquet de douleur.

— Oh! Pardon, je...

— Ne t'avise pas de t'excuser pour m'avoir embrassé comme ça, m'a-t-il interrompue, toute envie de pleurer manifestement envolée. Il y a vraiment quelque chose entre nous, Sookie. Et je ne veux pas qu'André vienne gâcher ça avec ses histoires de vamp's à la noix.

— Moi non plus.

312

Je ne voulais pas renoncer à Quinn. Et pas seulement à cause du courant très haute tension qui passait entre nous. André me terrorisait, et qui savait ce qu'il avait derrière la tête ? Pas moi, en tout cas. Je ne croyais pas qu'Eric le sache non plus. Mais Eric aimait le pouvoir...

J'ai dit au revoir à Quinn, non sans regret, et j'ai quitté l'infirmerie, direction la salle de bal. J'étais épuisée et je rêvais de m'écrouler sur mon lit, mais je me sentais obligée de vérifier que la reine n'avait pas besoin de moi avant d'aller dormir.

J'ai trouvé Clovache adossée au mur du couloir. J'ai eu l'impression qu'elle m'attendait. La plus jeune des deux britlingans n'avait pas la stature de son aînée. Batanya ressemblait à un faucon coiffé de boucles brunes. Clovache était plus aérienne, avec de fines mèches cendrées et ébouriffées qui encadraient de grands yeux verts surmontés de sourcils fins et arqués.

— Il a l'air d'un homme bien, a-t-elle soudain lâché, avec son accent haché.

J'ai eu le sentiment qu'elle n'était pas très subtile, comme fille.

— C'est ce que je pense aussi.

— Alors que, par définition, un vampire est toujours sournois et perfide.

— Par définition ? Vous voulez dire, sans exception ?

— Affirmatif.

Nous avons marché un moment en silence. J'étais trop fatiguée pour discerner les intentions de la guerrière. Alors, j'ai décidé de lui poser carrément la question.

— Qu'est-ce qu'il y a, Clovache ? Où voulez-vous en venir ?

— Ne vous êtes-vous pas demandé pourquoi nous étions venues ici assurer la sécurité du roi du

Kentucky ? Pourquoi il n'avait pas hésité à payer des sommes réellement astronomiques pour nous engager ?

— Si, bien sûr, mais je me suis dit que ça ne me regardait pas.

— Oh, mais si ! Ça vous regarde.

— Eh bien, expliquez-moi. Je ne suis pas en état de jouer aux devinettes.

— Le mois dernier, on a démasqué une espionne de la Confrérie à la cour du roi.

Je me suis arrêtée net. Clovache m'a imitée. J'ai médité un instant cette révélation.

— Ce n'est pas bon du tout, ça.

Un peu court, je sais.

— Pas bon pour l'espionne en question, en tout cas. Mais elle a livré certaines informations avant de s'abîmer dans la vallée des ombres.

— Voilà qui est joliment dit.

— Peut-être, mais ce n'était pas joli à voir. Isaiah est de la vieille école. Moderne en apparence, mais vieux jeu sous le vernis. Il s'est bien amusé avec la pauvre fille avant qu'elle finisse par cracher le morceau.

— Vous croyez qu'on peut se fier à ce qu'elle a dit ?

— On peut s'interroger, en effet. Personnellement, j'avouerais n'importe quoi, si je pensais que ça pourrait m'épargner certains des... traitements de faveur que le roi et ses petits copains lui ont réservés.

Je n'en étais pas persuadée. Clovache était plutôt du genre coriace.

— Mais je crois qu'elle a dit la vérité. D'après elle, un groupe de dissidents de la Confrérie aurait eu vent du sommet et y aurait vu l'occasion rêvée de mener au grand jour leur combat contre les vampires. Et je ne parle pas de simples manifestations et autres discours anti-vampires, mais bel et bien de leur livrer une guerre ouverte. Il ne s'agit pas là de la structure officielle de la Confrérie. Ses *leaders* sont trop prudents pour ça. Ils font bien attention de répéter : « Oh ! mon Dieu, non. Nous ne cautionnons aucune violence, quelle qu'elle soit. Nous ne faisons qu'avertir les gens : frayer avec les vampires, c'est frayer avec le diable. »

— Vous en connaissez un rayon sur notre monde, apparemment.

— Je fais toujours des recherches approfondies avant d'entreprendre une mission.

J'aurais bien voulu lui demander à quoi ressemblait son monde, comment elle faisait pour passer d'une dimension à l'autre, combien elle prenait, si tous les guerriers, dans son univers, étaient des femmes ou si les mecs pouvaient aussi jouer à la bagarre et, si oui, s'ils portaient la même combinaison ultra-moulante... Mais ce n'était ni le lieu ni le moment.

— Et alors ? C'est quoi, le fin mot de l'histoire ?

— Je crois que la Confrérie du Soleil essaie de mettre sur pied une offensive massive et qu'elle a choisi de passer à l'action pendant ce sommet.

— La bombe dans la canette ?

— En fait, ça, c'est plutôt déconcertant. Quoi qu'il en soit, elle a été déposée devant la suite de la Louisiane, et à cette heure, la Confrérie doit savoir que son opération a échoué, si c'était son œuvre...

— Il y a aussi les trois vampires assassinés dans la suite de l'Arkansas.

— Je le répète : déconcertant. Pourquoi abattre leurs cartes pour une si petite mise, alors que, d'après leur espionne, ils voulaient sortir le grand jeu ? En outre, comment un être humain pourrait-il se faire inviter dans la suite et tuer trois vampires ?

— Bon. Alors, à quoi a servi la canette piégée ?

Je réfléchissais à haute voix. Et je me creusais vraiment la cervelle pour comprendre pourquoi on avait posé cet engin de mort.

Nous nous étions remises à marcher et nous étions arrivées devant la salle des cérémonies. J'entendais l'orchestre.

— Eh bien, à vous faire quelques cheveux blancs, a répondu Clovache en souriant.

— Je ne pense pas que c'était vraiment le but.

Mais Clovache avait abouti à ses propres conclusions.

— Vous avez raison. La Confrérie n'aurait pas fait une chose pareille. Elle n'aurait pas voulu attirer l'attention avec une petite bombe, au risque de mettre en péril son opération de grande envergure.

— Donc, celui qui a posé cette bombe visait un autre objectif.

— Oui, mais lequel ?

— Voyons, si elle avait explosé, quel aurait été le résultat ? La reine en aurait été quitte pour une bonne frayeur.

— Elle ne serait pas morte ? s'est exclamée Clovache avec surprise.

— Elle n'était même pas dans sa chambre.

— Oui, mais la bombe aurait dû exploser plus tôt.

— Comment vous savez ça ?

— Par le type de la sécurité, Donati. C'est ce que la police lui a dit. Donati nous considère un peu comme des collègues. Il aime les femmes en armure, a-t-elle précisé avec un large sourire, que je lui ai rendu. Et c'était une bombe de faible intensité, a-t-elle poursuivi. Ça ne signifie pas qu'elle n'aurait pas fait de dégâts. Il y aurait peut-être eu une victime. Vous, par exemple. Mais toute cette affaire semble bien mal montée, et elle n'a pas donné grand-chose.

— À moins que cette bombe n'ait eu pour seul but de faire peur. D'être repérée. D'être désamorcée.

Clovache s'est contentée de hausser les épaules.

— Je ne comprends pas, ai-je néanmoins insisté. Si ce n'est pas la Confrérie, alors qui est le coupable? Et que manigancent ces maudits fanatiques anti-vamps? D'envahir le hall d'entrée armés de battes de baseball?

— La sécurité laisse un peu à désirer, ici…

— Oui, je sais. Quand je suis descendue au sous-sol pour récupérer la valise de la reine, je n'ai pas trouvé les gardes très vigilants, et je ne pense pas que les employés soient fouillés avant d'entrer. C'est fou, d'ailleurs, ce cafouillage avec les valises. Il y en a un paquet, en bas.

— Et ce sont les vampires qui ont engagé ces gens? C'est tout de même incroyable. D'un côté, les vampires ont parfaitement conscience qu'ils ne sont pas immortels, et de l'autre, ils ont survécu si long-temps qu'ils se croient tout-puissants. Bon, a-t-elle conclu avec un nouveau haussement d'épaules fataliste. Il est temps de reprendre le collier.

Nous avions atteint la salle de réception. Le Dead Man Dance Band jouait toujours. La reine serrait André de près. Ce n'était assurément pas un hasard si ce dernier ne se tenait plus derrière elle, mais à côté d'elle: signe éloquent s'il en est. Pas assez, cependant, pour dissuader Isaiah de tenter sa chance, apparemment. Le roi du Kentucky ne perdait pas espoir. Christian Baruch était également très proche de Sophie-Anne. On aurait dit un chien qui remue la queue, anxieux de plaire à sa maîtresse.

J'ai jeté un regard circulaire. Les têtes couronnées étaient faciles à repérer: elles étaient entourées d'une nuée de courtisans. Je ne les avais jamais vues toutes ensemble dans un même lieu. J'en ai profité pour faire le décompte. Il n'y avait que quatre reines. Les douze autres monarques étaient tous de sexe masculin. Parmi ces quatre femmes, la reine du Minnesota était manifestement avec le roi du Wisconsin. Le roi de l'Ohio avait le bras autour de la taille de la reine de l'Iowa : ils formaient donc un couple. Hormis la reine de l'Alabama, Sophie-Anne Leclerq était la seule reine célibataire. Aux yeux de ses congénères, elle brillait de mille feux, peut-être même plus encore maintenant que le lourd nuage du meurtre de Peter Threadgill avait été dissipé. Les vampires semblaient avoir un certain penchant pour les veuves joyeuses…

Le mignon de la reine de l'Alabama a fait courir ses doigts dans son dos dénudé. Elle a poussé des petits cris de vierge effarouchée.

— Tu sais que je déteste les araignées, a-t-elle protesté sur un ton de reproche feint.

Elle avait presque l'air humaine, à se cramponner à lui comme si sa vie en dépendait. Quant à lui, il semblait content de son coup : il avait joué à lui faire peur, sachant pertinemment qu'elle ne s'en rapprocherait que davantage.

Ah, mais attends… Attends un peu…

Mais non. Déjà, l'idée s'était envolée, avant même que j'aie pu l'attraper.

Sophie-Anne a enfin remarqué ma présence et m'a fait un signe.

— Je crois que tous les humains sont partis se coucher, a-t-elle déclaré.

Un deuxième coup d'œil circulaire m'a permis de le vérifier.

— Qu'avez-vous pensé de Julian Trout ? lui ai-je alors demandé.

J'avais besoin d'alléger ma conscience. Je craignais qu'elle ne lui ait réservé quelque « traitement de faveur », comme disait Clovache.

— Je pense qu'il ne comprend pas ce qu'il a fait. Pas complètement, du moins. Mais lui et moi ne tarderons pas à nous entendre.

Elle a souri.

— Sa femme et lui vont très bien, ne vous inquiétez pas, a-t-elle affirmé. Et je n'ai plus besoin de vos services pour cette nuit. Allez donc vous amuser.

Son ton n'avait rien de condescendant. Sophie-Anne voulait vraiment que je prenne du bon temps – même si elle se moquait royalement de la façon dont j'entendais y arriver.

— Merci.

Puis je me suis rappelé que je ferais peut-être mieux d'y mettre les formes.

— Merci, madame. Vous aussi, passez une bonne nuit. À demain soir.

J'étais bien contente de vider les lieux. Enfermée dans un endroit clos et plein à craquer de vampires, je me sentais dans mes petits souliers. Les regards qu'on me lançait m'indiquaient que je devenais appétissante. Les crocs commençaient à pointer. Pour un suceur de sang, il est plus facile de résister à la tentation tout seul qu'en groupe. Ce genre de rassemblement leur rappelle sans doute le bon vieux temps, quand on pouvait encore boire directement à la source, au lieu de devoir se contenter d'un ersatz de synthèse, créé en laboratoire et réchauffé au micro-ondes. Comme je me faisais cette réflexion, la clique des donneurs volontaires est justement réapparue, émergeant d'une porte dérobée pour s'aligner le long du mur du fond. Peu de temps après, ils étaient déjà tous très occupés et (j'imagine) comblés.

Après avoir pris de mon sang dans le feu de l'action, Bill m'avait dit que mordre un humain dans le cou pour boire son sang après avoir été au régime TrueBlood pendant un mois, disons, c'était un peu comme se payer une entrecôte dans un bon resto argentin après des semaines de fast-food. J'ai aperçu Gervaise qui serrait Carla dans un coin, le nez dans son cou, et je me suis demandé si elle avait besoin d'aide. En voyant son expression extatique, j'ai compris que non.

Carla n'est pas rentrée de la nuit, et je l'ai regretté : en l'absence de Quinn, je me suis mise à broyer du noir. Apparemment, les ennuis m'attendaient au tournant, dans les couloirs du *Pyramid*. Quelque détour que je fasse pour les éviter, je finirais par tomber dessus.

15

Il était midi quand j'ai émergé. J'avais dormi huit heures, mais ma nuit n'avait pas été de tout repos. Je n'avais cessé de me réveiller en sursaut et sans parvenir à me réchauffer – un effet de l'échange de sangs, peut-être... ou peut-être pas. J'avais également fait des cauchemars et, par deux fois, j'avais cru entendre Carla rentrer, pour finalement constater, en ouvrant un œil, que son lit était vide. Filtrée par l'épais verre teinté réservé à l'étage des humains, l'étrange clarté qui pénétrait dans la chambre n'avait pas grand-chose à voir avec la lumière du jour, et cela me perturbait.

Après une bonne douche, je me sentais déjà un peu mieux. J'ai décroché le téléphone pour appeler le *room service*, puis, finalement, j'ai décidé de descendre au restaurant. J'avais besoin de contacts humains.

Des êtres humains, il y en avait effectivement quelques-uns : pas ma camarade de chambre, mais une ou deux « demoiselles de compagnie » et Barry, qui, d'un geste, m'a invitée à m'asseoir à sa table. Tout en m'installant en face de lui, j'ai fait signe au serveur et passé ma commande, qui est arrivée aussitôt. Ah ! La première gorgée de café ! J'en ai eu des frissons de plaisir. J'ai attendu d'avoir fini ma tasse pour entamer la conversation.

Comment ça va, aujourd'hui ? Tu as passé une nuit blanche ?

Non. Stan est monté se coucher de bonne heure avec sa nouvelle copine. Ils sont en pleine lune de miel. Comme il n'avait plus besoin de moi, je suis retourné au bal, et là, j'ai… sympathisé avec la maquilleuse de la reine de l'Iowa…

Il a fait une mimique éloquente. Apparemment, il ne s'était pas ennuyé.

Et quel est le programme pour aujourd'hui ?

On ne t'a pas glissé ça sous la porte ?

Il a poussé vers moi une petite liasse de feuilles agrafées, juste au moment où le serveur m'apportait mon *muffin* et mes œufs.

Si. Je l'ai fourré dans mon sac sans le regarder.

Génial ! Je pouvais même parler à Barry la bouche pleine !

Eh bien, jette un œil.

Pendant que Barry coupait un petit pain cajun en deux pour le beurrer, j'ai examiné le premier feuillet : un emploi du temps pour la soirée. Pratique. Le procès de Sophie-Anne, bien qu'étant le plus sérieux puisqu'il concernait une tête couronnée, n'était pas le seul à devoir être instruit pendant le sommet. La première audience était prévue à 20 heures. Il s'agissait d'une plainte pour coups et blessures volontaires. Une vampire du Wisconsin, répondant au doux nom de Jodi, était poursuivie par un vampire de l'Illinois dénommé Michael. Michael affirmait que Jodi avait attendu qu'il s'endorme pour la journée et en avait profité pour lui briser une de ses canines. Avec des tenailles.

Euh… voilà qui paraît… intéressant, ai-je commenté avec un haussement de sourcils. *Comment ça se fait que ce ne soit pas les shérifs concernés qui gèrent ce genre d'affaire ?*

Normalement, les vampires préfèrent laver leur linge sale en famille.

Pas le même État, m'a répondu Barry, laconique.

Le serveur venait d'apporter une cafetière pleine. Barry en a profité pour remplir ma tasse et s'en servir une.

J'ai tourné la page. Le cas suivant concernait une vampire de Kansas City, dans le Missouri, dénommée Cindy Lou Suskin, qui avait vampirisé un gamin. Cindy Lou arguait que le garçon en question était déjà en train de mourir d'une leucémie, de toute façon, et qu'elle avait toujours voulu un enfant. Maintenant, elle avait un préado à vie. Qui plus est, le môme avait été vampirisé avec l'autorisation écrite de ses parents. Kate Book, de Kansas City, dans le Kansas, avocate spécialiste des droits de l'enfant, portait plainte, quant à elle, parce que l'enfant refusait à présent de voir ses parents et même d'avoir le moindre contact avec eux, ce qui était contraire à l'accord conclu entre lesdits parents et Cindy Lou.

Donc, ce soir, procès, ai-je récapitulé après avoir lu en diagonale les derniers feuillets. *J'imagine qu'on aura besoin de nous.*

Oui, je crois aussi. Des humains viendront témoigner, dans la deuxième affaire. Stan veut que je sois présent, et je parie que ta reine te demandera de venir aussi. Un de ses sujets a été désigné pour faire partie des juges. Seuls des souverains peuvent juger leurs pairs, mais dans les cas impliquant des vampires moins importants, les juges sont tirés au sort. Le nom de Bill Compton est sorti du chapeau.

Oh, super !

Tu as un passé avec lui, non ?

Oui. Mais je crois qu'il fera un bon juge.

Je ne savais pas trop pourquoi, d'ailleurs. Après tout, Bill m'avait surtout prouvé qu'il était doué pour le mensonge et la trahison. Je pensais pourtant qu'il essaierait de se montrer juste et impartial.

J'avais noté que ces audiences nous occuperaient de 20 heures à 23 heures. Après ça, dans une grande case qui s'étirait entre minuit et 4 heures du matin, on pouvait lire : « Commerce. » Nous nous sommes regardés, Barry et moi, avant de hausser les épaules en même temps.

Bourse d'échanges ? ai-je suggéré. *Marché aux puces ? Vide-greniers ?*

Barry n'en avait pas la moindre idée.

La quatrième nuit du congrès étant aussi la dernière, la première partie de la soirée était estampillée : « Temps libre pour tous dans Rhodes. » Parmi les activités proposées : revoir les numéros de danse des productions Blue Moon, ou la version plus explicite baptisée Black Moon. La différence entre les deux n'était pas précisée, mais j'avais dans l'idée que la seconde se distinguait par une connotation sexuelle nettement plus marquée. Suivait la liste des artistes maison et des endroits où ils se produisaient. Les touristes aux dents longues étaient également invités à visiter le zoo, qui serait « exceptionnellement ouvert toute la nuit à leur intention », ou le musée municipal (*idem*). Ils étaient également conviés à se rendre dans un club « pour le plus grand plaisir de ceux qui préfèrent le côté obscur du désir ». Ledit club s'appelait le *Kiss of Pain*. J'ai prié Barry de me faire penser à changer de trottoir si je passais devant.

Tu n'es quand même pas contre un petit baiser de temps en temps, si ? s'est-il étonné, en se passant la langue sur les dents pour bien me faire comprendre de quel genre de baiser il parlait.

Oh ! C'est très agréable, dans certaines circons-
tances, ai-je reconnu (je pouvais difficilement prétendre le contraire). *Mais je crois que, dans ce genre*
d'endroit, on ne se contente pas de se mordiller dans
le cou... Dis-moi, tu es occupé, là, maintenant ? Parce
que j'ai pas mal de repérages à faire pour Eric, et je ne
refuserais pas un petit coup de main.

Bien sûr, a répondu Barry. *De quoi s'agit-il ?*

De trouver des clubs de tir à l'arc.

— On a déposé ça pour vous à la réception, mademoiselle, m'a alors annoncé le serveur.

Il a déposé une enveloppe kraft sur la table, avant
de se sauver pratiquement en courant. À croire que
nous avions la peste. J'imagine que notre petite
conversation silencieuse l'avait terrifié.

En ouvrant l'enveloppe, j'ai découvert une photo
de Kyle Perkins. Il y avait un Post-it dessus rédigé de
la main de Bill (j'ai reconnu ses pattes de mouche).

Sookie, Eric m'a dit que cette photo te serait utile
pour effectuer le travail d'enquête qu'il t'a confié. S'il
te plaît, sois prudente.

William Compton

Je m'apprêtais déjà à héler le serveur pour lui
demander un annuaire quand je me suis rendu
compte qu'il y avait une feuille attachée derrière la
photo. Bill avait effectué des recherches sur Internet et m'avait fait une liste de tous les clubs de tir
à l'arc de la ville. Il n'y en avait que quatre. Je me
suis efforcée de ne pas être trop épatée par la prévenance de Bill et par l'aide précieuse qu'il m'apportait. Plus jamais je ne ressentirais d'admiration
pour ce personnage.

J'ai appelé le garage de l'hôtel pour me faire avancer un des véhicules de la délégation de l'Arkansas.

La reine se les était appropriés, et Eric m'avait proposé d'en utiliser un.

Barry était parti chercher une veste et je faisais le pied de grue devant la porte, en m'interrogeant sur le montant du pourboire que j'allais devoir donner au voiturier, quand j'ai aperçu Todd Donati. Il s'est avancé vers moi à pas lourds. Cette démarche lente et pesante étonnait, chez un homme aussi mince. Il avait mauvaise mine. Son crâne dégarni, presque gris, luisait. Même sa moustache semblait pendouiller comme du linge mouillé.

Il est resté planté devant moi un moment sans parler. Je me suis dit qu'il devait rassembler son courage – ou son désespoir. S'il y a quelqu'un sur qui j'ai vu planer l'ombre de la mort, c'est bien Todd Donati.

— Mon patron essaie de se faire votre patronne, a-t-il lâché tout à trac.

Si j'avais essayé d'imaginer la façon dont il engagerait la conversation, j'avoue que je n'aurais jamais pensé à celle-là.

— Je sais. Depuis qu'elle est veuve, elle attire beaucoup l'attention.

— Il est très conservateur à bien des égards, a-t-il repris. Vieille famille, traditions… Il n'aime pas les idées nouvelles.

J'ai acquiescé, en essayant de paraître neutre tout en l'encourageant à poursuivre.

— Il n'est pas pour l'indépendance des femmes. Il ne croit pas qu'elles puissent se faire leurs propres opinions, se débrouiller toutes seules, a-t-il repris.

Je ne devais pas avoir l'air très éveillée. Et pour cause : je n'y comprenais rien.

— Pas même les femmes vampires, a-t-il insisté en me regardant droit dans les yeux.

— OK.

— Pensez-y, m'a-t-il conseillé. Incitez votre reine à lui demander la bande vidéo qui couvre la partie du couloir devant sa suite.

— Je n'y manquerai pas, lui ai-je promis, sans trop savoir à quoi je m'engageais.

Il a alors tourné les talons et s'est éloigné avec l'air de celui qui vient de se décharger d'une corvée : devoir accompli.

Puis la voiture est arrivée, Barry s'est précipité hors de l'ascenseur pour me rejoindre, et la peur panique qui s'est emparée de moi à l'idée de conduire en ville a chassé toute réflexion que j'aurais pu me faire sur cette rencontre. Eric n'avait sans doute pas songé au défi que représenterait pour moi le fait de conduire dans Rhodes. Ce genre de considération ne l'effleurait même pas. Sans Barry pour jouer les copilotes, la mission aurait été quasiment impossible. J'aurais encore pu me débrouiller avec la conduite ou m'orienter avec le plan que je m'étais procuré à la réception, mais certainement pas les deux à la fois.

Malgré la pluie et la circulation, je ne m'en suis pas trop mal tirée. Je n'étais pas sortie de l'hôtel depuis notre arrivée, et ça me faisait du bien de prendre l'air, de voir un peu le monde extérieur. Sans compter que ce serait probablement le seul aperçu que j'aurais jamais de la ville (de jour, en tout cas). Je m'en suis donc mis plein les yeux. Dieu seul savait si je reviendrais à Rhodes. C'était si loin ! Quasiment le pôle Nord, pour moi.

Barry a arrêté notre itinéraire, et nous avons entamé notre tournée des clubs de tir à l'arc.

Nous avons commencé par le plus éloigné, baptisé *Straight Arrow*. C'était une petite construction tout en longueur sur un grand boulevard très animé. Le *Straight Arrow* était rutilant, bien éclairé et, d'après la grosse pancarte à l'entrée, pourvu d'instructeurs qualifiés armés jusqu'aux dents. Les types derrière le comptoir n'ont pas été très sensibles à l'accent du Sud de Barry : ils ont cru qu'il était stupide. Pourtant, lorsque je me suis adressée à eux avec le même accent, ils ont trouvé que j'étais mignonne. D'accord. Quand on lisait entre les lignes – ce que je n'avais aucun mal à faire, puisque j'étais en prise directe avec ce qui leur servait de cerveau –, on obtenait à peu près cela : les femmes ne disaient que des niaiseries, de toute façon, aussi ce ravissant accent du Sud donnait-il un peu de relief aux platitudes que ces charmantes petites idiotes débitaient. Les mecs, en revanche, étaient censés avoir un parler franc, direct. Alors, ces crétins du Sud avaient juste l'air de femmelettes avec leur accent de demeurés.

En dehors de leurs préjugés, ces fiers-à-bras n'avaient rien pour nous. Ils n'avaient vu Kyle Perkins à aucun de leurs cours du soir et ils ne pensaient pas qu'il ait jamais réservé une heure pour s'entraîner chez eux.

Le mépris de ces pauvres types avait tellement exaspéré Barry qu'il n'a même pas voulu venir avec moi dans le deuxième club de notre circuit. J'y suis donc allée toute seule comme une grande avec ma petite photo. L'homme qui travaillait dans la partie réservée à la vente de matériel du club – lequel ne possédait pas de champ d'entraînement – ne m'a dit qu'un mot : « Non. » Il n'a pas cherché à savoir qui était le type sur la photo, n'a pas posé de questions et ne m'a pas souhaité un bon après-midi. Il n'avait pas de pancarte pour m'indiquer à quel point il était dangereux. J'ai supposé qu'il envoyait balader tout le monde.

Le troisième club comprenait un bâtiment qui devait être un ancien bowling, un parking avec quelques voitures en stationnement et une porte blindée hermétiquement fermée. « Arrêtez-vous ici pour identification », disait un panneau. Pas très engageant.

— J'en ai marre d'être enfermé, de toute façon, a galamment prétexté Barry, en sortant de la voiture pour m'accompagner.

Nous sommes restés plantés devant l'entrée. Dès que je l'ai repérée, j'ai montré à Barry la caméra de surveillance, juste au-dessus de nous. Nous avons essayé de faire bonne impression (pas trop difficile pour Barry : c'était inné, chez lui). Au bout de quelques secondes, nous avons entendu un déclic sonore. J'ai jeté un coup d'œil vers mon voisin, qui a poussé la lourde porte pour me laisser passer.

En face de nous, un long comptoir occupait tout le mur du fond, et derrière le comptoir se tenait une fille qui devait avoir à peu près mon âge. Issue d'un curieux métissage, elle avait la peau cuivrée et les cheveux assortis. Elle s'était teint les sourcils en noir, ce qui faisait ressortir cet étrange effet monochrome.

Elle nous a détaillés de la tête aux pieds, aussi soigneusement qu'elle avait déjà dû le faire sur son écran de contrôle. D'après ce que je pouvais capter, elle était nettement plus contente de voir Barry que ma petite personne.

J'ai donc laissé à Barry le privilège de mener la discussion.

Elle est pour toi, celle-là.

Ouais, je vois ce que tu veux dire.

Pendant que je posais la photo de Kyle sur le comptoir, il lui a demandé :

— Sauriez-vous si cet homme est venu s'entraîner ici ou acheter des flèches ?

Elle n'a même pas cherché à savoir en quoi cela nous regardait. Elle s'est penchée pour examiner la photo – peut-être un peu plus que nécessaire, histoire de faire profiter Barry de la vue plongeante sur son décolleté. Puis elle a grimacé.

— Ouais. Il est venu hier, juste après la tombée de la nuit. On n'avait encore jamais eu de vampires dans la clientèle et je n'avais pas vraiment envie de le servir. Mais qu'est-ce que vous voulez ? Il avait l'argent pour payer, et la loi dit qu'il ne faut pas faire de discrimination, alors...

Elle n'aurait pas demandé mieux que d'en faire, elle, de la discrimination. Aucun doute là-dessus.

— Il était seul ?

— Laissez-moi réfléchir...

Elle a rejeté la tête en arrière et pris la pose, toujours au profit de Barry. Elle ne pensait pas que l'accent du Sud lui donnait l'air niais, elle, au moins. Elle trouvait ça craquant et sexy.

— Je ne m'en souviens pas, a-t-elle finalement conclu. Écoutez, je vais vous dire ce que je vais faire. Je vais récupérer la vidéo d'hier soir – on l'a encore – pour que vous puissiez la regarder vite fait, d'accord ?

J'ai sorti mon sourire des grands jours.

— Ce serait possible de faire ça maintenant ?

— Eh bien... je ne peux pas quitter mon poste. Y aura personne d'autre pour surveiller le magasin, si je vais de l'autre côté. Mais si vous venez ce soir, quand mon collègue sera là, je vous laisserai jeter un coup d'œil.

Et elle a lancé un regard appuyé à Barry pour bien me faire comprendre que je ne devais pas me sentir obligée de l'accompagner.

— Quelle heure ? s'est enquis Barry, sans grand enthousiasme.

— 19 heures ? C'est l'heure à laquelle je finis, a-t-elle précisé, espérant vraisemblablement une invitation à prolonger la soirée.

Barry n'a pas mordu à l'hameçon, mais il a accepté de revenir à 19 heures.

330

— Merci, Barry, lui ai-je dit pendant que nous attachions nos ceintures. Tu me rends vraiment un fier service.

J'ai appelé l'hôtel pour laisser un message à Sophie-Anne et à André, leur expliquant où j'étais et ce que je faisais. Inutile qu'ils s'énervent en constatant que je n'étais pas à leur disposition quand ils se réveilleraient, ce qui n'allait pas tarder. Après tout, je ne faisais qu'obéir aux ordres d'Eric.

— Tu vas venir avec moi, hein ? m'a demandé Barry d'un ton suppliant. Hors de question que je reste plus d'une minute en tête à tête avec cette femme. Elle va me bouffer tout cru.

— D'accord. Je resterai dans la voiture, mais tu pourras toujours m'envoyer un SOS télépathique si elle te saute dessus.

— Ça marche.

Pour passer le temps, nous sommes allés prendre un café et manger un gâteau dans une boulangerie qui faisait salon de thé. Ma grand-mère me disait toujours que, dans le Nord, les femmes ne savaient pas cuisiner. J'ai été ravie de constater à quel point elle avait tort et soulagée de voir avec quel appétit je me régalais de la pâtisserie maison. Je n'avais décidément rien d'un vampire.

Le temps de faire le plein et de chercher, sur le plan, le chemin le plus court pour rentrer à l'hôtel, il était temps pour nous de retourner au club de tir pour nous entretenir avec la dulcinée de Barry. Il faisait désormais nuit noire, et la ville brillait de tous ses feux. J'étais grisée de me promener en voiture dans une grande ville si célèbre. Sans compter qu'on m'avait confié une mission et que je l'avais accomplie avec succès. Une fille de la cambrousse, moi ? Certainement pas !

Mais mon autosatisfaction a été de courte durée. Quand nous sommes arrivés au *Club Monteagle*, quelque chose clochait : la lourde porte métallique était de travers.

— Et merde, a lâché Barry, ce qui résumait assez bien mon sentiment.

Nous sommes sortis de la voiture, non sans quelque réticence, et, avec force regards de droite et de gauche, nous sommes allés examiner la porte en question.

— Explosion ou méthode manuelle, à ton avis ? ai-je demandé à mon collègue.

Barry s'est agenouillé sur le gravier pour regarder ça de plus près.

— Je ne suis pas 007, mais je dirais qu'on l'a arrachée.

Je lui ai jeté un coup d'œil sceptique. Cependant, après un examen plus attentif, j'ai constaté que les gonds avaient été vrillés. Un point pour Barry.

— Bon. Maintenant, il ne nous reste plus qu'à... entrer.

Barry a serré les dents. Puis il a hoché la tête, sans grande conviction. Lui, la violence, les bagarres, ce n'était pas son truc. Ce qui l'intéressait, c'était l'argent. Et de nous deux, c'est lui qui avait décroché le job le mieux payé. D'ailleurs, au même moment, il se demandait combien il faudrait lui donner pour qu'il continue, et il n'avait pas encore la réponse. Il se disait que s'il n'avait pas été avec une femme, il aurait sauté dans la voiture pour décamper.

Comme quoi, l'orgueil masculin a du bon, parfois. En tout cas, une chose était sûre : je n'avais aucune envie de faire cela toute seule.

J'ai poussé la porte, qui a violemment réagi par une chute assez spectaculaire, s'abattant sur le sol avec fracas.

— Hou hou ! On est là ! a plaisanté Barry d'une voix incertaine. Au cas où vous ne seriez pas encore au courant...

Quand le silence est revenu, et comme rien ni personne n'avait surgi du bâtiment pour nous manger tout crus, nous nous sommes tous les deux redressés de notre position de défense instinctive. J'ai pris une profonde inspiration. C'était à moi qu'on avait confié cette mission, c'était donc à moi de jouer. Je suis entrée dans le large pinceau de lumière qui jaillissait par l'ouverture et, d'un grand pas décidé, j'ai franchi le seuil. Comme je n'avais détecté aucune signature mentale à l'intérieur, je me doutais de ce qui m'attendait.

Effectivement, Miss Monochrome était morte. Elle gisait sur le comptoir, les bras en croix, la tête dans le vide, un poignard planté dans le cœur. Quelqu'un avait vomi à environ un mètre de mon pied gauche : il y avait donc eu au moins un humain sur les lieux. Dans mon dos, j'ai entendu Barry entrer et se figer, tout comme je l'avais fait avant lui.

Lors de notre précédente visite, j'avais bien remarqué les deux portes à l'intérieur du magasin : une, à droite, qui devait donner accès au champ de tir, et une autre, derrière le comptoir, qui devait mener à l'arrière-boutique réservée aux employés. C'était sans doute là que se trouvait la fameuse vidéo. Quant à savoir si elle y était encore, là était la question.

Je n'avais qu'une envie : quitter cet endroit au plus vite. J'étais morte de peur. Mais je me disais que cette fille avait probablement été tuée à cause de cette maudite bande vidéo et que si nous partions sans même la chercher, son sacrifice n'aurait servi à rien. C'était peut-être idiot, mais c'était ce que je ressentais.

Je ne perçois aucune autre présence sur place, m'a annoncé Barry.

Moi non plus, lui ai-je répondu, après m'en être assuré plus en détail.

Barry savait très exactement ce que je m'apprêtais à faire, naturellement, et il m'a proposé de m'accompagner.

Non, je préfère que tu restes dehors. Je t'appellerai si j'ai besoin de toi.

Pour être franche, j'aurais bien aimé le sentir plus près que ça. Mais il aurait été inhumain de demander à quelqu'un de supporter plus d'une minute une puanteur pareille. Or, la minute était écoulée.

Barry ne s'est pas fait prier. Pendant qu'il ressortait, j'ai escaladé le comptoir pour passer de l'autre côté, tout en évitant le corps. La manœuvre m'a remplie d'horreur. Encore une chance que ses yeux vitreux n'aient pas été tournés vers moi, pendant que j'essuyais, avec un mouchoir en papier, la partie du comptoir que je venais de toucher.

De l'autre côté, les traces de lutte étaient évidentes : elle s'était débattue et avait vendu chèrement sa peau. Il y avait du sang partout et des papiers éparpillés sur le sol. J'ai remarqué un bouton d'alarme sous le comptoir. J'imagine qu'elle n'avait pas eu le temps d'appuyer dessus.

La porte qui donnait sur l'arrière-boutique était entrebâillée, et on apercevait de la lumière à l'intérieur. J'ai poussé le battant du bout du pied, et il s'est ouvert avec un petit grincement. Comme, une fois encore, rien ni personne ne me sautait dessus, j'ai respiré un bon coup et je suis entrée.

L'endroit tenait à la fois du bureau, de la salle de repos et de la réserve. Il y avait des plans de travail, des chaises à roulettes, des ordinateurs, un micro-ondes, un réfrigérateur : l'attirail habituel. Il y avait aussi une pile de bandes vidéo posées par terre… et fumantes. L'odeur dans le magasin était tellement épouvantable que je n'avais pas senti celle-là. J'ai remarqué une deuxième porte, mais je n'ai pas regardé sur quoi elle donnait parce qu'il y avait un cadavre en travers. L'homme était couché sur le ventre. Tant mieux. Pas besoin de vérifier : il était bel et bien mort. Le collègue de Miss Monochrome, probablement.

J'ai laissé échapper un juron. Puis j'ai remercié le Ciel de pouvoir vider les lieux sans demander mon reste. Seul point positif de l'histoire : comme les vidéos de surveillance avaient brûlé, toute trace de notre précédente visite avait été effacée.

Au passage, j'ai déclenché l'alarme, en espérant qu'elle résonnerait dans un poste de police et que les forces de l'ordre arriveraient rapidement.

Barry m'attendait dehors. J'aurais parié qu'il ne me laisserait pas tomber, et j'aurais estimé à quatre-vingt-dix-neuf pour cent mes chances de gagner. J'avoue, pourtant, que je n'aurais pas été autrement surprise s'il avait filé.

— On met les voiles, lui ai-je lancé en courant vers la voiture. J'ai déclenché l'alarme.

Nous avons sauté dans la voiture, et j'ai démarré en trombe. Le visage de Barry tirait sur le vert, et j'avais pris le volant. Nous avons dû nous arrêter en chemin pour qu'il puisse vomir (pas facile en pleine ville avec cette circulation). Je ne lui en ai pas voulu : ce que nous venions de voir avait de quoi rendre malade n'importe qui. Quant à moi, j'ai simplement la chance d'avoir le cœur bien accroché. Et puis, j'en avais vu d'autres.

Nous sommes arrivés à l'hôtel à temps pour assister aux procès. Barry m'a dévisagée, bouche bée, quand je lui ai dit que je ferais mieux de me changer pour y aller. Il avait beau être télépathe, il n'avait pas envisagé deux secondes que je puisse embrayer sur la soirée comme si de rien n'était.

— Comment peux-tu seulement songer à y aller ? s'est-il étonné. Il faut prévenir quelqu'un de ce qui s'est passé.

— J'ai alerté la police ou, du moins, la société de sécurité à laquelle l'alarme est reliée. Qu'est-ce qu'on peut faire de plus ?

Nous étions dans l'ascenseur, entre le parking souterrain et le hall.

— Il faut qu'on parle aux flics.

— Pourquoi ?

Les portes se sont ouvertes, et nous sommes sortis dans le hall.

— Pour leur dire.

— Quoi ?

— Que quelqu'un a essayé de te tuer hier en... Bon, d'accord. En te lançant une flèche.

Il s'est brusquement tu.

— Tu vois bien.

Je captais ses pensées, et il avait abouti aux mêmes conclusions que moi.

— Est-ce que ça permettrait de savoir qui a tué cette fille ? ai-je cependant argué. Probablement pas. Parce que Kyle Perkins est mort et que les vidéos ont été détruites. Et les flics viendraient ici poser des questions aux vampires les plus importants d'un bon tiers des États-Unis. Qui m'en remercierait ? Personne.

— Mais on ne peut pas rester sans réagir.

— Ce n'est pas glorieux, je sais. Mais c'est la meilleure solution, la plus réaliste. Et la plus rationnelle.

— Ah ! Parce que, maintenant, mademoiselle est rationnelle ?

Sa voix commençait à dérailler dans les aigus.

— Et vous, monsieur, vous êtes en train d'invectiver ma... d'invectiver Sookie.

En voyant Eric surgir de nulle part devant lui, Barry s'est mis à hurler de plus belle (en mode silencieux, cette fois). À ce stade, il se moquait bien de ne plus jamais me voir de sa vie. Je n'aurais pas été aussi radicale, mais je ne pensais pas non plus que nous allions nous écrire régulièrement.

J'ai pris note en passant du fait qu'Eric ne savait pas quel qualificatif m'attribuer pour décrire ce que je représentais pour lui. Eh bien moi non plus.

— Tu voulais quelque chose ? lui ai-je demandé, d'un ton propre à lui faire comprendre que je n'étais pas d'humeur à jouer au chat et à la souris.

— Tu as des informations pour moi ? a-t-il alors répliqué, très boulot-boulot tout à coup.

Cela m'a calmée net.

— Tu peux y aller, ai-je dit à Barry, qui ne se l'est pas fait dire deux fois.

Eric a jeté un regard circulaire, cherchant un endroit où nous aurions pu parler en toute sécurité. Peine perdue. Le hall grouillait de vampires qui se rendaient aux procès, bavardaient ou flirtaient dans tous les coins.

— Viens, m'a-t-il alors lancé, en m'entraînant vers l'ascenseur pour monter dans sa chambre.

Eric était au neuvième, un étage beaucoup plus vaste que celui de la reine. Il y avait plus de passage, aussi, et nous avons croisé nombre de vampires en remontant le couloir.

Je n'avais vu que le salon de la suite royale et j'étais un peu curieuse de découvrir une chambre de vampire standard. J'ai été un peu déçue : l'endroit était on ne peut plus ordinaire, à cette nuance près qu'il y avait des cercueils dedans – une belle nuance, tout de même. Eric partageait sa chambre avec Pam, et leurs deux cercueils étaient posés sur des tréteaux peints en noir avec de faux hiéroglyphes dorés – très chic et parfaitement dans le ton de la maison, cette petite note égyptienne. Il y avait aussi deux grands lits et une minuscule salle de bains. J'ai remarqué les deux serviettes de toilette bien rangées sur le porte-serviette (la porte était restée entrouverte). Eric n'ayant jamais suspendu ses serviettes quand il vivait chez moi, j'en ai déduit que c'était l'œuvre de Pam. Très domestique. Pam ramassait sans doute les affaires qu'Eric laissait traîner depuis plus d'un siècle. Seigneur! Je n'avais même pas tenu quinze jours!

Avec les cercueils et les lits doubles, la pièce était déjà un peu envahie, et je me suis demandé ce que ce devait être pour les vampires de base, disons... au douzième. Est-ce qu'on pouvait empiler les cercueils comme des lits superposés? Mais je délirais: je m'occupais l'esprit pour ne pas penser au fait que j'étais seule avec Eric, dans sa chambre. Eric s'est assis sur un lit, moi sur l'autre. Il s'est penché en avant.

— Raconte.

— Eh bien... ça se présente mal, ai-je lâché, juste pour le mettre dans l'ambiance.

Il s'est rembruni, sourcils froncés et bouche tombante.

— On a effectivement trouvé un club de tir à l'arc où Kyle Perkins était allé, ai-je commencé. Barry m'a accompagnée. Pure gentillesse de sa part. J'ai vraiment apprécié, d'ailleurs...

J'avais distribué les remerciements, comme pour un livre ou un générique de film.

— Pour résumer, ai-je aussitôt enchaîné, on a trouvé la bonne adresse au troisième essai, et la fille qui était de permanence nous a proposé de regarder la vidéo de surveillance du soir où Kyle était passé. Je pensais qu'on verrait peut-être quelqu'un avec lui, quelqu'un qu'on connaissait. Elle voulait qu'on revienne pour la visionner à la fin de sa journée de travail, à 19 heures.

J'ai pris une profonde inspiration avant le plongeon. Eric semblait changé en statue, son expression comme figée pour l'éternité.

— Quand on est revenus, elle était morte, assassinée. J'ai jeté un coup d'œil dans les bureaux, et les bandes vidéo avaient été brûlées.

— Morte comment?

— Poignardée en plein cœur. Elle avait encore le couteau planté dans la poitrine. Quelqu'un avait vomi, aussi. De la nourriture, pas du sang. Et il y avait le cadavre d'un type du club. Mais je n'ai pas regardé comment il avait été tué.

— Ah! a lâché Eric, le temps d'enregistrer toutes ces données. C'est tout?

— Oui.

Je me suis levée pour partir.

— Barry était fâché contre toi, a-t-il alors repris.

— Il s'en remettra.

— C'était quoi, son problème?

— Il pense qu'on n'aurait pas dû s'en aller comme ça, que... Je ne sais pas. Il pense que j'ai manqué d'humanité.

— Moi, je pense que tu t'en es extrêmement bien sortie.

— Oh super!

Puis je me suis dit que je ferais mieux de me calmer.

— Désolée. Je sais que tu voulais juste me faire un compliment. Je n'ai pas pris la mort de cette fille avec tant d'indifférence que ça. Je ne suis pas très fière de l'avoir laissée là. Même si c'était la solution la plus rationnelle.

— Des scrupules?

— Oui.

On a frappé à la porte. Comme Eric ne bougeait pas, je suis allée ouvrir. Je ne crois pas que c'était du machisme de sa part. Plutôt une question de préséance, je pense. J'étais assurément en dessous de lui, du point de vue de la hiérarchie des vampires.

C'était Bill. C'était loin d'être une surprise. De mieux en mieux. Je me suis écartée pour lui céder le passage – je n'allais certainement pas demander la permission à Eric. Bill m'a toisée de haut en bas, sans doute pour vérifier que mes vêtements n'étaient pas en désordre, puis il est passé devant moi sans dire un mot. J'ai levé les yeux au ciel. C'est alors que j'ai eu un éclair de génie : au lieu de retourner jouer le trio infernal, je suis sortie et j'ai fermé la porte derrière moi. Je me suis éloignée d'un pas énergique dans le couloir. L'ascenseur est arrivé presque aussitôt. Deux minutes plus tard, j'étais dans ma chambre.

Problème réglé.

Je n'étais pas peu fière de moi.

Carla était là. Dans le plus simple appareil, pour changer.

— Salut ! ai-je maugréé. Enfile donc un peignoir, s'il te plaît.

— OK, si ça te dérange... m'a-t-elle répondu avec la plus parfaite décontraction.

Et elle a enfilé un peignoir. Waouh ! Encore un problème de réglé. Réagir immédiatement, aller droit au but et dire franchement ce qu'on pensait, telles étaient manifestement les clés d'une vie de Sookie réussie.

— Merci. Tu ne vas pas à ces fameux procès ?

— Les pièces rapportées ne sont pas invitées. Mais après, c'est soirée night-club avec Gervaise. On doit aller dans un endroit hyper branché, le *Kiss of Pain*.

— Fais attention à toi, Carla. Une salle pleine de vampires, un ou deux humains un peu égratignés et ça peut très, très mal tourner.

— Oh ! Avec Gervaise, pas de danger : je sais le tenir.

— Non, tu ne sais pas.

— Il est fou de moi.

340

— Jusqu'au jour où il ne le sera plus. Ou le jour où tu taperas dans l'œil d'un vampire plus vieux que lui et où Gervaise ne pourra plus gérer la situation, par exemple.

Elle a semblé hésiter une seconde, une expression d'incertitude sur le visage – expression qu'elle ne devait pas souvent afficher. Puis elle s'est ressaisie et s'est empressée de changer de sujet.

— Et toi ? Il paraît que tu es attachée à Eric maintenant ?

— Oui, oui. Mais c'est très provisoire, ai-je immédiatement protesté avec la plus grande conviction. Ça passera.

Et, intérieurement, je me suis promis de ne plus jamais aller où que ce soit avec des vampires. Je m'étais laissé tenter par l'appât du gain, l'attrait de la nouveauté et du voyage lointain. *Mais je ne recommencerai jamais. Je le jure devant Dieu, je...*

Je n'ai pas pu m'empêcher de pouffer. Voilà que je me prenais pour Scarlett O'Hara !

— « Je ne connaîtrai plus jamais la faim », ai-je déclamé, achevant à haute voix la célèbre tirade d'*Autant en emporte le vent.*

— Pourquoi ? m'a demandé Carla, qui se regardait dans la glace pour s'épiler les sourcils. Tu as trop mangé au dîner ?

Cette fois, j'ai carrément éclaté de rire. Et je ne pouvais plus m'arrêter.

— Qu'est-ce qui t'arrive ? s'est étonnée Carla en se retournant vers moi, alarmée. Ça ne va pas, Sookie ? Tu es bizarre.

— Juste un petit choc, lui ai-je répondu entre deux hoquets. Ça va passer. Dans une minute, ça ira mieux.

Mais il m'en a bien fallu dix. J'étais attendue aux procès et, franchement, je n'étais pas fâchée d'avoir de quoi m'occuper. Je me suis débarbouillée, maquillée et changée : chemisier de soie bronze sur

pantalon couleur tabac avec gilet assorti et escarpins de cuir brun. J'ai glissé ma clé magnétique dans
ma poche, j'ai dit au revoir à une Carla plutôt soulagée de me voir partir et je me suis mise en route
pour la soirée procès.

16

Jodi était une vampire pour le moins impression-nante. Elle me faisait penser à Jaël, dans la Bible – Jaël, énergique femme d'Israël, qui avait planté un piquet de tente dans la tempe de Sisera, chef de l'armée ennemie, si mes souvenirs étaient bons. Sisera dormait quand Jaël avait frappé, tout comme Michael lorsque Jodi lui avait raccourci un croc. Bien que son nom me fasse un peu ricaner, j'avais immédiatement pris le parti de cette femme de fer à la volonté d'acier trempé. J'espérais que les juges ne se laisseraient pas avoir par les jérémiades de ce Michael qui pleurait sur sa fichue dent cassée.

Bien qu'au même endroit, ce procès ne se dérou-lait pas dans le même décor que celui de la veille. Les juges étaient assis sur l'estrade, derrière une longue table, face au public : deux hommes et une femme, venus de trois États différents. Bill était du nombre. Il semblait parfaitement calme et serein, comme toujours. Je ne connaissais pas l'autre type, un blond. La digne représentante de la gent fémi-nine était une charmante petite vampire aux che-veux noirs ondulés. Je n'avais encore jamais vu personne se tenir aussi droit, ni arborer une cheve-lure aussi longue. Bill l'appelait Dalhia. À la façon dont elle tournait la tête pour écouter les témoignages de Jodi et de Michael, on aurait pu penser qu'elle assistait à un match de tennis. Posé au centre de la table nappée de blanc trônait un pieu, symbole de la justice chez les vampires, j'imagine.

Les deux vampires n'avaient pas d'avocats pour les représenter. Chacun disait ce qu'il avait à dire. Aux juges, ensuite, de leur poser les bonnes questions pour se faire leur opinion, avant de décider du verdict par un vote à la majorité. La méthode avait le mérite de la simplicité dans la forme, sinon dans les faits.

Dalhia interrogeait Michael :

— Vous torturiez une humaine ?

— Oui, a-t-il répondu sans ciller.

J'ai jeté un regard circulaire. J'étais le seul être humain présent à l'audience. Il n'était pas étonnant que la procédure ait été simplifiée : pour un public au sang chaud, les vampires auraient dû mettre les formes. Ils se comportaient là exactement comme ils l'auraient fait s'ils avaient été entre eux. J'étais assise à côté de ceux de ma délégation présents au procès, Rasul, Gervaise et Cleo. Peut-être leur odeur masquait-elle la mienne ? Ou peut-être qu'une seule humaine – domestiquée, qui plus est – comptait pour du beurre ?

— Elle m'avait offensé. Et puis, de toute façon, chez moi, sexe et supplices vont de pair. Je ne prends pas mon plaisir autrement. Alors, je l'ai enlevée et je me suis un peu amusé, c'est tout. Et voilà que Jodi pique une crise et me casse un croc ! Vous voyez ?

Michael ouvrait la bouche pour que les juges puissent mesurer l'ampleur des dégâts. Je me suis demandé s'il était allé voir le type qui tenait un stand au salon, celui qui vendait ces prothèses dentaires incroyables.

Michael avait un visage d'ange, et il ne voyait absolument pas en quoi l'acte qu'il avait commis était répréhensible. Il avait eu envie de le faire, alors il l'avait fait. Tous les gens qui sont vampirisés n'étaient pas forcément équilibrés de leur vivant. Et après des dizaines d'années, voire des siècles, à disposer des humains à leur gré, certains n'ont plus une once de sens moral. Aujourd'hui pourtant, ils apprécient la liberté de mouvement que leur procure leur nouvelle place dans la société : le fait de pouvoir se promener dehors sans avoir à se cacher et le droit de ne pas se faire planter un pieu dans le cœur. Le problème, c'est qu'ils ne veulent pas en payer le prix en se pliant aux règles de savoir-vivre les plus élémentaires.

Quant à moi, je me disais que perdre une dent était un châtiment bien clément. Je ne parvenais pas à croire que Michael ait eu le culot de porter plainte. Apparemment, Jodi non plus : déjà, elle avait bondi et se ruait sur lui.

Le juge blond l'a plaquée au sol. Il était beaucoup plus grand qu'elle, et elle a semblé se rendre compte qu'elle ne serait pas de taille à le repousser. J'ai vu que Bill avait reculé sa chaise, prêt à intervenir si les choses s'envenimaient.

— Pourquoi les agissements de Michael vous ont-ils à ce point scandalisée, Jodi ? s'est étonnée la minuscule Dalhia.

— La femme en question était la sœur d'un de mes employés, a répondu Jodi d'une voix frémissante de rage. Elle était sous ma protection. Sans compter qu'on va recommencer à nous pourchasser, si cet imbécile de Michael ne change pas de comportement. Mais il est incurable. Rien ne l'arrête, pas même la perte d'un de ses crocs. Par trois fois, je l'ai sommé de garder ses distances. Mais la jeune humaine l'a remis à sa place quand il lui a fait de nouvelles avances en pleine rue, et son orgueil blessé a pris le pas sur sa discrétion, si ce n'est sur son intelligence.

— Est-ce vrai ? a demandé la petite vampire en se tournant vers Michael.

— Elle m'a insulté, Dalhia, a argué l'intéressé avec un calme olympien. Une humaine m'a publiquement insulté.

— Bien. La cause me paraît entendue, a conclu Dalhia, avant d'interroger ses collègues : Vous êtes d'accord avec moi ?

Le vampire blond qui retenait Jodi a hoché la tête, aussitôt imité par Bill.

— Michael, vous allez nous attirer des représailles par l'imprudence de vos actes et votre incapacité à contrôler vos pulsions, a déclaré Dalhia. Vous avez ignoré les avertissements qui vous ont été adressés et fait fi de la protection dont jouissait cette jeune femme auprès d'un autre vampire.

— Vous plaisantez ! s'est écrié Michael en se levant d'un bond. Vous n'avez donc aucune fierté ?

Deux hommes sont alors sortis des coulisses – des vampires, bien entendu, et d'un honnête gabarit. Ils se sont saisis de Michael, qui s'est débattu comme un beau diable. J'étais un peu choquée par tout ce tapage, cette violence. Mais, dans moins d'une minute, ils auraient emmené Michael dans quelque prison pour vampires et, le calme revenu, l'audience pourrait reprendre.

À ma grande stupeur, Dalhia a alors fait signe au vampire blond de relâcher sa prisonnière. Telle une panthère, Jodi a traversé l'estrade en un éclair pour s'emparer du pieu posé sur la table et, avec un sourire jusqu'aux oreilles, l'a planté dans la poitrine de Michael.

Je me suis plaqué les deux mains sur la bouche pour retenir un cri. Mais, de toute évidence, j'étais la seule à m'émouvoir d'un tel procédé.

346

Défiguré par la haine, Michael a dardé sur Jodi un regard noir. Il a même continué à se débattre – pour dégager son bras et arracher le pieu, je suppose. Quelques secondes plus tard, tout était fini. Les deux vampires ont emporté le cadavre, et Jodi a quitté la scène, positivement radieuse.

— Affaire suivante ! a lancé Dalhia.

Il s'agissait du cas de ce gamin vampire. Cette fois, il y avait des humains impliqués : les malheureux parents. En les voyant entrer avec leur air de chien battu, égoïstement, je me suis sentie un peu soulagée de ne plus être la seule de mon espèce dans la salle. Ils étaient assistés d'un représentant vampire (les humains n'avaient-ils donc pas le droit de déposer eux-mêmes, devant cette cour ?) et suivis de la « mère » et de son nouvel « enfant ».

Il s'agissait là d'une affaire bien plus triste, et beaucoup plus complexe aussi. La souffrance de ces pauvres parents qui avaient perdu leur fils – un fils qui, pourtant, marchait et parlait encore, mais pas à eux – était presque palpable. Je n'ai pas été la seule à crier : « Quelle honte ! » quand Cindy Lou a révélé qu'ils lui versaient une pension mensuelle pour la garde de l'enfant. L'avocate des parents, Kate, défendait farouchement ses clients. Il était clair que, pour elle, non contente d'être une mauvaise mère, Cindy Lou déshonorait la communauté des vampires. Mais les trois juges – différents des précédents ; je n'en connaissais aucun – s'en tenaient au contrat signé par les parents et se refusaient à donner un nouveau tuteur à l'enfant. Cependant, ont-ils précisé, ce contrat stipulait également que l'enfant serait obligé de passer un certain temps auprès de ses parents biologiques, aussi longtemps que ces derniers entendraient faire respecter leurs droits.

Le président de la cour, un type au visage d'aigle et aux yeux d'un noir de poix, a appelé le gamin à la barre.

— Tu dois respect et obéissance à ces humains, lui a-t-il rappelé. N'oublie pas que, toi aussi, tu as signé ce contrat. Tu as beau être mineur au regard de la loi humaine, pour nous, tu es tout aussi responsable que... que Cindy Lou.

L'idée qu'une vampire puisse répondre au nom ridicule de Cindy Lou lui restait en travers de la gorge.

— Si tu essaies de terroriser tes parents, a-t-il poursuivi, de les contraindre ou de boire leur sang, nous te couperons la main. Et quand elle aura repoussé, nous t'amputerons de nouveau.

À l'énoncé de la sentence, la mère biologique s'est évanouie. Mais le gamin était si arrogant, si sûr de lui et faisait si peu de cas de ses pauvres parents qu'un sévère avertissement s'imposait. Je me suis prise à hocher la tête avec approbation.

Menacer un gosse de lui couper la main n'est peut-être pas ce qui se fait de mieux en matière de principes éducatifs, mais si vous aviez vu le gamin en question, vous auriez peut-être été de mon avis. Et Cindy Lou n'était pas un cadeau non plus. Celui qui l'avait vampirisée devait être moralement et mentalement défaillant.

Personne n'avait eu besoin de mes services, finalement, et je commençais à m'interroger sur la suite des réjouissances quand Sophie-Anne a franchi la double porte, au fond de la salle, flanquée de sa garde rapprochée : Sigebert à sa gauche, André à sa droite. Elle portait un tailleur-pantalon de soie bleu saphir, un magnifique collier de diamants et de petites boucles d'oreilles assorties. D'une élégance aussi raffinée qu'épurée, elle avait une classe folle. À peine m'a-t-il eu repérée qu'André a filé droit sur moi.

348

— Je sais que – enfin, Sophie-Anne m'a expliqué que je vous avais porté préjudice, a-t-il aussitôt murmuré. Je ne peux pas dire que je suis désolé, parce que je ferais n'importe quoi pour elle. Les autres n'ont aucune valeur, à mes yeux. Mais je regrette sincèrement de n'avoir pu m'empêcher de provoquer quelque chose qui vous afflige.

Si c'était une excuse, c'était la plus hypocrite qu'on m'ait jamais faite. Tout laissait à désirer dans sa formulation. Quant à l'intention…

— D'accord.

Impossible d'en dire plus : ça m'avait déjà écorché la langue. Je savais que je ne pouvais pas espérer mieux de sa part, de toute façon.

Entre-temps, Sophie-Anne nous avait rejoints. Je lui ai adressé mon petit signe de tête habituel.

— Je vais avoir besoin de vous dans les heures qui viennent, m'a-t-elle annoncé.

— Pas de problème.

Elle m'a détaillée de haut en bas, comme si elle me reprochait de ne pas avoir fait un petit effort vestimentaire. Personne ne m'avait prévenue que, pour la partie de la soirée libellée « Commerce », une tenue habillée s'imposait.

Maître Cataliades s'est précipité vers moi, dans son beau costume, avec sa belle cravate de soie rouge et or.

— Heureux de vous voir, ma chère, a-t-il déclaré. Laissez-moi vous exposer la prochaine activité prévue au programme.

Je l'ai engagé d'un geste à poursuivre.

— Où est Diantha ? lui ai-je cependant demandé.

— Elle règle un petit problème d'intendance avec le personnel de l'hôtel, m'a-t-il répondu en fronçant les sourcils. Si étrange que cela puisse paraître, il semblerait qu'il y ait un cercueil égaré, en bas.

— Comment ça ?

Un cercueil, ça appartient quand même bien à quelqu'un! Ce n'est pas comme si les vampires voyageaient avec un cercueil de rechange ou comme s'ils avaient un cercueil pour la semaine et un cercueil du dimanche, pour les grandes occasions.

— Et pourquoi est-ce vous qu'on a appelé? me suis-je étonnée.

— Le cercueil en question portait une étiquette avec le nom de notre délégation.

— Mais tous nos vampires ont été recensés, non? On n'a perdu personne.

Tout en suivant le ballet des serveurs d'un œil distrait, je sentais l'étau de l'angoisse se resserrer. C'est alors que j'ai remarqué un employé qui, m'ayant aperçue, tournait précipitamment les talons. Puis il a vu Barry, qui venait d'entrer aux côtés du roi du Texas, et, une fois de plus, il est parti dans la direction opposée.

Je m'apprêtais déjà à demander au vampire le plus proche de le retenir pour que je puisse savoir ce qui lui trottait dans la tête quand je me suis rendu compte que ç'aurait été faire preuve de ce même abus de pouvoir que je reprochais justement aux vampires. Le serveur a disparu, et je n'avais pas eu le temps de le voir d'assez près pour être capable de le reconnaître parmi un régiment de serveurs tous vêtus de la même façon. Maître Cataliades me parlait toujours. J'ai levé la main pour l'interrompre.

— Attendez un peu, ai-je murmuré, en tentant de me remémorer ce que l'attitude équivoque du serveur me rappelait.

— Je vous prie de me prêter la plus grande attention, mademoiselle Stackhouse, a insisté l'avocat.

J'ai repoussé le fil ténu de mes pensées dans un coin de ma tête. J'y repenserais plus tard.

— Voici ce que vous allez devoir faire, a-t-il continué. La reine va négocier pour obtenir quelques services utiles à la reconstruction du royaume. Contentez-vous de faire ce que vous savez faire le mieux pour découvrir si les intentions de ceux qui traiteront avec elle sont aussi honnêtes qu'ils voudront bien le laisser paraître.

Pas très précis, comme instructions.

— Faire de mon mieux, OK, ai-je néanmoins acquiescé. Mais je crois quand même que vous devriez aller chercher Diantha, maître. Cette histoire de cercueil en plus me paraît louche. C'est comme cette valise perdue que j'ai montée dans la suite de la reine…

Maître Cataliades m'a regardée sans comprendre. Il était clair que, pour lui, ce petit problème de bagages égarés n'était qu'une broutille et qu'il avait mieux à faire que de s'en préoccuper.

— Est-ce qu'Eric vous a parlé de la femme assassinée ?

Ah ! Cette fois, j'avais réussi à éveiller son intérêt.

— Je n'ai pas vu M. Eric de la soirée. Mais soyez sûre que je vais le chercher.

— Il y a un truc qui cloche. Je ne sais pas quoi, mais il y a un truc qui cloche, ai-je marmonné à mi-voix, avant de m'éloigner pour rattraper la reine.

La partie « Commerce » du programme ressemblait, en fait, à un immense bazar – même si Pam, toujours fidèle au poste, avait abandonné son costume de danseuse orientale au profit d'un tailleur tout ce qu'il y avait de classique. Détail vestimentaire qui ne m'a pas échappé, puisque Sophie-Anne avait pris place juste à côté du stand où Bill vendait son logiciel. Comme j'ignorais les règles du jeu, j'ai préféré me contenter d'un simple rôle d'observatrice pour voir comment les choses allaient se passer. J'ai vite été renseignée. Le premier à approcher la reine n'était autre que le grand blond qui avait fait office de juge, un peu plus tôt dans la soirée.

— Chère madame, a-t-il roucoulé en la gratifiant d'un baisemain. C'est toujours un immense plaisir pour moi de vous voir. J'ai été dévasté en apprenant la destruction de votre belle ville.

— D'une petite partie de ma belle ville, a corrigé Sophie-Anne avec un sourire des plus avenants.

— Vous ne pouvez savoir le désespoir qui m'étreint à la seule pensée de la terrible situation dans laquelle vous devez vous trouver, a-t-il poursuivi après une pause, le temps d'enregistrer la correction que son interlocutrice venait d'apporter à son discours ampoulé. Vous, la souveraine d'un royaume si prospère, si prestigieux… tombée si bas. J'espère être à même de vous aider à mon modeste niveau.

— Et… quelle forme prendrait cette aide ?

Après bien des palabres, il est apparu que Monsieur Tout Sourire était prêt à acheminer des millions de mètres cubes de bois de charpente à La Nouvelle-Orléans, si Sophie-Anne lui reversait deux pour cent de ses revenus sur les cinq années à venir. Il était accompagné de son comptable, un humain. J'ai regardé le gratte-papier dans les yeux avec une grande curiosité, puis j'ai reculé de quelques pas. André s'est immédiatement faufilé jusqu'à moi. J'ai détourné la tête pour qu'il puisse lire sur mes lèvres (petite spécialité dudit André).

— Qualité du bois, lui ai-je soufflé, aussi discrète qu'un battement d'ailes de colibri.

Il a fallu des heures pour tout décortiquer et tout bien mettre à plat avant de conclure un accord au bénéfice des deux parties. Et c'était d'un ennui mortel. D'autres fournisseurs potentiels ont suivi. Certains n'avaient pas d'humain avec eux, et ma présence était inutile. Mais c'était une minorité. Parfois, l'humain en question avait versé au vampire une assez jolie somme pour se faire parrainer, rien que pour avoir accès à la salle et pouvoir appâter le chaland. Quand le huitième vendeur s'est arrêté pour minauder devant la reine, j'en étais arrivée à ne plus pouvoir réprimer mes bâillements. J'avais eu tout le temps de remarquer que Bill faisait un véritable tabac avec sa banque de données spécial vampires. Pour un type plutôt réservé, il ne s'en sortait pas si mal. Ça n'avait rien d'évident de convaincre un tel public d'acheter un produit informatique – les vampires se méfient de la technologie moderne, c'est bien connu. Mais si j'entendais une fois de plus le refrain sur « la mise à jour annuelle comprise », j'allais rendre mon dîner. Plus calés en informatique que les vampires, en général, les humains se massaient autour du stand. Pendant qu'ils admiraient la marchandise, j'en ai profité pour aller faire un petit tour dans leurs pensées, au hasard. Mais ils n'avaient en tête que mégahertz, RAM, disque dur et autres choses de ce genre.

Je n'avais pas encore vu Quinn. Avec ses facultés de récupération naturelles, il devait pourtant s'être déjà complètement remis de sa blessure. Son absence était-elle voulue ? Ça m'en avait tout l'air…

J'avais le cœur gros, j'étais fatiguée : je saturais.

C'est alors que la reine a eu la brillante idée d'inviter Dalhia, la jolie petite vampire qui s'était montrée si expéditive dans son jugement, à boire un verre dans ses appartements. Dalhia ne s'est pas fait prier pour accepter, et toute notre délégation s'est dirigée vers la suite royale. Christian Baruch a suivi le mouvement, emboîtant le pas à Sa Majesté. Il lui avait tourné autour toute la soirée.

Il était un peu lourd dans sa façon de la courtiser. J'ai repensé au mignon de la reine de l'Alabama, à la façon dont il avait fait courir ses doigts dans le dos de sa belle, parce qu'il savait qu'elle avait peur des araignées, pour l'amener à venir se blottir plus étroitement contre lui. J'ai alors eu l'impression qu'une ampoule venait de s'allumer au-dessus de ma tête. Elle brillait si fort que je me suis demandé si quelqu'un pouvait la voir.

L'hôtelier a fait une chute vertigineuse dans mon estime. S'il pensait qu'une telle stratégie allait marcher avec Sophie-Anne, il la connaissait bien mal. Il allait devoir revoir sa copie.

J'avais constaté que Jake Purifoy ne s'était pas montré de la soirée. André avait dû l'envoyer faire une course, vérifier qu'il y avait bien le plein dans toutes les voitures de la délégation ou quelque autre tâche anodine. On se méfiait trop de lui pour lui confier des missions plus importantes. Pour l'instant, du moins. Sa jeunesse et son passé de loup-garou jouaient contre lui. Il allait devoir se donner un mal de chien pour marquer des points. Mais Jake n'avait pas la combativité nécessaire. Il vivait dans son passé de loup-garou, regardant constamment en arrière. Rancœur, amertume et regrets s'accumulaient.

À peine arrivé dans la suite de Sophie-Anne, qui venait manifestement d'être briquée – toutes les chambres devaient être faites la nuit, en l'absence des vampires, naturellement –, Christian Baruch s'est lancé dans un exposé sur les difficultés qu'il avait rencontrées pour recruter des extras, en prévision du sommet, et à quel point certains d'entre eux étaient nerveux à l'idée de nettoyer des chambres occupées par des vampires. Baruch faisait la roue en pure perte : de toute évidence, Sophie-Anne n'était nullement impressionnée. Il était tellement plus jeune qu'elle ! À ses yeux, il n'était rien qu'un petit ado qui roulait des mécaniques.

Puis Jake est arrivé. Après avoir salué la reine et son invitée, il a tiré une chaise – la petite sœur de celle, particulièrement inconfortable, sur laquelle je m'étais affalée – pour s'asseoir à côté de moi.

— Quoi de neuf, Jake ? lui ai-je lancé.

— Pas grand-chose. Je suis allé retirer les billets d'André et de la reine pour un spectacle demain soir : une reprise de *Hello, Dolly* ! version vampire.

J'ai essayé de me faire une petite idée ce que cela pouvait donner. Je n'ai pas réussi.

— Et toi, qu'est-ce que tu vas faire ? C'est marqué « temps libre » sur le programme.

— Je ne sais pas, a-t-il répondu d'une voix étrangement lointaine. Ma vie a tellement changé que je suis incapable de prévoir quoi que ce soit. Et toi Sookie, tu comptes sortir demain, dans la journée ? Faire du shopping, peut-être ? Il y a de superbes boutiques sur Widewater Drive. C'est le boulevard qui longe le lac.

Même moi, j'avais entendu parler de Widewater Drive.

— Ce n'est pas impossible. Mais je ne suis pas une fana du lèche-vitrines.

— Tu devrais vraiment y aller. Il y a de super boutiques de chaussures et un Macy's immense. Tu adorerais, j'en suis sûr. Fais-toi une petite sortie. Prends ta journée. Quitte cet endroit pendant que tu le peux.

— Je vais y songer, lui ai-je répondu, un peu troublée. Mmm... tu as vu Quinn, aujourd'hui ?

— Je l'ai entraperçu. Et j'ai parlé avec Frannie deux minutes. Ils préparent la cérémonie de clôture. Ils ont l'air débordés.

— Ah.

Oui, bien sûr. Ça devait prendre du temps à organiser, évidemment.

— Appelle-le. Demande-lui de t'emmener faire un tour, demain.

J'ai tenté de m'imaginer en train de demander à Quinn de m'accompagner dans les magasins. Ce n'était pas forcément exclu. Mais ce n'était pas très probable non plus. J'ai haussé les épaules.

— Peut-être que je sortirai un peu.

Ça a eu l'air de lui faire plaisir.

— Vous pouvez y aller, Sookie, m'a alors annoncé André.

J'étais tellement fatiguée que je ne l'avais pas vu approcher.

— OK. Bonne nuit, alors.

En me levant, j'ai remarqué la vieille valise bleue. Elle détonnait dans la suite immaculée.

— Oh! Jake, ai-je ajouté. Il faut que tu remportes cette valise au sous-sol. On m'a appelée pour que j'aille la chercher, mais personne ne l'a réclamée.

— Je poserai la question autour de moi, m'a-t-il assuré d'une voix distante, avant de regagner sa propre chambre.

André avait déjà reporté son attention sur la reine, qui riait au récit que Dalhia lui faisait d'un mariage auquel elle avait assisté.

Je l'ai interpellé discrètement.

— Il faut que je vous dise : je crois que M. Baruch a quelque chose à voir avec la bombe découverte près de l'ascenseur.

À voir son expression, on aurait pu penser qu'André venait de s'asseoir sur une punaise.

— Pardon ?

— Je crois qu'il a voulu effrayer la reine. À mon avis, il s'est dit que, voyant sa vie menacée, elle se sentirait vulnérable et prendrait conscience de la nécessité d'avoir un puissant protecteur à ses côtés.

André n'était pourtant pas réputé pour son expressivité, mais j'ai vu l'incrédulité, l'incompréhension et le dégoût se succéder en un éclair sur son visage.

— Il n'est pas impossible non plus qu'il ait dit à Henrik Feith que la reine allait le tuer, ai-je poursuivi. Il est le propriétaire de cet hôtel, non? Il a donc la clé de cette suite, où tout le monde croyait Henrik en sécurité, pas vrai ? Il a pu le persuader que la reine allait lui faire la peau et le convaincre de reprendre l'accusation de meurtre contre elle à son compte : ainsi, une fois de plus, il serait là pour jouer les sauveurs. Peut-être même qu'il a fait tuer Henrik, après l'avoir berné, pour pouvoir éblouir Sa Majesté.

André faisait une drôle de tête, comme s'il avait du mal à me suivre.

— Et vous avez des preuves de ce que vous avancez ?

— Aucune. Mais quand j'ai parlé avec M. Donati dans le hall, aujourd'hui, il a fait allusion à une vidéo que je pourrais avoir envie de regarder.

— Eh bien, allez-y.

— Si j'y vais, il va se faire virer. Non, il faut que ce soit la reine qui en parle à Baruch. Qu'elle demande à visionner les images prises par la caméra de surveillance installée en face de l'ascenseur, au moment où la bombe a été posée. Chewing-gum sur l'objectif ou pas, on doit bien voir quelque chose.

— Partez avant, qu'il ne puisse pas faire le rapprochement.

Encore une chance que le directeur de l'hôtel ait été aussi captivé par la reine et par sa passionnante conversation, sinon, avec son ouïe de vampire, nul doute qu'il se serait rendu compte qu'on parlait de lui.

J'étais peut-être épuisée, mais au moins, j'avais la satisfaction de ne pas voler mes employeurs : je leur en donnais pour leur argent. Ça m'enlevait un poids d'avoir finalement réussi à résoudre l'énigme de la canette de Dr Pepper piégée. Et puis, Christian Baruch ne s'amuserait plus à poser des bombes, une fois que la reine l'aurait à l'œil. Quant à la menace potentielle que faisait peser sur nous la Confrérie du

Soleil... Eh bien, pour l'instant, ce n'étaient encore que des ouï-dire, et je n'avais aucun indice quant à la forme que cette prétendue offensive était censée prendre. En dépit de l'assassinat de l'employée du club de tir à l'arc, je me sentais plus détendue que je ne l'avais été depuis que j'avais mis les pieds au *Pyramid*. Je n'étais pas loin d'imputer ce meurtre-là à Baruch aussi, en plus de celui de Henrik. Voyant que ce dernier risquait de conserver l'Arkansas au détriment de la reine, peut-être que, par pure rapacité, il avait fait tuer Henrik pour que la reine rafle la mise. Il y avait certes quelque chose qui clochait dans ce scénario, mais j'étais trop fatiguée pour voir quoi. J'allais laisser décanter le tout jusqu'à ce que je sois assez fraîche et dispose pour démêler l'affaire.

J'ai traversé le palier jusqu'à l'ascenseur et appuyé sur le bouton. Quand les portes se sont ouvertes, Bill est apparu devant moi, une liasse de bons de commande à la main.

— Tu as fait fort, ce soir, l'ai-je félicité, en désignant le paquet de feuilles du menton.

Je n'avais même plus la force de le détester, tant j'étais fatiguée.

— Oui, une vraie mine d'or, m'a-t-il répondu.

Il n'avait pas l'air de sauter au plafond, pourtant. J'attendais qu'il s'écarte pour me laisser passer, mais il n'avait pas l'air décidé.

— Je donnerais tout ça sans regret, si seulement je pouvais effacer ce qui s'est passé entre nous. Pas tous ces moments où nous nous sommes aimés, mais...

— Les moments où tu m'as menti? Les moments où tu faisais celui qui mourait d'envie de sortir avec moi, alors qu'en réalité tu agissais sur ordre de la reine? Ces moments-là?

— Oui, ces moments-là, m'a-t-il répondu sans ciller.

— Tu peux toujours rêver ! Tu m'as fait trop de mal pour que ça puisse arriver.

— Es-tu amoureuse ? De qui ? De Quinn ? D'Eric ? De ce crétin de JB ?

— Tu n'as pas le droit de me demander ça. Tu n'as absolument aucun droit sur moi, de toute façon.

JB ? D'où sortait-il cette idée là ? Je l'avais toujours adoré, et il était craquant, effectivement. Mais il avait autant de conversation qu'un manche à balai. L'ascenseur atteignait l'étage des humains que j'en étais encore à secouer la tête, abasourdie.

Carla n'était pas là, comme d'habitude. Et comme il était 5 heures du matin, il y avait peu de chances qu'elle rentre. J'ai enfilé ma chemise de nuit, je me suis brossé les dents, j'ai mis mes chaussons au pied de ma table de chevet pour pouvoir les retrouver facilement dans le noir, et je suis tombée comme une masse.

17

J'ai ouvert les yeux comme s'ils étaient mus par des ressorts trop tendus.

Réveille-toi ! Réveille-toi ! Réveille-toi, Sookie ! Il y a quelque chose qui ne va pas.

Où tu es, Barry ?

Devant les ascenseurs, à notre étage.

J'arrive.

J'ai enfilé en quatrième vitesse ma tenue de la veille, troquant mes hauts talons contre mes chaussons – mes ballerines à semelles antidérapantes rangées au pied de la table de chevet. J'ai attrapé mon portefeuille, qui contenait la clé magnétique de ma chambre, mon permis de conduire et ma carte de crédit, et je l'ai fourré dans une poche, avant d'empoigner mon téléphone portable pour le glisser dans l'autre poche, puis je me suis ruée hors de la chambre. La porte a claqué derrière moi avec un petit quelque chose d'un peu trop définitif. Plongé dans le silence, l'hôtel paraissait désert. À ma montre, il était pourtant 9 h 50.

J'avais un long couloir à parcourir avant de tourner à droite pour gagner les ascenseurs. Pourtant, je n'ai pas rencontré âme qui vive. À la réflexion, cela n'avait rien de si étrange. La plupart des humains présents ici avaient adopté le rythme nocturne des vampires : ils devaient être encore endormis. Mais quand même, pas un seul garçon d'étage à l'horizon, pas une femme de ménage…

Toutes ces traces insensibles qu'un tas de petits malaises diffus de ce genre avaient laissées dans mon esprit, comme ces traînées gluantes que laissent les limaces juste sur le pas de votre porte, se sont alors rejointes pour former une énorme boule toute palpitante d'angoisse.

C'était comme si j'étais sur le *Titanic* et que je venais d'entendre le raclement de l'iceberg sur la coque.

J'ai fini par repérer quelqu'un… étendu sur le sol. Après un réveil aussi brutal, j'étais encore un peu dans le cirage. Du coup, la découverte d'un homme gisant au beau milieu du couloir ne m'a pas vraiment étonnée.

Je n'avais pas eu le temps d'appeler Barry que je l'ai vu débouler, tout affolé. Il s'est accroupi à côté de moi. J'ai retourné le corps. C'était Jake Purifoy. Rien à faire pour le réveiller.

Pourquoi il n'est pas dans son cercueil ? Qu'est-ce qu'il faisait encore dehors à une heure pareille ?

Même en pensée, Barry avait un accent de panique dans la voix.

Regarde sa position, Barry. On dirait qu'il se dirigeait vers ma chambre. Tu crois qu'il venait me voir ?

Oui. Mais il n'est jamais arrivé.

Qu'est-ce qui avait bien pu empêcher Jake de regagner son cercueil à temps ? Il fallait vraiment que ce soit quelque chose de très important… Quand je me suis relevée, j'avais le cerveau en ébullition. Je n'avais jamais entendu parler d'un vampire qui ait oublié l'heure de se coucher. Ils sentent d'instinct l'approche du jour. C'est une question de survie, pour eux. J'ai passé en revue toutes les conversations que j'avais eues avec Jake, puis j'ai repensé aux deux humains que j'avais vus sortir de sa chambre...

— Espèce d'ordure ! ai-je sifflé entre mes dents, en lui flanquant un coup de pied de toutes mes forces.

— Mon Dieu, Sookie ! s'est écrié Barry, horrifié, en me retenant par le bras.

Puis il a reçu la vision que j'avais dans la tête.

— Il faut avertir Cataliades et Diantha, ai-je décrété. On pourra les réveiller, eux : ce ne sont pas des vampires.

— Vas-y. Moi, je vais chercher Cécile, m'a annoncé Barry. C'est la fille qui partage ma chambre.

Nous nous sommes aussitôt séparés, laissant Jake là où il était. Il y avait plus urgent.

Cinq minutes plus tard, nous étions tous les deux de retour. Je n'avais eu aucun mal à faire lever maître Cataliades ainsi que Diantha, qui partageait sa chambre. Cécile avait l'air d'une jeune femme compétente et pragmatique. Je n'ai pas été autrement surprise que Barry me la présente comme la nouvelle assistante personnelle de Stan.

Comment avais-je pu être assez bête pour ne pas tenir compte de l'avertissement de Clovache ? Je m'en voulais tellement que je me serais giflée. Mais ce n'était pas le moment de battre ma coulpe : il fallait agir, et vite.

— Voilà ce que je pense, ai-je déclaré, m'apprêtant à faire part à mes compagnons des conclusions auxquelles j'étais parvenue. Certains des serveurs nous évitent, Barry et moi, depuis qu'ils ont découvert notre... particularité.

Barry a hoché la tête : lui aussi, il s'en était rendu compte. Il avait cependant un petit air coupable qui ne me disait rien qui vaille. Mais cela devrait attendre.

— Ils ne veulent pas qu'on découvre ce qu'ils manigancent, je suppose, ai-je poursuivi. J'en déduis que ça ne doit pas être joli-joli. Et Jake Purifoy était dans le coup.

Cataliades ne m'avait écoutée que d'une oreille, jusque-là, mais à ces mots il s'est brusquement alarmé. Diantha n'en perdait pas une miette, ses grands yeux passant d'un visage à l'autre avec vivacité.

— Comment allons-nous procéder ? a demandé Cécile, visiblement aussi efficace que je l'avais supposé.

— Le problème, ce sont ces cercueils supplémentaires, ai-je expliqué. Et la valise bleue dans la suite royale. Barry, on t'a envoyé chercher une valise, toi aussi, non ? Et elle n'appartenait à personne ?

— Tout juste. Elle est toujours dans l'entrée, là-haut, dans la suite du roi. C'est l'endroit où il y a le plus de passage, et comme on pensait que quelqu'un la réclamerait… J'étais censé la redescendre au service des bagages égarés aujourd'hui.

— Celle que j'ai été chercher trône dans le salon de Sophie-Anne. Je crois que c'est Joe, le type chargé de ce service, justement, qui a monté le coup. C'est lui qui nous a appelés pour qu'on aille récupérer les valises au sous-sol. Personne ne semblait au courant, sauf lui.

— Les valises vont exploser ? s'est exclamée Diantha d'une voix suraiguë. Et les cercueils au sous-sol aussi ? Mais si le sous-sol explose, tout l'immeuble va s'effondrer !

Jamais elle ne m'avait paru plus humaine.

— Il faut réveiller tout le monde, ai-je décrété. Évacuer l'hôtel.

— L'hôtel va exploser, a ânonné Barry, comme s'il avait du mal à comprendre ce que ça signifiait.

— Les vamp's ne peuvent pas se réveiller, a alors affirmé la pragmatique Cécile. C'est impossible pour eux.

— Quinn! me suis-je soudain écriée.

J'ai plongé la main dans ma poche, récupéré mon portable et appuyé sur la touche du numéro mémorisé. Je l'ai entendu vaguement bredouiller à l'autre bout du fil. J'ai essayé de le secouer.

— Sauve-toi! Quinn, emmène ta sœur et sauve-toi! Tout va exploser!

Je me suis juste assuré qu'il était bien réveillé et j'ai refermé mon téléphone d'un claquement sec.

— Mais nous aussi, on doit se sauver, était en train dire Barry, comme s'il venait de prendre conscience de l'imminence du danger.

Cécile a alors eu la brillante idée de courir au bout du couloir pour déclencher l'alarme incendie. Le hurlement nous a vrillé les tympans, mais s'est révélé d'une extraordinaire efficacité: en moins d'une minute, les gens avaient déjà quitté leurs chambres.

— Prenez l'escalier! a crié Cécile avec une surprenante autorité.

Bien qu'encore à moitié endormis, tous ont immédiatement obéi. J'ai été contente d'apercevoir Carla dans la masse. Mais je ne voyais toujours pas Quinn. On ne pouvait pourtant pas le rater.

— La reine est tout en haut, m'a fait observer maître Cataliades.

— On peut démolir ces panneaux de verre de l'intérieur, vous croyez? ai-je demandé.

— Ils y ont bien réussi dans *Fear Factor*.

Barry se voulait encourageant.

— On pourrait essayer de faire glisser les cercueils jusqu'en bas.

— Ils se briseraient à l'arrivée, a objecté Cécile.

— Mais les vamp's survivront à l'explosion.

— Pour mieux se faire brûler par le soleil, a rétorqué maître Cataliades. Non, Diantha et moi allons monter chercher la reine et ses protégés. Nous essaierons de les faire sortir en les enveloppant dans des couvertures. Il ne nous restera plus qu'à les emmener…

Il m'a adressé un coup d'œil désespéré.

— Des ambulances ! Appelez le 911, vite ! Ils sauront bien où les emmener.

Diantha s'est exécutée avant que j'aie eu le temps de le faire. Elle était si incohérente et si affolée qu'elle a réussi à faire partir des ambulances pour une explosion qui n'était même pas encore arrivée.

— L'immeuble est en feu ! s'est-elle écriée au téléphone.

Ce qui, après tout, n'était qu'une vérité anticipée.

— Allez-y, ai-je lancé à l'avocat de Sa Majesté.

Je l'ai même physiquement poussé, tout démon qu'il était. Il s'est aussitôt précipité vers les appartements de la reine.

Je me suis tournée vers mon confrère télépathe.

— Va t'occuper de ta délégation, Barry.

Cécile et lui se sont aussitôt rués vers l'ascenseur – qui risquait pourtant de les lâcher d'une minute à l'autre.

J'avais fait tout ce que je pouvais pour sauver les humains, Cataliades et Diantha s'occupaient de la reine et d'André… Eric et Pam ! Dieu merci, je savais où se trouvait la chambre d'Eric. J'ai emprunté l'escalier. En chemin, j'ai croisé les britlingans. Elles avaient toutes deux un gros sac à dos et portaient un lourd fardeau soigneusement empaqueté. Clovache tenait les pieds, Batanya la tête. Pas de doute, c'était bien le roi du Kentucky. Comme je me plaquais contre le mur pour les laisser passer, elles ont hoché la tête pour me saluer. Elles n'étaient peutêtre pas aussi détendues que si elles partaient en promenade, mais presque.

— C'est vous qui avez déclenché l'alarme incendie ? m'a demandé Batanya. C'est aujourd'hui que la Confrérie passe à l'action ?

— Oui.

— Merci. Nous évacuons la zone immédiatement. Et vous devriez en faire autant, m'a conseillé Clovache.

— Une fois notre client en sécurité, nous retournerons chez nous, m'a annoncé Batanya. Adieu.

Je leur ai bêtement souhaité bonne chance et j'ai recommencé à grimper les marches quatre à quatre, telle une himalayiste confirmée. En conséquence de quoi, j'étais hors d'haleine en arrivant au neuvième. J'ai aperçu une femme de chambre qui poussait son chariot dans le couloir. Je me suis précipitée vers elle, l'effrayant plus encore que l'alarme incendie ne l'avait déjà fait.

— Donnez-moi votre passe, lui ai-je ordonné.

— Non ! s'est écriée la brave matrone hispanique, qui n'était manifestement pas du genre à se laisser marcher sur les pieds. On me renverrait.

— Alors, ouvrez cette porte, lui ai-je demandé, en lui montrant la chambre d'Eric. Et fichez le camp d'ici !

Je devais avoir l'air hystérique. Et je l'étais.

— L'hôtel va exploser d'une minute à l'autre ! ai-je insisté.

Elle m'a balancé la clé et s'est précipitée vers les ascenseurs. Oh, non !

Les explosions ont commencé. Il y a eu un gros « boum » grave, profond, retentissant, et une secousse sous mes pieds, comme si quelque monstrueux géant des abysses remontait à la surface. J'ai titubé jusqu'à la chambre d'Eric, inséré la carte magnétique dans la fente de la porte et poussé le battant. À l'intérieur, l'obscurité était totale ; le silence, lugubre.

J'ai crié à pleins poumons :

— Eric ! Pam !

366

Je cherchais l'interrupteur à tâtons quand j'ai senti l'immeuble tanguer : au moins une des charges posées dans les étages venait d'exploser. *Oh, merde ! Merde !* Lorsque la lumière s'est allumée, j'ai vu que Pam et Eric étaient étendus sur leurs lits, et non dans leurs cercueils.

— Réveillez-vous !

J'ai secoué Pam en premier parce qu'elle était la plus près. Elle n'a pas réagi plus qu'une poupée de son. Je me suis précipitée vers le lit voisin.

— Eric ! ai-je braillé dans les oreilles du Viking.

J'ai réussi à obtenir une petite réaction : il était beaucoup plus vieux que Pam. Ses yeux se sont entrouverts sur un regard ensommeillé.

— Quoi ? a-t-il maugréé dans un souffle.

— Il faut que tu te lèves ! Il le faut ! Il le faut ! Il faut que tu fiches le camp d'ici !

— Fait jour, a-t-il bredouillé en se tournant sur le flanc.

Je l'ai giflé, fort – la plus belle gifle que j'aie donnée de ma vie.

— Lève-toi ! Lève-toi !

Je m'égosillais à m'en casser la voix. Il a fini par sortir de sa léthargie, assez, du moins, pour parvenir à s'asseoir. Dieu merci, il portait un pantalon de pyjama : pas besoin de l'habiller. J'ai repéré sa grande cape noire de prêtre sur son cercueil. Encore une chance qu'il ne l'ait pas rendue à Quinn. Je l'ai jetée sur ses épaules, j'ai fermement noué le cordon qui la fermait au cou et j'ai rabattu le capuchon sur son visage.

— Protège-toi ! lui ai-je crié, tandis qu'un nouveau fracas retentissait au-dessus de nos têtes, un bruit de verre qui volait en éclats, suivi de cris de terreur.

Il allait se rendormir si je ne le tenais pas éveillé. En tout cas, il essayait de lutter, c'était déjà ça. Je me souvenais que, dans certaines circonstances particulièrement désespérées, Bill avait réussi à faire quelques pas titubants. Mais impossible de réveiller Pam, qui avait pourtant à peu près le même âge que Bill. J'ai eu beau la tirer par les cheveux, je n'ai obtenu aucune réaction.

— Il faut que tu m'aides à sortir Pam de là. J'ai besoin de toi, Eric. Aide-moi !

J'ai hurlé de plus belle en entendant une nouvelle déflagration et en sentant le sol bouger sous mes pieds. Eric a écarquillé les yeux. Il a réussi à se lever, tout chancelant. Bougeant de concert comme si nous communiquions par pensée, nous avons commencé à pousser son cercueil, qui est tombé sur la moquette, et nous l'avons fait glisser jusqu'au grand panneau de verre incliné qui formait l'une des faces du *Pyramid*.

Autour de nous, ça tremblait de partout. Les secousses se succédaient sans discontinuer. Eric avait les yeux grands ouverts, à présent, mais il devait tellement se concentrer pour rester éveillé qu'il puisait dans mes propres forces.

— Pam ! lui ai-je crié pour l'inciter à s'activer.

Après pas mal de tâtonnements fébriles, j'ai fini par ouvrir le cercueil. D'une démarche lourde, comme si ses pieds collaient au sol, Eric s'est alors dirigé vers le lit de sa congénère endormie. Il a pris Pam par les épaules, moi par les pieds, et nous l'avons soulevée, drap et couverture compris. Le sol a encore tremblé, plus violemment, cette fois. Nous avons titubé vers le cercueil et balancé Pam à l'intérieur. Tombée à genoux sur la moquette, j'ai rabattu le couvercle et fermé les loquets. Et tant pis si un pan de la chemise de nuit de Pam dépassait.

C'est alors que j'ai pensé à Bill. Une fugitive image de Rasul m'a traversé l'esprit, aussi. Trop tard. Je ne pouvais plus rien pour eux.

— Il faut casser la vitre ! me suis-je égosillée dans le vacarme assourdissant.

Eric a hoché la tête avec une lenteur d'automate mal huilé. Il s'est agenouillé à côté de moi, à une des extrémités du cercueil, et on l'a propulsé de toutes nos forces contre le panneau incliné. Sous le choc, l'énorme miroir s'est fendillé en mille éclats... qui sont restés soudés : le miracle du vitrage blindé. J'en aurais pleuré. C'était un trou qu'il nous fallait, pas un rideau de verre pilé ! Ignorant autant que possible les effroyables grondements qui résonnaient sous nos pieds, nous avons rassemblé nos forces pour faire une nouvelle tentative.

Oui ! Enfin, nous avions réussi ! Sous l'effet de la poussée, les montants de la fenêtre avaient cédé, et les vitres en morceaux cascadaient le long des flancs du bâtiment.

Pour la première fois depuis plus de mille ans, Eric voyait la lumière du soleil. Il a hurlé. Un cri terrible, déchirant, à vous nouer l'estomac. Mais, dans la minute qui a suivi, il s'est étroitement enveloppé dans sa cape, m'a agrippée par le bras, a sauté à califourchon sur le cercueil et, d'un coup de pied, l'a catapulté dans le vide. Pendant une fraction de seconde, nous sommes restés en équilibre au bord du précipice. Puis nous avons basculé. C'est alors que j'ai connu le moment le plus terrifiant de toute mon existence. Nous avions franchi la fenêtre et dévalions la pente de la pyramide, comme sur un toboggan géant. Nous allions nous écraser...

Tout à coup, je me suis retrouvée dans les airs. Eric me plaquait contre lui, ses bras m'enserrant comme des tenailles. J'ai poussé un gros soupir de soulagement. Mais oui, bien sûr ! Eric pouvait voler !

Cependant, ébloui par la lumière, à moitié comateux après un réveil qui l'avait arraché à son sommeil vital, il n'était pas très opérationnel. Cette chaotique descente en zigzag n'avait rien à voir avec la souple évolution dans l'espace que j'avais eu l'occasion d'expérimenter par le passé.

Mais c'était tout de même mieux qu'une chute libre : Eric pourrait freiner notre descente, assez, du moins, pour nous empêcher de nous fracasser dans la rue, au pied de l'hôtel. Enfin, je l'espérais…

Malheureusement pour Pam, le cercueil a heurté le sol avec une telle violence qu'elle a été catapultée sur le bitume, où elle est restée inerte, en plein soleil. Sans laisser échapper la moindre plainte, elle a commencé à se consumer. Eric s'est posé près d'elle et, récupérant la couverture d'un geste, s'est jeté sur elle pour la protéger, rabattant le plaid pour les recouvrir tous les deux. L'un des pieds de Pam dépassait et, déjà, la chair calcinée laissait échapper des volutes de fumée. J'ai rajusté la couverture.

Puis j'ai entendu les sirènes des ambulances. J'ai fait signe à la première que j'ai vue de s'arrêter. Les urgentistes ont bondi hors de leur véhicule.

J'ai pointé le doigt vers le monticule sous la couverture.

— Deux vampires, ai-je haleté. Il faut les mettre à l'abri de la lumière !

Les deux femmes ont échangé des regards incrédules.

— Que devons-nous faire ?

— Emmenez-les dans un beau sous-sol quelconque, un endroit dépourvu de fenêtres, et dites au propriétaire de laisser la porte ouverte : ça ne fait que commencer.

Là-haut, une explosion venait de pulvériser une des suites. Une valise, en ai-je conclu, en me demandant combien de bagages piégés Joe avait réussi à nous faire monter dans les chambres. En levant les yeux, j'ai vu une gerbe d'éclats de verre étinceler au soleil. Mais des formes noires suivaient ce feu d'artifice et, en les apercevant, les urgentistes sont

370

passées à l'action, comme les professionnelles entraînées qu'elles étaient. Elles n'ont certes pas succombé à la panique, mais elles ont assurément pris de la vitesse, s'activant avec efficacité et se demandant déjà lequel des bâtiments les plus proches serait pourvu d'une cave assez grande.

— On va faire passer le message, m'a dit la plus brune des deux.

Pam était maintenant dans une ambulance, et Eric en passe de l'être. Son visage était cramoisi, et de la vapeur s'échappait de ses lèvres. Oh! mon Dieu.

— Et vous? m'a demandé l'urgentiste.

— J'y retourne.

— Vous êtes dingue!

Puis elle s'est engouffrée dans l'ambulance, qui a démarré sur les chapeaux de roue.

Il y a eu une nouvelle gerbe de verre, et une partie du rez-de-chaussée a commencé à s'effondrer. Les cercueils piégés de la zone de déchargement, sans doute. Encore une explosion. Elle semblait provenir du sixième, celle-là, mais de l'autre côté du bâtiment. J'étais tellement abrutie par les détonations et toutes ces visions de films catastrophe que je n'ai pas été autrement surprise de voir une valise bleue voler dans les airs. Maître Cataliades avait manifestement réussi à briser la fenêtre de la reine. Puis, brusquement, j'ai pris conscience que la valise était intacte, qu'elle n'avait pas explosé et qu'elle se dirigeait... droit sur moi!

Je me suis mise à courir, avec en tête, le temps d'un éclair, cette image remontant à mes années de softball: j'avais piqué un tel sprint sur le terrain que j'avais glissé sur plusieurs mètres avant de pouvoir m'arrêter. Je visais le parc, de l'autre côté de la rue – la circulation avait été interrompue pour livrer passage aux véhicules d'urgence:

voitures de police, ambulances, camions de pompiers. Juste devant moi, il y avait une femme flic qui regardait de l'autre côté. Elle montrait un truc à un de ses collègues.

— À terre ! lui ai-je crié. Une bombe !

Elle a à peine eu le temps de se retourner que, déjà, je la plaquais au sol. J'ai ressenti un violent choc dans le dos, qui m'a coupé le souffle.

Nous sommes restées un petit moment comme ça, sans bouger. Puis je me suis relevée sur des jambes flageolantes. Quel bonheur de respirer – même avec la poussière et la fumée ! Peut-être que la femme m'a dit quelque chose, mais je n'ai rien entendu.

Je me suis retournée pour regarder le *Pyramid*.

Des pans entiers de l'édifice s'effondraient, ployant sur eux-mêmes, tandis que verre, béton, acier, bois se disloquaient et que la plupart des cloisons qui délimitaient les espaces – chambres, salles de bains, couloirs – s'écroulaient. Nombre de clients se trouvaient pris au piège, ensevelis sous l'avalanche. Ils ne formaient plus qu'un, à présent : la structure de l'édifice, ses compartiments et leurs occupants.

Çà et là, certaines parties avaient cependant résisté. L'étage des humains, la mezzanine et le hall étaient encore partiellement intacts, quoique la réception ait été détruite.

J'ai aperçu une forme noire par terre : un cercueil. Le couvercle avait sauté sous la violence du choc. Le soleil frappait la créature exposée à l'intérieur, et elle poussait une plainte déchirante. Je me suis ruée vers elle. J'ai trouvé un grand morceau de cloison, non loin de là, et l'ai tiré pour le hisser sur le dessus du cercueil. Sitôt la lumière du jour bloquée, la plainte a cessé. J'ai appelé à l'aide. Des policiers se sont approchés.

372

— Il y a des survivants : des humains et des vampires, leur ai-je expliqué. Il faut protéger les vampires du soleil.

— Les humains d'abord, a tranché un vétéran bedonnant.

— Bien sûr.

J'avais acquiescé machinalement. Ce n'étaient pourtant pas les vampires qui avaient posé ces bombes...

Une partie de l'hôtel tenait encore debout, côté sud. En levant les yeux, j'ai aperçu maître Cataliades, dans l'encadrement d'une fenêtre dépourvue de vitre. Dieu seul sait comment, il avait réussi à regagner l'étage des humains. Il portait un fardeau enveloppé dans des couvertures, blotti contre sa poitrine.

— Regardez ! me suis-je écriée pour attirer l'attention des pompiers. Regardez !

À la vue d'un rescapé, ils sont immédiatement passés à l'action. Ils étaient nettement plus enthousiastes à l'idée de sauver un humain plutôt que tous ces malheureux vampires qui devaient être en train de mourir brûlés, alors qu'une simple couverture aurait suffi à les mettre hors de danger. Je ne parvenais pourtant pas à leur en vouloir.

C'est alors seulement que j'ai remarqué la foule des badauds qui étaient sortis de leurs voitures pour donner un coup de main aux sauveteurs – ou pour admirer le spectacle. Parmi eux, il y en avait même qui criaient :

— Qu'ils brûlent ! Laissez-les cramer !

J'ai suivi des yeux les pompiers qui montaient dans une nacelle pour aller chercher l'avocat royal et son fardeau. Puis j'ai replongé dans le chaos des décombres.

Au bout d'un moment, j'ai commencé à flancher. Les râles des survivants, les cris des sauveteurs, la fumée, l'étrange luminosité du soleil, caché par un gigantesque nuage de poussière, les grincements des piliers de l'édifice, les effondrements intempestifs, le vacarme des camions de pompiers, des sirènes d'ambulance, des engins qui arrivaient et qu'on mettait en œuvre pour déblayer, désenclaver, désincarcérer... J'étais submergée.

Entre-temps, comme j'avais subtilisé une de ces vestes jaunes que portaient les sauveteurs, sans oublier le casque de chantier de rigueur, j'avais pu m'approcher assez près pour sauver deux vampires, au niveau de la réception, laquelle était complètement ensevelie sous les décombres de l'étage supérieur. L'un des vampires avait été tellement brûlé que je ne savais pas s'il pourrait survivre. L'autre, que je connaissais, avait réussi à se cacher sous un gros morceau de bois – tout ce qu'il restait du comptoir d'accueil. Seuls ses pieds et ses mains, qui dépassaient, avaient été atteints. Quand j'ai demandé de l'aide, on les a enveloppés dans des couvertures.

— On a un dépôt, à deux rues d'ici. On s'en sert pour entreposer les vampires, m'a appris la conductrice brune de l'ambulance qui emmenait le vampire le plus grièvement brûlé.

Je me suis rendu compte que c'était celle qui s'était occupée d'Eric et de Pam.

En plus des vampires, j'avais aussi retrouvé un Todd Donati plus mort que vif. J'avais passé quelques minutes avec lui en attendant la civière. Il y avait une femme de chambre à côté de lui. Elle avait été réduite en charpie.

J'avais cette odeur dans le nez qui ne voulait pas s'en aller. Une odeur épouvantable. J'avais l'impression qu'elle tapissait l'intérieur de mes poumons et que j'allais passer le reste de ma vie à la respirer. C'était la puanteur conjuguée des matériaux carbonisés, des corps calcinés et des vampires qui se décomposaient. L'odeur de la haine.

J'avais vu des choses si abominables que j'étais absolument incapable de les intégrer, sur le moment.

Et, subitement, j'ai senti que je ne pouvais plus continuer, qu'il fallait que je m'assoie. Je me suis dirigée sans bien savoir pourquoi vers une sorte de siège de fortune, empilement aléatoire d'un gros tuyau et de plaques de ciment. Je me suis juchée dessus et j'ai pleuré. Puis la pile a basculé, et je me suis retrouvée par terre, toujours en larmes.

J'ai quand même jeté un coup d'œil dans le trou que les débris avaient découvert en tombant.

Le visage à moitié carbonisé, Bill était recroquevillé à l'intérieur. Il portait encore les vêtements que je lui avais vus la nuit précédente. Je me suis courbée au-dessus de lui pour le protéger du soleil.

— Merci, a-t-il murmuré, les lèvres toutes craquelées et ensanglantées.

Il ne cessait de retomber dans ce sommeil comateux typique des vampires.

— Dieu du Ciel! ai-je gémi. Au secours! À l'aide!

— Je savais que tu me trouverais, a chuchoté Bill.

Ou l'ai-je imaginé? Je suis restée dans cette position plutôt inconfortable, sans oser bouger. Il n'y avait tout bonnement rien, autour de moi, que j'aurais pu attraper pour le couvrir, rien d'assez grand pour le protéger mieux que moi. La puanteur de sa chair calcinée me donnait des haut-le-cœur, mais j'ai tenu le coup jusqu'à l'arrivée des pompiers. Bien que l'un d'eux ait vomi en voyant Bill, ils ont fini par l'envelopper dans une couverture pour l'évacuer.

Bill n'avait été sauvé que par la chute providentielle de quelques débris et par leur imbrication accidentelle au-dessus de lui.

J'ai aperçu alors une autre veste jaune. Elle filait à travers les décombres vers les ambulances, aussi vite qu'on peut courir sur un terrain accidenté sans se casser une jambe. Puis il m'a semblé percevoir une activité cérébrale familière. Je me suis aussitôt précipitée pour franchir un tas de gravats, en suivant cette signature mentale, celle de l'homme que je voulais à tout prix retrouver. Quinn et Frannie gisaient, à moitié ensevelis sous un amas de débris. Frannie était inconsciente et elle avait la tête en sang. Mais le sang avait séché. Quinn était un peu sonné, mais il reprenait connaissance. Un petit ruisseau d'eau fraîche avait tracé son chemin dans la poussière qui recouvrait son visage : l'homme que j'avais vu détaler venait de lui donner à boire, avant de partir chercher des civières.

Quinn a tenté de me sourire. Je suis tombée à genoux auprès de lui.

— J'ai bien peur qu'on ne soit amenés à modifier nos projets, bébé, m'a-t-il annoncé. Il se pourrait que je sois obligé de m'occuper de Frannie une semaine ou deux. Notre mère n'a vraiment rien d'une Florence Nightingale[1].

J'ai essayé de retenir mes larmes. Mais c'était comme si, une fois le robinet tourné, on ne pouvait plus empêcher les grandes eaux de couler. Je ne sanglotais plus mais je ruisselais en silence. Pathétique.

— Fais ce que tu as à faire et appelle-moi quand tu peux, OK ?

Je déteste les gens qui disent « OK ? » à tout bout de champ, comme s'ils demandaient la permission. Mais cela n'avait aucune importance.

— Tu es vivant. C'est tout ce qui m'importe.

---

1. Florence Nightingale (1820-1910) : infirmière britannique célèbre pour avoir créé la première école d'infirmières (*N.d.T.*).

— Grâce à toi. Si tu ne nous avais pas appelés, on serait morts, à l'heure qu'il est. Même l'alarme incendie ne nous aurait pas sortis du lit à temps.

J'ai entendu un gémissement, à quelques pas de là, à peine un souffle. Quinn l'a entendu, lui aussi. J'ai rampé dans cette direction, dégageant au passage un énorme morceau de cuvette de toilettes et de lavabo. Là, recouvert de poussière et de gravats, sous plusieurs larges plaques de plâtre, était étendu André, complètement dans le cirage. Au premier coup d'œil, j'ai compris qu'il était mal en point : il avait plusieurs blessures graves. Mais aucune ne saignait. Quelques heures d'autoguérison, et il n'y paraîtrait plus. Ça me tuait.

— C'est André, ai-je annoncé à Quinn. Il est seulement blessé.

Et si j'avais dit ça d'un ton macabre, eh bien, pas étonnant : je me sentais d'humeur macabre. Il y avait un long bout de bois bien pointu juste à côté de la jambe d'André. C'était tellement tentant ! André constituait une véritable menace pour moi, pour tout ce que j'aimais dans la vie. Mais j'avais déjà vu trop de morts pour la journée.

Je suis ressortie à reculons de la petite alcôve où il gisait pour retourner auprès de Quinn.

— On va revenir nous chercher, m'a-t-il dit d'un ton de plus en plus confiant. Tu peux nous laisser, maintenant.

— Tu veux que je m'en aille ?

Ses yeux me disaient quelque chose, mais je ne parvenais pas à décrypter le message.

— Bon, d'accord, ai-je repris, à contrecœur. J'y vais.

— Je suis déjà en de bonnes mains, a-t-il argué avec douceur. Alors que toi, tu pourrais être en train de sauver quelqu'un.

— OK.

Je ne savais pas trop comment le prendre. Mais je me suis éloignée. Je n'avais pas fait deux mètres que je l'ai entendu bouger. Pourtant, après un premier moment d'hésitation, j'ai continué à marcher.

Je me suis dirigée vers un gros fourgon qu'on avait garé près du poste de commandement des sauveteurs. Jusque-là, ma veste jaune avait fait des miracles : un vrai sésame. Mais la chance pouvait tourner d'un instant à l'autre. Quelqu'un finirait bien par s'apercevoir que j'étais en ballerines – des ballerines déchirées, car elles n'étaient pas vraiment conçues pour crapahuter dans les décombres d'un immeuble effondré. Une femme m'a tendu une bouteille d'eau par la vitre du fourgon. Je l'ai ouverte d'une main tremblante et j'ai bu sans m'arrêter, puis j'ai versé ce qui restait sur mon visage et mes mains. Malgré le froid, l'eau glacée m'a fait un bien fou.

Il avait bien dû s'écouler deux (ou quatre, ou six) heures depuis la première explosion. Des dizaines de sauveteurs étaient désormais à pied d'œuvre, bien équipés, avec tout le matériel, les engins et les couvertures nécessaires. Je cherchais des yeux à qui m'adresser pour savoir où les autres survivants humains avaient été emmenés quand une voix s'est élevée dans mon esprit.

Sookie ?

Barry !

Tu es dans quel état ?

Secouée, mais presque indemne. Et toi ?

Pareil. Cécile est morte.

Oh ! Je suis désolée.

Que dire d'autre ?

J'ai pensé à quelque chose qu'on pourrait faire.

Quoi ?

On peut participer aux recherches, trouver des survivants. Et ce sera encore mieux si on s'y met à deux.

378

*C'est ce que je fais depuis le début. Mais tu as raison :
on sera plus efficaces à deux.*

En même temps, j'étais si fatiguée qu'à la seule
perspective de devoir faire un effort supplémentaire,
tout en moi se recroquevillait.

Bien sûr que tu as raison, ai-je pourtant renchéri.

Confrontés à la montagne de débris des tours
jumelles du World Trade Center, on n'aurait rien pu
faire. Mais là, le champ d'investigation était beaucoup plus restreint, plus circonscrit, et si quelqu'un
acceptait de nous écouter, nous avions de bonnes
chances de succès.

J'ai retrouvé mon collègue télépathe près du QG
des secours. Barry était un petit jeunot, à côté
de moi, presque un adolescent. Pourtant, il n'en
avait plus l'air, à présent, et il n'en aurait certainement plus jamais le comportement. En examinant
les corps alignés sur la pelouse du petit parc, j'ai
reconnu Cécile et ce qui avait dû être la femme de
chambre que j'avais croisée dans le couloir, en allant
dans la chambre d'Eric. Il y avait aussi quelques
formes vaguement humaines qui tombaient en
poussière : des vampires qui se désagrégeaient. J'en
connaissais peut-être certains, mais c'était impossible à dire.

Face à un tel spectacle, n'importe qui se sentirait
prêt à affronter les pires humiliations pour peu qu'il
puisse sauver des vies. Alors nous nous sommes pré-
parés à être humiliés et ridiculisés.

Au début, nous avons eu du mal à trouver quelqu'un
qui veuille bien nous prêter une oreille attentive. Les
professionnels nous renvoyaient systématiquement
vers les urgences ou les ambulances garées à proximité, prêtes à emmener les survivants vers l'un des
hôpitaux de Rhodes.

J'ai fini par me retrouver face à un grand sec grisonnant qui a écouté mon laïus sans m'interrompre

et sans manifester la moindre réaction. Autant parler à une statue.

— Moi non plus, je n'aurais jamais cru sauver des vampires un jour, m'a-t-il répondu pour expliquer sa décision. Bon. Prenez ces deux hommes avec vous et montrez-leur ce que vous savez faire. Vous avez quinze minutes, quinze précieuses minutes du temps de ces hommes. Si vous les gâchez, vous aurez peut-être des morts sur la conscience.

C'était Barry, dont le visage était maintenant noir de suie, qui avait eu cette idée, mais à présent, il ne semblait plus très enthousiaste : il préférait que ce soit moi qui m'exprime pour nous deux. Après une brève discussion silencieuse sur la meilleure façon de procéder, je me suis tournée vers les pompiers et je leur ai demandé de nous faire monter dans une de leurs nacelles.

Par miracle, ils ont obtempéré sans poser de questions. Ils nous ont mis en position au-dessus du tas de gravats. Oui, nous savions que c'était dangereux. Et oui, nous étions prêts à en assumer les conséquences. J'ai pris la main toute noircie de Barry. Puis nous avons fermé les yeux et, ouvrant grand nos esprits, déployant largement nos sens, nous avons commencé à fouiller les décombres.

— Vers la gauche, ai-je dit au pompier qui nous accompagnait.

Il a fait signe au type qui était aux manettes dans la cabine de l'engin élévateur.

— Regardez-moi bien, lui ai-je recommandé, et il s'est concentré de nouveau sur moi.

— Stop !

La nacelle s'est immobilisée. Nous avons recommencé à fouiller l'endroit de nos sens.

— En dessous. Juste là, lui ai-je dit en pointant l'endroit du doigt. Une femme qui s'appelle... quelque chose Santiago.

Au bout de quelques minutes, des cris de triomphe se sont élevés en dessous de nous : ils l'avaient trouvée, et elle était vivante.

Après cela, nous sommes devenus très populaires. Tout le monde se moquait bien de savoir comment nous procédions, pourvu que nous continuions. Pour les sauveteurs, il n'y a qu'une chose qui compte : sauver. Ils avaient amené des chiens, inséré des micros dans les débris, mais Barry et moi étions plus rapides, plus faciles à comprendre que les chiens et plus précis que les micros. Nous avons encore trouvé quatre rescapés et un homme qui est décédé avant que les secours ne puissent l'atteindre – un serveur qui s'appelait Arthur, qui aimait sa femme et qui a horriblement souffert jusqu'à la fin. Cet épisode a été particulièrement atroce, parce qu'ils ont tous creusé comme des fous pour le sortir de là. J'ai pourtant bien été obligée de leur dire que ça ne servait plus à rien. Évidemment, ils ne m'ont pas crue et ils ont redoublé d'efforts. Mais, quand ils l'ont dégagé, il était déjà mort.

À ce stade de l'expérience, les sauveteurs se sentaient euphoriques face à nos exploits et ils voulaient nous garder avec eux toute la nuit. Mais Barry commençait à donner des signes de faiblesse, et je n'étais pas plus brillante. Plus grave encore : la nuit tombait.

— Les vampires vont se lever, ai-je rappelé au capitaine des pompiers.

Il a hoché la tête, sans cesser de me regarder, comme s'il attendait la suite.

— Ils risquent d'être très mal en point.

Il ne comprenait toujours pas.

— Ils vont avoir besoin de sang, tout de suite, et ils n'auront aucune retenue. Je n'enverrais pas de sauveteur seul dans ces décombres cette nuit, si j'étais vous.

Il a eu une expression d'intense réflexion.

— Vous ne pensez pas qu'ils sont tous morts ? Vous ne pouvez donc pas les trouver ?

— Eh bien, à vrai dire, non. On ne peut pas les repérer. Les humains, oui. Mais pas les vampires. Leur cerveau n'émet aucune… euh… onde. Et puis, on doit y aller, maintenant. Où sont les survivants ?

— On les a tous rassemblés dans le Thorne Building, là-bas, m'a-t-il répondu en désignant un bâtiment du doigt. On a mis les vampires dans les sous-sols.

— Merci.

Nous avons tourné les talons pour nous éloigner. Barry m'avait passé le bras autour des épaules – pas en signe d'affection, mais parce qu'il ne tenait pratiquement plus debout.

— Laissez-moi prendre vos coordonnées pour que le maire puisse vous remercier, m'a alors demandé le type grisonnant en me tendant un calepin et un stylo.

Non ! a fait Barry, et j'ai refermé la bouche.

— On va faire l'impasse là-dessus, si vous le voulez bien, lui ai-je poliment répondu en secouant la tête.

J'avais jeté un coup d'œil dans son esprit, et il était clair qu'il nous aurait engagés sur-le-champ s'il l'avait pu : nos performances le faisaient saliver. J'ai soudain compris la réaction de Barry, si épuisé qu'il ne pouvait me l'expliquer lui-même. L'homme a plutôt mal pris ma décision.

— Vous travaillez pour les vamp's, mais vous refusez la reconnaissance des vôtres pour avoir sauvé des vies en un jour pareil ?

— Eh bien, oui. C'est à peu près ça.

Il n'était vraiment pas content. À tel point que, pendant un moment, j'ai bien cru qu'il allait me forcer la main, me prendre mon portefeuille pour récupérer mon nom, m'envoyer en prison ou quelque chose comme ça. Mais il a simplement hoché la tête et a désigné le Thorne Building du menton.

Ils vont essayer de nous retrouver, m'a dit Barry, affolé. *Ils vont vouloir nous mettre le grappin dessus.*

J'ai soupiré. J'avais à peine assez d'énergie pour continuer à respirer. J'ai opiné du bonnet.

Oui. Si on va au centre des rescapés, on sera sûrement attendus. On nous repérera. Il suffira ensuite de demander nos noms à quelqu'un qui nous aura reconnus, et après ça, ce ne sera plus qu'une question de jours.

Je ne voyais cependant pas comment éviter d'aller là-bas. Nous étions à la rue : nous avions besoin d'aide. Nous devions découvrir ce qu'étaient devenues nos délégations respectives, comment et quand nous pourrions quitter la ville et, naturellement, qui avait ou non survécu.

J'ai tapoté ma poche droite et, incroyable mais vrai, mon portable était toujours dedans. Et la batterie n'était même pas déchargée ! J'ai appelé maître Cataliades. Si, en dehors de moi, quelqu'un était sorti du *Pyramid* avec un téléphone portable, ce ne pouvait être que l'avocat de Sa Majesté.

— Oui ? a-t-il répondu d'une voix prudente.

— Maître Cataliades, je...

— Mademoiselle Sta...

— Chut ! Ne prononcez pas mon nom.

Pure paranoïa de ma part, je le reconnais.

— Très bien.

— On leur a donné un petit coup de main, là-bas, et ils sont vraiment impatients de faire plus ample connaissance avec nous, lui ai-je expliqué, toute fière de mon message codé.

J'étais si fatiguée.

— Je suis avec Barry devant le bâtiment où vous êtes. On ne peut pas rester là. Il y a trop de gens qui font des listes, non ?

— C'est une activité très prisée, ici, en effet.

— Sinon, Diantha et vous, ça va ?

— Diantha n'a pas été retrouvée. Nous avons été séparés.

J'ai eu besoin de me reprendre avant d'enchaîner.

— Je suis désolée. Qui teniez-vous dans vos bras, quand les pompiers sont venus vous sauver, alors ?

— La reine. Elle est ici, mais elle est grièvement blessée. Nous n'avons pas pu retrouver André.

— Qui d'autre ?

— Gervaise est mort. Eric, Pam, Bill : brûlés, mais saufs. Cleo Babbitt est ici aussi. Je n'ai pas vu Rasul.

— Et Jake Purifoy ?

— Je ne l'ai pas vu non plus.

— Si vous le retrouvez, ça vous intéressera sans doute de savoir qu'il était dans le coup avec la Confrérie.

— Ah !

Il a mis un certain temps à assimiler l'information.

— Oh, oui ! Voilà qui m'intéresse au plus au point, effectivement, a-t-il alors déclaré. Et, étant donné qu'il a plusieurs côtes et une clavicule cassées, Johan Glassport sera encore plus intéressé. Il est très, très en colère...

Maître Cataliades l'estimait donc de taille à exercer des représailles contre un vampire ? Voilà qui en disait long sur le degré de violence dont Johan Glassport était capable.

— Mais comment avez-vous pu savoir qu'un tel complot se tramait, mademoiselle Sookie ?

J'ai alors raconté à l'avocat royal ce que Clovache m'avait dit. Dans la mesure où les deux britlingans étaient à présent retournées d'où elles venaient, j'imaginais que ça ne poserait plus de problème.

— Le roi Isaiah en a eu pour son argent, en fin de compte, a conclu maître Cataliades d'un ton plus

384

songeur qu'envieux. Il est ici et il n'a pas une égratignure.

— Il faut qu'on trouve un endroit où dormir. Pouvez-vous dire au roi du Texas que Barry est avec
moi ? lui ai-je demandé, tout en pensant que je
ferais mieux de lâcher ce téléphone pour réfléchir
à la suite des événements.

— Il est trop mal en point pour s'en préoccuper. Il
est inconscient.

— Bon. Passez le message à un autre membre de
la délégation du Texas, alors.

— Je vois Joseph Velasquez. Rachel est morte.

C'était plus fort que lui, il fallait qu'il me fasse la
rubrique nécrologique.

— Cécile, l'assistante de Stan, est morte, lui ai-je
appris à mon tour.

— Où comptez-vous aller ? m'a-t-il alors demandé.

— Je vous avouerai que je ne sais pas quoi faire.

Je me sentais au bout du rouleau, tant psychologiquement que physiquement. J'avais reçu trop
de mauvaises nouvelles et j'avais été trop secouée
pour trouver la force de me ressaisir une fois de
plus.

— Je vais vous envoyer un taxi, m'a-t-il proposé.
Je me procurerai le numéro auprès de l'un de ces
charmants volontaires. Dites au chauffeur que
vous êtes des sauveteurs et que vous avez besoin de
vous reposer dans l'hôtel bon marché le plus proche.
Vous avez une carte bancaire ?

J'ai acquiescé, en bénissant ce réflexe de dernière
minute qui m'avait poussée à prendre mon portefeuille.

— Non, attendez, on remontera trop facilement
jusqu'à vous, si vous l'utilisez. Du liquide ?

J'ai vérifié. Surtout grâce à Barry, nous avions
cent quatre-vingt-dix dollars à nous deux. J'ai dit
à l'avocat que nous pourrions nous en sortir.

— Alors, passez la nuit à l'hôtel et rappelez-moi demain, m'a-t-il conseillé avec une lassitude indicible dans la voix.

— Merci pour votre aide.

— Merci de nous avoir avertis, m'a galamment répliqué le démon. Nous serions tous morts, si vous et le groom ne nous aviez pas réveillés.

J'ai laissé tomber la veste jaune et le casque de chantier, et Barry et moi nous sommes remis en route, titubants et chancelants, nous accrochant l'un à l'autre comme des naufragés. Nous avons trouvé un bloc de ciment sur lequel nous nous sommes appuyés, chacun soutenant l'autre du mieux qu'il pouvait. J'ai voulu lui expliquer ce que nous allions faire, mais il s'en moquait. J'étais rongée d'anxiété. D'une minute à l'autre, un pompier ou un policier risquait de nous repérer et de nous interpeller pour savoir ce que nous faisions là, où nous allions et qui nous étions. J'ai été tellement soulagée, en voyant un taxi ralentir à notre hauteur et son chauffeur dévisager les passants, que j'en ai eu la nausée. Il devait être là pour nous. J'ai agité frénétiquement le bras. Je n'avais jamais hélé un taxi de ma vie. C'était exactement comme dans les films.

Le chauffeur, un Guyanais filiforme, n'était pas très enthousiaste à l'idée de laisser monter des créatures aussi crasseuses dans sa voiture, mais en constatant notre état lamentable il n'a pas voulu nous abandonner. L'hôtel bon marché le plus proche se trouvait à quinze cents mètres, dans le centre-ville, à bonne distance du lac. Si nous en avions eu la force, nous aurions pu y aller à pied. L'avantage, toutefois, c'était que la course n'allait pas nous ruiner.

En voyant notre état, les réceptionnistes n'ont pas été ravis, même s'ils travaillaient dans un deux étoiles. Mais, après tout, c'était un jour placé sous le signe de la solidarité : il fallait se montrer charitable envers les victimes de la catastrophe locale. Ils nous ont fait la chambre à un prix qui m'aurait laissée bouche bée, si je n'avais pas vu les tarifs pratiqués au *Pyramid*. La chambre en elle-même ne valait pas grand-chose, mais bon, nous n'avions pas besoin de grand-chose. Nous n'avions pas fermé la porte qu'une femme de chambre est venue nous proposer de faire nettoyer nos vêtements, « vu qu'on n'en avait pas d'autres ». Elle avait baissé les yeux en disant cela, pour ne pas nous gêner. Sa sollicitude m'a tellement touchée que j'en ai eu la gorge nouée. Un seul coup d'œil à ma tenue m'a suffi pour accepter. Quand je me suis retournée pour demander l'avis de Barry, je me suis rendu compte qu'il s'était évanoui. En l'allongeant sur le lit, j'ai eu la désagréable impression d'avoir de nouveau affaire à un vampire, et j'ai pincé les lèvres tandis que je manipulais son corps inerte pour le déshabiller. Après avoir enlevé mes vêtements en quatrième vitesse, j'ai fourré le linge sale dans un sac en plastique que j'avais trouvé dans la penderie et je l'ai remis à la fille qui attendait patiemment devant la porte. Ensuite, je suis allée chercher un gant dans la salle de bains pour faire une toilette de chat à Barry et je l'ai bordé comme un bébé.

Après ça, j'ai pris une bonne douche, bien contente de trouver sur place des échantillons de shampooing, de démêlant, de savon et de lait pour le corps. Et j'ai remercié le Ciel d'avoir de l'eau chaude. La prévenante femme de chambre m'avait aussi tendu deux brosses à dents et un mini-tube de dentifrice par l'entrebâillement de la porte. Je me suis frotté les dents, la langue et même l'intérieur des joues pour faire disparaître le goût de cendres que j'avais dans la bouche. J'ai lavé mon slip et mon soutien-gorge et je les ai essorés dans une serviette avant de les étendre sur la barre du rideau de douche. Quant aux sous-vêtements de Barry, je les avais donnés à nettoyer avec le reste.

Il ne me restait plus qu'à me coucher. Si je sentais bon, après mon passage dans la salle de bains, j'ai pu constater, en me glissant sous les draps à côté de Barry, que ce n'était pas le cas de tout le monde. Tant pis pour moi – je ne l'aurais réveillé pour rien au monde. Je me suis tournée sur le côté, vers le bord extérieur du lit, en repensant à l'horreur de ce couloir interminable et silencieux, ce matin-là, quand j'étais sortie de ma chambre... J'ai trouvé incongru que ce soit ce détail particulier que j'aie trouvé terrifiant, après tout ce que j'avais vu ce jour-là.

La chambre d'hôtel me paraissait bien paisible, après le tumulte des explosions, et le lit était si confortable, et je sentais tellement bon, et je m'en sortais pratiquement sans une égratignure, et...

J'ai sombré dans le sommeil d'un coup. Et je n'ai pas rêvé.

18

Il y a pire pour une fille que de se retrouver nue dans un lit avec un homme qu'elle connaît à peine, je sais. Mais quand j'ai ouvert les yeux, le lendemain matin, pendant cinq bonnes minutes, je n'en étais vraiment pas certaine. Barry était déjà réveillé – on le sent tout de suite quand un cerveau « se rallume ». À mon grand soulagement, il s'est glissé hors du lit et il est allé directement dans la salle de bains, sans dire un mot. L'instant d'après, j'entendais l'eau couler dans la douche.

Nos vêtements propres nous attendaient dans un sac pendu à la poignée de la porte. Il y avait un *USA Today* aussi. Après m'être rapidement habillée, j'ai déplié le journal sur la petite table, pendant que je préparais le café que l'hôtel tenait gracieusement à la disposition de sa clientèle. J'ai aussi tendu le sac qui contenait ses affaires propres à Barry par la porte de la salle de bains, l'agitant deux secondes pour attirer son attention, avant de le laisser tomber sur le carrelage.

J'ai consulté la carte du *room service*, mais, même à nous deux, nous n'avions pas assez pour prendre quoi que ce soit. Il nous fallait garder du liquide pour un taxi, au cas où. D'autant que je ne savais pas du tout ce que nous allions faire. Barry est ressorti frais et rose de la salle de bains. La douche semblait l'avoir revigoré. À ma grande surprise, il m'a embrassée sur la joue. Puis il s'est assis en face de moi, en prenant la tasse isotherme que j'avais poussée vers lui et qui était censée contenir un vrai café maison – du jus de chaussette, en fait.

— Je n'arrive pas à me rappeler comment ça s'est fini, hier soir, m'a-t-il confié. Tu peux m'expliquer ce qu'on fait là ?

Je me suis exécutée.

— Sage précaution, a-t-il commenté. Je m'impressionne.

Ça m'a fait rire. Il était peut-être blessé dans son orgueil de mâle parce qu'il avait décroché avant moi, mais, au moins, il était capable d'autodérision.

— Bon. J'imagine qu'on doit téléphoner à ton démon d'avocat ?

J'ai hoché la tête. Il était déjà 11 heures : je pouvais l'appeler. Maître Cataliades a répondu aussitôt.

— Il y a beaucoup d'oreilles indiscrètes ici, m'a-t-il avertie, sans préambule. Et j'ai cru comprendre que ces téléphones n'étaient pas très sûrs. Les portables, veux-je dire.

— C'est fort possible.

— Alors, je vais venir. Je vous apporterai quelques petites choses qui pourront vous être utiles. Où êtes-vous ?

Non sans une certaine appréhension – le démon ne passerait pas vraiment inaperçu –, je lui ai donné le nom de l'hôtel et notre numéro de chambre. Il m'a recommandé d'être patiente. Je me sentais plutôt bien mais, à cette remarque, j'ai été prise de crampes d'estomac. « C'est comme si on était en cavale, maintenant », ai-je brusquement réalisé. Et c'était profondément injuste. J'avais lu, dans le journal, que la catastrophe du *Pyramid* était due à « une série d'explosions en chaîne » que Dan Brewer, le chef de la brigade antiterroriste de l'État, attribuait à plusieurs bombes. Le capitaine des pompiers se montrait plus circonspect. « Une enquête est en cours », disait-il.

Nom de Dieu, mais j'espère bien !

— On pourrait retourner tous les deux au lit, en attendant, a suggéré Barry.

— Je te préférais dans les vapes.

Je savais qu'il voulait juste penser à autre chose, mais quand même.

— C'est toi qui m'as déshabillé, cette nuit ? m'a-t-il lancé d'un ton lourd de sous-entendus, l'œil pétillant.

— Ouais, moi-même. Tu parles d'une chance !

Mais je n'ai pas pu m'empêcher de sourire.

Quand on a frappé à la porte, nous l'avons regardée tous les deux avec un air de bêtes traquées.

— Ton démon, a murmuré Barry, après une brève hésitation – juste le temps d'une petite vérification mentale.

— Oui.

Je me suis levée pour aller ouvrir. N'ayant pas bénéficié de la prévenance d'une femme de chambre attentionnée, maître Cataliades n'avait pas pu se changer. Pourtant, même vêtu de hardes noircies et déchirées, il conservait son allure distinguée. Et puis, il avait le visage et les mains propres.

— Je vous en prie, dites-nous comment ils vont, lui ai-je aussitôt demandé.

— Sophie-Anne a perdu les deux jambes, et je ne sais pas si elle les récupérera jamais.

— Oh non ! me suis-je écriée en faisant la grimace.

— Sigebert est parvenu à se dégager des décombres, pendant la nuit, a-t-il poursuivi. Il s'était réfugié dans une cavité ménagée dans les ruines du parking souterrain de l'hôtel, où il avait atterri. Je le soupçonne d'avoir… satisfait ses instincts, parce qu'il était en meilleure forme qu'il ne l'aurait dû. Si tel est le cas, il s'est vraisemblablement débarrassé de sa victime dans l'un des incendies : cela se serait su, si on avait retrouvé un cadavre saigné à blanc.

J'espérais que le généreux volontaire était l'une de ces ordures de la Confrérie.

— Votre roi, a enchaîné Cataliades en se tournant vers Barry, est dans un tel état qu'il lui faudra au moins une dizaine d'années pour s'en remettre. En attendant, c'est Joseph Velasquez qui assumera la régence – jusqu'à ce qu'on défie son autorité, ce qui ne manquera pas d'arriver. Rachel, est morte, comme Sookie vous en a sans doute informé.

— Désolée, ai-je dit à Barry. J'avais tellement de bonnes nouvelles à annoncer que je n'ai pas eu le temps d'aller jusqu'au bout de la liste.

— Et Sookie m'a dit que Cécile, l'humaine qui travaillait pour Stan, avait péri, a poursuivi l'avocat.

— Et Diantha ?

J'avais hésité. Ce n'était probablement pas un hasard si maître Cataliades n'avait pas encore mentionné sa nièce.

— On la recherche toujours. Quand je pense que Glassport, ce tas d'immondices, s'en est tiré avec quelques contusions !

Barry était comme assommé. Envolés, coups d'œil canailles et propositions indécentes. Il semblait s'être ratatiné, assis là, sur le bord du lit. L'élégant jeune homme un peu frimeur que j'avais rencontré dans le hall du *Pyramid* jouait profil bas, à présent. Du moins, pour l'instant.

— Je vous avais dit, pour Gervaise, a repris Cataliades. J'ai identifié le corps de son humaine, ce matin. Comment s'appelait-elle, déjà ?

— Carla. Je ne me souviens pas de son nom de famille. Ça va me revenir.

— Son prénom suffira sans doute. On a retrouvé un listing informatique dans la poche de l'un des cadavres qui portaient l'uniforme de l'hôtel.

— Ils n'étaient pas tous impliqués dans le complot, ai-je avancé.

J'étais pratiquement certaine de ne pas me tromper.

— Non, bien sûr que non, a confirmé Barry. Il n'y en avait que quelques-uns.

Nous nous sommes tournés vers lui comme un seul homme.

— Comment tu le sais ? lui ai-je demandé.

— J'ai surpris une conversation.

— Quand ça ?

— Avant-hier soir.

Je me suis mordu l'intérieur de la joue jusqu'au sang.

— Qu'avez-vous entendu au juste ? s'est enquis maître Cataliades d'une voix parfaitement monocorde.

— J'étais avec Stan à ce truc de négociations commerciales. J'avais déjà remarqué que certains serveurs m'évitaient. J'ai regardé Sookie, pour voir s'ils en faisaient autant avec elle. Ça n'a pas loupé. Alors, je me suis dit : « Ils sont au courant de ce que tu fais, Barry, et il y a quelque chose qu'ils ne veulent pas que tu saches. Tu ferais mieux d'aller voir ça de plus près. » J'ai choisi un poste d'observation stratégique, derrière un des faux palmiers, près de la porte de service, et j'ai lu dans les pensées de ceux qui se trouvaient de l'autre côté. Il n'y avait pas écrit « valises piégées » noir sur blanc, ni rien, vous comprenez ?

Il venait manifestement d'avoir un assez bon aperçu de ce que je me disais.

— C'était juste des trucs du style : « Cette fois, on ne va pas les rater, ces maudits vampires. Et si certains de leurs larbins humains y passent aussi, eh bien, tant pis, on n'aura qu'à vivre avec. Après tout, ils sont un peu coupables aussi, non ? Complices, en tout cas. »

Je ne pouvais que le regarder fixement sans bouger.

— Mais non, je ne savais pas ce qu'ils allaient faire, ni quand, a protesté Barry. J'ai fini par aller me coucher, j'étais inquiet, je me demandais ce qu'ils mijotaient. Et quand j'ai vu que je n'arriverais jamais à m'endormir, j'ai arrêté de me triturer les méninges et je t'ai appelée. Et... et on a essayé de faire sortir tout le monde.

Il a fondu en larmes. Je me suis assise à côté de lui et je lui ai passé un bras autour des épaules sans rien dire. De toute façon, il lisait dans mes pensées.

— Oui, je regrette de n'avoir pas parlé avant, s'est-il lamenté d'une voix étranglée. Oui, je n'ai pas réagi assez vite. Mais je croyais que si je les balançais avant d'avoir obtenu des preuves, les vamp's saigne-raient tous les employés humains sans faire de dis-tinction. Ou qu'ils me demanderaient de désigner qui était au courant et qui ne l'était pas. Et je ne pouvais pas faire ça.

Un lourd silence s'est abattu dans la chambre.

— Vous n'auriez pas vu Quinn, monsieur Cata-liades ? ai-je demandé pour faire retomber la ten-sion.

— On l'a emmené à l'hôpital des humains. Ses protestations sont restées sans effet.

— Je vais aller le voir.

— Les craintes que vous nourrissez, au sujet des pressions que les autorités pourraient exercer pour vous contraindre à travailler pour elles, sont-elles vraiment sérieuses ?

Barry a relevé la tête pour me regarder.

— Plutôt, oui, avons-nous répondu en chœur.

— En dehors des gens de Bon Temps, c'était la première fois que je montrais à quelqu'un ce que je peux faire, lui ai-je confié.

— Avant ça, personne n'était au courant pour moi non plus, a dit Barry en s'essuyant les yeux du dos de la main. Vous auriez dû voir la tête de ce type quand il a fini par comprendre qu'on pouvait vraiment trouver des survivants. Il s'est dit qu'on était médiums ou un truc comme ça. Il ne pouvait pas imaginer qu'on se contentait de repérer les signatures mentales : rien de mystique, là-dedans.

— Une fois qu'il nous a crus, il n'a plus eu qu'une idée en tête : les mille et une façons dont on pourrait se servir de nous dans les opérations de sauvetage, les conférences gouvernementales, les interrogatoires de police, ai-je ajouté.

Maître Cataliades nous dévisageait sans souffler mot. Je ne pouvais pas lire dans ses tortueuses pensées de démon. Tout ce que je savais, c'est qu'elles se bousculaient au portillon.

— On ne serait plus libres de mener notre vie comme on l'entend, a argué Barry. Et elle me plaît, à moi, la vie que je mène.

— On pourrait sauver un tas de gens, j'imagine…

Je réfléchissais à haute voix. Je n'y avais seulement jamais songé. Je n'avais jamais été confrontée à une situation comme celle que j'avais connue la veille. Et j'espérais bien que c'était la dernière fois que ça m'arrivait. C'est vrai, quelle probabilité y avait-il que je me retrouve de nouveau sur place lors d'une semblable catastrophe ? Mais alors, n'était-ce pas mon devoir d'abandonner un job que j'aimais, auprès de gens qui comptaient pour moi, pour travailler au service d'étrangers dans des endroits inconnus et lointains ? J'en avais des frissons rien que d'y penser. J'ai senti en moi quelque chose se raidir. L'emprise qu'André avait voulu exercer sur moi n'était rien, comparée à l'avenir que je me préparais. Tout le monde voudrait me manipuler, me voler ma vie, comme André.

— Non. Non, je ne le ferai pas. Appelez ça de l'égoïsme, si vous voulez, ou un manque de charité chrétienne qui me vaudra un billet direct pour l'enfer, mais je ne le ferai pas. Je ne pense pas qu'on exagère l'horreur que ce serait pour nous, vraiment pas.

— Alors, aller à l'hôpital ne me paraît pas une très bonne idée, m'a fait remarquer Cataliades.

— Je sais. Mais je dois y aller quand même.

— Dans ce cas, faites-y un saut en vous rendant à l'aéroport.

Nous avons immédiatement dressé l'oreille, Barry et moi.

— Il y a un vol Anubis dans trois heures pour Shreveport, *via* Dallas. La reine et Stan partagent les frais. Tous les rescapés des deux délégations seront à bord. Les aimables citoyens de Rhodes ont fait don de cercueils d'occasion pour le voyage.

En voyant l'avocat faire la grimace, j'avoue que j'ai été tentée de l'imiter. Des cercueils d'occasion...

— Présentez-vous à temps au terminal d'Anubis, et ce soir, vous serez chez vous. Voici le liquide que nous pouvons mettre à votre disposition, a-t-il ajouté en me tendant une petite liasse de billets. Si vous ratez l'avion, j'en déduirai que vous avez eu un empêchement. Il vous suffira alors de m'appeler pour que nous puissions nous organiser autrement. Nous savons que nous avons une grande dette envers vous, mais nous devons nous occuper de rapatrier les blessés aussi. Les cartes de crédit de la reine ont disparu dans l'incendie, entre autres. Je vais devoir faire les démarches nécessaires pour obtenir une provision d'urgence. Mais cela ne prendra pas beaucoup de temps.

Cela pouvait sembler un peu froid, mais après tout, Cataliades n'était pas notre meilleur ami, et en tant que fondé de pouvoir de la reine, il avait un programme chargé et de nombreux problèmes à régler.

J'ai opiné du chef.

— D'accord. Au fait, est-ce que Christian Baruch est avec les rescapés aussi?

Le démon s'est rembruni.

— Oui. Quoique légèrement brûlé, en l'absence d'André il est pendu aux basques de la reine comme s'il voulait prendre sa place.

— C'est bien son intention. Il veut être le prochain prince consort.

L'avocat s'est étranglé.

— Baruch?

Il n'aurait pas été plus dédaigneux si je lui avais dit qu'un gobelin postulait pour le job.

— Oui. Il s'est déjà donné beaucoup de mal pour ça.

J'avais déjà tout expliqué à André, et il allait falloir recommencer.

— Voilà pourquoi il avait posé la canette piégée, ai-je conclu, cinq minutes plus tard.

— D'où tenez-vous ces informations?

— Oh! Ce sont de simples déductions à partir d'éléments glanés ici et là...

Je jouais les modestes. Puis j'ai soupiré. C'était le moment de passer à la partie la moins ragoûtante de l'histoire.

— Je l'ai trouvé, hier, réfugié sous le comptoir effondré de la réception. Il y avait un autre vampire avec lui, gravement brûlé. Je ne sais même pas qui c'était. Et dans le même secteur, il y avait aussi Todd Donati, le chef de la sécurité, vivant mais blessé, ainsi qu'une femme de chambre, morte écrasée.

Tout en racontant ces macabres découvertes, je revivais l'épuisement, l'odeur pestilentielle qui m'assaillait, la poussière et la fumée âcre qui m'empêchaient de respirer...

— Baruch était complètement dans le cirage, forcément…

Je n'étais pas particulièrement fière de moi. J'ai préféré regarder mes mains.

— Bref, j'ai essayé de lire dans les pensées de Donati pour savoir s'il souffrait beaucoup et où il avait mal. Mais il n'était que haine pour Baruch, accusations et remords. Il était prêt à tout confesser, cette fois. Il n'avait plus à craindre de se faire virer. Alors, il m'a avoué qu'il avait visionné toutes les bandes de la caméra de surveillance, encore et encore, et qu'il avait fini par comprendre ce qu'il voyait : son patron qui sautait devant l'objectif pour coller un chewing-gum. Et ce, dans la manifeste intention de poser sa bombe. Une fois cet élément élucidé, il a compris que Baruch voulait alarmer la reine, la terrifier, pour qu'elle n'ait plus qu'une idée en tête : se remarier. Et ce nouveau mari ne serait autre que Christian Baruch. Mais devinez pourquoi il voulait l'épouser.

— Je n'en ai pas la moindre idée, a murmuré Cataliades, visiblement sonné.

— Pour ouvrir un nouvel hôtel à La Nouvelle-Orléans. Le *Blood in the Quarter* a été fermé pour cause d'inondation. Baruch comptait le reconstruire et le rouvrir.

— Mais il n'avait rien à voir avec les autres bombes ?

— Je ne crois pas, non. Je pense que c'est un coup de la Confrérie du Soleil, comme je l'ai dit hier.

— Mais alors, qui a tué les trois vampires de l'Arkansas ? a tout à coup demandé Barry. Ces fumiers de la Confrérie aussi, j'imagine… Non, attendez, ça ne colle pas. Pourquoi auraient-ils fait ça ? Quelques assassinats de vampires de plus ne les auraient sans doute pas dérangés, mais ils devaient bien savoir que tous les vampires se feraient probablement tuer dans le gigantesque feu d'artifice qu'ils leur préparaient.

— Ce ne sont pas les méchants qui manquent, ai-je commenté, avant de me tourner vers l'avocat royal pour le regarder droit dans les yeux. Maître Cataliades, vous n'auriez pas une petite idée ?

— Non. Et si j'en avais une, jamais je ne l'exprimerais tout haut. Jamais. Je crois que vous feriez mieux de songer à votre homme blessé, mademoiselle Stackhouse, et de rentrer dans votre charmante petite ville, au lieu de vous soucier de trois décès qui appartiennent déjà au passé, trois parmi tant d'autres...

La mort des trois vampires de l'Arkansas ne me préoccupait pas outre mesure, et maître Cataliades me paraissait, à cet égard, de très bon conseil. J'avais réfléchi à la question à mes moments perdus (autant dire, vite fait) et j'en avais conclu que la réponse la plus simple était souvent la meilleure.

Qui s'était dit qu'elle aurait une bonne chance d'échapper au procès, si Jennifer Cater était réduite au silence ?

Qui avait ouvert la voie pour accéder à la chambre de Jennifer, en passant un simple coup de fil ?

Qui avait eu un long entretien télépathique avec ses subalternes, avant de commencer à faire tout ce cinéma pour se pomponner en vue de cette petite visite impromptue ?

À qui obéissait le garde du corps qui avait franchi la porte de l'escalier de service, juste au moment où nous sortions tous de la suite royale ?

Je savais, aussi bien que maître Cataliades, qu'en appelant Jennifer Cater pour lui annoncer sa venue, Sophie-Anne s'assurait que Sigebert aurait accès à la chambre de son accusatrice : Jennifer regarderait par le judas, reconnaîtrait Sigebert et présumerait que la reine était juste derrière lui. Une fois à l'intérieur, Sigebert n'aurait plus qu'à dégainer son épée et à liquider tout le monde.

Puis il prendrait l'escalier et monterait les marches quatre à quatre, de façon à arriver à temps pour escorter la reine et redescendre avec nous au septième. Et il veillerait à retourner dans la chambre pour qu'on ne s'étonne pas de trouver son odeur sur place.

Et sur le moment, je n'y avais vu que du feu.

Quel choc, pour Sophie-Anne, quand Henrik Feith avait surgi, seul survivant du massacre ! Mais il lui avait suffi de lui offrir sa protection et qu'il l'accepte pour que le problème soit réglé... jusqu'à ce qu'il réapparaisse, quand quelqu'un avait persuadé Henrik d'assigner la reine en justice malgré tout.

Et là, miracle, le petit vampire avait été assassiné sous les yeux des juges : problème réglé, une fois de plus.

— Je me demande comment Kyle Perkins a été engagé, me suis-je étonnée à haute voix. Il devait quand même bien savoir qu'il acceptait une mission suicide.

— Peut-être avait-il décidé de « s'offrir au soleil », de toute façon, a prudemment répondu maître Cataliades. Peut-être voulait-il soigner sa sortie tout en gagnant de quoi laisser un héritage pour ses descendants humains...

— C'est quand même curieux que j'aie été envoyée enquêter sur lui par un membre de notre propre délégation, lui ai-je fait observer d'un ton parfaitement détaché.

— Ah mais tout le monde n'est pas nécessairement au courant de tout, a-t-il répliqué sur le même ton.

Barry pouvait lire dans mes pensées, bien sûr, mais il ne voyait pas où l'avocat voulait en venir – ce qui n'était pas plus mal. C'était idiot, mais rien que de savoir qu'Eric et Bill n'étaient pas de mèche avec la reine, je me sentais déjà mieux. Non qu'ils ne soient pas capables de manigancer des coups tout aussi tordus, mais je ne croyais pas qu'Eric m'aurait envoyée à la chasse au dahu, en me demandant de trouver le club de tir à l'arc où Kyle Perkins s'était entraîné, s'il avait su que c'était la reine elle-même qui l'avait engagé.

La pauvre fille derrière le comptoir était morte parce que la reine n'avait pas dit à sa main gauche ce que faisait sa main droite. Et je me demandais ce qu'était devenu l'autre humain, celui qui avait vomi sur la scène du crime, celui qui avait été chargé de conduire Sigebert ou André au club… après que j'ai eu l'obligeance de laisser un message pour leur dire quand Barry et moi allions retourner sur place récupérer les preuves. J'avais moi-même signé l'arrêt de mort de cette fille, avec mon excès de zèle.

Tandis que je me faisais ces réflexions, maître Cataliades s'est levé pour prendre congé. Il nous a serré la main avec son grand sourire habituel, comme si de rien n'était, avant de nous inciter vivement, une fois de plus, à nous rendre à l'aéroport.

— Sookie? a dit Barry, quand la porte s'est refermée derrière l'avocat.

— Oui.

— Je tiens vraiment à prendre cet avion.

— Je sais.

— Et toi?

— Je ne crois pas que je pourrais. Rester là, bien gentiment assise dans cet avion, avec eux…

— Ils l'ont tous payé cher.

— Pas assez pour compenser, à mon goût.

— Ce n'est pourtant pas faute d'avoir réglé tes comptes, hein?

Je ne lui ai pas demandé ce qu'il entendait par là. Je savais ce qu'il lisait dans mes pensées.

— Peut-être bien que c'est moi qui ne veux plus être dans le même avion que toi, maintenant, a-t-il ajouté.

Ça m'a fait mal, forcément. Mais je suppose que je l'avais mérité.

J'ai haussé les épaules.

— À toi de voir. Chacun de nous a ses propres limites, un certain nombre de choses qu'il peut ou ne peut pas supporter.

Barry a pris le temps de méditer cela en silence.

— Ouais. Mais en ce qui nous concerne, pour le moment, il vaut mieux que nos chemins se séparent. Pour ma part, je vais aller traîner à l'aéroport jusqu'à ce que je puisse prendre cet avion. Et toi ? Tu vas à l'hôpital ?

Mais maintenant, j'étais trop méfiante pour le lui dire.

— Je ne sais pas trop. Le seul truc que je sais, c'est que je vais rentrer chez moi en voiture ou en bus.

Il m'a serrée dans ses bras. En dépit des choix que j'avais faits et de ce qu'il en pensait, je pouvais sentir l'affection qu'il avait encore pour moi au fond de son cœur, même si, désormais, elle se teintait de réprobation. Je lui ai rendu son étreinte. Lui aussi, il avait choisi.

J'ai laissé dix dollars à la femme de chambre en partant, cinq minutes après avoir vu Barry prendre un taxi. J'ai attendu d'être à deux rues de l'hôtel pour demander à un passant de m'indiquer la direction de l'hôpital St. Cosmas. C'était loin : l'équivalent d'une dizaine de pâtés de maisons à remonter à pied. Mais il faisait beau, l'air était frais, le ciel dégagé, et le soleil brillait. Quel bonheur de me retrouver enfin seule ! J'étais toujours en ballerines déchirées, mais j'étais propre et bien habillée. J'ai mangé un hot dog en chemin – je l'avais acheté dans la rue, ce que je n'avais encore jamais fait de ma vie. J'avais également acheté un chapeau à un marchand ambulant, une sorte de cloche informe sous laquelle j'avais pu cacher mes cheveux. Il vendait aussi des lunettes de soleil. J'en avais pris une paire aux verres bien noirs. Avec cette lumière printanière et le petit vent qui soufflait du lac, ça ne choquait pas vraiment.

St. Cosmas était un vieil édifice gigantesque à la façade couverte de fioritures. J'ai demandé comment allait Quinn, mais l'une des trois bonnes femmes plantées derrière le comptoir d'accueil m'a répondu qu'elle n'avait pas le droit de communiquer ce genre d'information. Toutefois, pour savoir s'il avait bien été admis à l'hôpital, elle a consulté son fichier, et j'ai réussi à intercepter, dans ses pensées, le numéro de chambre qui y figurait. J'ai attendu qu'elle et ses collègues soient toutes les trois occupées avec d'autres visiteurs, et je me suis faufilée jusqu'à l'ascenseur.

Quinn était au dixième. Je n'avais jamais vu un hôpital aussi grand ni aussi débordant d'activité : une vraie ruche. Il n'était pas difficile, dans ces conditions, de passer inaperçu.

Personne ne gardait la chambre de Quinn.

J'ai frappé doucement. Pas un bruit à l'intérieur. J'ai poussé lentement la porte et je suis entrée. Quinn dormait dans un petit lit étroit, relié à tout un tas de tubes et de machines. Sachant qu'en tant que métamorphe il était doté d'une capacité d'auto-guérison ultra-rapide, c'était plutôt inquiétant. Ses blessures devaient être graves. Sa sœur était assise à son chevet. Elle s'était assoupie, la tête posée sur sa main, sur le bord du lit. Elle s'est brusquement redressée. J'ai enlevé mon chapeau et mes lunettes.

— Vous !

— Oui, moi. Bonjour, Frannie. Au fait, c'est le diminutif de quoi, Frannie ?

— De Francine, mais tout le monde m'appelle Frannie.

Quoique ravie de constater une baisse sensible de l'hostilité ambiante, j'ai préféré rester à bonne distance, par sécurité.

— Comment va-t-il ? lui ai-je demandé en désignant le blessé du menton.

— Il émerge de temps en temps.

Elle a pris une tasse en plastique sur la table de chevet et a bu une gorgée.

— Quand vous l'avez réveillé, il m'a tirée du lit, a-t-elle repris subitement. On a pris l'escalier. Mais un gros bout de plafond lui est tombé dessus, et les marches se sont dérobées sous nos pieds. Après, j'ai perdu conscience. Quand j'ai rouvert les yeux, il y avait des pompiers qui me disaient qu'une folle m'avait trouvée, que j'étais une rescapée, qu'ils allaient me faire tout un tas d'examens. Et Quinn me disait qu'il allait s'occuper de moi jusqu'à ce que j'aille mieux. Ensuite, ils m'ont annoncé qu'il avait les deux jambes cassées.

Je me suis effondrée dans la chaise la plus proche. Heureusement qu'il y en avait une : mes jambes ne pouvaient tout simplement plus me porter.

— Que dit le docteur ?

— Lequel ? m'a-t-elle rétorqué, cynique.

— N'importe lequel. Tous.

J'ai tiré ma chaise vers le lit et j'ai pris la main de Quinn – celle qui n'était pas reliée à des tubes. Frannie a eu un réflexe pour m'en empêcher, comme si elle craignait que je ne lui fasse du mal. Mais elle s'est retenue.

— Ils n'en croient pas leurs yeux, a-t-elle fini par me répondre, juste au moment où je me résignais à me passer de sa collaboration. En fait, pour eux, ça tient du miracle. Maintenant, on va être obligés de payer quelqu'un pour faire disparaître son dossier du système.

J'ai remarqué ses cheveux en paquets, tout poisseux de sang, et le piteux état de ses vêtements crasseux.

— Allez vous acheter quelques vêtements. Je vais rester un moment avec lui. Comme ça, quand vous reviendrez, vous pourrez prendre une douche, lui ai-je proposé.

— Alors, vous êtes vraiment sa petite amie ?

— Oui.

— Il a dit que vous aviez quelques problèmes à régler.

— Oui, mais pas avec lui.

— Bon. Alors, d'accord. Vous avez de l'argent sur vous ?

— Pas beaucoup. Tenez, voilà ce que je peux vous laisser.

Je lui ai tendu soixante-quinze dollars – en provenance directe de la poche de maître Cataliades.

— Ça devrait faire l'affaire. Merci.

Elle l'avait dit sans grand enthousiasme, mais elle l'avait dit.

Je suis restée assise sur ma chaise, à tenir la main de Quinn, dans la chambre silencieuse, pendant près d'une heure. À un moment donné, il a ouvert les yeux, et un pâle sourire s'est fugitivement dessiné sur ses lèvres lorsqu'il m'a vue. Puis il a refermé les paupières. Je savais que, pendant son sommeil, son corps travaillait à sa guérison et qu'il y avait de grandes chances pour qu'il soit en état de marcher quand il se réveillerait. Ça m'aurait vraiment réconfortée, de me blottir un petit quart d'heure contre lui, dans son lit. Mais ce n'était peut-être pas très recommandé. Je ne voulais pas risquer de lui faire mal.

Au bout d'un moment, j'ai commencé à lui parler. Je lui ai expliqué pourquoi la canette de Dr Pepper piégée avait été posée pratiquement à la porte de la reine, et je lui ai exposé ma théorie sur l'assassinat des trois vampires de l'Arkansas.

— Tu es d'accord avec moi, lui ai-je dit, ça se tient.

Puis j'ai embrayé sur la mort de Henrik Feith et sur l'exécution de son meurtrier. Je lui ai aussi parlé du cadavre de la fille, au club de tir, et de mes soupçons à propos des explosions.

— Je suis désolée que Jake ait été de mèche avec eux. Je sais que tu l'aimais bien. Mais il ne pouvait tout bonnement pas supporter d'être un vampire. Je ne sais pas si c'est lui qui s'est rapproché de la Confrérie du Soleil ou le contraire. En tout cas, ils étaient en cheville avec le gars vissé à son ordinateur, au sous-sol, l'ours mal léché qui s'était montré si aimable avec moi. Il a dû appeler un représentant de chaque délégation pour fourguer ses foutues valises. Certains ont eu la prudence de ne pas descendre les chercher – ou la flemme d'y aller –, et d'autres les ont remportées parce que personne ne venait les réclamer. Mais moi, il a fallu que j'aille la coller au beau milieu des appartements de la reine !

J'ai secoué la tête, atterrée par ma propre bêtise.

— Je ne crois pas qu'ils aient eu tant de complices que ça, parmi le personnel de l'hôtel, ai-je cependant poursuivi. Sinon, ça nous aurait alertés, Barry et moi, bien avant que Barry ne s'en aperçoive.

J'ai dû m'assoupir un petit moment parce que, quand j'ai repris mes esprits, Frannie plongeait la main dans un sac McDo, assise en face de moi. Elle était propre et elle avait les cheveux mouillés.

— Vous l'aimez ? m'a-t-elle tout à coup demandé, entre deux gorgées de Coca aspiré à la paille.

— Trop tôt pour le dire.

— Je vais devoir l'emmener à la maison, à Memphis.

— Oui, je sais. Je ne vais peut-être pas le revoir avant un bon bout de temps. Il faut que je rentre aussi, d'une façon ou d'une autre.

— La gare routière est à deux rues d'ici.

J'ai fait la grimace. La perspective d'un trajet interminable en bus ne me réjouissait pas.

— À moins que vous ne preniez ma voiture…

— Pardon ?

— Eh bien, on est arrivés chacun de notre côté, Quinn et moi. Quinn est venu avec le camion de matériel, et je suis partie de chez ma mère, un peu précipitamment, avec ma petite voiture de sport. Du coup, on a deux véhicules ici, et on n'en a besoin que d'un, vu qu'on va rentrer ensemble à la maison et qu'on va y rester un moment. Vous devez rentrer pour reprendre votre boulot, j'imagine ?

— Oui.

— Eh bien, alors, prenez ma voiture. On viendra la chercher quand on pourra.

— C'est… c'est très sympa de votre part.

Je n'en croyais pas mes oreilles. J'avais eu l'impression qu'elle n'appréciait pas que Quinn puisse avoir une petite amie. Et qu'elle m'appréciait encore moins.

— Vous avez l'air d'une fille bien, a-t-elle ajouté devant mon incrédulité manifeste. Vous avez tout fait pour nous sauver. Et Quinn tient à vous.

— Et vous savez ça comment ?

— Il me l'a dit.

La même franchise que Quinn. C'était de famille.

— Bon, d'accord. Vous êtes garée où ?

19

La peur ne m'a pas quittée de tout le trajet, qui a duré deux longs jours entiers. Peur qu'on ne m'arrête et qu'on ne me croie pas, si j'affirmais que je conduisais la voiture avec l'autorisation de sa propriétaire. Peur que Frannie ne revienne sur sa décision et ne dise à la police que je l'avais volée. Peur d'avoir un accident et de devoir donner toutes mes économies à Quinn pour dédommager sa sœur.

Frannie possédait une vieille Mustang rouge, un engin de toute beauté, un vrai bonheur à conduire. Personne ne m'a arrêtée, et le temps a été superbe de bout en bout. J'avais cru que ce voyage de retour me ferait un petit circuit touristique, que je verrais un peu de l'Amérique, mais tous les paysages se ressemblaient, vus de l'autoroute. Je me disais que, dans toutes ces petites villes, là, de chaque côté, il y avait un autre *Merlotte* et peut-être une autre Sookie.

Je n'ai pas bien dormi, pendant le voyage. Soit parce que je rêvais que le sol bougeait sous mes pieds et que je revivais cet horrible épisode où nous avions basculé dans le vide avec Eric. Soit parce que je revoyais Pam brûler. Soit parce que me revenaient d'autres choses que j'avais vues ou faites, pendant ces longues heures passées à me frayer un chemin

408

parmi les décombres, à la recherche d'éventuels survivants.

Quand, après une semaine d'absence, j'ai enfin quitté la route principale pour tourner dans mon allée, mon cœur s'est mis à cogner dans ma poitrine comme si la maison m'attendait. Amelia était assise sur la véranda, un long ruban bleu à la main. À ses pieds, Bob essayait de l'attraper à petits coups de sa patte noire. Elle a levé la tête en entendant la voiture et a bondi sur ses pieds quand elle m'a reconnue derrière le volant. Je n'ai pas fait le tour pour me garer dans la cour, derrière la maison. Je me suis arrêtée juste devant les marches et j'ai sauté hors de la Mustang. Amelia m'a serrée dans ses bras à m'étouffer en criant:

— Tu es rentrée! Oh! Dieu soit loué, tu es rentrée!

Nous dansions, nous sautions comme des cabris, grisées par le simple bonheur de se retrouver.

— Tu étais sur la liste des rescapés, dans le journal, m'a-t-elle annoncé. Mais, le lendemain de la catastrophe, tu étais introuvable. Jusqu'à ce que tu appelles, j'ai vraiment eu peur.

— C'est une longue histoire, ai-je soupiré. Une très, très longue histoire.

— Et tu vas me la raconter?

— Dans quelques jours, peut-être.

— Tu as des trucs à sortir de la voiture?

— Même pas une petite culotte. Tout est parti en fumée avec l'hôtel.

— Oh, non! Tes belles fringues toutes neuves!

— Enfin, j'ai mon permis de conduire, ma carte bancaire et mon portable – quoique la batterie soit à plat et que je n'aie plus le chargeur.

— Et une nouvelle voiture…

— Un emprunt.

— Je ne crois pas que j'aie un seul ami qui me prêterait une bagnole aussi chouette.

— Une laide, alors?

Elle a éclaté de rire.

— Tu ne devineras jamais, a-t-elle embrayé avec un air de connivence. Tes amis se sont mariés !

Je me suis figée.

— Quels amis ?

Il ne pouvait sûrement pas s'agir des Bellefleur. Ils n'avaient quand même pas changé encore une fois la date !

— Oh ! Je n'aurais pas dû dire ça, a-t-elle repris précipitamment, l'air coupable. Tiens ! Quand on parle du loup !

Une voiture venait de se garer juste à côté de la Mustang.

— Je t'ai vue passer devant la boutique, m'a lancé Tara, à peine sortie de la voiture. J'ai bien failli ne pas te reconnaître dans ce joli petit bolide.

— On me l'a prêté, me suis-je empressée de préciser, en réponse à son regard inquisiteur.

— Ne me dis pas que tu as vendu la mèche, Amelia Broadway ! s'est-elle subitement écriée, en surprenant l'air contrit de ma colocataire.

— Non, non. J'ai failli le lui annoncer, mais je me suis retenue à temps.

— M'annoncer quoi ?

— Oh ! Sookie, tu vas me prendre pour une folle ! s'est exclamée Tara.

J'ai senti mes sourcils se froncer malgré moi.

— Pendant que tu étais partie, a-t-elle aussitôt enchaîné, les choses se sont imbriquées toutes seules, comme par enchantement, comme si j'avais toujours su que ça devait arriver, tu vois ?

J'ai secoué la tête. Non, je ne voyais pas.

— JB et moi, on s'est mariés ! s'est-elle écriée, anxiété, espoir, scrupules, émerveillement se peignant tour à tour sur son visage.

J'ai dû me répéter la phrase plusieurs fois pour être sûre d'avoir bien compris.

—JB et toi? Mari et femme? ai-je bredouillé, incrédule.

—Je sais, je sais, ça peut paraître un peu bizarre...

—Mais c'est l'accord parfait! ai-je affirmé, en mettant toute la sincérité que je pouvais dans ma voix.

Ce n'était pas réellement ce que j'éprouvais. Mais Tara méritait bien la mine réjouie et le ton enjoué que je lui offrais.

À ce moment-là, c'était ça, la réalité. Le sang des blessés et la chair calcinée des vampires dans la lumière crue des torches des sauveteurs n'étaient plus qu'un mauvais rêve, une scène de film d'horreur dont je ressortais secouée et un peu dégoûtée.

—Je suis tellement contente pour toi, ai-je renchéri. Qu'est-ce que tu veux comme cadeau de mariage?

—Ta bénédiction me suffira. L'avis est paru hier dans la presse, a-t-elle poursuivi, emportée par son enthousiasme débordant. Et le téléphone n'a pas arrêté de sonner depuis. Les gens sont si gentils!

Elle pensait sincèrement qu'elle avait réussi à balayer ses mauvais souvenirs sous le tapis. Et que le monde entier fondait de la même bienveillance qu'elle.

Mais peut-être que j'allais tenter de l'imiter, finalement. Oui, j'allais faire de mon mieux pour effacer de ma mémoire cet instant fatidique, l'instant où, quand je m'étais retournée en entendant Quinn bouger derrière moi, je l'avais vu se diriger vers André en rampant. André, qui était étendu là, immobile, en état de choc. Quinn s'était alors dressé sur un coude et, de sa main libre, il avait empoigné le bout de bois pointu posé contre la jambe d'André. Il le lui avait planté en plein cœur. Et voilà, en un clin d'œil, l'existence séculaire d'André avait pris fin.

Et Quinn l'avait fait pour moi.

Comment ce moi-là pouvait-il être le même que celui qui se réjouissait parce que sa meilleure amie s'était mariée ? Comment pouvais-je être heureuse pour elle et, en même temps, me remémorer cette scène atroce, non pas avec horreur, mais avec un sentiment de pure jubilation ? Oui, j'avais souhaité la mort d'André, tout comme j'avais souhaité le bonheur de Tara, souhaité qu'elle trouve un jour quelqu'un qui voudrait vivre avec elle, quelqu'un qui ne se moquerait pas d'elle et de son terrible passé, quelqu'un qui serait capable de l'aimer et de la choyer. Or, JB saurait faire ça. Il n'était peut-être pas très doué pour les débats d'idées, mais Tara semblait s'être fait une raison à ce sujet.

En théorie, j'étais donc ravie pour mes deux amis et pleine d'espoir pour eux. Mais mon cœur n'y était pas. J'avais vu et éprouvé tant de choses abominables que, maintenant, j'avais l'impression que deux personnes différentes essayaient de vivre en moi.

Sans cesser de sourire et de hocher la tête, tandis que Tara continuait à me raconter sa vie et qu'Amelia me tapotait l'épaule ou le bras, je me suis dit : *Si tu te tiens à l'écart des vampires pendant un temps, si tu fais ta prière tous les soirs, si tu ne fréquentes plus que des humains et si tu laisses les loups-garous tranquilles, ça ira, tu verras, ça ira...*

J'ai enlacé Tara et je l'ai serrée jusqu'à ce qu'elle couine comme une petite souris.

— Et les parents de JB, qu'est-ce qu'ils en disent ? lui ai-je demandé. Et comment vous avez eu les papiers si rapidement ? En Arkansas ?

Pendant que Tara me répondait en long, en large et en travers, j'ai fait un clin d'œil à Amelia, qui m'a retourné la politesse en se penchant pour prendre Bob dans ses bras. Comme j'approchais la main pour le caresser, il a tendu le cou pour venir frotter sa tête contre ma paume en ronronnant. Puis nous sommes rentrées toutes les trois boire un bon café, avec le soleil qui nous réchauffait le dos et nos ombres qui nous précédaient dans la vieille maison familiale.